烽火中原

宋金逐鹿 ③

1134—1139 The Warfare in Central Plains

The War between Song and Jin Dynasties

Part Ⅲ

许韬 著

中国出版集团有限公司
華文出版社

图书在版编目（CIP）数据

烽火中原 / 许韬著. -- 北京：华文出版社,
2024.1

ISBN 978-7-5075-5880-7

Ⅰ.①烽… Ⅱ.①许… Ⅲ.①长篇历史小 说 - 中国 - 当代 Ⅳ.①I247.5

中国国家版本馆CIP数据核字(2023)第220101号

烽火中原

作　　者：许　韬
责任编辑：闫丽娜
出版发行：华文出版社
地　　址：北京市西城区广外大街 305 号 8 区 2 号楼
邮政编码：100055
网　　址：http://www.hwcbs.cn
电　　话：总 编 室 010-58336239　发 行 部 010-58336202
　　　　　责任编辑 010-58336269
经　　销：新华书店
印　　刷：三河市航远印刷有限公司
制　　版：北京禾风雅艺文化发展有限公司
开　　本：710mm × 1000mm　1/16
印　　张：25.75
字　　数：306 千字
版　　次：2024 年 1 月第 1 版
印　　次：2024 年 1 月第 1 次印刷
标准书号：ISBN 978-7-5075-5880-7
定　　价：72.00 元

目录
CONTENTS

目录

一　天威凛冽

绍兴四年（1134）二月，正是吴家军在仙人关与十几万汇聚而来的金军对峙之际，在川陕待了近五年的张浚一行，经过数月的长途跋涉，终于抵达临安。

回到临安的张浚，立刻受到了士子们的热烈欢迎。过去数年，张浚在陕西虽有富平之败，然而之后大宋西军卧薪尝胆，在和尚原两战两胜，饶风关一战又重创金军，使金军侵入四川，再顺江东下灭宋的企图始终未能得逞。特别是和尚原一战大败曾经横扫江南的兀术大军，尤其令东南士民大呼痛快，天下士子，早将张浚比作力挽狂澜的中流砥柱、知难而进的赤胆忠臣。

张浚受此追捧，自是十分感动，也极想交游士林，一吐心中豪气，但他却不得不深居简出，丝毫不敢有骄矜之举。

回到临安，立即便有诏书下来，令张浚将随行军马全部交付神武中军统制杨沂中，接下来三日，却不见有半点音讯从宫中传来，既无慰问，也无诏令，让张浚颇有些忐忑不安。

第四日，终于得到皇上的旨意，令他次日入宫觐见。张浚刚松一口气，传旨的内侍却将一份奏章递给他，道："这是御史中丞辛炳的奏章，官家让枢密看一看。"

张浚一听到辛炳的名字，不禁心头一颤。送走内侍，赶紧回到书房看这份奏章，还没看几行，便觉得胸中一股怒火掺和着委屈直往上涌，奏章中把张浚在川陕数年的苦心经营贬得一文不值，道："富平之役，赵哲转战用命，势力不敌而溃，浚乃诛哲，致其徒怨叛；又信王庶一言，杀曲端于狱中，端之部曲又皆叛去；和尚原之战，王万年之功为多，浚乃抑之，王万年怨愤叛去，与赵哲、曲端部卒力窥川口，金人特因之耳……"

张浚气得浑身发抖，这叫什么话！就算曲端之死其中颇多曲折，尚可一辨，但赵哲临阵率先奔逃，以致兵败如山倒，怎么就成"转战用命"了？金人屡次进攻川口，乃是为了先占四川，进而顺江东下攻取江南，如何把这账赖到自己头上去？

压抑了数日的情绪像山洪一样爆发出来，张浚狠狠地将奏章掼在地上，用脚死命地踩踏，直到把奏章蹂躏得如同咸菜一般，自己也累得气喘吁吁才作罢。

他颓然坐在榻上，回头一看，几名仆役像傻子一样立在后面，不知所措。张浚喘了口气，整了整衣裳，重新坐好，命人将地上的奏章抹平，仆役又端上来一杯热茶，张浚喝了两口，心绪平静下来，接着看辛炳的弹劾奏章。

奏章后面的话更加尖刻，但张浚都面不改色，甚至读到说他任用刘子羽等奸邪小人时，也不过在心里冷笑一声。读完后，他将奏章搁在案上，陷入了冥思。

他心里忽然平静下来，皇上将奏章直接交到他手中，虽属警诫，却也有回护之意，毕竟没有公之于众，算是给他留了几分面子。既然如此，自己什么也不必争辩，凛然受训就是了。

次日，张浚入宫觐见赵构。君臣二人一别五年，离别时都是青春年少，数年磨砺下来，两人眉宇间各添了几分沧桑，此中甘苦，只有身在其中方能体会。

张浚百感交集，还没张口，便哽咽不能成语，泪水像断了线的珠子一样，滴滴答答掉在都堂地砖上，顿时打湿了一大片。

赵构心里颇为触动，他当然知道张浚为了保住川陕，可谓竭心尽力，纵然才能有所不逮，致有富平之败，但其后卧薪尝胆，屡挫敌锋，将十几万金军拖在陕西数年，才使得朝廷觅得喘息之机，经营东南半壁江山。

挑刺容易做事难，赵构自己接手父兄留下的烂摊子，深知其中艰辛，见张浚流泪，知他心有委屈，便起身离开御座，亲自扶起他，道："张卿矢志为国，劳苦有功，朕纵然不是千古明君，却也断非昏聩之主，岂能一叶障目，不见泰山，寒了忠臣的心！"

张浚见皇上亲自来扶，又说出这样一番安慰话来，不禁感激涕零，心中郁积的愤懑之气顿时烟消云散，只听赵构又道："两年前太后驾崩，临走谁都不念叨，却说张侍郎远在川陕为国效力，要朕多多慰劳体谅你。"

张浚听到这么体己的话，终于找到机会将满胸的压抑、委屈和悲伤一并发泄出来，伏在赵构脚下号啕大哭。

赵构轻轻抚了抚张浚的背，叹了口气，转身回御座上去了。张浚知道此刻不是纵情的时候，便压抑住内心的激荡，擦干眼泪，等着皇上垂询。

见张浚很快平复了情绪，赵构微微一笑，像是随意地问道："川陕之势如何？"

朝野上下，最有资格回答此问的只能是张浚。赵构命人赐座，张浚便打起精神，透透彻彻地将川陕局势讲了一遍。因为在川陕呕心沥血了好几年，事无巨细，无不掌握，再加上早有准备，因此一番论对下来，直听得虎低头、猿侧耳。朱胜非等几个宰执侍立一旁，都嘴巴半张，心里既惊且佩，说不出话来。

赵构脸色却有几分凝重，听张浚讲完，沉默了片刻，道："吴玠送来急报，金军大举进犯仙人关，声势极壮，一场大战在所难免。原本以为金人接连在和尚原、饶风关受挫，会死了由陕入川的心，如今看来，竟有屡败屡进之势，兵无常胜，朕深忧之。"

张浚脑海中不禁浮起一个念头：既然如此，为何又着急把我召回来呢？一念闪过，不由得一震，想起辛炳在弹劾奏章中说自己"狂悖"，赶紧收摄心神，回道："陛下所忧极是，不过吴玠自和尚原两次大败金军以来，已经今非昔比，帐下猛将如云，士卒也愿卖力死战，臣料定兀术这次仍旧讨不到便宜。"

"哦……"见张浚说得如此肯定，赵构放心了些，同时也想到吴玠正是张浚极力举荐，也算知人善用，便道："这几年金人屡次在川蜀用兵，却让刘豫窃据中原，与我大宋分庭抗礼，刘豫仗着有金人撑腰，最近在江淮、荆襄一带频频进犯，朕寻思也不能一味退让，需找个时机反攻，一则守住祖宗之地，二则也是替川陕战场分担一些，卿以为如何？"

张浚历来是主张进取的，一听"反攻"二字，顿时来了精神，道："陛下有此一念，则是社稷苍生之福！建炎以来，我大宋军民卧薪尝胆，已今非昔比，早该挥师北进，收复故土，给那些觊觎神器的丑类一展朝廷的威严。"

赵构若有所思地"嗯"了一声，点了点头，道："有劳爱卿。"张浚意犹未尽，但知觐见已近尾声，便稽首再拜退出。

从都堂出来，张浚这才有心情打量阔别了五年的皇宫，其奢华自然是比不了当年东京的皇宫，但较之几年前确实像模像样了许多，处处透出皇家威仪，只不过地面都是青砖铺就，还是显出简朴来。再看四周，极少金贵摆件，最抢眼的不过是一铜香炉，炉身蟠着两条龙，活灵活现，显然出自能工巧匠之手。

张浚信步往外走，看到都堂外壁题着几幅字，像是皇上的御笔，正要细细辨认，前方急急忙忙走来一人，大概是埋头专心想事，差点撞到张浚身上，俩人各自闪到一边行礼，一抬头，不觉都愣了，来者正是屡次弹劾他的辛炳。

双方都有些尴尬，张浚看辛炳手中还捏着份奏折，保不准又是弹劾自己的，便故作不见，不咸不淡地施礼道："一别数年，中丞还好？"

辛炳将奏折塞入袖中，回礼道："好好好，劳枢密惦记。枢密远来，舟车劳顿，为何不多歇息几日？"

张浚心道：我倒想呢！便道："'树欲静而风不止'。我张浚天生的劳碌命，没那福分高枕卧榻啊。"

辛炳听他语含揶揄，当下一哂道："常言说得好，'过犹不及'。枢密谨守中庸之道便好，万事不必过于急切，过则反遭其害。"

张浚听他口气不善，也懒得再搭理他，俩人冷淡地作揖而别，走了好几步，张浚才回过味来，辛炳方才在讥讽他急切冒进，招致富平大败呢，不禁气得手足酸麻，却又无可奈何，忍不住回头看了辛炳背影一眼，只见他一身朝服洗得泛白，边边角角都磨破了，正目不斜视，稳稳当当地往前走。张浚不觉有几分气馁，将到了嘴边的那句"奸佞小人"给咽了下去。

果然，数日后，张浚又收到朝廷批转下来的弹劾奏折，辛炳攻击自己被罢去川陕宣抚使一职后，沿途屡次停留，迁延不行，到了衢州后，又上奏需数日修治器甲，然而一旦听说朝廷有宰执之位空出，却星夜兼程，不复留滞，此前缓而后急，是何居心？

张浚被辛炳戳中内心最隐秘的心事，真是又气又臊又委屈，他在衢州风闻吕颐浩罢相后，朝廷中枢缺人，因而日夜兼程赶回来，期待能为国效力。一片报效之心，却被辛炳生生地描绘成一副权位熏心的丑态，张浚百口莫辩，只能关在书房里生闷气。

“可惜彦修不在，不然定能想出个主意治治这个吹毛求疵、公报私仇的辛炳！”张浚恨恨地自言自语。

刘子羽返回行在后，便落职闲居，和他一起落职的众幕僚，无不心怀沮丧，只有刘子羽乐得逍遥，几乎就在落职的同一日，便派媒人到张浚府上提亲。张浚自是首肯，于是他简简单单地办了场喜事，便带着玉儿施施然上贬所就职去了。

像是心有灵犀，刘子羽竟然就在次日来了封书信。张浚大喜，急急忙忙地拆开看时，却是一幅山水画，一看便是玉儿手笔，旁边录了一首陶渊明的田园诗，正是刘子羽的字迹，内有“晨兴理荒秽，带月荷锄归”之句，张浚端详了诗画一番，心中既怅然，又欣慰，还有几分替他不平。

在家生了几日闷气，也没等到皇上的诏书下来，七八日后，张浚心里淡了下来，不去想那宰执之位了，或许朝廷已经另有人选。

他闲居在家，消息不通，也不便到处探听，正心灰意冷，却不知形势又有突变。在他回临安后整整半个月，一日黄昏将近，张浚正与家人准备晚饭，宫中一名内侍满头大汗直入宅中，对着呆若木鸡的张浚道：“官家有旨，召枢密进宫。”

张浚还没回过神来，问：“此刻？”

内侍道：“此刻。请枢密赶紧收拾一下吧，官家正等着呢。”

张浚慌里慌张地收拾停当，换了官服，跟着内侍匆忙进宫，路上小心询问道：“不知所召何事？”

内侍叹了口气，欲言又止，只透露了一点消息："川陕那头有军情。"然后便不再说话了。

张浚心里敲鼓，也不再问，二人闷着头赶路，片刻便到了宫门口，内侍带着张浚直入宫门，到了都堂，抬眼一看，朱胜非、席益等宰执都在，赵构没有坐在龙椅上，而是在前面来回踱步。

见张浚来了，赵构脸上掠过一丝笑容，张浚还要行大礼，赵构道："免了罢。王似、吴玠同日送来加急奏折，说是金军势头极猛，吴玠在仙人关初战不利。爱卿久在川陕，深知敌我情势，不知如何看待此事？"

说罢，内侍已经将两份奏折递到张浚手中，张浚来不及就座，便站着将奏折浏览了一遍。两份奏折内容都差不多，张浚看完后，又拿起吴玠的奏折细细钻研起来。

从奏折上看，吴玠对此战做了充分准备。开战之前，吴璘率军从七方关转战七昼夜赶来增援，但金军攻势极猛，且攻坚器械颇为齐备，吴玠帐下统制官郭震的营寨被金军攻破，死伤极大，连累得其他各营不得不退却。交战数日，吴玠的人马退守杀金坪主阵地，利用前沿阵地杀伤阻碍金军的计划也就此落空。

吴玠的战报写得清晰而克制，张浚一字一句仔细琢磨，试图找出更多信息，他判断此战的确不利，吴玠竟然临阵将郭震斩首，以警醒将士，形势不到十分危急的地步，吴玠断不至于做出此事。

张浚捏着奏折入定般地沉思，浑然忘了是在都堂之上，直到朱胜非轻轻地咳了一声，他才醒过神来，见赵构正眼巴巴地瞅着自己，便道："陛下，过去数年金军在川陕屡败于我，此次似乎学乖了些，一是攻坚器械颇为完备，冲车、鹅车、炮车齐全，给我军造成很大死伤；二是精锐将士极多，兀术与撒离喝都是金国宿将，手下都有一批嫡系的强兵猛将，如今合二为一，战力陡增，臣料想吴玠帐下诸将未必人人都有所防备，难免会吃亏；三是……”

赵构见张浚停顿下来，似有顾虑，便道：“但说无妨。”

张浚这才道：“三是王似、卢法原等人毕竟新来乍到，于军情、民情尚不熟悉，难免调度不及，思虑不周，对前线支援不够，也是有的。”

赵构满脸沉郁之色，默了半晌，问道：“卿有何良策？”

张浚顿了顿，道：“陛下也不必过于担心。看二人奏折，金军虽然初战告捷，但还谈不上大获全胜，吴玠兄弟、杨政、郭浩等人都跟金人数次交手，深知攻守之道，我料他们不会再让金人得手。况且，如今川陕一带还有其他大军驻扎，危急时也会来救援。”

“关师古冒险出师，兵败后单骑降了伪齐，此事张卿知晓吧？”

张浚在衢州就听说了，关师古身为主帅，贸然率军出击，固然罪无可逭，但这事仔细追究起来，一半责任都在王似、卢法原等人，正是二人接济军粮不及时，才逼得关师古深入敌境去抢粮，招致大败。

见赵构眉头紧锁，张浚道：“听说关师古家人妻小都留在后方，依臣愚见，不可过于苛责，应善待其家人，给他留条后路，山不转水转，将来形势一变，他弃暗投明亦未可知。除关师古外，刘锜、王彦手下都有数万人马，二人虽不受吴玠节制，但吴玠身为川陕宣抚司都统制，紧急时亦可檄召二人增援。”

辛炳等人弹劾张浚时，一再说他专权跋扈，逼得不少原西军将领叛降金军，此刻他替关师古说话，却显得深谋远虑，通情达理。赵构点了点头，脸上神情轻松了些，道：“还是有赖张卿在陕西经营有方。”

张浚心里一阵激动，皇上金口玉言，此话一说出口，算给自己在陕西的五年功过定了调。他暗暗地吸了口气，让自己心绪平静下来，但鼻子仍然有点酸酸的。

次日，内侍到张浚府上传达朝廷旨意，召张浚赴枢密院治事。

仙人关前，兀术旗开得胜后，占据了杀金坪东面的高岭，在岭上立栅安营，修连珠堡寨四十余座，沿山势而下，并利用前方一大片空地，将大队人马逐次展开，准备进攻退守杀金坪第一道关隘的宋军。

兀术命人将所有鹅车和炮车一字展开，从占据高处的关隘俯瞰下去，金军气势极为雄壮。兀术观看关隘上守军，静悄悄一点动静都没有，透出一股新败后的沮丧气息。

上午时分，撒离喝照例带着众将来兀术中军大帐议事，见兀术正捧着一本书读得起劲，撒离喝精通契丹文，也能说些汉语，但汉字却认不了一箩筐，艳羡道："殿下好雅兴，不知读的是什么书？"

兀术道："《孙子兵法》。说来惭愧，此书得于天会八年（1130），乃是我率军南渡追击赵构小朝廷时，南朝的杭州知府所献，说是古今用兵之道，全在其中。我当时还想，既然如此，南朝为何被我大军赶得如丧家之犬？直至上次兵败和尚原，身上中了两箭，在上京养伤时，才有空翻看此书，不承想竟是天下第一奇书！"

撒离喝有些不信，从兀术手中接过书翻了翻，只认识几个字，便还了回去，道："太祖也不曾看过此书，用兵谋略不比写此书的人强？娄室乃我大金战神，也不读书，试问南朝诸将，可有人是他对手？"

兀术皱着眉头想了想，沉吟道："监军所言，也不无道理。"

说话间，众将已经陆续入座，撒离喝也在一旁坐下，兀术将书搁到一边，问道："吴玠新败，已经退守营垒之中，我观其军中有沮丧之气，诸位可有破敌之策？"

韩常首先道："此次我军虽然备战充分，毕竟远道而来，粮草军需补给多有不便，宜趁全军士气高涨，猛打猛攻，速战速决，一举拿下仙人关。"

这打法听着再合理不过了，众将都点头，却又觉得这话耳熟得紧，两次和尚原之战，还有上次的饶风关之战，金军哪次不是采取速战速决的战术，但就是破不了吴家军的防线，饶风关一战虽然侥幸包抄后方，逼退宋军，但到头来仍是竹篮打水一场空，吴家军损失不大，金军反而折了无数人马。

赤盏晖（字仲明）自富平大战后，一直远在云中带兵，此次也随兀术出征川陕，他这几日一直在观望守军营垒，便道："末将近日观看吴玠所筑营寨石垒，极有章法，确实名不虚传，我军虽然运来了不少战车和炮车，但也不可寄望太高；更可虑的是，宋军神臂弓、克敌弓制作越来越精良，配备也越来越多，我猜吴玠军中至少有五千张硬弩，几十万支箭，我军纵然不比从前毫无防范，却也一直没有找到克制的好办法。末将以为，来日大战，如何防备南军弓弩仍是个难题。"

众将吃足了神臂弓和克敌弓的苦头，都面色凝重点头附和，阿里、如海等人，撒离喝帐下几员大将也相继发言，毕竟都是百战之身，谈得颇为中肯。

宋金双方在陕西交战数次，早已知己知彼，互相毫无秘密可言，临阵取胜靠的无非就是战术对路、敢于死战，外加一点点运气，兀术看了一眼撒离喝，问道："监军有何见教？"

撒离喝抚了抚颔下浓密的虬髯，他在数月前的御前议战时并不赞同如此直通通地进军仙人关，还是应当采取声东击西的迂回战术，无奈上次大战虽然一破金州，再破饶风关，三破兴元府，听上去连战连捷，最终除了把十来万人马拖死一半，什么也没捞着，反弄得怨声载道，士气萎靡，他的话便没了分量。再加上兀术贵为太祖第四子，又是当今皇上的宠臣，心气极高，定要直取仙人关，干净利落击败川陕的定海神针吴玠，一举荡平川陕。皇上与朝廷重臣听了都心生欢喜，也嫌千里迂回费力不讨好，于是兀术便再次挂帅，率大军直扑仙人关，至少从过去几日战绩来看，金军一路都顺风顺水，也杀了吴玠个措手不及。

但吴玠岂是等闲之辈，如此小败，岂能挫了他的锐气！撒离喝心里这样想着，嘴上道："我料吴玠无非还是三个战法：一是靠劲弓硬弩杀伤我将士；二是靠壕沟营垒阻击我军强攻；三是战术多变，绝不甘一味防守，定会伺机反扑，或绕道袭我侧翼，甚至断我粮路，前几次大战，我军都吃了这方面的亏，此次不可不防。"

这话说得无不在理，但兀术听在耳中，全是不疼不痒的套话。以往数次大战，在他看来，就是双方苦苦僵持之际，被吴玠使诈打破均势，最终取胜，但来日一战，他已经有了充分准备，要让双方的苦战一直僵持下去，不给吴玠任何包抄偷袭的机会，直至将南军压垮为止，这也是他不主张千里绕击消耗战力的原因。

"本帅打算过两日单会吴玠，劝他投我大金，你们觉得如何啊？"兀术突然慢条斯理地问道。

众将都不禁一愣，撒离喝前不久才招降吴玠，价码不可谓不高，最后却自取其辱，难道四太子能开出更高的价码，让吴玠做川陕之主不成？

兀术见众将犹疑不定，笑道："当年杜充贵为南朝尚书右仆射、江淮宣抚使，不也被我一纸书信劝降了么？难道吴玠志趣高雅，还胜过杜充？"

韩常早已被兀术引为腹心，便尽忠直言道："殿下，此一时彼一时也。当初杜充之所以愿降，乃是因为马家渡一战全军溃散，早已没了心气，再加上殿下许他做中原之主，地位之尊，由不得他不动心。但今日吴玠不过是小败于我，且南军最近几年颇有长进，也能打硬仗了，末将以为，此时劝降恐无成算，反而示弱于人。”

其他人虽不敢像韩常这般直言，但神色之间，都显得认同此议。

撒离喝看了一眼兀术，见他举止优雅，面目如神，常人说要劝降如日中天的吴玠，只会惹人耻笑，但这话出自兀术之口，却又不那么显得荒唐，转而一想，便明白了他的心思，无非就是行“先礼后兵”的古礼罢了，顺便一探对方虚实。

果如撒离喝所料，兀术道：“本帅劝降吴玠，倒并非真指望他就此降了，而是为了示恩威于天下，让南朝将士知晓我大金国乃是礼仪之邦，我大金皇帝兴的乃是仁义之师，天下正朔，归于虎踞中原的上朝大国，而非偏安东南的蕞尔小邦！”

众将都钦服震动，纷纷起身道：“殿下高瞻远瞩，我等不及万一！”

撒离喝这才想起饶风关大战前，吴玠派人送来一篓黄桔，也是攻心之意，自己只顾调兵遣将、攻城拔寨，从来不往这方面动心思，细想之下，竟是比人差了一肩。

“监军以为如何？”兀术转身问撒离喝。

撒离喝点头叹道：“四太子有此等心胸，难怪皇上信任有加。”

兀术一笑，吩咐侍卫道：“今日便拟一封书信，两军注目之下射入吴玠营中，且看他如何回应。”

正午时分，侍卫便来报，趁两军对垒之际，已将箭书射向南军营中，亲眼见一南军士兵捡了。

兀术笑道：“我与吴玠交手数次，倒是很想亲眼看看此人面目究竟如何。”

这边吴玠率军与兀术对峙数日，原以为金军会趁势急打猛攻，不料金军竟能沉得住气，连日来只是频繁调动，并不进攻，今日又射来一封箭书，说了一些仰慕的话之后，主帅兀术要求单骑与吴玠阵前相会。

众将都觉得诧异，王喜道：“这倒有趣！不如我伏在大帅身后，用克敌弓阵前射杀他了账！”

众将连连表示不可，堂堂吴家军哪有这样放冷箭伤人的道理！王喜咧嘴笑道：“全听大帅吩咐。”

吴玠沉吟道：“两年不见，这兀术倒像是沉稳了些，此人不可小觑。”

吴璘将书信来回看了两遍，问吴玠：“大哥打算如何回复？”

吴玠凝眉略加思索，道：“他敢阵前单骑见我，我岂有回绝之理，何况我也真想见见金国四太子是何模样。”

众将听了也没话说，便商议了一番如何布阵，以防万一，吴玠命人修书一封，约定了日期，也绑在箭上射到金军营中。

不多时，金军又射来箭书，同意了吴玠约定的日期，双方约定就在营垒前的一大片空地见面。

两日后，吴玠带着二十名精壮勇士，骑着好马出营去见兀术，那边兀术也带了十来名女真勇士前来相会，个个如狼似虎，胯下坐骑更是神俊无比，吴玠料想前头那名身披大红披风者必是兀术，细看之下，此人生得鼻直口方，面目如神，不禁暗暗称奇，见兀术也用同样的眼光打量自己，便拱手道：“久闻金国四太子殿下之名，今日一见，果然不同凡响。”

兀术见吴玠客气有礼，略感意外，回礼道：“吴将军威名震于西北，我大金国上下人人称颂，只恨将军不生于女真，不得与将军持戈偕行，共创功业。”

兀术此话雅致有文不说，还暗含劝降的意思，却让人不好驳斥，吴玠更觉得讶异，便从容答道：“大宋文质彬彬，海纳四方，百族无不向往，以身为宋人为荣，将军果然有意与吴玠建功立业，只须蓄发易服，南向称臣，吴玠就算做你的僚属，亦无不可也。”

这吴玠不仅打仗厉害，耍嘴皮子也颇有功力，兀术这般想着，微微一哂道：“将军此言差矣。我大金如今广有天下，赵宋不过龟缩于东南一隅，亡国只在旦夕之间，康王屡屡遣使送国书至云中，以藩邦自居，这君臣之属，不是明摆着的么？自古禽鸟择良木而栖，贤臣择明主而侍，将军以天纵之才，屈身于下邦属国，不亦惑乎！兀术不才，欲救将军于水火，还望将军三思。”

吴玠没料到兀术说起来一套套的，像个读了不少书的儒生，自忖说他不过，便直截了当地道：“如今两军对垒，无非是你死我活，我数万将士守此雄关，你有本事过来取便是。”

兀术正色道:“将军据守川口，屡战得胜，然而正所谓‘月盈则亏，水满则溢’，你我皆多年带兵，久经阵仗，自然也应知晓‘久胜必有一败’的道理。贵军据险而守，无非靠营垒劲弩，将士用命，舍此岂有它哉！而我军自和尚原、饶风关数战以来，攻坚器械日益完备，战法亦有精进，大金战士之骁勇更不必说，今日之形势，正是彼消而此长，胜负之数已迥然不同，将军是明白人，难道还看不出来么？”

兀术从容不迫，娓娓道来，倒听得吴玠暗暗心惊，金军两支劲旅合二为一，几番交手下来，对吴家军战法已了然于胸，此次又是步步为营，有备而来，此战鹿死谁手，实难预料，当下气定神闲，沉声应道：“当年和尚原一战，我军只有区区七千溃卒，却杀退了几万贵军精锐，如今吴家军已有雄师数万，莫道是你，就是天皇老子来了，想过此关，也要看看我手下弟兄的脸色！”

兀术已认定吴玠不会降，但还是抛出价码：“汉中沃野千里，乃是称王之地，若将军愿意归顺，我将奏明大金国皇帝，封你为汉中王，开国称孤，世袭罔替，将来这川陕之地都归属于你，岂不比做个藩国的节度使强似百倍！”

吴玠志不在此，但也忍不住寻思：如此高爵厚诺，天下不知有几人能把持得住？便淡然一笑道：“本帅已效忠于赵宋，不敢再有二心。”说罢拱了拱手，以示言尽于此。

两边人马缓缓退后，各自退回营中，吴玠身边卫士都诧异道：“没想到这番王竟能讲一口中原话！”

吴玠揽辔徐行，道：“这兀术勇谋兼备，心思缜密，而且在金国位高权重，将来必是我大宋的心腹之患！”刚回中军大帐坐定，驻守各处营垒的将官便纷纷派人过来告知，金军营中人马频繁调动，有大举进攻的苗头。

吴玠冷笑道：“这兀术倒爱附庸风雅，搞什么先礼后兵。传令驻守中路的王喜、田晟，叫他二人将军中雪藏的床弩炮推出来，给金军一个下马威！”

旁边吴璘道：“大哥，这床弩炮乃是我军此战的制敌利器，不是说好战事最激烈时亮出来，一举摧毁敌胆么，现在就用是否为时过早？”

吴玠摇头道：“兵无常势，不可拘泥。此次与和尚原之战大不相同，和尚原金军乃骄兵，我军正好示弱，令其自曝破绽，今日之敌，却颇沉得住气，又与我军交战多次，知根知底，备战充分，因此极难对付。前向我军初战失利，亟需鼓舞士气，现在最该做的就是出其不意，狠狠地打击一下敌军锐气，令其心有忌惮，不敢放胆进攻。”

军令传到王喜、田晟军中，正合二人心意，立即喜滋滋地从库房中推出精心保养的五十台床弩炮。这床弩炮乃是过去数月赵开在川中一带遍寻能工巧匠赶制出来的，因为选料挑剔，做工繁复，又不比寻常弓弩，十分笨重，运输极为不便，加上不知实战效果如何，因此只造了五十台，赶在去年入冬前送至吴玠军中，很多将士也只是闻其名而已，并未真见过。

这五十台床弩炮一摆出来，立即让众将士眼睛发亮，弩身由四根柱形木腿支撑，正中是箭槽，足有六尺五寸长短，也不知那箭该有多长，箭槽前方依次横卧着三张巨弓，弓身都由上好松木制成，粗如壮汉胳臂，后方左右各有一副绞盘，两名士卒取出牛筋制的弓弦，约有一根拇指那般粗，在众人协助下，将弓弦装上，又抬出一捆箭，每支箭都像一根梭枪，箭镞寒光闪闪，极为锋利，众将士惊得下巴都要掉下来，嘴里道：“乖乖，这是要射九天外的大鹏鸟么！”

王喜、田晟之前已经秘密试射过数次，早知这床弩炮的威力，当即下令这五十台床弩炮一字排开，准备迎敌。

这边才忙完，只听营垒外“轰隆隆”作响，金军已将几十台炮车推了出来，田晟立马便要下令用床弩炮攻击炮车旁边的金军，王喜制止道：“且慢，这床弩炮且留着，先用我驻队的克敌弓应付一下。”

王喜极善弓弩，田晟便听了他的。转眼间，金军的炮车便将磨盘大小的石块甩了过来，砸在石垒和木栅栏上，顿时凭空现出一个大坑，有几名士兵被迎头击中，哼都来不及哼一声便倒在地上，王喜命上百名神射手持克敌弓回击，两排箭下去，便听到对面远远地传来惨叫声。

紧接着，两块大石相继从天而降，正好分别砸在两台床弩炮上，立即将厚重的箭槽砸得粉碎，众将士都大叫可惜，王喜心疼不已，也不惜箭支了，咬牙又从驻队抽出二百名好手，命他们快射了几轮，接下来一顿饭工夫，几乎没有一块石头飞过来。

双方遥遥相对，你来我往斗了一个多时辰，金军石头耗尽，便撤下炮车，推出几十辆高大鹅车，每辆鹅车的车斗里藏着十来人，一直推到宋军的营垒边上，然后车斗里的金军用长枪和弓箭袭击营垒内的宋军将士。

这鹅车极难对付，守军一面要应对下方自云梯攻上来的敌军，一面又要提防头上车斗里的明枪暗箭，经常顾此失彼，十分狼狈，车斗内的金军有挡板护身，常常有恃无恐，但这次，吴家军将用雪藏的大杀器狠狠地教训一下金军。

吴玠听说中路交战正酣，便和吴璘率几十名亲兵过来督战，正看到王喜和田晟二人指挥士兵将床弩炮推到鹅车正面，准备停当后，一名士兵拿起根一人多长的弩箭，箭杆粗细如同手腕，摆放在箭槽中，两名士兵将三根弓弦用绞盘拉满，然后将准头调好，前后忙了约一盏茶的工夫，王喜见所有床弩都已准备停当，大喝一声："放箭！"只听一阵"砰砰"撞击之声，梭枪般大小的箭支闪电般地飞了出去，几乎同时，便听到清脆的爆破之声，众人探出头去看，鹅车上的车斗几乎全被洞穿，惊叫声和哀号声响成一片。

守军营垒发出一阵疯狂的欢呼，吴玠见这床弩威力如此之大，心里一块大石落了地，在他看来，这床弩虽然看着吓人，但实战中并不太管用，一则费半天工夫才能发出一箭，顶多也只能伤敌一人；二则挪动起来极不方便，敌军攻无定势，总不能让自己这边人扛着这笨重的床弩跑来跑去。但今日看来，这床弩炮却正是金军鹅车的克星！

守军一击得手，个个情绪高涨，手忙脚乱地准备第二轮发射，不等金军回过神来，又射出去一轮，这次准头较上次更好，车斗内空间本来就极小，十来人挤在一起，根本无处躲闪，长箭一旦射透车斗，便如同穿糖葫芦一般，连伤数人，金军从未见过这种大杀器，惊慌失措，顿时没了斗志，纷纷爬出车斗逃生，王喜的驻队神射手早就候在一旁，一排箭雨下去，将那些爬到半路的金军全部射落地下。

正沿着云梯往上爬的金军见战况骤然逆转，都不知所措，守军操起撞竿，狠狠地砸在云梯上，很快便将几架云梯砸得稀烂，金军摔得鼻青脸肿，死的死，伤的伤，狼狈不堪。

兀术在后面远远看到鹅车阵突然大乱，也不知到底是何种情况，正在疑惑，旁边亲兵大叫道："殿下小心！"兀术抬头一看，只见数十支巨箭自半空疾速飞来，破空之音尖锐刺耳，赶紧严阵以待，好在这数十支箭都飞到了别处，惊呼与惨叫声此起彼伏。

兀术在亲兵簇拥下，往后撤了几百步，早有人将一支箭呈上来，众人看着那支梭枪般的长箭发愣，作声不得。

撒离喝从左翼赶过来，看了这支箭，也咂舌不已，道："殿下，吴玠果然诡计多端，这长箭正是我攻城鹅车的克星，不如先将鹅车撤下来，以免多增伤亡。"

兀术吃过吴玠的亏，见形势不对劲，也不敢再一意孤行，立即传令收兵。但吴家军岂是好惹的，趁着金军撤退，一支人马从营垒缺口冲出来，将落在后面的金军杀得一个不剩，等金军大队铁骑过来接应时，又借着营垒上强弩掩护安然撤回。

如此干净利落被吴玠报了一箭之仇，兀术颇觉得脸上无光，却也并未失了方寸，他已看出吴玠此次镇守仙人关，采取的乃是"守关而不守于关"的策略，尽量将防线外推，除了在仙人关外建了两道营垒，还在营垒外依据地势设兵防守，无非就是想逐次消耗对方战力，然后故技重施，伺机全力反攻，以求全胜。计划不可谓不周密，还好自己一举摧毁了守军前沿阵地，不然十几万大军连营寨都无处可扎。

“不承想南朝西军竟出了如此虎将！此战切不可掉以轻心。”晚上在大帐与众将论战时，兀术不禁叹道。

赤盏晖早闻吴玠大名，但并不尽信传言，今日攻坚的士卒败退下来后，他挑人仔细询问了战况，已经心里有数了，见众将脸上颇有畏难之色，便道：“吴玠今日攻破鹅车的巨弩，看着确实吓人，但末将以为，其实虚有其表，不必过虑。”

众将都相顾无语，这口气未免也太大了，但赤盏晖资历极老，战功累累，且善使弓箭，为人又沉稳有方，断不至于虚言妄语，便都转身听他细说。

“我听败退下来的士卒说，这巨弩极大，需四五人操作，发出一箭要费不少工夫，而且这巨弩构造精巧，制作定然不易，我料南军阵中也没多少，今日之所以成功，不过是因为这长箭正好能穿透鹅车车斗，我军猝不及防，才吃了亏，真要两军阵前交锋起来，并不太顶用，还没等射出两排箭，对手都已经冲到面前了。”赤盏晖从容道。

韩常立即接口道：“仲明兄所言极是！这巨弩挪动起来只怕也极不方便，倘若我军声东击西，让南军摸不清主攻方向，这巨弩一旦失了方位，定然威力大减。”

阿里担心道：“上次和尚原大战，吴玠突然使出克敌弓，我军全无防备，死伤惨重，原本冲天的士气也一落千丈。两位方才所言都有道理，只是将士们却未必能想到这一层，何曾见过如此厉害的巨弩长箭，只怕又是人心惶惶。”

赤盏晖森然一笑道：“明日攻坚，我率亲兵冲在最前面，以为示范。”

韩常身为军中第一勇将，岂甘落后，慨然道："仲明兄在左翼，我在右翼，南军以为我军已然胆寒，不料我军反而更加拼死向前，定会大出意外，如此一来，明日一战，我军已占先机！"

二人都已贵为万户，却仍有这般血性，众将都大为倾倒，兀术更是喜不自禁，起身道："有两位将军领头，明日必胜！"说罢，取下头上的金盔，赏给赤盏晖，又解下腰带赏给韩常，二人跪谢，一时间中军大帐一片热火朝天的请战之声。

撒离喝见赤盏晖、韩常二人身为宿将，悍勇不逊血气方刚之士，自是赞叹不已，但更让他暗暗吃惊的是，这些将领为了讨兀术欢心，真能豁出命去报效，也不知这四太子身上有何魔力。

"监军有何见教？"兀术与众将商议完毕，回头问一直不作声的撒离喝。

撒离喝笑道："大金有如此将帅，我只有欣羡快慰的份，哪里敢谈见教！"

兀术含笑不语，他现在胸有成竹，迫不及待地等着明日开战。

次日一早，吴玠与诸将站在碉楼上瞭望金军动静，只见对面金军阵中令旗挥舞，铁骑左右驰骋，所有炮车与鹅车都聚集到中路，显然是要有大动作。

杨政眯着眼看了片刻，道："番狗这云山雾罩地想做甚？"

田晟道："还能做甚？定是想从中路突破我军。来得正好，今日再用床弩炮射几串番狗，看他们服是不服！"

王喜已经传令架好床弩，张弓搭箭，只等金军进入射程。

吴玠盯着前方看了一会儿，对杨政道："把你手下三千人全部调来，看番军的意思，像是要集重兵一举突破中路。"

杨政领命而去，吴玠又对吴璘道："你也将手下长枪手调过来，待会儿番军攀云梯进攻时用得上。”

吴璘也拍马前去调兵，吴玠叫过两名传令兵，命他们分别去告知镇守左右翼的王俊和姚仲，随时准备增援中路。

才安排妥帖，金军的炮车便开始发炮，几十斤重的大石块接二连三地飞过来，王喜命弓箭手回击，双方各有死伤。

僵持了半个时辰，只听金军营中一声炮响，两队铁骑慢慢地涌了过来，远远地看不清旗号，但兵强马壮，队伍严整，必是精锐无疑。

“番狗今日动真格的啦！”田晟笑道，说着策马沿着营垒巡视，大声激励士兵奋勇杀敌。

天色突然转暗，原本晴朗明媚的天空乌云低垂，隆隆的雷声隐隐约约自远方传来，一阵疾风和着湿气，卷起马蹄扬起的尘土送入双方将士口鼻之中，吴玠心里一动，倘若一场骤雨下来，固然对频繁调动人马的金军不利，但吃亏更多的似乎是自己这边，军中几千张克敌弓和神臂弓一旦弓弦被打湿，威力会大减，更不用说这五十台床弩炮。

但战事至此，再做调整只会自乱阵脚，只见中路金军步骑并进，几十台鹅车也被缓缓地推了过来，吴玠这时才看清对方旗号，打头的是两路金军，一路是韩常的“常胜军”，一路是赤盏晖的“神机军”，这两路精锐看架势都是倾巢而出。

王喜不等金军完全进入射程，便喝令床弩炮发射，几十支长箭呼啸而出，声势极猛，床弩射程较克敌弓还多出一倍，这几十支长箭深深地插入金军前方的地面，金军阵势略有凝滞，隐隐传来将官呼喝之声。

守军的床弩炮准备好第二轮发射时，金军又逼近了一百多步，正好进入射程，王喜喝令发射，有二十来支长箭射中前排金军，立即像钉蚂蚱般将那些个倒霉的士兵结结实实地钉在地上，然而出乎守军意料，金军竟然毫不在意，连惊呼声都没人发出来，依旧步调整齐地向前推进。

吴玠在后面看得真切，立即断定领头的将官绝非寻常将校，便命所有床弩炮瞄准领头的金军将领发射，只是这床弩威力虽大，操作实在繁复，好几台床弩折腾半天，硬是合不上弦，王喜见敌军越来越近，也等不及了，命令搭好箭的床弩发射，长箭破空而出，直接飞向两路金军的领头将领。

只听惊呼声一片，又有十来名金军应声落马，但令人诧异的是，领头的那两名大将，却气定神闲，在马上连身子都不晃一下，依旧从容前行，这两人显然也成了金军的定心丸，金军阵型极为严整，已经推进到五百步内。

王喜脸上轻松的笑容消失了，用略带焦躁的口气命令驻队准备发射克敌弓，田晟已经策马走了一圈回来，神情严峻，目光如炬，路过吴玠身边时，几乎都忘了参见。

“大帅，番狗此次来者不善，待会儿此处必有一场苦战，请大帅稍稍退后，免为流矢所伤。”田晟勒住马头，匆匆说道。

“不妨事。”吴玠淡淡说道，他已意识到此战将空前激烈，但在下属面前，必须保持从容镇定。

王喜驻队的二千余名弩手，已经占好位置，准备给进入射程的金军大队人马迎头猛击，王喜手中腰刀高高举起，只等他狠狠地劈下，一阵密集的箭雨将倾泻到金军头上。

就在此时，领头的两名金军将领一改从容不迫之态，突然策马狂奔，一个往南，一个往北，率领手下铁骑旋风般卷向守军营垒的左右翼，中路人马配合着两翼骑兵，也迅速加快了推进步伐。

吴玠不禁浑身一震，金军变阵之快、行动之果敢，出乎他的意料，正疑惑间，一眼看到突向两翼的金军铁骑中很多人竟扛着云梯，他立刻什么都明白了。

吴璘、杨政的预备军都在往中路调，甚至两翼王俊和姚仲也已抽出部分兵力支援中路，即便立即传令调头，一来一去之间，金军铁骑早已兵临营垒两翼。

“放箭！”前面王喜一声怒吼，上千支箭划出一道道长长的弧线，落在中路逼近的金军头上，金军虽被射得鬼哭狼嚎，阵形却不见乱，仍然坚定地逼近。

吴玠已传令吴璘和杨政分别火速增援左右翼，甚至将手下五百亲兵也派了过去，只留二十名亲兵贴身护卫，他选了处稍高的地面，贴在一块大石后，观察两翼金军的动向。

攻打左翼的正是赤盏晖的“神机军”，三千多铁骑纵马狂奔到营垒边，立即翻身下马，化骑为步，扛起云梯直扑守军营垒，一路上竟然毫无阻碍，因为王俊已将军中的一千弓弩手派去增援中路了。

这三千生力军都只经历过富平大战，没吃过吴玠的败仗，因而心气极高，争先恐后，上百架云梯一搭上石墙，便立即爬满了人，与守军开始激战。

赤盏晖立在后军一边督战，一边命人看好战马，前方战事十分激烈，他脑海中对宋军的印象还停留在富平大战，因此见到宋军虽然被打了个措手不及，却抵死不退，拼命反击，不由得颇为吃惊，心想难怪众将都称南军今非昔比，看来绝非虚言。

王俊这边只有五千人，其中一千还被抽走了，而金军后续部队却源源不断冲上来，云梯越架越多，很多金军已经爬上营垒，与守军争夺立足点，王俊率领手下三百亲兵，如同救火一般，哪边危急便扑向哪边，不到半个时辰，已是血染征袍，累得手足酸麻。

右翼姚仲战况也不大妙，好在他比王俊多个心眼，没将弓弩手全部送走，还留了三百人，这三百人几轮齐射下来，虽不能阻挡韩常的“常胜军”，却也让他们吃了不少苦头。韩常为激励士气，策马立于中央，挺着一杆碗口粗的长枪，吼声如雷亲自督战。

“韩无常”在宋军中颇有威名，众人见他神威凛凛，不禁有畏惧之色，姚仲见状，一把跳到石垒最高处，也不避流矢，挺着杆长枪，指着韩常大吼道：“谁与我射杀那独眼狗贼，赏银五千两！白身加正侍郎！”

守军一看主将气势如虹，也都来了精神，纷纷探出头来，一边大声鼓噪，一边将长枪伸出营垒，枪杆在石垒上敲得“梆梆”乱响。

转眼间两边便交上了手，双方都不是省油的灯，立刻杀得昏天黑地，战况极为惨烈，金军借着人多势众，不断突入守军阵地。

相比于两翼的顺利进展，金军在中路的进攻受到的阻碍最大，在密集的箭雨下，士卒死伤甚众，但仍然顽强地突击到石垒边，架起云梯与守军短兵相接。

双方激战正酣，猛地半空响起一声爆雷，惊得远处的战马嘶叫不已，紧接着豆大的雨点砸了下来，正在来回督战的吴玠仰头看了看天色，脸上神情如同铁铸一般。

吴璘气喘吁吁地策马赶到，到了吴玠跟前，压低声音道：“大哥，两翼吃紧，左翼已有几百名金军冲上石垒，王统制亲自率死士冲了好几次，都赶不下去，爬上石垒的金军反而越来越多，我的人马赶到时，已经无力回天，只能扼守后方，阻止金军深入。右翼那边估计也形势危急，杨统制率人去支援，到现在也没有消息，平常无论好坏他都会有个信儿……”

吴玠还未答话，便听王喜叫道：“大帅，这鬼天气看样子要下雨，弓弦一湿，劲道不足，克敌弓和神臂弓威力大减，只怕会遂了番狗的意！”

吴玠此时已断定第一道关垒守不住了，必须抢在金军大举攻入前撤入第二垒，否则一旦军队被击溃，后果不堪设想。

吴玠叫过王喜，道：“你跟田晟转达我的帅令，准备撤退到第二垒，撤退之前，务必拼死反击，能将番狗逼退多少算多少，到时你二人听我号令，趁金军不备，立即率人马后撤。”

王喜不禁一愣，再看吴玠脸色，便知军令如山，拱手道：“末将遵命！”

吴玠转头又对吴璘道：“你率人马与王俊一起反击金军，趁金军势头有所消退时，听我号令撤退。”

二人领命而去，吴玠立即叫过身边一名得力亲兵，命他火速前去右翼传令杨政与姚仲，先全力反击，再听号令撤退。

亲兵领命而去，吴玠还不放心，又派出两名亲兵分头去两翼传达帅令。

王喜舍不得五十台床弩，命人抬起床弩先行撤退，吴玠本想制止，但见王喜十分爱惜地手抚床弩，到嘴边的话又吞了回去。

安排停当，吴玠率亲兵策马直奔第二垒的高地，俯瞰战场情形，果然左右翼都已经被金军占了一大块地，爬上来的金军足有三四千人，后面还源源不断地往上拱，倘若两翼失守，金军从两边一包抄，中路守军便腹背受敌，陷于绝境。金军都认定此战必胜，士气极为高涨，喊声震天，而自己这边正苦苦支撑，人心动摇。

吴玠命帅旗前举，亲自抡起鼓槌，死命地擂了下去，旁边几面大鼓也一起擂响，众将士听说主帅亲自擂鼓，个个血气上涌，加上吴璘、杨政等人无不身先士卒，更加激起将士斗志，猛然间掀起一轮疯狂反击，竟将金军逼退数十丈，后面刚爬上来的金军士兵立足不稳，不少人被挤下石垒。

虽然反攻得手，但吴玠知道不是缠斗的时候，趁着金军略微往后收缩，立即停止擂鼓，命人鸣金收兵，各营将领早有默契，立即撤退的撤退，断后的断后，还没等金军明白过来，守军已经有条不紊地撤了一两箭地。

瓢泼大雨终于浇了下来，守军的撒手锏强弓劲弩已然派不上用场，但地面湿滑泥泞，也极不利于金军进攻，赤盏晖与韩常在阵后督战，虽然明知乘胜进军，或可一举拿下仙人关，但一则守军撤退有序，未现败象；二则自己这边狂攻大半日，士卒早已十分疲累，加上冷雨一淋，衣甲似有千斤之重，此时若再硬攻，恐怕反被守军算计，二人一合计，便传令停止进攻。

吴玠率军撤入第二道石垒，这道石垒利用地势与仙人关相连，从两侧修至城楼汇合，从城楼顶上俯瞰，这道营垒就像一对展开的翅膀，在茫茫雨雾中，仿佛就要飞升一般。

吴玠见将士进了营垒，还惊惶未定，冒雨加固营寨，便传令各营只派数人警戒，其余人立即躲入帐中避雨，免得春寒上身，生出疾病。

很快，刚才还殊死拼杀的两支军队安安静静地各自歇息了，战场上一片寂静，只剩泥地里垂死的士兵还在挣扎呼号，双方都派出士卒去清理战场，运回伤员和尸体，有些尸体滚在泥地里，分不清是哪边人。两边士兵互相吆喝确认，那样子，根本不像以死相拼的仇家，倒像太平时节水田里薅杂草的农夫与田埂上的过路客打招呼。

二　血战仙人关

仙人关的那场春雨一直持续了十来天，宋金双方经过上一场激战后，都在借机休整，蓄势待发，战场处于暂时的平静当中。

然而送到临安的战报却令赵构君臣颇为震动：吴家军失守第一道营垒，金军继突破守军前沿阵地后，又步步推进，离攻破仙人关只有一步之遥。

期待的捷报没有发生，反而收到吴玠节节退守的消息，赵构有点坐不住，他正为伪齐在荆襄一带的攻城掠地头疼，倘若西部战场和中线战场一齐失利，对于刚刚透出一点中兴气象的新朝可是不小的打击。

赵构赶紧召集宰执们议事，张浚听说了吴玠与金军在仙人关相持不下的消息，早已备好一套方略，供皇上垂询时和盘托出，当他赶到都堂时，只见赵构坐在案边翻看奏折，朱胜非、李回、席益等宰执神情严肃地坐在一旁。

见过圣驾后，皇上赐座，张浚听到身后又有人来，听报却是江西安抚制置大使赵鼎，张浚十分意外，又不敢失礼回头去看，只是在心里暗暗纳闷。

赵构见众宰执到齐，首先开口垂询的却是荆襄战事："朕刚才看了李横的奏报，刘豫仗着金人势力，自去年起，便率军攻打京西、河朔义军，害死翟兴父子，驱逐董先、牛皋等人，占了这两处祖宗故地，中原之地，竟全部沦陷，如今更是得寸进尺，又派李成占了襄阳六郡，众卿有何对策？”

朱胜非道：“襄阳六郡地处汉水上游，襟带吴蜀，敌人得之，溯江而上可进兵川蜀，顺流而下进逼东南；我若得之，进可以蹙贼，退可以保境，如今这块形胜之地沦于敌手，臣以为必须派遣一名得力大将出兵收复，不可丝毫延误。”

席益附和道：“襄阳六郡，地势险要，恢复中原，当以此为基本，应趁伪齐军队立足未稳，尽快出兵攻取，方为上策。”

“众卿以为哪位大将能堪此重任？”

众宰执沉默了片刻，李回道：“张俊、韩世忠为我朝宿将，帐下兵多将广，由他们去原本极合适，只是二大将都驻兵江淮拱卫京畿，千里调兵动静太大不说，还使得京畿重地防卫空虚，恐为金人所乘。”

席益道：“刘光世帐下亦颇多猛将，派他去如何？”

朱胜非把头摇得如同拨浪鼓，也不好多说，只道：“罢了罢了，他离得远，调起兵来也不方便。”

李回道：“王𤫉如何？”

众人听了都不作声，王𤫉多年掌兵，除张俊、韩世忠、刘光世外，就数他资历最老，但他能力平平，带兵多年从未痛痛快快地打过一次胜仗，顶多也是因人成事，颇有苦劳，让他接这份重任，只怕他承担不起。

赵构正皱眉沉吟，突然有个声音道：“臣举荐一人，必定马到成功。”

赵构抬头一看，正是赵鼎，便问：“赵卿举荐何人？”

“依臣愚见，若要收复襄阳六郡，必须知晓汉水上游军事地理，人情风貌，就此而言，无人比得过岳飞。”赵鼎道。

签书枢密院事徐俯颇有疑虑，道：“岳飞固然是战功累累，但都是以属将身份所立，并未独自领军，收复襄阳六郡，乃是建炎以来王师首次北伐，此等重任，元镇以为岳飞能承担否？”

赵鼎微微一笑，对着赵构道：“过去数月，臣在江西数次与岳飞共事，知其治军极严，沉鸷果敢，有勇有谋，定能独当一面。”

赵构脸上露出一丝笑容，道：“朕也确实属意岳飞，有卿此言，朕就更放心了。”

众宰执不由得互相看了一眼，原来皇上心里早就有了人选。

张浚也略感意外：这岳飞确实早闻其名，只是为何如此蒙皇上看重，难道他还能强得过吴玠？

正在寻思，只听赵鼎道：“陛下，为确保岳飞收复襄阳，朝廷可派出疑兵，分散金军与伪齐兵力，张俊拱卫京畿，不可轻动，但可命韩世忠屯兵泗上，作北进状，再命刘光世出兵向陈州、蔡州一带进发，作为右翼，配合岳飞主力作战，至于川陕，倘若此次吴玠能再败金军，那是再好不过，如若不胜，保平或小负亦可，只要能拖住十几万金军，就是大功。”

赵构听了连连点头，把目光挪向张浚，张浚早有准备，道：“王似、吴玠的战报，臣都已读过了，特别是吴玠的战报，所述极为详细，依臣愚见，吴玠虽然一退再退，不过是调整战术罢了，不出半月，双方必然再有一场大战，臣料吴玠即便不能大胜，也必能挫败金军入蜀图谋，令金军知难而退。”

赵构听了沉吟不语，其他宰执也默不作声，张浚所言，是在为自己爱将辩白，也多少有点赌的意思，但事已至此，除了吴玠，谁又能独挡十几万金军，力保川蜀不失？

赵构问道："吴玠在奏折中说已经数次遣人至王彦、刘锜军中，要求增援，不知诸将能否同心协力，共御贼寇？"

张浚暗暗吸了口凉气，看来皇上还真是洞察秋毫呢，他也注意到奏折中吴玠提到要求王彦、刘锜增援，在他看来，这应该是吴玠为自己留条后路，万一战事不顺，还可以其他诸军增援不力为辞。这里面的意思，张浚不敢点破，不料皇上天性聪颖，继位以来，哪一日不在与文臣武将们斗心眼，自然是一眼看破。

"陛下圣明。臣以为此事不必过虑，诸将能尽力支援自然是好，即便不出兵，也不大妨事，过往和尚原、饶风关之战，吴玠都能以少胜多，如今吴玠麾下人马众多，且多是久战老兵，定然不会让金人占了便宜。"

赵构略微放心了些，叹口气道："朕只恨山水阻隔，不能亲赴川陕，慰劳众位将士。"

张浚感动道："陛下能出此言，已是春风化雨，将士闻之，定当涕泪满襟，如何敢不拼死力战，报效国家！"

赵构又与众宰执聊了些各地军政财赋之事，见天色已暗，便赐晚宴，众宰执都谢恩，赵构自回宫去了，张浚这才回头与赵鼎相见。

赵鼎当年还是张浚所荐，二人互相仰慕，颇有交情，当着其他人的面，也不谈军国大事，只谈学问。张浚心里琢磨，朱胜非因为是吕颐浩"旧党"，早就风闻要罢相，他自己也数次上书求免，看来去职是迟早的事，皇上此时召赵鼎入朝，定有深意，今日一番庭对，赵鼎说话有理有据，深得皇上之意，只是如此一来，遍观朝中，便没了自己的位置。

赵鼎见张浚虽然谈吐轻松，却总掩不住一丝惆怅之意，知他心里有事，也不便多说，只是随他的兴漫谈。

仙人关外，终于雨过天晴，被乌云遮盖久了的太阳报复似的炙烤着大地，两边将士一面急着将沤发霉了的衣物拿出来晾晒，一面加紧抢修营寨，整治战具，一场决战在酝酿之中。

吴玠每日都会瞭望对面金军动静，见金军营寨严密，人马精壮，心中暗暗忧虑，他知道再过几日，金军将发起最后的总攻，成败将在此一举，而他尚无成算在胸。

天气连晴后的第三日傍晚，一名探子不知从哪条路摸到营寨后方，被巡哨的士兵发现，刚吆喝上前去拿他时，这人却晕倒在地，众人又是灌热水，又是掐人中，将这人救活过来，一问才知是郭浩那边派来的。

众人赶紧拥着他到吴玠中军大帐，这人捎来一个天大的好消息：郭浩已经兵不血刃地掌控了关师古的部队，共有两万八千余人。

这消息一说出来，立即在中军大帐引发了狂热的欢呼，其他营帐的将士听到欢呼，知道必是好事，也跟着狂呼大叫，一时间数万人欢声雷动，震撼山野，对面营寨的金军伸长了脖子朝这边望，惊疑不定。

这探子为避金军游骑，不得不千辛万苦绕路，被大雨阻隔了十来日，干粮吃尽，直饿得脸色惨白，拼尽性命才赶过来。吴玠当即赏银二百两，并封他为正侍郎，算是嘉奖他这一番出生入死。

众将的胆气立即足了起来，杨政首先道："大帅，郭兄弟一旦稳住了部队，定会南下增援，金军不得不分兵防备侧翼，我们的打法也得变变了！"

王喜、田晟、姚仲、王俊等人早憋了一肚子恶气，也纷纷嚷道："不能尽凭着番狗想打就打，想攻就攻，我军也得伺机冲出去咬他们一口！"

吴玠喜不自胜，脸上却不露声色，又派出两拨人分别给王彦和刘锜送信，告诉他们关师古一部已经南下增援，让他们也务必出兵策应。

“只要二人中有一人出兵，我军便与金军人数持平，且占有地利，有守有攻，此战已有五六分胜算了。”吴玠道。

“才五六分？大帅未免太谨慎了！”杨政不服道。

吴玠道：“此次金军不可小觑，兀术这两年精进不少，用兵颇有章法，帐下将士也愿意拼死效力，又有撒离喝一军相助，本帅之前只望打个平手，等天热了逼退金军便罢，今日看来，或可求一胜。”

吴璘道：“金军这几日又在加紧整治器械，调兵遣将，不出数日，必将又有一次大战。”

吴玠目光炯炯，扫视了一眼帐中诸将，道：“此战乃是决战！金军在此驻扎一月有余，粮草再多，也经不起十几万人马日夜消耗，如今已进了四月，摸不准哪日天气骤热，金军不耐暑热，易生疾疫，上回饶风关之战金军吃了这个苦头，病死者至少二三成，我料兀术与撒离喝定然不至重蹈覆辙。今日我们要定的就是，如何打好这场决战！”

王喜道：“末将看金军爱从两翼攻击，无非是想一旦得手，再用铁骑从侧翼包抄，全歼我军，咱们不如来个将计就计。”

吴玠眼中亮光一闪，看着王喜，等他说下去。

王喜接着道：“咱们趁番狗猛攻两翼，突然从中路派出人马，直插敌阵，给他来个黑虎掏心，两翼敌军担心侧翼被袭，必然也不敢全力进攻……”

杨政猛地一拍大腿，道：“正是如此！郭兄弟的人马迟则六七日，快则三五日就能赶到，我军出营突击敌军，倘若正好郭兄弟人马杀到，就势来个南北夹击，此战就有七八成胜算了！”

王俊冷不丁冒出一句：“要是王、刘两位大帅再从南面杀过来……”

众人不由得同时发出一声惊呼，倘若真能如此，三路大军突然将金军一分为二，围而攻之，那可真是做梦都不敢想的好事！

众将都看着吴玠，吴玠力图保持镇定，但脸上仍然涌过一阵激动的红潮，这种战法要冒很大的风险，必须引而不发，听凭金军进攻，以免被金军窥破意图，一旦发现南北两面有援军抵达，才能从中路杀入，还要期待援军能够会意，同时发起进攻……

倘若援军未能尽快抵达，或者金军各派出一支人马牵制援军，则此战术效果将大打折扣，甚至反令全军陷于被动。

但将十万金军精锐包围并一举歼灭的诱惑太大了！吴玠咬着牙，入定般地盯着地面，众将见他在盘算，都知事关重大，也各自在心中合计。

半晌过后，吴玠才抬起头，像是自问自答：“郭浩多半会来，但王彦与刘锜二位会不会来？”

这个谁也不敢打包票。王彦心高气傲，官阶几与吴玠齐平，资格还老，他能乐意甘当绿叶，助吴家军立此大功？至于刘锜，与吴玠素无交往，离仙人关还远，他若按兵不动，可以轻松找一百个理由，凭什么千里迢迢赶过来成就你的千古功名？

吴璘突然道：“我料刘锜八成会来。”

“何以见得？”众将几乎异口同声地问道。

“当年富平之战前，在相公帐中议事时，觉得他英气逼人，颇不寻常。富平一战，其他各军都打得狼狈不堪，唯独他率泾原军打出了一些威风。更何况，相公对他有知遇之恩，倘若此战不利，于相公在朝中定然不利，我想刘锜是聪明人，必能想清楚这一层道理。”吴璘道。

吴玠起身在帐中踱了两圈，停步对身边一名亲将道：“选几个眼力好的士卒，日夜轮流在仙人关城楼上观望，只要发现南北两面有大队人马活动的迹象，即刻通报！”

那亲将领命而去，吴玠重新坐回案边，大概是心里有了计较，先前紧绷的脸色缓和了些，眼神也不那么犀利，他看了看众将，道：“我料这两日番狗必然倾力一击，我军必须死死抵住，绝不能让他们登上石垒！另外，必须留一支三千人的精锐作为突击先锋，一旦发现南北方向有大队人马在移动，定是援军抵达，立即派出这三千人从中路杀出一条血路，中路人马随后跟进，两翼人马也相机进逼，只要熬到援军参战，番狗便陷入三面受敌的绝境，我军必迎来一次大捷。”

众将听得心怦怦直跳，上次饶风关之战，被金军包抄后路，功亏一篑，虽然最后将金军赶了回去，但回想起来还是觉得窝囊，没料到今日又有了取得一场大胜的机会，让他们怎能不兴奋躁动！

杨政原本是最爱打痛快仗的，此时却冷静下来，道：“真要利用好番狗三面受敌的形势予以痛击，我军出击时须极快极猛，让番狗如临大敌，全力应付，南北两路援军才有机会逼近金军，否则让番狗从容各派一支军队去牵制援军，则形势又不好说了。”

吴璘点头道：“杨大哥此言极是。我军不出击则已，一出击必须如雷霆万钧，惊天动地，援军听到这边激战正酣，才会停止观望，坚决推进，赶来加入战团。”

众将都纷纷点头，七嘴八舌地商议，吴玠听得舒畅，命人开了两瓮好酒，与众将一边饮酒，一边筹划来日大战。

果然不出所料，金军调动越来越频繁，终于在转晴后的第六日，发起了总攻。

守军早已严阵以待，双方甫一接触，便拼尽全力，既无佯攻，也无试探，真刀真枪杀得昏天黑地。吴玠登上城楼，远眺金军阵势，见金军仍将重兵集中在两翼，左路赤盏晖大旗后方，更有一面大旗，细看竟是兀术的帅旗，原来兀术亲自上阵督战；右翼仍是韩常，吴玠远远看见一独眼将军左右驰骋，激励将士，丝毫不避身边流矢，不免也在心中暗暗赞叹；中路看去乃是撒离喝的人马，虽是辅攻，却一点也不马虎，双方在石垒前展开拉锯战，争夺极为激烈。

吴玠已按先前部署，从各营抽调了三千最精锐士兵，埋伏在城墙内，养精蓄锐，准备时机到时由他们冲出打头阵，这三千人听到外头杀声震天，都躁动不安，忍不住探头探脑，吴玠便传令下去，有再敢探头者，立即斩于阵前。

第一日的战斗从拂晓一直持续到黄昏，双方都死伤不少，石垒内外，到处都是尸体，双方各自派人将伤兵运回，尸体就暴露在外，苦战了一日，都已经疲累得无心无力去管。

第二日，金军祭出娄室时的攻坚法，每队五十人，披双重铠甲，只准前行，不准后退张望，败退回来的，一律阵前斩首。在如此恐怖的高压之下，金军求生的本能被最大限度激发出来，像疯了一般从两翼往上涌，石垒前的尸体堆积如山，金军就踩着这些尸体一队接着一队往前攻。

守军的箭支像瓢泼大雨般倾泻过来，金军中箭者无数，惨叫连连，然而即便如此，仍然挡不住横下一条心的金军士兵。

战至晌午，左翼终于有一队金军突进石垒，接着又有一队跟着突了进去，后面金军见状，发狂般地呐喊，疯狂地往上涌。

撒离喝受兀术委托，在中路调度，远远地一看这阵势，激动得浑身哆嗦，连声道：“有了！有了！”

突入石垒的金军顺势而上，企图占领一角，让后续部队跟进，这些士兵都杀红了眼，已经不知道疼痛与恐惧，长矛捅在身上，只会咧一咧嘴，更加疯狂地反扑，守军为其气势所摄，步步后退，有崩溃之势。

吴璘正在左翼督战，见势头不妙，立即率二百亲兵冲至前方，用刀在地上划了一道线，大吼道：“今日我与弟兄们战死在此，有退过此线者，杀无赦！”

然而战场上一旦处于下风，逆势而攻何其艰难，金军仍然步步紧逼，吴璘瞪着血红的双眼，准备与敌同归于尽，忽听耳边一声惊雷般的怒吼：“弟兄们，跟我上！”一名将官跃出军阵，挺着杆长枪直向金军奔去，奔到半路，吼声连连，竟然将头盔一把掷到地上，披头散发，状如疯虎。

果真是不要命的怕寻死的，金军被这拼死打法给镇住了，吴璘定睛细看，此人正是雷仲，一直协助王俊镇守左翼，如今情势危急，便豁出命来了。

雷仲手下将士一看主将抱必死之心，登时都疯了起来，也掀掉头盔，有人甚至脱去衣甲，光着膀子往前冲。雷仲手下全使丈八长的大枪，很快便集结成密集的枪阵，死命往前突，在如此疯狂的反击之下，金军也战栗了，被杀得节节后退。守军趁势三面合围，将这两队好不容易冲进来的金军歼灭大部，只剩十来人连滚带爬地逃出石垒。

撒离喝在中军看到明明涌进了不少人，以为缺口一旦打开，只会越来越大，没料到守军竟然绝地反击，生生地将攻进去的人挤了出来，不禁目瞪口呆，金军将士眼看要煮熟的鸭子又飞了，颇受打击，原本一浪高过一浪的士气骤然消退下来。

撒离喝懊恼地长叹了口气，再看右翼韩常的进攻也处于胶着状态，攻守双方士气都很高涨，杀得难解难分，反而自己主攻的中路，波澜不惊，双方近战不多，只是用弓箭互射。

兀术亲自督战右翼，眼见功亏一篑，失望得半晌无语，这时撒离喝的传令兵捎来口信，说是今日我军攻势已过巅峰，建议提前收兵。

兀术也明白再鼓而衰，三鼓而竭的道理，见守军在极度被动之下扭转战局，气势越来越高涨，知道今日之战已不可为，便同意收兵。

片刻之后，金军三路大军减缓了攻势，有条不紊地逐次退出战场，撤回营寨，守军嘴里叫骂不休，身子却都松懈下来，不一会儿，刚才还如火如荼的战场逐渐安静下来。

吴玠策马来到右翼，还没下马，便叫道："雷仲兄弟怎样了？"

雷仲像个血人一般被众人簇拥着出来，见了吴玠，便要拜见，吴玠将他扶起来，见他浑身上下伤口不下百处，半边脸颊还少了块肉，连着右耳都缺了半边，动情道："好兄弟，今日多亏了你！吴玠何德何能，有你这样的铁血兄弟帐下卖命！"

雷仲脸受了伤，说话不太利落，道："当年雷仲无知，冲撞了大帅，大帅不计小人过，放了雷仲一马，自那日起，雷仲便发誓要替大帅拼死效命，今日为吴家军立了点摞末之功，雷仲便是死了也心甘！"

吴玠听了这赤诚之语，不禁流下泪来，亲自扶着雷仲到帐中歇息，命军医替他好生清洗伤口，又叮嘱他安心养伤，良久吴玠才出帐回到军中。

右翼助战的杨政快马赶来，见人便问："雷兄弟还好吧？"听众人说没事才放心，又去帐中看望后才出来，立即翻身上马找到吴玠，道："番军还真有长进！今日被我军反败为胜，竟然没有乱，见形势不好，丝毫也不恋战，撤退时阵形严整有序，让我军无机可乘，看来此战一点马虎不得！"

吴玠深有同感，沉吟道："刘锜那边不敢奢望，只盼充道快些率援军赶到，番狗此战志在必得，多拖一日便多一分风险。"

正说着，负责在城楼四角瞭望的几名士兵前来禀报道：今日南北两头没看到有大队人马开来的迹象。

吴璘看其中一名士兵，长着两只眯缝眼，像没睡醒一样，便问道："你是何人帐下？"

那士兵答道："回少帅，小人是姚仲姚统制帐下。"

吴璘笑道："姚统制如何挑了你？你眼神果然好使？"

这士兵还未说话，旁边其他士兵却都笑了，道："少帅有所不知，咱们几个眼力加起来，还不如他一只眼好使。"

吴玠听了，诧异道："你这眼神如何好法，说来听听。"

这士兵四处看了看，嘀咕道："此处地势不高，不能穷尽目力，要去城楼上去才好。"

吴玠素来相信凡有异能之士，必有几分傲气，这士兵在三军主帅面前不卑不亢，胸有成竹，只怕还真有几分本事，这样想着，便来了兴致，笑道："那我们就一起去城楼，领教一下你这千里眼。"

众将听说吴玠要亲自验证那士兵目力，也都好奇，便都跟着一路上了城楼。

仙人关城楼在关隘最高处，城楼高三层，青山秀水环绕，十分雄壮。吴玠自去年入驻仙人关以来，脑中日日盘算的都是攻防大事，从未留意过这座始建于唐代的城楼，今日心绪一变，见了城楼，倒像第一次看见，颇有震撼之感。

“可惜不会吟诗，不然在此题诗一首，也不枉了这城楼的气势。”吴玠环顾左右，叹道。

军中文书刘义正好在身边，笑道：“刘某倒能吟几句打油诗，必定入不了大帅法眼，此楼建于唐初，早有旷世逸才有诗咏之，大帅想听否？”

见吴玠点头，刘义便吟道：“城上风威冷，江中水气寒。戎衣何日定，歌舞入长安。”此诗咏的是扬州广陵城楼，然而用在此时此处，再恰当不过。

吴玠不由得呆住了，此诗意境，正与自己心中之事贴合，简直就是直抒胸臆，怔了半日，才缓缓道：“好诗，好诗……何人所写？”

“骆宾王。”

姚仲一旁道：“原来是封王之人写的，难怪听着如此有气势！”

吴玠与刘义相视一笑，带着众人拾级而上。此时已是暮春，该开的花早就开过了，唯独城墙边上的蓝花草一片片开得旺盛，刘义毕竟是文人，看着这花轻盈俏丽，色彩鲜艳，便来了诗兴，道：“大帅，诸位将军，你们看这花开得何其妖艳，要不就以此花各咏一句如何？”

可惜吴玠虽然也爱读书，却都是兵书，于诗词终归兴趣不大，其他诸将更是粗通文墨的都不多，刘义见无人响应，颇感失望，便自己吟了一句：“娇蓝自从墙根生……”

杨政接口道：“刘先生可知这‘娇蓝’为何只城墙边上有，其他地方却没有啊？”

刘义四面一看，果然如他所说，便随口道：“大约是水气聚集、阴阳分割吧。”

杨政一哂道：“刘先生尽说些不着调的话，我告诉你吧，这花为何偏在城墙边生得旺？那是因为此地长年作为战场，攻城之际，死伤无数，鲜血渗入土中，加上士兵攻城时阵亡，不及运走，就在城墙边挖个坑掩埋，无数血肉之身将这块地育得极肥，才有你这一片片‘娇蓝’。不信，你去那块‘娇蓝’长势最好的地挖一挖，定能挖出一堆骸骨。”

刘义不禁哆嗦了一下，大为扫兴，连连摆手道：“罢了罢了！”

吴璘点头道：“此花又名虎膝，我一直觉得纳闷，这花明明娇艳多姿，为何却有如此霸道的别称？今日听直夫一说，倒是正合其意。”

说话间，众人已经登上城楼，天近黄昏，放眼望去，西边一道白练蜿蜒往东，被夕阳染得血红，正是阆水，东北方向乃是长岭，秀中带险，逶迤南下直至杀金坪，山水相衬，既妩媚，又雄奇，让观光之人各有所得。

“孙迷儿，”姚仲叫着那士兵绰号道，“你且看看，南北两面可有兵马过来。”

众人都笑，此时天色将晚，倦鸟已归，天上地下一丁点儿动静都没有，哪里会有兵马来。

孙迷儿往南看了片刻，又往北看了看，正要说话，迟疑了一下，继续朝北面看了半晌，两只眯缝眼炯炯有神，全神贯注，一副煞有介事的模样。

吴玠在一旁冷眼观之，觉得他不像是在装神弄鬼，便耐心等着，又过了半晌，孙迷儿才转过头来，满脸困惑道：“北面像是有大队人马到来，但天色晚了些，看不真切。”

众人都朝北望，但无论怎样穷尽目力，也只能看到远处的暮霭薄云，哪儿有半点人马影子？

姚仲问孙迷儿：“你看确实了吗？”

孙迷儿老实答道：“回统制，看不确实。”

众人见这孙迷儿说话直愣愣地，又笑了一阵，便不把他的话当真，都看风景去了，过了一会儿，话题又转到了战事上，议论得颇为热烈，只有孙迷儿在一旁忙碌，看完北面再看南面，好像远处真有什么东西似的。

次日拂晓，守军才占好阵地，金军便又潮水般涌了上来，吴玠由于昨日两翼告急，便增调了援兵，不料金军在两翼佯攻一阵之后，突然抽出一部人马，快马驶向中路，与中路金军会合后，突然直取地势最高、最难攻取的仙人关城楼。

吴玠立即明白了金军意图：出其不意一举攻占仙人关城楼后，金军反而占了地利，便可以此为据点，居高临下向两翼进逼。

“番狗果然学得快，不只是一味蛮干了。”吴玠对身旁吴璘道，此时中路王喜和田晟的部队都在城墙两边，正被撒离喝的人马牵制，所幸原本在右翼镇守的姚仲一早鬼使神差率一千人到了城楼四周，只因吴玠昨夜跟他交代可率一支精兵左右游弋，随时救急，危急时刻正好派上了用场。

率军突击城楼的正是兀术爱将如海，守军居然在城楼四周布有重兵，有点出乎他意料，不过经历无数硬仗的他并不气馁，举刀站在城墙下方，冒着密集的矢石亲自督战。

很快金军便搭起了二十余架云梯，如海发现守军并没有推出令人胆寒的撞竿，心里便有了底，这多半是一支机动人马，并非重装守城部队，便在后面喝令士卒大胆进攻。双方在城墙边沿展开了近战，有几名金军跃上城墙，又被守军用长枪捅了下来，还有两名士兵都失了兵刃，竟然扭打在一起，双双滚落下来，跌在地上，发出沉闷的声响……

在中军指挥的吴玠面临一个抉择：要不要将伏在城墙后方的三千生力军投入战斗。他咬了咬牙，将已经举到肩膀的令旗收了回来，目不转睛地观察着城楼上的战况。

金军倚仗人数优势，从战场各处全方位地给守军施压，左右翼分别是赤盏晖和韩常的精锐，战力极强，屡屡突入石垒，守军需付出重大伤亡才能力保阵地不失；中路撒离喝的部队自饶风关之战后，对付守军的克敌弓颇有经验，都配备了重盾，让王喜的驻队威力打了不少折扣；吴璘与杨政各率本部左右驰援，哪边情况危急便赶紧过去救急，体力消耗极大，将士们都汗透衣甲。

双方都摆出了决战的架势，战局瞬间万变，胜负很可能就在某一刻突然决定。吴玠凭借着巨大的毅力强忍住不动用城墙后的生力军，但突然间，他看到高大的城楼似乎摇摇欲坠，越来越歪，瘆人的“吱吱嘎嘎”声清晰可闻，原来云梯上的金军士兵用十几根套马索绕住城楼飞檐和栏杆，拼命拉拽，一旦城楼轰然倒塌，对守军的士气将是沉重打击。

吴玠不再犹豫，掏出令旗要将三千生力军召出来，就在将要举旗的一瞬间，歪了半边的城楼突然发出一声巨响，生生地被扶正了，耸立如初，守军发出一阵欢呼，吴玠暗叫一声“好险！”将攥得出水的令旗重新揣了回去。

双方从拂晓杀到晌午，往常这时，都会各持默契缓缓收兵，吃完饭后再战，但今日两边已经杀红了眼，像不知饥渴疲累的野兽般继续绞杀在一起。

几名将校模样的人护送着一名士兵从城楼外墙绕过来，直奔吴玠，吴玠身边亲兵迎上去，挡住去路，喝问道：“大帅在此，你们过来做什么？”

吴玠一眼瞅见孙迷儿在其中，胸口莫名地一跳，大声道："让他们过来。"

孙迷儿急急忙忙地赶上来，眯缝眼放出异样的亮光，不等吴玠发问，便道："大帅，北面有大队兵马靠近，倘若昼夜兼程的话，明日晌午必能赶到！"

吴玠面不改色，却掩饰不住声音中的嘶哑，问道："这次看确实了？"

孙迷儿道："确实。"

吴玠面向北，入定般地沉思了片刻，令人赏了孙迷儿等人，便要召集众将议事，不料孙迷儿接着道："禀大帅，南面也有大队兵马动静。"

吴玠再有定力，也经不起孙迷儿说起话来藏头露尾，一惊一乍，当即面色一紧，怒目圆睁，厉声喝道："军中无戏言，此话当真？"

虎威之下，孙迷儿虽是个浑不吝的主，也吓得跪倒在地，道："小人昨晚其实就依稀看见了，但不敢说，今日看确实了，才敢来禀报大帅。"

吴玠自知失态，便长吸了口气，温言道："你起来说话，本帅并没有怪你，只是事关重大，不得不谨慎。"

孙迷儿起身道："南面人马离得远些，但南面路比北面好走，因此只要紧赶慢赶，明日晌午也能赶到。"

吴玠拼命克制住身体不由自主地抖动，沉声道："你何以得知路好走不好走？"

"小人之前无以谋生，就靠给这一带的私盐贩子带路赚点辛苦钱，因此对路极熟。"孙迷儿道。

吴玠至此才终于相信战局正在发生天翻地覆的变化，身上一阵热流涌过，眼睛居然有几分湿润，他还要最后确认一遍，问道："你能看到极远处人马，想必番军中也必有能人看到吧？"

孙迷儿道："此地最高处乃是城楼，只有在那上头才能看到，番军地处下坡，即便站到长岭山巅，也矮了数十丈，目力最好的也要迟一日才能看到哩。"

吴玠沉思了片刻，一声不响地解下腰带，赏给孙迷儿，便勒转马头，向中军大帐狂奔而去。

城楼上的激战仍在进行，金军一心要当着两军将士的面毁掉城楼，以打击守军士气，见拉拽不成，便改用火箭射向城楼，在一片惊呼声中，城楼上黑烟滚滚，姚仲赶紧令人用酒罐打了水，登上城楼，从顶上用水将城楼浇了个遍，才将火势止住。

从两翼前来增援城楼的守军越来越多，如海见突袭机会已失，也不恋战，当机立断收兵而去。

今日一战，较之昨日更为凶险，两翼和中路都有数次被金军抢上石垒，几乎站稳脚跟，全凭各营将士拼死苦战，以命抵命，才将金军逼退。

直到入夜很久，金军才完全停止进攻，撤回营寨。守军这边将士们个个饥肠辘辘，饭一送上来，便风卷残云般吃了起来，伤员们也忍着伤痛吃饭，只有受重伤即将死去的人躺着，用呆滞无神的目光看着眼前的一切，这些已经与他们不相干。

双方打着火把开始运回伤员和尸体，有辨别不清的，依旧互相吆喝确认，但彼此的防范与敌意比前些日强了许多，有时双方会受惊般地突然停下来，用狼一般的目光对视片刻，小心翼翼地各自后退数步，才慢慢俯下身继续干活。

众将依令到中军大帐聚集，十几根蜡烛将大帐内照得通亮，吴玠早已等候多时，却不像平常那样与众将说说笑笑，嘘寒问暖，而是正襟危坐，目光如炬，脸色绷得如同铁铸一般。

等众将有些困惑不安地坐定之后，吴玠才扫视了一眼大家，清了清嗓子，道："今日已得确切消息，南北两面援军明日就会抵达。"

帐内响起一阵惊叹，王俊接口道："难怪末将军中有几个猎户出身的，今日便说从北面飞来许多鸦雀，像是有人在围猎，我当时并未细想，原来竟是援军到了！"

众将都战了一日，面带疲倦，但这个重大消息让他们兴奋起来，有人忍不住朝帐外张望，等着吴玠的亲兵拎酒瓮进来，按惯例，大战在即，召集大伙过来定是要议论作战方略了。

"众将听令！"吴玠威严的声音响起，众将不由得一怔，齐刷刷地站了起来。

"明日不管番狗何时进攻，各军务必坚守至辰时，辰时一过，全军擂鼓向前，做最后之决战！"

"王喜、王武听令！令你二人今夜率本部人马袭扰金军营寨，让金军不得歇息，但不可与之硬战。"二人领命。

"杨政听令！令你明日听到鼓声，立即率城墙后三千精锐冲出石垒，直插敌军中路。"杨政也接了令箭。

"吴璘、田晟听令！你二人等杨政率军冲出后，立即随后从中路直捣金军两翼。"

"王俊、姚仲听令！你二人等中路我军杀出后，立即率军从两翼跳出石垒，与敌近战。"

……

吴玠一口气下达了十余条军令，最后道："明日一战，各军将士务必拼尽全力呐喊，奋勇杀敌，让方圆几十里外都能听见，援军听到此处正在血战，才会倾力进攻，不至犹豫观望，一旦三路大军汇合，我军必能迎来一场大捷！”

众将都嗅到了决战气息，大帐内方才还有些慵懒疲惫的气氛一下子变得紧张沉闷，吴玠又吩咐将军中猪羊全部宰杀，连夜炖好，一早便让将士们饱餐一顿，明日将有一场延续几个时辰的苦战，肚子里没点油水断然撑不住。

军令如山，众将顾不上休息，立即出帐分头忙碌起来，片刻之后，便听到人马开拔的动静，王喜和王武各率本部人马出了石垒。

约莫一顿饭工夫之后，远远传来呐喊厮杀之声，应该是王喜、王武的人马与金军交上了手。

“辛苦弟兄们了……”吴玠喃喃自语道，侧耳倾听了片刻，也不解甲，歪倒在榻上，很快便沉沉入睡了。

兀术待在帐中，听到外面宋军袭扰不止，几乎彻夜未眠，他与吴玠交手数次，知其足智多谋，宋军不惜体力，深夜袭扰，一定有所图谋，但他无论如何也猜不透吴玠还能使出什么法子。

黎明时分，撒离喝来到兀术帐中，双眼肿胀，看来也没睡好，兀术便干脆起来，坐在帐中与他小酌几杯。

“殿下，吴玠诡计多端，深夜派兵袭扰我军，必有深意啊。”撒离喝喝了一口酒，说道。

兀术举到嘴边的杯子停住了，皱眉道：“监军所虑极是。如此深夜袭扰，虽然扰得我军不能安生，但他手下却极耗体力，得不偿失，吴玠极善用兵，不会算不过这笔账，既如此，他所为何来？”

撒离喝道：“昨日不少将士说有飞鸟自北飞过，像受了惊的样子，他们怀疑北面有人马在动，不知殿下注意到了没有？”

兀术点头道：“我女真人以渔猎为生，难道这个还看不出？我早已在长岭之巅设了哨卡，日夜瞭望，一有南军动静，立即通报。”

撒离喝“嗯”了一声，不再说话，俩人喝着闷酒，也不敢尽兴，不知不觉间天色已亮。

兀术起身，信心满满道：“前两日虽然都功亏一篑，但我看南军已经有所不支，而我军尚有余力，今日再猛攻一日，定能打开一处缺口，拿下仙人关！”

撒离喝也看出守军已显颓势，但因为吃过吴玠的大亏，不敢相信吴玠真会就此兵败，想了想，也只能趁着势头持续进攻，一直把守军压垮为止，除此别无他法。

两人一起步出帐外，夜间袭扰的宋军已经撤退，金军将士吃过了早餐，已经列队完毕，看上去个个精神抖擞，丝毫不像被扰了一夜的样子。

兀术冷笑道：“我女真健儿在极寒之时，为捕一头野兽，能循足迹追踪数日，一路爬冰卧雪，不得手绝不罢休，如此淬炼出来的哪个不是硬汉！南军想靠夜间袭扰来令我军疲惫，只怕是弄巧成拙，枉费心机。”

撒离喝见士卒苦战多日，仍然意气风发，心中也颇欣慰，道：“今日一战必是决战，不是你死，就是我活，我看孩儿们都准备停当了！”

随着震天动地的战鼓擂响，金军开始列队前进。昨夜露水很重，地面湿滑，数万人一齐移动，发出的声响像一把巨勺在泥浆中搅动。守军那边也响起号角，远远望去，可以清晰地看到石垒后面士兵头上的兜鍪尖，以及林立的长枪。

一轮红日刚刚升起，给青山绿水蒙了一层绚丽的金黄色，晨光照射在士兵们的兵器和铠甲上，形成无数跳跃的光影，衬着沿城墙盛开的蓝花草，瞬息之间，竟给人一种又诡异又安详的幻觉。

一阵尖利的破空之音响起，几十支长箭呼啸而来，狠狠地扎入金军阵中，惨叫声几乎在同一刻响起。进攻的鼓点密集起来，金军加快了前进步伐，整个战场只听到震天动地的脚步声，又有一拨长箭飞来，惨叫声再次响起，但很快淹没在巨大的脚步声中。

离石垒四五百步的时候，金军遭遇到意料中的迎头痛击，守军的克敌弓开始发威，箭支密如天上的飞蝗，这是令金军胆寒的几百步，但他们只能咬牙向前推进。

金军逐渐逼近，守军的神臂弓加入战团，而金军的弓箭手也开始还击，双方互射的箭支密集到能在半空相撞，空气中弥漫着强烈的汗味、马骚味和血腥味，士兵们的呐喊声越来越高，此起彼伏，和沉重的脚步声叠在一起，夹杂着马嘶声和兵器撞击声，惊天动地，一场惨烈的厮杀就此白热化。

兀术与撒离喝在中军观战，二人都觉得守军今日气势不但丝毫没有消减，反而愈发旺盛，不禁暗暗纳闷，但看到自己这边人马个个奋勇争先，心中又有了底气，多年征战的经验告诉他们：与宋军僵持硬战，只要不出大的意外，最后赢家必定是金军。

"大帅，北面像有军情。"旁边一名亲兵道。

兀术和撒离喝顺着亲兵指的方向看过去，只见两名轻骑高举令旗，一前一后，急如星火地横穿大阵狂奔过来，到了跟前，兀术示意他们不必下马，其中一人道："禀大帅，北面有大队军马在动，像是南朝援军！"

兀术心里一咯噔，极快地合计了一下，问："大约有多少人？"

那士兵道："看不太清，但绝不少于两万人。"

兀术倒抽了口凉气，来的必是一支正规军，不是乡民拼凑的乌合之众，但北面只有关师古一军，他之前得到的情报是关师古贸然深入敌境，吃了败仗，部众溃散，关师古也单骑降了刘齐，那这支军队从何而来？

他回头正要与撒离喝商议，却一眼瞥见南面也有两名轻骑举着令旗，正往这边狂奔，兀术脑中“嗡”的一声，死死地盯着飞奔过来的两名轻骑，二人只顾赶路，还撞倒了几名士兵，见了兀术，滚鞍下马，单膝跪地禀报：“大帅，南面发现南朝援军！”

兀术强自保持镇定，问道：“多少人？”

“应在二三万之间。”

兀术沉默了片刻，沉声问撒离喝：“军情不利，监军以为该如何处置？”

撒离喝并非主帅，毕竟身上担子轻松些，答道：“我军三面受敌，应立即放缓进攻，并分兵抵挡南朝援军，然后寻机且战且退。”

这个应对无懈可击，旁边亲将听了也都频频点头。

兀术不置可否，绷着脸略为思索后，叫过传令兵，道：“令韩常、赤盏晖选派帐下最得力的一名将领，前去截击南朝援军，并寻机包抄援军身后；令阿里、如海再多投人马，加大攻势，务必拿下仙人关！”

撒离喝不禁一怔，形势急转直下，弄不好有全军覆没之忧，你四太子还要发狠拿下仙人关？简直视打仗为儿戏！身为太祖爱将，撒离喝带兵资历远深于兀术，正要板下脸来劝阻，突然心头一颤，若有所思，话到嘴边又咽了下去。

此时已日上三竿，仙人关上猛的一声炮响，战鼓如雷，守军同时发出潮水般的呐喊声，震撼山谷。紧接着，中间一片石垒从里面被推倒，一群如狼似虎的生力军杀了出来，这些士兵手执长柄利斧，个个衣甲光鲜，生龙活虎，显然过往几日并未参战，一直在养精蓄锐，才能如此势如破竹。

中路金军已经连续苦战多时，被这群生力军一冲，支撑不住，顿时乱了阵脚，越来越多的守军从缺口涌出，从侧面袭击两翼的金军，与此同时，两翼的守军也趁势跳出石垒，开始反击。

金军将军中有不少人在和尚原吃过吴玠的亏，这熟悉的一幕激活了他们曾经惨败的记忆，一时间军心动摇，节节败退。

兀术眼看要兵败如山倒，扎了扎颈上的大红披风，要了一把长柄板斧，对身旁亲兵喝道："本帅今日要亲自冲锋，你们怕死的就不要跟着！"

亲兵们齐声吼道："愿随殿下死战！"

兀术回头对撒离喝道："监军居中指挥，我去去就来！"

撒离喝自然明白战场形势已经到了千钧一发的时候，此时倘若主帅亲自冲锋陷阵，定能极大鼓舞士气，见兀术带着几百亲兵已经旋风般卷了出去，便命战鼓齐鸣，士卒拼命呐喊助威。

兀术在军中声望很高，手下几百亲兵更是百里挑一的勇士，弓马极为娴熟，所到之处，宋军无不披靡，几乎就在顷刻之间，生生地将战局扭转。金军将士看到兀术的大红披风和紧随其后的帅旗，顿时士气大振，原本摇摇欲坠的大阵奇迹般地稳定下来。

撒离喝在阵后长舒了口气，这才明白为何兀术刚才在危急时刻，传令全军不进反退，果然深得临阵用兵之妙，心中只有自叹不如。

双方重新取得均势，金军依仗人多，加上利用铁骑反复冲击守军侧翼，逐渐占了上风，然而他们始终无法合围冲出石垒的守军，每当形势危急时，守军一阵飞蝗般的怒射就将金军如潮的攻势压了下去，双方在杀金坪的泥滩里进行着残酷的拉锯战。

战至晌午时分，骄阳似火，早晨还湿滑的地面已经满是尘土，南北两面的喊杀声清晰可闻，吴玠悬着的心终于落了地，只是金军明明三面受敌，却依然毫无惧色，死战不退，而且居然还不落下风，这有点出乎他的意料。

吴璘在一旁道："大哥，南北援军虽然如期赶至，但援军到达之前，金军必然也能知晓，只不过是比我们稍晚一些而已，但已足够调兵防范，且援军日夜兼程，十分疲累，战力未必有多强，如此耗下去，金军多半会全身而退。"

吴玠点头道："番军乍逢险境，不但不慌乱，反而以攻为守，确实深得用兵之道，只要拖到日落，金军便算熬过了此次险情，我军再想赢得一场大捷，只怕是可望而不可即了。"

这三面合围的大好形势，千载难逢，两人都不愿就此平淡收场，但急切间又想不出好办法。

雷仲因有伤在身，吴玠命他在帐中歇息，但听到外面激战正酣，哪里歇得住，便出帐到吴玠帅旗下一起观战，刚好听到兄弟二人议论，雷仲便插嘴道："大帅，少帅，末将以为，金军之所以三面被围，仍然士气颇高，乃是因为应对在先，有所防备，倘若再有一支援军从其后方突然出现，四面合围，金军定会人心惶惶，再也难以支撑。"

吴璘叹道："此言甚当，只是上哪儿再找一支援军！"

雷仲道："未必真有援军来，哪怕有一支疑军也行，敌我双方都竭尽全力苦战，急切间哪里分得清，听说后面又有援军到了，退路被堵死，金军必定震惊惶恐，我军则士气大涨，如此一来，不信番狗能撑过一个时辰！"

吴玠脑海中早就在盘算这一招，但一直未得其法，眼见双方僵持不下，战机稍纵即逝，直急得五内俱焚，手握在刀柄上，青筋暴突，身体也不由得微微颤抖。

雷仲在一旁看在眼里，道：“大帅，雷仲愿率三百骑兵绕到敌后，然后在马后拖曳树枝，扬起漫天尘土，以为疑兵，并带领人马冲杀一阵，不怕番狗不上当！”

吴玠道：“这如何使得！金军发觉退路被堵，必然倾尽全力拼死突围，上万铁骑一齐冲过来，你们如何抵挡？”

雷仲轻松一笑道：“那就请大帅给我们配三百匹快马。”

吴玠还在犹豫，雷仲催促道：“大帅，雷仲已是多活过一次的人，倘若真丢了性命，也是天数，还能落个封妻荫子，请下令吧！”

吴玠盯着雷仲看了一会儿，收回目光，又低头凝思片刻，突然抬头道：“吴璘听令！令你率本部人马在前开路，替雷仲打通穿插路线。”

吴璘凛然接令，看了雷仲一眼，转身召集部众去了。

吴玠将自己胯下坐骑让给雷仲，又命身边亲兵将最好的马匹都让出来，雷仲去将自己帐下的几百名同乡兄弟召过来，说了此行任务，众兄弟脸色发白，但都咬牙听令。

忙碌了一顿饭工夫，三百名精骑已经准备就绪，此时晌午已过，正是未时，吴玠见雷仲旧伤未愈，为了报答自己当年不杀之恩如此赴汤蹈火，不禁心中感伤，又怕伤了士气，便强打精神道：“列位此去，就是要搏个封妻荫子，此战成功，你们每人连升三级，赏银五千两，家中有儿子的，保举一人做官，没儿子有兄弟的，保举一名兄弟做官……”

这些已经把脑袋提在手里的人不在乎太多礼节，其中一人粗声打断吴玠道：“大帅说的哪里话，我们兄弟卖命出战，是为了吴家军的脸面！若是战死了，请大帅庆功时给我们兄弟祭一碗好酒便罢！”众人都齐声响应，一个个像恶神上身，早已置生死于度外。

吴玠感动得泪流满面，抱拳目送雷仲带着这三百人离去。

吴璘率领手下三千名步兵精锐持长柄刀开道，向右翼佯攻，雷仲率三百骑兵混在中间，吴玠远远观战，瞅准时机命人擂鼓，帅旗向左，于是宋军一左一右突然猛攻，两翼金兵压力倍增，中路人马也被吸引过去，趁这当口，雷仲的三百骑兵从缺口中冲出来，一溜烟往东去了，看上去像一队开小差的逃兵临阵脱逃，几乎没有引起任何人注意。

一个时辰后，东面烟尘大起，像极了一支大军正在逼近。

吴玠早已安排妥当，一声炮响，身旁亲兵和吴璘麾下人马一齐呐喊："援军到了，合围！合围！"其他各部宋军信以为真，顿时精神百倍，也跟着高喊："合围！合围！"

突如其来的凶信让金军将士大为震惊，两军对阵时最关键的专注与投入不见了，许多人忍不住四顾张望，恐惧不安像风一样迅速吹遍了金军大阵。

临阵之际，不要说四顾张望，回头看一眼都能令人疑窦丛生，所谓"一人回望，百人张皇"，督阵的将官们厉声怒喝，也只能勉强稳住阵型。兀术和撒离喝见此情景，立即意识到，无论后面那支人马有多少，今日之战已不可为，能全身而退便是万幸。

"殿下，不能等阵势乱了再撤，趁着我军尚能支撑，派一支劲旅去击退新赶到的南军，打通退路，否则一旦失了阵形，自相践踏起来，后果不堪预料！"撒离喝急道。

兀术还未答话，只见阿里的传令兵飞奔而来，禀报道："殿下，我家万户说南军新援堵住了退路，趁其立足未稳，请求派本部人马前去迎战，一举击溃南朝援军。"

兀术准令，阿里手下的骑兵快速集结起来，有七八千骑，像狂风般席卷向东而去。

如此良机，吴玠岂能错过，当即帅旗前指，带领亲兵杀入阵中，宋军将士一看帅旗出动，个个欢声雷动，战场形势在一瞬间完全逆转。

中路金军已经被压得节节后退，兀术令骑兵在两翼冲杀掩护中军后撤，自己坐镇中央，两翼韩常和赤盏晖边战边退，撒离喝率军断后，金军虽然处于下风，但阵形还算严整，但南北两翼的援军开始向内挤压，使得两翼往来驰骋的金军铁骑空间越来越小，最后不得不后撤，失去骑兵策应的金军步兵成了活靶子，宋军弓弩手毫无忌惮地列阵于前，一轮又一轮的齐射扫荡着金军最后的斗志。

天色已近黄昏，金军终于在持续重压下失去了阵形，兀术的帅旗已经无影无踪，撒离喝也在亲兵护卫下撤离了战场，剩下的金军终于放弃了抵抗，掉转身子逃跑，将官们弹压不住，也只得跟着跑，原本还严整有序的人墙瞬间便崩塌了，像潮水一样往后涌，所过之处，盔甲、兵器扔得遍地都是。

苦战近一个月后，守军终于迎来了反攻，吴玠命令全军追击，一直赶出去四五十里地，天全黑了才罢休。

吴玠也不回营地，就在战场支起大帐，各部统制都来帐中复命，唯独迟迟不见雷仲过来，吴玠等了半夜，才在亲兵劝说下勉强歇息了。

次日天明，吴玠率众将巡视战场，将士们都喜气洋洋，吴玠却平静如水，一则此战胜得极其艰辛，也颇为侥幸，让他暗自警醒；二则雷仲等人始终不见下落，多半已经战死，让他心里十分负疚。

直到郭浩率军前来会合，吴玠脸上才堆起由衷的笑意，同时也想起还不知南面援军统帅是谁，便率众将前去迎接。

才走了三四里地，便见到两边将士互致问候，十分亲热，一问才知是刘锜手下，吴玠心里头还一直对王彦多抱几分冀望，见来者却是素无交往的刘锜，不禁对吴璘叹道：“我比你痴长十余岁，不曾想识人于微，察人于暗，反而不如你。”

早有部下飞报刘锜，说是吴玠亲率众将前来相会，刘锜正在审问俘虏，立即起身整装出来迎接，远远看见吴玠过来，便下马行部属参见之礼。

吴玠见此人果然将门之后，为人儒雅，礼数周到，便也赶紧下马，上前扶他起来，道：“此战若无刘经略相助，只怕还要多添波折，吴某定当奏告天子，为经略请功！”

刘锜道：“节使言重了！当年富平一战，我军溃败，刘锜日夜所思，便是报仇雪恨，奈何有心无力，长恨不已，今日蒙节使召唤，得以因人成事，杀敌建功，刘锜终于得偿所愿，报一箭之仇，哪里还敢邀功冒赏！”

这应对何其周全妥当，吴玠微笑道：“吴某昏聩，幽兰在侧，竟不闻其香，不知经略有这等心胸！”转头把吴璘叫过来，道：“此乃舍弟，久慕经略之名，如今在我帐下任事，薄有军功，你二人倒像是有缘人。”

吴璘、刘锜二人年纪相仿，刘锜也久闻吴家军少帅之名，两人惺惺相惜，相谈甚欢。

一匹快马飞驰而来，到了吴玠面前，那士兵下了马，却迟疑着不说话，吴玠问：“何事？”

士兵才道：“禀大帅，雷统制的尸首找到了。”

吴玠浑身一震，脸上笑容倏地消失了，向刘锜拱拱手，翻身上马，跟着那士兵绝尘而去，众将也和刘锜等人匆匆话别，上马跟着走了。

大战后的仙人关，逐渐恢复了平静，将士们获胜后的狂喜已然过去，战场清扫有条不紊地进行。盔甲、器械等战利品堆积成山，几百匹俘获的战马成了香饽饽，各营统制争得面红耳赤，都想多得几匹好马；未及逃走的金军全都成了俘虏，一串串被牵走，其中有许多刘齐的士兵，富平之败后随主将投降过去的，这次也都反正，重新披上西军衣甲，编入各营；庆功大典正在热火朝天的筹备之中，几百个大酒坛一字排开，猪、羊，以及受伤的战马都被宰杀，卸成大块，准备烧的烧，煮的煮，慰劳苦战后的将士。

只有一桩事在静悄悄地进行：成堆的尸体被填入坑中，草草祭奠后掩埋，明年此时，这些坟地便会长出茂盛的蒿草，吮吸过血肉的蓝花草也会更加艳丽，夺人心魄，不会再有人记得下面的尸骨。

三　朱熹品人

四五月间，天早已转暖，却又不甚热，正是难得的消闲时节，地处广西东南的白州，远离兵火，百姓生活几百年来都不曾变化，时光在此仿佛静止了一般。

刘子羽被贬到白州，这倒正合了他的意，他就想和玉儿找一处偏僻地方隐居，白州正好山清水秀，民风淳朴，实在是绝佳的隐居之地。

不过这么一对光鲜璧人到来，还是引起附近村民很多关注，偏远小县，政务不多，地方官早闻刘氏父子的忠义之名，也经常过来拜会，刘子羽虽然隐居不得，却也过得轻松自在。

这日，夫妇二人起得早，刘子羽吃完早餐，便穿戴成农夫模样去整理菜园，门口几个孩童笑嘻嘻地探头张望，老仆王夫便去赶他们走，嘴里道："天天过来看什么？"

"看新娘子啊！"那些孩童用本地客家话嚷嚷道。

刘子羽与玉儿相视一笑，也不搭理他们，直接往门外走，刚出门，便听远处马蹄声响，以为又是地方官员前来拜会，抬头一看，来人却是一身中原士子装扮，原来竟是当年同在御营使司为官的朱松。二人当年意气相投，情同兄弟，突然在这穷乡僻壤见面，那份欢喜自是非比寻常。

朱松身后跟着两名差役，还有一名少年，正是其第三子朱熹，今年才八岁，长得憨头憨脑，见了刘子羽，礼数虽然周全，但全无拘束之意，洒脱得像个刚得了功名的文士。

刘子羽引他见过玉儿，朱松乃是个读书种子，向来是非礼勿视，恭恭敬敬地行了礼，寒暄几句后，玉儿便去烧茶。两人入座，朱熹一旁侍坐，朱松看了一眼玉儿背影，没头没尾地叹道："'濯濯如春月柳'，难怪你刘彦修能在此安步当车呢。"

刘子羽一笑，道："我倒想回乡找块地隐居，奈何朝廷不允啊——乔年如何有空到这穷乡僻壤来，难道也被贬官了？"

朱松摇头晃脑道："'远谪何须恨，来游不偶然'。皇上命我去桂州做个通判，其他人恨路途遥远，我却是喜不自胜，还可顺路来看看你。"

刘子羽道："原来竟是升迁了，可喜可贺！比我这贬谪到此的岂不强了许多。"

朱松意味深长地看了刘子羽一眼，道："此事全看机缘，吴玠在仙人关击退金军的消息，应该也传到你这边了吧？"

刘子羽点点头，白州闭塞，但如此重大的消息他还是辗转知道了，便道："相公那边，应当日子好过了些罢。"

朱松摇摇头，道："你是说张枢密么？仙人关大捷之后，朝野上下一片赞誉，以为其中有他一份知人善任的功劳。然而世事难料，辛炳和常同不断地上书弹劾张枢密，皇上之前一直都置之不理，但前不久，两人突然翻出之前张枢密写给吕相的信，说是在外掌兵大员与朝中宰相私通书信，乃是不知自重，其行可诛。张枢密被吓着了，赶紧称病辞职，向皇上请罪，好在他把吕相之前的书信都保存着，也呈给皇上看了，其中无一句私语，全是军国大事，皇上也就释然了。辛炳仍然不依不饶，又上书称这是欺君罔上，专横跋扈，理应重责。大约皇上也想警示在外掌兵的将臣，竟然就应允了，于是张枢密被罢官，不知道要被贬到哪里去。”

刘子羽听完半晌无语，回头一看，玉儿端着茶盏过来，大约也听到了，满脸肃然，沏好茶，悄无声息地坐在刘子羽身边。

朱松见二人心情沉重，便赶紧接着道：“不过，彦修你却要交好运了。”

刘子羽淡然一笑，道：“我与相公一荣俱荣，一损俱损，天下人皆知，他刚被罢官，哪里有我交好运的道理？”

朱松笑道：“你这是什么话，除了张相公，不还有个吴玠嘛！此次仙人关之战，金人倾国而来，志在必得。吴玠率军苦战，一举击退金军十几万人马，还顺势收复了好几个州县。消息传到临安，听说皇上欢喜得将报捷的奏章看了好几遍，散朝后还拿到寝宫去看，吴玠也被授两镇节度使和川陕宣抚副使，这恩遇够重了吧？”

刘子羽诧异道：“皇上授他两镇节度使，我并不惊讶，但川陕宣抚副使乃是文职，极少授予武将，皇上却将此职授予晋卿，着实罕见！”

“皇上还赐给吴玠战袍、器甲，并赐亲笔诏书，其中有一句说：‘朕恨阻远，不得抚卿之背也！’”朱松道。

刘子羽点头叹息，道：“这也是他该得的，实至名归。”

“然而吴玠却上书给皇上，要辞去两镇节度使的官职。”

刘子羽吃了一惊，问：“这却是为何？”

朱松神秘地一笑，从怀中取出一封书信，道：“这是吴玠为你求情的奏章，如今已传遍京城，我特意抄录下来，让你看看。”

刘子羽接过书信，摊开来一口气从头看到尾，吴玠在信中备述刘子羽守川陕之功，表示愿舍弃自己的两镇节度使官衔为他赎罪，读到“子羽累年从军，亦薄有忠勤可录。念其父靖康间死节京城，今子羽罪虽自取，然炎荒万里，毒雾熏蒸，老母在家，殆无生理。诚恐子羽斥死岭海，无复自新，非陛下善及子孙之意”等句时，不由得热泪滚滚。玉儿在一旁看了，也陪着流泪。

“为我这一戴罪之身，哪里值得让晋卿自毁前程！”刘子羽拭泪道。

朱松也颇动容，安慰道:“这你就不必担心了。皇上看了他的奏折，不仅没有不高兴，反而说吴玠笃于风义，还特地下诏褒奖。京城士大夫也是一片赞誉之声，都说吴玠重义，刘子羽知人。我出发时，三省正在勘会你与吴玠的往来书信，我料顶多半月，便有诏书下来，给你官复原职。”

刘子羽转头看着玉儿道：“才安顿下来，又要走，如何是好？”

玉儿微笑道：“古人言道：‘大隐居于市，闭门成隐者’，只要有书读，有花种，有茶品，胸有丘壑，便是隐居，又何必拘泥。”

朱松惊讶不已，回头叫着儿子的小名道：“沋郎，听到没？你几时能说出如此雅致的话来！”

朱熹像个大人似的点头道：“雅致是雅致，就是少说了两样东西，还得有酒饮，有肉吃才好。”

朱松哭笑不得，刘子羽仰天大笑，道：“说得好，说得妙！我这儿正有新酿的红荔米酒，院中养了十几只鹅，今日乔年携公子过来，正好一起大快朵颐！”

朱松赔礼道：“小儿聪敏过人，就是爱抬杠，四岁时我带他外出，随手指着天上道：‘此日也。’他问：‘日所何附？’我答道：‘附于天。’不料他又问：‘天所何附？’弄得我哑口无言。”

刘子羽惊讶道："子羽自认天资尚可，四岁时却也想不到这一层，此子前途不可限量——玉儿，你说呢？"

玉儿点头道："识得天，识得地，不知识得人否？"

朱熹恭恭敬敬地稽首道："请婶婶出题。"

朱松一旁道："嫂嫂不要听他胡言乱语。"

玉儿道："不妨事。朝中诸人，其他人不便品评，你就评评张相公吧。"

朱熹看了一眼父亲，见朱松并不阻止，便道："侄儿常常阅读父亲奏章，张相公之事，略知一二，就怕所言不当，冲撞了长辈。"

刘子羽听他说读过奏章，便笑问道："那你且说说，张相公忧劳为国，为何还是落得贬谪他乡啊？"

朱熹道："夫以曾子之贤，曾母之信，三人语之杀人，曾母投杼逾墙而走。谗言所及，君父惊心，如此而已。"

这话从一八岁孩童口中说出，岂不惊煞人！刘子羽不禁呆住了。

玉儿见朱熹从容不迫，隐隐有大家气度，暗暗称奇，道："请你品评一下张相公吧，这儿并无外人，但说无妨。"

朱熹道："张相公大义极分明，就是才短，全不晓事，扶得东边，倒了西边，知得这里，忘了那里……"

朱松吓得断喝一声："狂妄！你快闭了嘴，没人当你是哑巴！"

朱熹便不再说话，肃立一旁，脸上神情却平静如常，朱松满脸通红，不停地向二人赔罪。

玉儿愣了半晌，突然抿嘴笑个不停，刘子羽也跟着苦笑，不知怎的，心中竟有几分悒悒不乐，朱熹所言，若真是童言无忌也就罢了，可偏偏却入木三分，让人不得不服。

朱松还要转头训斥儿子几句，自己忍不住"扑哧"一声，先笑了起来，赶紧敛容赔礼道：“子不教，父之过。朱松向二位请罪了！”说罢起身离座，向二人一揖到地。

二人连忙起身回礼，玉儿道：“朱公子所说，虽然尖刻，却与我大哥为人做事颇为契合，说起来若无彦修哥和吴节使还有赵先生等人倾力襄助，我大哥也只能空有一腔忠义，难以成事。”

朱松十分感动，道：“知人善任便是最大的本事，其他都是细枝末节。”转头训朱熹道：“似你这般，卖弄聪明，心浮气躁，将来能有张相公之万一，便是祖上积德了。”

刘子羽道：“乔年不须如此。我看朱公子心中极有分寸，让他上座吧。”

朱松惊道：“这如何使得？”

“如何使不得？”刘子羽说着，起身将朱熹拉入座席。

“犬子有福，得遇胸襟豁达之人，不然为父真要代你受罪！”朱松抬手作势要拍儿子的头，手放下来却只是轻轻地在他头上抚了一下，神情虽然严厉，眼中却满是爱意。

一个月前，正值宋金在仙人关对峙之际，屯戍江州的镇南军承宣使、神武后军都统制、江南西路制置使岳飞上了一道《乞复襄阳札子》，主动请缨，要收复襄阳六郡。

如今川陕军情舒缓，朝廷上下便开始紧锣密鼓地筹备夺回襄阳六郡，如众人所料，赵鼎颇知荆湖事务，被任命为参知政事，位列宰执。

都堂之上，赵构与众宰执就着岳飞的奏折商议进军之事，大约是刚在仙人关赢得了一场大捷，赵构神清气爽，较之一月前的满脸焦虑如同换了个人。

“陛下，臣以为收复襄阳六郡固然是好，但倘若因此引得金军联合伪齐大举南下，反而生事，江淮百姓，又遭荼毒。因此，如何既收复六郡，又不引得金人恼羞成怒，恐怕须仔细权衡。”朱胜非首先奏道。

徐俯深以为然，附和道：“此次襄阳用兵，乃是建炎以来我朝第一次北伐，定会令金廷震动，江南、江北才休养生息数年，百姓垦荒造屋，安定未久，一旦刀兵相加，只怕前功尽弃。”

这也正是赵构所虑，襄阳六郡非拿下不可，但若引得金军大举报复，却又得不偿失，便点头道：“卿等有何对策？”

李回道：“襄阳六郡，原本由我朝镇抚使李横等人驻守，刘豫派李成强行夺了去，我军不过是从刘豫手中夺回来而已，又不是从金人手中夺回，臣料想金人新败之后，未必会为此兴兵。”

赵构道：“虽然如此，朕还须下诏给岳飞，命他追奔之际，不要越过李横所守旧界，亦不得号称提兵北伐或说收复汴京，以免给金人口实，否则虽立奇功，必加惩罚，领兵大将岂可不遵禀朝廷号令。”

朱胜非在旁边不禁微微一笑，皇上还真是了解下面领兵大将的心思，便道：“臣以为，金人真要南下，哪里还需要什么借口！不过，要真想不惊动金人，唯有一个字：快！”

见赵构看着自己，朱胜非接着道：“倘若岳飞进军不利，与敌缠斗不休，拖至秋防，则极易生事，金军不来也来了，但倘若岳飞能干净利落击败伪齐军队，等金人得知消息时，战事早已结束，如此一来，金军断不至于专为此事而兴兵南下。”

赵构点头微笑道：“此言极是！说一千道一万，还是要打出我朝军威，敌国才会知难而退。”

朱胜非又道：“先前朝廷已命刘光世、韩世忠出兵策应，吴玠更是在仙人关斩获大捷，各在外大将均已待命出击，形势如此，收复襄阳正当其时！此外，岳飞大军的钱粮补给，务必丰裕，若有不足，三省及枢密院须严令帅司、运司极力供应，不得有丝毫差池。”

毕竟刚在川陕打退了金军，赵构君臣的压力无形间小了许多，能拿下襄阳固然可喜，万一拿不下也可从长计议，并非毫无退路，因此论战起来比先前轻松了不少。

“赵卿有何要奏的么？”见赵鼎一直默不作声，赵构问道。

赵鼎清了清嗓子，道：“陛下，臣以为此战事关中兴大局，只能赢，不能输。”

赵构微笑道：“那是自然，朕与众宰执数月来一直筹划此事，就是为了确保必胜。”

赵鼎道：“刘豫僭立汴京，天下人无不愤恨，切盼王师予以惩戒。然而去年三月，李横、牛皋、董先等人在汴京西北被金齐联军击溃，自那时起，伪齐一路南下攻城略地，如入无人之境。陛下渡江以来，每次派遣兵将出击，都只是讨平贼寇，还从未与敌国正式交锋，岳飞此次北伐，倘若事有不顺，不仅使伪齐愈发轻视朝廷，更使中原百姓灰心丧气，以为恢复无望，则刘豫沐猴而冠，窃据神器，竟有得逞之势！”

这一席话下来，赵构脸色早已凝重如铁，赵鼎接着道：“此外，杨幺等人在洞庭湖作乱，已历数年，聚众十余万，占地数百里，湖湘一地，几无官军立足之地。臣风闻伪齐一直在联络杨幺叛军，企图南北夹攻，水陆并进，顺江东下，直侵浙中，事成之后，还想建国通和，两分天下，此等狼子野心，岂可任其坐大！”

刚才气氛还颇为轻松的都堂，静得让人透不过气来，良久，赵构才缓缓道：“不是卿这么一番话，朕还存着几分观望之心，如今看来，说此战是我朝定鼎之战，亦不过分。”

“陛下圣明！”赵鼎侃侃奏道，“先前筹划，尚不足以确保万全，依臣愚见还须做三件事。一是命牛皋、董先等部划归岳飞节制，这些人都熟知北面路径，又与伪齐交过手，只是游寇习气重，正好让岳飞训导一番，定能济不少事；二是从刘光世、张俊等部调拨一些马匹给岳飞，增强岳飞马军实力，可多一分胜算；三是为使将士竭力奋死，请陛下于战前下诏岳飞军中，凡之前立有战功并被保奏者，一律重赏，以激励士气。至于岳飞如何赏，臣还未想周全……”

朱胜非眼见好话都被赵鼎一人说尽了，连忙接口道：“臣以为，只要此战得胜，便可封岳飞为节度使！”

众宰执都看着赵构，赵构沉声道：“朕爱惜名器，唯贤是与，倘若岳飞真能收复襄阳重地，朕何惜一节度使之衔！”

都堂议定之后，诏书像雪片般飞往各地，被动抵挡了八年多的宋廷，第一次紧锣密鼓地筹划一次规模不小的主动进攻。

绍兴四年（1134）五月，酝酿数月的北伐终于开始了。千年古城江州，一片人喧马嘶，岳飞的二万八千人马已经准备停当，即将往北进发，城内城郊的士绅百姓，几乎是倾巢而出，聚在道路两旁，观看岳家军开拔。

岳家军纪律严明，无人敢取百姓一丝一线，因此百姓极其爱戴，如今要举师北伐，都依依不舍，从城内到城外的十几里路上，摆了上千张桌子，桌上都是碗碟，酒水、果品、点心一应俱全，众人都道：“岳家军在此驻了两年，秋毫无犯，临走了一定要好好慰劳诸位将士。”

一大早，鼓声响起，两名骑兵举着令旗，沿着大路从城内一路飞奔至城外，口中喊道：“岳帅有令，诸军出城，有敢收取百姓财物、停留吃喝者，立即斩于军前！”

道路两旁的士绅百姓全都傻了眼，只听到鼓声响起，紧接着士兵们吼声如雷，整齐的脚步声与暴雨般的马蹄声夹杂在一起，一支队列严整的军队开了过来。

士兵们都目不斜视，只有军官在队列两旁与众乡亲抱拳话别，有百姓一定要将吃的用的塞到军官手中，被军官好言拒绝，都道：“我要收了这些物事，岳帅定要取我的人头。”实在推托不过的，便勉强收下，走了几步，便又放在路边，竟无一人敢违帅令。

士绅百姓们只有嗟叹，新近编入岳家军的牛皋、董先等人，之前纵军劫掠都是家常便饭，见了这等情形，都惊得嘴巴张得老大，一个个老老实实，不敢越雷池半步。

数日后，大军抵达鄂州，各路援军陆续前来相会。荆北安抚使司统制崔邦弼有三千人，湖北帅司统制颜孝恭约有一千九百人，这两路人马虽然不多，但器械衣甲倒还齐整，士卒也算精壮，比起荆南安抚使司统制辛太率领的一千二百名乡兵强多了。

稍事休整后，岳飞便率大军自鄂州渡江北上，船至江心，岳飞看着大江滚滚，百舸争流，胸中生出无限豪气，对众将道：“你们可曾听过‘中流击楫’的故事？”

众将中除张宪、王贵稍通文墨，其他人家信都读不懂，哪里知道这典故！董先问道：“岳帅，这‘中流吉吉’听着甚是古怪，莫非还有‘上流吉吉’、‘下流吉吉’不成？”

众将听了哄笑，岳飞没心思跟他们打趣，只是凝望着北面出神，众将见了，便也止住了嬉笑，坐直身子听主帅训话。

岳飞抽出宝剑，将剑身在船舷敲击出声，口中吟道：“策马行行到豫州，祖生寂寞水空流。当时更有三年寿，石勒寻为关下囚。”吟罢，仰天长叹。

岳飞转身对众将道："岳某今日立下重誓，若不能收复襄阳六郡，决不再涉此江！你我兄弟，当并肩死战！"

众将都伏首道："愿随岳大哥死战！"

帐下幕僚将当年祖逖北伐之事给众将讲了一遍，众将都嗟叹，也多少体会到白手起家的岳飞此刻的心境。

不到两日，约莫三万五千人马大部分已渡过大江，顺利到达北岸，大战在即，岳飞召众将入帐议战。

张宪机敏有谋，胸有城府，且骁勇善战，深得岳飞信任，见众将一个个迫不及待请战，便道："岳帅，末将以为先等粮草运到后，再向北推进不迟。"

徐庆却认为不可，道："之前我军在江南，与敌军隔着一条大江，尽可以从容行事，如今大军都已过江，三四万人马放个屁都能飘到敌营里去，如不火速进军，只会让敌军加强防范，反而生事。"

众将分作两派，一派主张确保粮草过江后再进攻，另一派坚持兵贵神速，打伪齐军一个措手不及，两边各有道理。

岳飞见两边争执不休，便道："襄阳六郡，郢州首当其冲，先开到郢州城下再做决断。"

于是岳飞亲率过江的人马直奔郢州而去，还未过江的由张宪断后接应，等人马到齐后再到郢州城下会合。

郢州地处江汉平原中部，土地肥沃，湖汊纵横，岳家军一路往西北行军，沿途田地都已荒芜，田舍破败，空无一人，如此肥田沃土，却无人耕种，将士们都是农家出身，觉得十分可惜。

行了三日，大军到了郢州城下，岳飞命人摆开阵势，彰显军威，然后命人往城内喊："大宋镇南军承宣使、神武后军都统制、江南西路制置使岳飞，奉大宋皇帝之命，今率大军兵临城下，请守城主将出来答话！”

不多时，城上也毫不示弱地摆出阵势，旌旗如云，甲士林立，一名身材高大健硕的武将站出来，叫道：“爷爷名叫荆超，岳飞想要此城，先给俺磕三个响头，我收了他去见大齐皇帝，封他个官职，不比在赵构小儿底下听差强？”说罢，叉腰哈哈大笑。

此话传入城下岳飞耳中，岳飞不禁大怒，问左右道：“这荆超是何人，敢出此狂言？”

有知晓底细的人道：“这便是李成军中第一悍将，骁勇异常，人称‘万人敌’。”

岳飞冷笑道：“正好拿他人头祭旗！可惜傅庆终不为我所用，不然这荆超也是他手中玩物——明日决战，谁与我拿下此人？”

傅庆原是岳飞帐下第一猛将，屡立战功，但居功自傲，不守军纪，随着岳飞兵马日益强盛，主帅的权威已经不宜轻易冒犯，其他诸将都已明确上下之分，唯独他仍然平视岳飞。更不可忍的是，他奉命去迎接刘光世帐下大将王德时，竟然跟王德说，想率部投奔刘光世帐下，被张宪听到，告诉了岳飞，岳飞大惊之下，终于痛下决心，设局斩了傅庆。

除掉傅庆后，岳飞心中又难免悲痛，为此三日不食，接下来一年，众人都不敢在他面前提起傅庆的名字，否则岳飞必然叹气流泪。

如今岳飞主动提起傅庆，众人都不敢接口，只见一个高大的身影从旁闪出，沉声道：“末将愿生擒荆超，押至大帅帐下发落。”

岳飞一看，此人叉腰而立，神威凛凛，不怒而威，直如天神一般，不由得满面堆欢，道：“有你出马，荆超必能束手就擒！”

请战的乃是杨再兴，原是曹成手下一员猛将，两年前平定曹成时，杨再兴悍勇善战，先杀岳飞帐下猛将韩顺夫，再杀岳飞胞弟岳翻，后来兵败被俘，被绑来见岳飞，岳飞惊其相貌，爱其神勇，竟然释而不究，命他在帐下效力。

渡江后为了赶路，士卒都只带了四日干粮，此时军中粮食只剩两餐，众将都面有忧色，岳飞带人观望郢州城防，走到城东时，突然道："明日全军总攻，拿下郢州！"

王贵道："岳帅，伪齐在郢州城防上颇费了些工夫，我军远来，攻城器械还在后头，粮食又只剩两餐，万一攻城不利，只怕反为敌军所趁。"

岳飞微微一笑，指了指城东那座小山，道："明日胜负之数，就在这座山上。"

众将看了一会儿，这山与城墙连成一片，十分陡峭，是一道天然屏障，山上树木被伐得一棵不剩，光溜溜一片，乃是郢州城最易守难攻之处，别人避之唯恐不及，不明白为何岳飞想从此处做文章破城。

岳飞道："此山虽然陡峭，坡面却大，立脚点也多，并非不可攀爬，只要占了此山，便占了郢州城最高处，将全军弓箭手调到山上，掩护我军在附近攻城，转眼之间，城内守军便陷入两面受敌的境地，撑不了半天。"

岳飞轻轻松松地道来，其他人还未会意，牛皋已经明白过来，赞叹道："岳帅真是火眼金睛！荆超以为此处是郢州城最放心的地方，不承想反而却是最危险的地方，只要占了此山，伪齐军定会军心动摇，郢州城便成了囊中之物。"

众将也都回过神来，七嘴八舌地议论明日攻城方略，岳飞掉转马头，一边往营地走，一边听众将论战，还没到营帐，明日攻城方略已经议出来了。

次日一早，岳飞也不试探，立即兵分几路开始猛攻郢州城，王贵率军主攻东城，杨再兴打前锋，徐庆率军攻打西城，牛皋与董先率军攻北城，南城是一面泥淖，岳飞便派辛太带他手下一千余名乡兵去攻打，只求牵制住南城兵力即可。

最后一路人马是两千弓箭手，岳飞让统制王万领着悄悄地绕到南城山脚，守军自恃此处乃是天险，宋军绝不敢从这边攻来，再加上其他各处宋军攻势极猛，随时都可能登城，因此山顶上只有稀稀拉拉上百名守军，注意力早被吸引到其他各处去了。

前日岳飞已于军中募了三十名善攀爬的士兵，许以每人一千缗、官升一级，由这三十人打头阵。这三十人果然不同凡响，身手极为矫健，将大部人马远远甩在了后头。

王万率人爬到半山腰，山上守军还毫无动静，又爬了一段，守军才有人看到山坡上密密麻麻全是往上攀爬的宋军，这才急了眼，但哪里还来得及，十几名宋军已经攀爬上来，拼命杀开一块空地，陆续爬上来的宋军越来越多，守军抵挡不住，落荒而逃。

王万也不追赶，等爬上了五六百人，便命展开阵势，张弓搭箭，居高临下对城内守军放了一排箭。

这排箭一下去，顿时在城内引起一片恐慌，王万又命人展开数面旌旗，远远望去，像有一支大军占据了郢州城的最高点。

爬上山顶的弓箭手越来越多，一排又一排的齐射让守军左支右绌，狼狈不堪，荆超见甫一开战，便被宋军占了上风，又惊又恼，更让他丧气的是，对方主帅在谋略上比他高出一大截，一上来就稳稳扣住了他的死穴，这样一琢磨，他心里那股拼死守城的狠劲不觉消退了大半。

知县刘楫慌里慌张地跑过来，颤声道："荆将军，南军攻势甚猛，这城还守不守得住？”

荆超早没了昨日的心气，哑着嗓子道：“守不住也得守！”

刘楫正要说什么，猛然东城方向呐喊声大起，宋军一员战将跃上城头，此人挺着一杆小树般的长枪，连戳带扫，无人能挡，后面的宋军趁机蜂拥而上。守军已经被山上一阵接一阵的箭雨射得叫苦不迭，突然又冲上来一个大杀神，被接连挑翻几人之后，不敢再战，都往后退，宋军迅速扩大了立足点，登上城头的很快便有了一百来人，郢州城易手只在瞬息之间。

荆超见领头的宋将勇不可当，便大吼一声，提起长枪，拍马赶过来直取宋军主将，这宋将见了荆超，大踏步迎上来，吼道：“杨再兴在此，快纳命来！”

荆超借着马势，将手中长枪直刺杨再兴，枪法之稳准狠，倒不枉他“万人敌”的绰号。杨再兴喝彩一声，不避不闪，直接横枪硬挡，只听一声爆响，两人枪杆同时裂开，荆超差点跌下马来，杨再兴也退了好几步，两边士兵见了这闪电对决，同时惊呼了一声。

荆超见自己借着马势全力一击，也没占着便宜，便知对方是千里挑一的虎将。此时宋军已经从四面登上城墙，连南城辛太的乡兵也杀了进来，荆超见大势已去，无心恋战，拍马直奔东城山地，杨再兴牵过一匹战马，跳上去紧追不舍。

先登城的宋兵打开城门，城外宋军一拥而入，冲垮守军后，照例高喊缴械不杀，不到半个时辰，战事便已收尾，满城都是扔了兵器跪下投降的伪齐士兵，传令兵开始沿街叫喊：“勿得骚扰百姓，违者格杀勿论。”

岳飞随后进城，命人打开府库，果然存有不少粮草钱物，心下甚喜，又命人清点俘虏，共有五千来人，伪齐知县刘楫被绑上城墙砍了头，唯独不知荆超下落。

直到晌午时分，杨再兴才率部下三百来人回来，报知荆超被自己赶得走投无路，跳崖自尽了。

“此人武艺果真了得？”岳飞问。

“不在末将之下，本想生擒了他，不料这厮死硬，且战且退，身边不剩一人了，还不投降，最后无路可退，竟然纵身跳崖了。”杨再兴道。

岳飞听了，倒觉得有几分可惜。正说话间，亲兵前来禀报：“张宪率后续部队已经赶到。”

一开战就赢得干净利落，全军将士都欢欣鼓舞，新编入的牛皋、董先等人虽然也身经百战，但如此摧枯拉朽的歼灭战还真是头一遭经历，见登城将士都领了赏，甚是羡慕，也摩拳擦掌急巴巴地想立功。张宪误了首战，更是急着想打第二阵，麾下将士都嚷：“再不能干断后的事了，不是把军功生生让给别人么！”

岳飞见将士心气极高，心中自是欢喜，便命杀猪宰羊，又将城内藏着的几十瓮酒打开，掺了水，凑够每人一碗，聊作庆功酒，将士们席地而坐，好好吃了一顿饱饭。

当晚，岳飞将众将召集至帐中，商议下一步进军策略。牛皋在岳飞军中已有一月，原本觉得岳飞年轻，虽然治军严整，但未必有多能打仗，今日见岳飞几乎翻掌之间，便将郢州这块硬骨头啃下，早已钦服，便道：“岳帅，以我军战力，牛皋以为可以兵分两路，一路往西北直取襄阳，另一路往东北取随州，如此既能迅速扩大战果，又能钳住两地伪齐军马，使之不能互相策应。”

岳飞道：“襄阳乃是李成亲自镇守，此人曾是我手下败将，似不足虑。但古人有云：‘此一时也，彼一时也’。这李成屡次失利，想来也长了些教训，何况他确也今非昔比，早已不是游寇，后面有伪齐和金人撑腰，不可小觑。”

张宪急着立功，便道：“牛统制所言颇有道理，要不岳帅亲率主力去取襄阳，末将与徐庆二人领本部兵马去取随州，保证马到成功！”

岳飞见牛皋脸上颇有失望之色，知他也想自率兵马去取随州，独取一份功劳，便笑道：“伯远，当年你生擒金军悍将马五，何不跟大伙讲讲，也长长见识？”

牛皋生擒马五一事，众将早有所闻，只是牛皋新入军中，不愿过于张扬，旁人问起，他都只是一语带过，见岳飞提起，便将当日交战之事，讲了一遍，众将都极其感兴趣，细问其中曲直，大为叹服。

杨再兴道：“牛大哥天生神勇，武艺超群，不知能否对小弟的枪法指点一二？”

牛皋见杨再兴虽然谦恭，神色间却颇有几分不服，笑道：“杨兄弟枪法出神入化，岳家军中若排第二，没人敢排第一，就是过于霸气了些。”

杨再兴一愣，道：“不好么？”

牛皋没答他话，接着道：“比如今日你与荆超对枪，我都看到了。那荆超骑马冲过来，杨兄弟徒步迎战，丝毫不落下风，可惜没将那荆超挑落马下。”

杨再兴正得意，忽然觉得有些不对劲，便道：“牛大哥的意思是，当时若是你，便能将那荆超挑下马来？”

牛皋连连摇头：“哪里敢夸这等海口！只是旁观者清，荆超骑马直冲过来，人借马势，强在力道，但腾挪便差了许多，杨兄弟徒步迎战，其实大可不必与之硬斗，依我看，以你的步法，大可虚晃一枪，转身让他过去，然后化枪为棍，借势扫在他背上，即便不能将他击落马下，至少也能让他胸闷气短，战力大减。”

岳飞也是使枪的高手，拊掌大笑，道：“妙论，妙论！打仗便是如此，能赢便是王道，不可全凭血气之勇。”

杨再兴武艺睥睨全军，却是个明白人，听了牛皋的话，皱着眉头不吱声了。

岳飞转头对杨再兴道：“豹有豹胆，虎有虎威，你那一下与荆超硬碰，不落下风，敌军见了胆寒，不然也不会那么顺利拿下郢州，临阵对决，各有章法，你自己心里有数便是。”

杨再兴心中释然，起身受训，岳飞含笑让他坐下，对于帐下这员猛将，他爱惜有加。

话题转到下步如何进军上来，岳飞道：“全军在郢州休整三日，三日后，依张宪所言，兵分两路，一路取随州，另一路本帅亲领主力取襄阳。随州一路，张宪为正，徐庆为副；襄阳一路，本帅自领中军，王贵领左翼，牛皋领右翼。伪齐失了郢州，必然震动，定会集大军反扑，诸位要谨慎行事，切勿轻敌。”

众将都慨然领命。

驻扎襄阳的李成听说郢州一天不到便失守，领军大将正是岳飞，心里暗暗叫苦，眼看城中兵马虽然有二万，但自忖不是岳飞对手，便率军往北撤去，留了一座空城给岳飞。

岳飞并不知道李成已溜之大吉，为求必胜，一路严兵戒备，持重前行，到了离襄阳五十里，派前锋去探路，才发现守军已弃城而去。

不费一兵一卒便收复襄阳，岳飞却不敢大意，对左右道：“李成这厮占据襄阳未久，自知城防不固，便主动撤兵，你们不要以为他是怯战，他不过是想择机决战而已。”

王贵之前跟随岳飞大败过李成，对他十分轻蔑，鼻孔里忍不住哼了一声，见岳飞看他，便一本正经道："岳帅所言极是。"

牛皋道："李成、刘豫都不足虑，不过李成丢了襄阳，刘豫定会向金国求救兵，去年我军本已打到汴京，不料遭到伪齐和金军联手进攻，以致大败，一路退到大江以南才罢。襄阳以北，平原旷野越来越多，利于骑兵驰骋，我军要取胜并不容易。"

王贵脸色这才凝重起来，只听岳飞道："过两日随州应有消息过来，张宪、徐庆当能拿下此城。"

牛皋道："拿下随州，我军与伪齐和金军决战时，才无后顾之忧，张宪与徐庆也能前来助战，只要赢了决战，只需派一支偏师，便可轻取信阳军。"

岳飞笑道："伯远有勇有谋，我岳家军有了你，真是如虎添翼呀！"

王贵也道："原来只以为牛大哥武艺了得，没想到肚子里还有这么多谋略。"

牛皋大笑道："岳帅、王统制谬赞了！我才从京西一路败退下来，若还不长些见识，岂不是白吃了一趟亏！"

岳飞看了一眼王贵，道："我所虑者，也在于此。李成原是我手下败将，焉知他就不会长进？更何况他此次还背靠伪齐，更有金人助阵。"

王贵连连点头，道："岳帅教训的是，末将绝不敢轻敌！"

岳飞率大军进城，见城中除了几千老弱，什么都不剩，不禁怒道："李成这厮贼性不改，所到之处，搜刮得一干二净，着实可恨！"

王贵道："我看李成还是畏惧我岳家军，坚壁清野，还故意留下这几千老弱，无非是知道我军仁义，断然不会置之不理，以此消耗我军粮食，依末将看，不如给他来个将计就计。”

“怎么讲？”岳飞问，脸上露出一丝笑容。

“昨日看地图，襄阳西北有一条清水河，此河正好扼住伪齐军西去之路，末将看伪齐时有西进之意，不如选派一支偏师，假装从清水河西岸搬运粮草，只在粮车里堆放些粗糠之类，见了敌军过来，能打便打，不能打便撤，李成见了粮车，必然以为我军缺粮，就会放胆来攻，我军趁机与之决战，一举歼之！”

岳飞与众将都微微颔首，岳飞道：“你还是一心想打痛快仗啊。”

王贵笑道：“大哥，我看李成这厮此次是给我们送军马钱粮来了，只有一举将之击溃，才好放手收纳钱粮啊……”

岳飞不待他说完，喝道：“如何说才能让你放下那轻敌之心！”

牛皋在一旁忍不住好笑，对岳飞道：“王统制所言，不无道理。先骄敌军之志，再示弱于人，然后突然奋起一击，至少能打他个出其不意。”

岳飞对王贵道：“你选派一军去清水河吧。”

王贵道：“就让王万去即可，如嫌人少，可派辛太率乡兵助战。”

岳飞放眼远眺，悠然道：“此计若成，给你记一功。”

王贵心里吃定了李成，立即下去安排，不出一日，王万和辛太便率领麾下人马，推着上百辆装着粗糠的粮车出发了。

两日后，王万这边还没动静，随州却传来消息，张宪与徐庆围攻随州十余日，竟然一直没能拿下来。

襄阳这头疑兵已出，箭已离弦，但随州那边战事却意外地胶着不下，岳飞召集众将商议，刚报完随州军情，只见牛皋大踏步走到大帐中间，声如洪钟，道：“末将愿率本部人马驰援随州。”

岳飞沉吟道：“有伯远去，自是马到成功，只是襄阳这边伪齐随时会大军压境，倘若你这一去，敌军又来，岂不两头失塌。”

牛皋道：“末将已经想到了这一层，此去随州，本部人马只带三日干粮，三日内必要拿下随州！”

此话一出，大帐中一片惊讶之声，岳家军个个悍勇，张宪、徐庆更非泛泛之辈，人家攻十余日都攻不下，凭什么你牛皋三日内就能拿下？

岳飞略一思索，眼中精光一闪，坐直身子喝道：“牛皋听令！命你率本部军马即刻驰援随州，破城之后，立即会同张宪、徐庆等部返回襄阳。”

牛皋接令。

岳飞又叫过长子岳云，道：“你随牛统制去攻打随州，若不成功，你提人头来见我！”

此时岳云已年满十六，生得虎背熊腰，使两只各重四十斤的大铁锤，杨再兴自恃勇武，但见了岳云也是敬让几分。

有岳云助战，牛皋自是欢喜，二人原本就一见如故，认作伯侄，没事就在一起切磋武艺，今日要去并肩作战，正合二人的意，于是一老一少赶紧出帐筹备，当天便信心百倍地率军出征了。

牛皋二人前脚才走，王万那边便送来消息：伪齐军果然袭击了他和辛太的部队，人数还不少，辛太手下的乡兵，没见过大阵仗，竟然吓得不战而溃，远远地逃到宜都去了。王万率军抵挡一阵之后，也撤到了清水河西岸，粮车全部落入敌军手中。

岳飞听了探报，不免又好气又好笑，早料到辛太的乡兵不济事，没想到竟如此不中用，不过却歪打正着，正好引诱李成放胆决战。

刘豫那头收到李成败报，赶紧调兵增援，又从金国请来救兵，很快李成手下便有了七八万人马。由于清水河初战得手，加上误判岳家军粮草不济，李成顿时胆气壮了起来，便号称拥军三十万，在邓州、唐州南面扎下营寨，列开阵势，准备与岳家军决一死战。

七八万人马不是小数，从襄阳城望去，北面一片雾霭腾腾，一看便知有大军驻扎，岳飞与众将站在襄阳城楼上，往北远眺敌军形势。

突然，统制李道惊叫道：“东面有军马在动！”众人往东面一看，果然隐隐有烟尘升起，一支人马正往这边开来，也不知是敌是友。

岳飞当机立断，对王贵道：“你率手下长枪兵在城东列阵，以防万一。”王贵领命而去，岳飞带众将下了城楼，将弓箭手全部调上城墙，只见王贵率领手下人马已经出了城门，往数里外的一处缓坡列阵。

王贵机警，又派出一百余名骑兵前去探敌，料想顶多一顿饭工夫也就返回了，等了一个多时辰，竟然杳无踪影，王贵不禁有些着慌，再看前方烟尘越来越近，便抖擞精神，准备应战。

一名骑兵从烟尘中飞驰过来，却并非王贵派出的人，那人一看便是信使，一身轻装，见了王贵，大叫道：“随州大捷了！”说罢，也不停留，直奔城门而去。

王贵手下几千名长枪手一齐欢呼，片刻过后，城内也传来欢呼声，王贵便让副将率军入城，自己带了几十名随从前去迎接得胜归来的牛皋、张宪等人。

牛皋、张宪两支劲旅及时凯旋，让战局大为改观。岳飞细问军情，才知牛皋一到随州，立即往城内射了几十支箭书劝降。原来随州城中有不少伪齐士兵原是义军，牛皋大名，义军无人不知，听说牛皋率军赶到，一时人心浮动。牛皋片刻也不停歇，立即会同张宪、徐庆大举攻城，守军斗志不坚，很快便被打开缺口，岳云持一对大铁锤率先登城，所向披靡，岳家军随后一拥而上，终于将攻了近一个月的随州一举拿下。

牛皋一诺千金，三日干粮未尽，随州城便已收复，并生擒伪齐随州知州王嵩。岳飞大喜，命人将王嵩在襄阳城头斩首，又命幕僚将各人战功录下，战事结束后一并向朝廷请功。

当日傍晚，王万也率军从清水河西岸赶回，岳家军各部均已汇聚襄阳，岳飞亲率众将巡视各部，从被服鞋帽到麻袋帐篷，从盔甲器械到针头线脑，从驮畜马匹到士卒伤情，事无巨细，全部过了一遍。确认各部准备停当后，岳飞再次登上襄阳城楼，远眺敌军状况。

此时残阳如血，草木无声，空气中充满大战前特有的沉闷，这名年轻的统帅目不转睛地看着前方，带着与年龄不相称的沉鸷冷静，他已经将来日的生死大战在脑海中过了无数遍。

四 收复襄阳

绍兴四年(1134)六月下旬，随金使一道出使金国的龙图阁学士、枢密都承旨章谊和给事中孙近平安返回，赵构立即在众宰执陪同下召见了二人。

章谊、孙近二人在云中（今山西省大同市）见到了金国的实权人物都元帅粘罕和右监军兀室，粘罕与二人聊了几句，话不投机，粘罕很是恼怒，便下令将二人立即遣还，章谊道："我二人万里衔命，兼迎两宫，怎能不递国书而还？"

粘罕被将了一军，虽然他身为都元帅，掌管军政大权，但擅自不收国书，却难免遭人物议，传到皇上耳朵里去，怕不好看，便令金吾上将萧庆收了国书。

当初金使李永寿出使临安，提出三项要求：一是归还齐国俘虏；二是遣还所有南下的西北居民；三是划江而治，将长江以北全部划归刘豫。章谊二人来使，自然又将这三桩事讨价还价了一番，前两桩事，粘罕口气倒不硬，唯独第三桩事，粘罕寸步不让，并在回书中明确要求淮南不得屯驻军马。

赵构听完二人奏对，心中颇有几分踏实，至少金国终于改变了当初不屑一顾的态度，开始认真谈判了，还回了国书；而且金国条件虽然苛刻，但事实上却承认了他的江南朝廷。

“陛下，依臣看，没有过去几年川陕连胜，断不会有今日粘罕之遣使节、回国书。臣以为遣使通和可照作不误，但厉兵秣马、修国治军不可一日而稍停。”朱胜非道。

赵构自是深以为然，道：“岳飞已经收复郢州、随州和襄阳三郡，朕料粘罕知晓了必然愤怒，如今正值盛夏，须提早筹备秋防，倘若金军今秋再敢南下，朕当亲率大军迎敌，岂能再像之前那般泛海避敌！”

赵鼎道：“陛下圣明！吴玠前日奏报，趁金军败退，我军乘胜追击，一举收复了凤州、秦州和陇州，川陕局势，愈加有利于我。臣以为，今后数年，川陕可保安宁。”

赵构发出一声欣慰舒坦的长叹，道：“得一人而定川陕，其吴晋卿乎！”

朱胜非微笑道：“前日川陕来人，臣与之细聊，得闻吴玠二三事，一是吴玠极爱看史书、兵书，但凡看到警句，有利治军打仗的，定会录下来贴于居室，久而久之，四面墙都贴满了；二是吴玠不喜铺张，不讲威仪，当上川陕宣抚副使后，简易如故，经常步出衙门，在外与军士随意交谈，幕僚担心不安全，吴玠道：‘国家任我为宣抚，我便有安民之责，之所以简服外出，就是担心军民之间有冤无处申者，被门吏所挡，见不到我的面。’”

赵构最盼望的就是将臣用命，忠心为国，听了这话，欣慰无比，道：“朕只恨山水阻隔，不得面见吴卿！他上回所请之事如何了？”

朱胜非之前弹劾过张浚，但对于刘子羽，他心中并无反感，答道：“三省审核了刘子羽在川陕数年的公函书信，刘子羽堪称有大功于川陕，吴玠也是由他所荐。”

“既然如此，就当从吴玠所请，将刘子羽官复原职，不要冷了忠臣之心。”赵构道。

朱胜非道：“吏部已拟好敕书，复其原官，提举江州太平观。”

赵构点了点头，不再言语。

“还有一事，”朱胜非接着道，“我听来人说，吴玠患了咳血之症，有一日在府衙与众人议事，突然间便咳了半碗血出来……”

赵构与其他宰执都吃了一惊，赵构呆了半晌，道：“定是长年征战累的，命太医局选派好医师、好药，即刻赶赴川陕，以表朝廷关爱之意。”

这个意外的消息让赵构情绪低落下来，赵鼎见赵构脸色不好，欲言又止。

赵构看在眼里，便打起精神道：“赵卿有事要奏？”

赵鼎道：“陛下，臣闻韩世忠与刘光世交恶不已，一旦国家有事，二将不互相拆台已是万幸，岂肯互相救援！靖康之祸，亦源于此。望朝廷下诏切责，令二人分是非，正典刑，以正纲纪。”

赵构道：“前向听说二人冰释前嫌，朕还大为宽心，不料二人却又斗气！上回韩世忠觐见，朕还特意告诫他：掌兵大将，身系国家安危，不可意气用事，汉朝时贾复与寇恂因私愤几欲交兵，光武帝一言劝解，二人立即重归于好，携手而去。如今你与刘光世不睦，议者只会说朝廷失驾驭之术，朕乃无德之君。韩世忠听了顿首请罪，还说他日见了刘光世，必定负荆请罪，如今看来，竟是哄朕高兴来了。”说罢叹气。

赵鼎安慰道：“陛下对臣子如此耳提面命，谆谆教导，岂能说是无德！二人积怨颇深，也非一时半刻能化解，臣以为，大将不和，无非是争功邀赏，互相攀比，朝廷只需秉公办理，一碗水端平，便也不会出大乱子。”

常同道："刘光世和韩世忠还好说，二人同为宿将，功勋相当，互不能制，臣最担心的是这些功臣宿将妒贤嫉能，排抑新进，使得军中能战者不得出头。岳飞年轻，短短数年间，以军功从校尉直升大将，坐镇一方，其他大将颇为妒忌，臣以为陛下应降诏各将，告诫他们莫忘辑睦之意，莫记纤介之怨，急公家，弃私仇，否则勋名爵位，朝廷未必始终保全。"

"常卿所论极当！"赵构从龙椅上站起来，"将士死战，谁不想图个光宗耀祖，封妻荫子？一旦上进之路被堵塞，谁还愿意为国效力？前向张俊道，帐下将领赵密、李宝等人颇有战功，不亚岳飞，韩世忠也对朕说过类似的话，颇有不平之意。可即刻拟诏，切责诸大将，令其舍怨忘愤，忠心为国。"

徐俯对岳飞尚存疑虑，道："岳飞虽然收复了郢州、随州和襄阳，但还未与伪齐军决战，敌军实力无损，倘若日后我军略有松懈，敌军又来侵袭，重新占了去，岂不是白忙一场？去年李横等人占了河南、京西十来处州县，然而一场败仗下来，所得州县竟又全部落于敌手。臣担心襄阳重地不能持久经营，再度沦陷，也就谈不上连接川陕，接通东南了。"

徐俯此话，确也中肯，赵构想了想，道："朕当亲笔写诏书给岳飞，叫他须有全尽之策，提防伪齐包藏祸心，卷土重来，致使我军前功尽弃。"转头又问章谊："卿才从金国回来，觉得金人会不会出兵助战？"

章谊道："臣到云中，粘罕、兀室等人在都堂内接见臣等，旁边有数将刚从川陕回来，臣见他们个个面色疲惫，神态慵懒，不像再有心力南下的样子，但金人蛮横狡诈，又贪得无厌，与刘豫沆瀣一气，未必就不会出兵。"

赵鼎道：“此时正值暑夏，金军又是新败，大举南下势所不能，但定会从刘豫所请，借给他一些兵马。不过，臣料定岳飞对此必有防备。”

君臣一时间陷入沉默，各怀心事琢磨着眼前这纷繁复杂的局面，都堂内突然安静下来，内侍们不明就里，有些不知所措，都蹑手蹑脚，大气不敢出。

赵构的亲笔诏书还未到襄阳，岳飞大军已经开拔，往北朝邓州方向进发。

宋军的动静，李成也摸得一清二楚，得知宋军逼近，李成便在邓州以南选好战场，气势汹汹地摆开阵势，准备来个以逸待劳。

岳家军走了两日，离邓州约四十里时，只见远方尘土遮天，看这阵势，恐怕有十万之众，一股浓烈的马骚味直扑过来。王贵在前军，不禁心里跳了一下，凭他多年征战经验，金军马队少说有上万人，步骑加起来比岳家军多出三倍，自己之前力主决战，只怕未必是个好主意。

他看了一眼岳飞，岳飞正全神贯注地凝望前方，再看牛皋等诸将，也是神情凝重。

大军又往前走了几里，已经隐隐约约看到金齐联军的大阵，阵形之严整，颇出人意料，见有兵马过来，十万人一齐呐喊，声震天宇。

一列三百人的骑兵从左翼冲出来，耀武扬威地从两军阵前掠过，马都是上等的好马，骑手也是一等一的技艺。

两军相近，间隔三里地各自扎住阵脚。王贵见敌军声势极大，拍马到岳飞跟前道：“岳大哥，今日就让王贵率众弟兄冲在前头，倘若不能回来，大哥帮我照顾妻儿。”

岳飞看了他一眼，道：“你胡说什么，归阵准备厮杀。”

两边战鼓擂起，岳飞招手将王贵、牛皋、张宪招到跟前，指着对面，对张宪道："你先不要出击，待敌军乱后，再率本部进攻中路。"

三人都愣了一下，这还没开战呢，就想着怎么摘果子了？只听岳飞冷笑一声，道："李成这厮，本以为他屡败于我，回去后会好好反省，有所长进，不料却疏暗如故！你们看看他的布阵，明明步兵利在险阻，骑兵利在旷野，他却将左翼骑兵列在襄江边上，右翼步兵列于平地，如此列阵，就算有十万精兵又能怎样？"

三人恍然大悟，岳飞接着道："不必列阵对峙了！王贵听令！你率本部长枪队直突左翼骑兵，将他们往江边赶；牛皋听令！你率本部骑兵包抄敌人右翼步兵；张宪听令！你率中军擂鼓原地待命，不见我帅旗动，不得前进！"

三人听令，直奔本部人马而去。

李成在中军，眼见岳飞人马远不及自己，心中胆气更壮，对身旁亲将道："岳飞凭这三万人马就想收复襄阳六郡，未免太不自量！"

旁边一亲将突然道："大帅，南军马队出动了！"

李成定睛细看，对方约三千骑兵从阵中冲出，却不攻击自己骑兵，而是直奔右翼步兵而去。

李成正要舞动帅旗，命骑兵出动截击对方，却一眼看见对方阵中一支上万人的长枪方队直逼左翼，倘若自己此时调骑兵出来截击对方马队，等于将骑兵侧翼交给了这支长枪方队。

他一时愣在原地，只见对方长枪方队步伐整齐划一，号令严明，有章有法，一看就训练有素，而对方骑兵已经绕过自己步兵大阵，意图明显，就是要包抄身后。

"大帅，快发号令吧！"旁边亲将见势头不好，急道。

事已至此，李成只得下令帅旗前指，步骑一齐向前迎战，这时他才意识到把骑兵列在河边是一记大昏招。面对密集的长枪阵，骑兵不敢正面强攻，但想包抄攻其侧翼，却被河水挡道，对方长枪阵步步紧逼，吼声震天，留给李成骑兵的空间越来越逼仄，后面人马被前面挤得无路可退，纷纷蹚入河中，叫骂不已，有的干脆掉头逃跑。

李成眼看寄予厚望的骑兵一点没派上用场，有心调派中军去助战，却见对面岳家军主力虎视眈眈，心知一旦自己调兵，阵形松动，立马便会遭到猛攻。

刹那间，一股熟悉的绝望之感涌上李成胸口，他晃了晃身体，强行镇定下来，却听到大阵后方喊声震天，旁边亲将们早乱了方寸，道："不好了，大帅！南军马队包抄至我军身后了！"

李成还想负隅顽抗，挥动令旗，命骑兵硬冲宋军长枪方阵，然而冲了两轮，前面骑兵都做了枪下鬼，后面的看着长枪如林，不要说人，就是马匹也踯躅不前，跑又跑不开，挤在一处，人马乱成了一锅粥。

李成无计可施之际，右翼步兵阵形愈发散乱，将官们自顾不暇，弹压不住，猛然间像是从后方传来一阵巨浪，被挤压在一起的士卒呼啦啦摔倒一大片，惊叫声此起彼伏。

岳飞见时机已到，立即帅旗前指，战鼓齐响，张宪、徐庆、王万等人各率所部直压过去。李成还不甘心，亲将带着哭腔求道："大帅，今日之战，已无力回天了，赶紧撤吧！"

宋军越逼越近，"活捉李成，赏银万两"的喊叫声清晰可闻，李成终于接受了兵败事实，长叹一声，掉转马头，在亲兵簇拥下仓皇而逃。

李成精心布置的大阵就此崩溃，岳飞率军乘胜追击，李成的人马向四面八方逃窜，岳飞兵少，便直往北追赶，一直赶到邓州城下。

此时已是下午时分，将士们战了一日，又赶了远路，虽然疲惫不堪，但士气极旺，王贵和牛皋仍在追击敌军，尚未前来会合。

岳飞看着城墙上敌军乱成一团，惋惜道："此时若能趁敌军立足未稳，又在慌乱之际，立即攻城，定能一举拿下邓州，可惜攻城器械未至，留待明日再攻城也罢。"

岳家军各部就在城上敌军眼皮底下，四处逐杀残敌，收纳降卒，一直到天黑才收兵。

当晚，岳飞料定李成损失惨重，不敢再战，便命士卒就在离城数里处扎营，又下令埋锅造饭，让苦战一日的将士饱餐了一顿。

一夜下来，城内守军果然未派出一兵一卒来袭扰，两边相安无事。

天亮后，牛皋和王贵才先后率部前来会合，两边都押了几千名俘虏，王贵更是俘获了几百匹战马。晌午时分，王万也率部带着云梯、冲车等攻城器械赶了过来。

众将都力主乘胜攻城，岳飞道："邓州城破只是旦夕之间，只是襄阳六郡如今只有三郡到手，如何一举拿下剩余三郡，方是用兵之道。"

张宪会意，道："李成昨日大败，但并未被我军全歼，倘若能诱他再战一场，彻底击溃他，则余下三郡便如探囊取物。"

王贵笑道："李成屡败于我岳家军，次次都是刚一开场便全军溃败，只怕他再也不敢与我军对阵了。"

牛皋昨日见岳飞弹指之间，便大破数倍于己的金国与伪齐联军，对岳飞佩服得五体投地，便道："李成费尽全力想打一场大会战，一举奠定胜局，不想顷刻之间就兵败如山倒，部队损失惨重，粮草辎重也落于我军之手，末将料他已无力再战，此时我军全部集于邓州城下，未免有些杀鸡用牛刀，不如兵分三路，一路攻邓州，一路攻唐州，另一路掉头南下，直取信阳军。”

众将听了，都拍手称妙，岳飞只是含笑不语，见众将个个摩拳擦掌请战，便问：“你们猜猜李成是在邓州城，还是已经逃往他处？”

众将都略微一怔，细想之下，才省悟岳飞此问颇有深意，倘若李成坚守邓州城，说明他实力尚存，还想寻机决战，此时贸然兵分三路，未免过于轻敌；倘若他让城别走，说明他已肝胆尽丧，这才合适全力追击，扩大战果。

“老规矩，先礼后兵。”岳飞起身道，“本帅今日要亲到邓州城下劝降，李成若在城中，必然会出来见我。”

于是众将簇拥着岳飞，摆开阵势，威风凛凛地来到城下，向城内喊话，让李成出来投降。

城墙上乱了一阵，出来一个长脸髭须、高瘦身材的将领，牛皋叫道：“你是何人？李成为何不敢出来？”

那人答道：“我乃大齐邓州巡抚副使高仲，李宣抚已经前往唐州搬大金国救兵去了，有事问我便可。”

岳飞听了，便留张宪在城下与他说话，自己掉转马头率众将回营地，王贵道：“大哥，那咱们就兵分三路？”

岳飞道：“念你上回献计有功，邓州、唐州和信阳军，你挑一处吧。”

王贵喜道：“多谢大哥！我长枪军昨日大战敌人马队，两条腿赶四条腿，好不辛苦，不如我就率军专攻邓州好了，邓州一拿下，我立即率军驰援唐州。”

岳飞道：“这个依你何难。记住了，拿下邓州，不得骚扰百姓，不得滥杀降卒，否则绝不轻饶！”

王贵收了嬉皮笑脸，肃然听命，转眼又满脸堆笑道：“那就让小官人随我打邓州吧？”

岳飞笑道：“这个也依得。”

王贵大喜，冲牛皋连连拱手道：“得罪得罪！”忙不迭地将岳云从牛皋那头拉到自己身边来，牛皋哭笑不得，道：“我伯侄俩才珠联璧合，要立大功，你却来横插一杠，是何道理？”

王贵道：“我叔侄就不能立功了？明儿我俩立个大大的功劳给大伙儿看看！”

岳飞见状，便叫过杨再兴，道：“你去牛统制帐下效力。”

牛皋是直肠子，见有杨再兴助战，喜出望外，二人并辔回营，一路聊得火热。

岳飞将王贵叫到身旁，悄声道：“你要学学人家伯远的心胸气度，不要一味逞强斗狠。”

王贵点头道：“牛大哥真是爽直人，今次让了我，下次我定也让他一回。”

岳飞回到中军大帐，汤怀、张显二人正在帐内忙碌，二人不善带兵，但心思缜密，又是岳飞早年结拜的兄弟，因此掌管军队后勤等细务，倒也合乎二人的温厚性格，把军中大小事务捋得井井有条。

二人正与岳飞谈论军中事务，荆北安抚使司统制崔邦弼在帐外求见，进帐后道：“岳帅，末将无能，无论勇武与练兵都不及岳家军其他将领，但也不甘心就此碌碌无为，末将想领本部人马去攻打信阳军，还望岳帅恩准！”

岳飞见他有这份志气，很是欣赏，道：“你已经是我岳家军一员，还分什么彼此？信阳军在南面，离此有三日路程，之前伪齐的随州溃军都已聚于信阳军，且此地已被伪齐占据经营了两三年，城防坚固，这些你心中可有数？”

崔邦弼道："末将原也不敢贸然请命，但军中有上百人乃是信阳人，于当地人情地理十分熟悉，末将前几日审了几十个俘虏，这些人都恨伪齐，有投诚之意，末将就让军中上百信阳人换上敌军衣甲，让这几十名俘虏混在其间，假装成溃军混入城内，然后再来个里应外合……"

崔邦弼刚讲完，岳飞便仰天大笑，道："十步以内，必有芳草，古人诚不我欺！"

崔邦弼不知何意，愣在原地不吱声，岳飞便正色道："你能有此谋划，便有为将之才！我这当主帅的，哪有阻拦下属去立战功的道理！"

崔邦弼听明白了，大喜过望，道："末将这一两月在岳帅身边，只觉得比过去一二十年学的都多，此去信阳军，请立下军令状，不拿下此城，愿提人头来见！"

岳飞笑道："本帅信你此战马到成功，何须立军令状？"

崔邦弼原本是鼓了十二分勇气来请战，并不指望岳飞首肯，不料竟受此信任，当即跪在地上，发狠道："末将定不辜负岳帅重托！"岳飞上前扶他起来，好好勉励了一番，亲自送至帐外，目送崔邦弼远去。

这头王贵已经紧锣密鼓地准备攻城了，岳飞也不多问，只告诉他攻下邓州后，片刻不要停留，立即率军往唐州进发。

一切安排妥当，岳飞便率张宪、牛皋等部开往唐州，张宪道："区区一个唐州，何须惊动岳帅的大驾，张宪或者牛大哥去都行，还不是手到擒来的事。"

岳飞摇头道："如今看来，要将伪齐军队驱逐出襄阳六郡地界，应当不难，难的是如何保证其不敢再犯，否则今日将他们赶出，明日他们又再来，如此反反复复，永无宁日，即便占了襄阳重地又有何用？”

牛皋深以为然，道：“去年我们义军一路杀到东京城下，然而一场败仗下来，便一退千里，所占州县全部失守，连之前的地盘都没保住，究其原因，还是根基未扎稳。”

岳飞问他：“伯远，依你看，如何才能扎稳根基？”

牛皋不假思索道：“就像前几日大破李成一样，狠狠地揍他几次，他们就不敢再来了，否则难免记吃不记打，一缓过气，又来进犯。”

众将都笑着点头，岳飞道：“这只是其一，还有其二、其三。”

牛皋看着岳飞若有所思，岳飞侃侃而谈：“其二，善待士民，秋毫无犯，同时也要善待降卒，切勿滥杀，愿留下者编入军中效力，不愿留下者，发给盘缠任其返还。如此百姓感恩戴德，真心归附，敌军亦心存感激，不愿死战。其三，行营田之法，为固守之计。襄阳、随州、郢州颇多膏腴之地，之所以荒芜，乃因连年战事，百姓流离失所，民力不支。倘若将田地分与将士耕种，一季下来，军储既成，则无粮饷之忧，进攻退守，全在于我。如此荆门、荆南兵势相援，江淮、荆湖皆可奠安，襄阳六郡方是王土王民。”

这一番闳言高论下来，其他诸将倒也罢了，长年惯于南征北战、打打杀杀的牛皋听得瞠目结舌，看着岳飞直发愣。

岳飞话锋一转道：“此是后话，当下之计，确如伯远所言，要狠狠地再揍他几次，让他听到岳家军三字便心惊胆战！”

张宪道：“李成前几日大败，只怕他见我大军杀到，早早地便溜走了。”

徐庆道：“依我看，李成确已胆寒，不敢再战，但又不甘心拱手让出三郡，一是刘豫那头交代不过去，二是李成这厮赌性极重，只要觅着一丝机会，总想押上赌注，赢一回大的。”

“‘知己知彼，百战不殆’，”岳飞赞许地看着徐庆道：“你算是把李成看透了！我料李成在唐州还想一搏，打得赢就打，打不赢就走，我军要做的便是让他打不赢，还走不了。”

牛皋已经会过意来，笑道：“岳帅莫非想再给李成来个两路夹击？”

岳飞却不说破，反问道：“伯远且给大伙说说，如何两路夹击？”

牛皋顿时来了精神，道：“我军人马原本就比伪齐少，如今又兵分三路，前往唐州的兵力不到两万，李成一见，以为有机可乘，定会列阵迎战，我军不必猛打猛冲，只需与之周旋，让他以为我军怯战，等邓州城一下，王贵率军前来会合，我军立即发起猛攻，两路夹击，定然又会杀他个措手不及。”

众将听了大乐，徐庆都有点儿替李成抱屈，道：“李成这厮，前世造了什么孽，三番五次落入我岳家军手中！”

大军行了一日，探马来报，前方有伪齐与金军大队人马，人数有四五万。

岳飞道：“李成于兵法阵仗知之甚少，但他韧劲倒足，前几日才大败于我，换作其他人早就魂飞魄散，一蹶不振了，他却能在数日内又纠集数万兵马鼓勇来战，可知此人自有他的长处。”

张宪却瞧不上李成，道：“岳帅高抬他了，若无金人在背后撑腰，借他十个胆也不敢再来。”

岳飞点头道：“你说的也不无道理。此处地势平坦，利于马队驰骋，不可不防，我军宜选一处坡地，居高摆开阵势，然后诱敌来战。”

牛皋久在京西作战，对唐州地理颇为熟稔，道：“前方有一条河名叫唐河，河虽然不甚宽，水却很深，李成前次才吃了把骑兵列在河岸的亏，此次必不至于再犯蠢。唐河对面，有一座长蛇山，山如其名，如一条长蛇，也不高，正好沿山坡列阵，防止对方骑兵冲击。”

岳飞大喜，立即连派数拨探马去察看李成兵马驻地，到晚间，探马陆续返回，都说李成仍旧沿河列阵，只是这次将步兵列在河岸，骑兵列在平地。

岳飞听了哈哈大笑：“这厮有勇无谋，只知依葫芦画瓢，实是朽木不可雕也。传我帅令，全军摸黑前进，赶往长蛇山扎营。”

于是岳飞率全军借着星光连夜赶路，终于在半夜到达长蛇山，山脚并无伪齐一兵一卒，岳家军静悄悄地翻过山，就在半山坡扎下营寨。

次日，李成一觉醒来，听说宋军抵达，赶紧出帐观望，只见远处长蛇山绿树掩映下，宋军营寨在山坡上若隐若现。

“岳飞这是何意？”李成看了半天，琢磨不透岳飞葫芦里卖的什么药，便问身旁部将。

部将们都吃足了岳飞的苦头，狐疑不定，半晌才有人道：“大约是没料到我军新败之后，还有如此大的声势，因此不敢靠近？”

李成便叫人去请前来增援的金将刘合孛堇来大帐商议，刘合孛堇原是渤海人，本事不大，心气却高，听了李成的顾虑，道：“我已派人打探清楚了，南军来犯人马两万都不到，马军才不过三千余人，我军有五万余人，马军七八千，何惧之有？”

李成前几日惨败前也正是这般口气，见刘合孛堇挺胸凸肚，信心十足，心里反而敲鼓，暗想此人寂寂无闻，没听说有过什么了不得的战功，纵然人多，只怕不是岳家军对手。

刘合孛堇大剌剌地坐在大帐中央，夸夸其谈了大半日，李成只是附和，并不多说，等送走了他，李成将帐下几名心腹将领叫到身边，没好气地道：“金国敷衍了事，并未真心增援，派出这样一员偏将，济得了甚事？来日倘若交战不利，你我须有所防备，否则死于乱军之中，功名富贵成了泡影不说，还惹天下人耻笑！”

众将都连连点头，其中一人道：“前几日邓州城下大战，我军损失惨重，好些跟了大帅多年的弟兄死的死、伤的伤，还有做了俘虏的、不知去向的，倘若此战再有损耗，我军实力大减，恐怕在皇上眼中，大帅这边的分量就不如从前了。”

李成腮帮上的肉跳了一下，沉着脸道：“来日之战，只要见着势头不对，立即撤退！”

正商议间，亲兵急急忙忙地入帐来报：“南军又打过来了！”紧接着远处传来呐喊声。

李成吃了一惊，手忙脚乱地披挂上马，率众将至中军观望，只见对面宋军大约有二千名骑兵过来挑战，后面步兵大阵随着鼓点缓缓向前。

刘合孛堇见对方人少，立即率领手下七千余骑兵出来迎战，一时间万马奔腾，气势如虹，宋军人少，只与金军稍加接触便拨马往回走，金军大队人马趁势向前压，想一举冲垮宋军大阵。

宋军骑兵沿大阵两翼撤退，步兵长枪前举，紧接着一阵密集的箭雨飞向追赶而来的金军骑兵，刘合孛堇见宋军进退有序，无机可乘，便命骑兵退了回来，双方第一次攻防就这样平淡无奇地结束了。

李成在中军看得真切，对左右道：“岳飞之前进攻，哪一次不是迅如疾风，只进不退？今日却草草收场，本帅看他是不是也有点黔驴技穷了？”

旁边一亲将跟随李成多年，见他又犯老毛病，跃跃欲试，便劝道：“岳飞用兵狡诈，大帅还是不要掉以轻心。”

李成不答话，挺着身子眯着眼一直看着前方，嘴唇倨傲地抿着，与方才气急败坏的模样判若两人。

下午时分，又有一队宋军偷偷渡河，打算迂回到伪齐军身后，被刘合孛堇的游骑及时发现，便仓皇逃跑了。

晚上，宋军过来劫营，被伪齐军候个正着，宋军不敢深入，放了一阵箭，不等伪齐军反击，趁乱悄悄撤退了。

接连两日，宋军使尽各种办法，想要突破伪齐军防线，却始终劳而无功，岳飞又派人射了一封书信到李成营中，劝李成投降，定有封赏云云。李成看了书信，哈哈大笑，道："岳飞在宋廷的爵位比我在大齐还低，却来劝降于我，许诺封赏，岂不是滑天下之大稽！"

李成胆气终于壮了起来，决定主动出击，列阵攻打驻扎在长蛇山的宋军。宋军人少，左支右绌，颇为狼狈，李成一连攻打了两日，见宋军始终龟缩在营寨内，愈发以为宋军已是强弩之末，不足为惧。

他所不知道的是，王贵于前日拿下邓州后，立即封锁城池，不让走漏半点消息，然后带领人马走小道穿插到唐州的西北面，正好位于伪齐大军的侧后方。

王贵派出信使将动向告知了岳飞，两边约定了进攻日期。

这边李成还蒙在鼓里，打算今日大举进攻，攻破宋军防线，毕其功于一役。派去邓州的探马尚未返还，但他决定不等了，只要击溃眼前这支宋军主力，邓州之围当迎刃而解。

宋军似乎发现了伪齐与金国联军的决战企图，也倾巢而出，双方在长蛇山前摆出阵势。李成这回学乖了，将步兵列在唐河岸边，将刘合孛堇的骑兵列在右翼平地，自己坐镇中军指挥。

双方一大早开始列阵，中间互相试探，一直到了半晌，才缓缓擂起战鼓，准备厮杀。

一匹快马穿过大阵，一路畅行直抵李成的中军帅旗所在，正是派往邓州打听消息的探马，他带给李成一个惊人的消息：邓州已于两日前陷落。

这消息来得太不是时候，大战已如箭在弦上，一触即发，此时再做调整无异于自乱阵脚，然而邓州失守的消息，让原本看好的形势突然间变得无比诡谲。

“攻城宋军如今在何处？”李成问道，这是他最关心的问题。

“禀大帅，小的围着邓州城转了一大圈，不见宋军踪影，回来路上，也没见到宋军一兵一卒。”探子答道，显然也有些困惑。

可怕而熟悉的绝望感从李成肚子里有股气直往上冒，李成拼命咽了几口唾沫，强自保持镇定，手却不听使唤地微微颤抖，冷汗顺着脊背直往下淌，像个木头人一般怔在原地。

“大帅，南军逼上来了！”旁边亲将提醒道，声音里带着明显的恐惧。

“怕什么！”李成突然暴怒道：“今日一步都不许退，有敢言退者格杀勿论！”

众亲将只得暗暗叫苦，李成帅旗前指，令人猛擂战鼓，从中军望去，自己这边人马远多于对面宋军，还有刘合孛堇的铁骑助阵，心想自己未必如此时运不济，一回也赢不了岳飞。

然而对面的宋军一改前几日的松松散散，一个个如猛虎下山，号子喊得震天响，将官们的口令威严雄壮，此起彼伏，军阵严整得像一堵墙，密不透风，让人望而生畏。

刘合孛堇仗着人多，想包围宋军骑兵，原本以为宋军骑兵会像前几日那样，见势不妙便掉头就跑，不料这三千骑兵竟然直取中路，领头一名大将虬髯满面，大吼道：“牛皋在此，你们有比马五还厉害的，跟我单挑！”

刘合孛堇心里一咯噔，原来这就是当年生擒名将马五的牛皋，见他手持一杆大枪，当者披靡，自忖不是对手，便对旁边一名勇将韩夫道：“你去会南军主将，若能将他挑下马来，升三级，赏银五千两！”

韩夫在军中有“万人敌”之誉，见有如此重赏，便鼓勇出阵，直奔牛皋而去，牛皋见有人敢来对战，一把掀掉头盔，挺起长枪，直奔韩夫，两人像流星般直接撞向对方，交错而过时，只听一声爆响，韩夫被牛皋当胸一枪洞穿，力道之大，枪杆为之断裂，只见他顺手一抓，将韩夫刺空的长枪攥在手里，大吼道：“谁敢再来？”

如此神威凛凛，谁不心惊，刘合孛堇对左右喝道：“何人出战？”连叫数声，无人敢应，只见牛皋侧翼又冒出一员大将，将杆碗口粗的长枪舞得如同风车一般，其悍勇竟不输于牛皋，口中大喊：“杨再兴在此，哪条番狗敢来送死？”

刘合孛堇之前认死了宋军长于强弓劲弩，短于骑射马术，乍见这二人如同天神下凡，不禁大感意外，一种一脚踏空的恐惧感从心底涌了上来。

正自惶恐不安，突然大阵后方传来隐隐约约的战鼓声和呐喊声，刘合孛堇一阵哆嗦，一名传令兵从后方急急忙忙赶来，道：“不好了，侧后方有南军大队人马攻上来了！”

战局发展完全出乎意料，刘合孛堇脑袋有些发蒙，还在犹豫要不要拼死一战，突见大阵中烟尘四起，混杂着轰隆隆的声响，只听手下骑兵都喊：“中军后撤了！”

刘合孛堇气得大骂：“李成这个狗贼！招呼不打一声就撤退，简直岂有此理！”

旁边亲将火上浇油道：“他这分明是想让我们断后送死，他好逃命哩！”

刘合孛堇咬牙恨道：“我就不信你两条腿跑得过四条腿！传我将令，全军后撤！”

转眼之间，刚才看着还像模像样的金齐联军大阵，跟堤坝崩塌似的，速度之快，连在中军督战的岳飞都颇感意外，立即传令全军变阵，轻装追击。

王贵率军来与主力会合，痛痛快快地追杀了四五十里才罢，沿途全是丢弃的盔甲器械和粮草辎重，伪齐大军的营帐完好无损，岳飞便令全军直接入驻，虎伺近在咫尺的唐州。

张宪、王贵、牛皋等人当晚又来请战，争着要去收复唐州，岳飞道：“此事我自有打算，你们不必争了。”

次日一早，岳飞命全军清理战场，王贵又来问：“岳帅，唐州何时派兵收复？”

岳飞道：“我已派李道前去收复了。”

王贵脱口道：“李道敲敲边鼓还可以，让他独自领军去攻城略地，就怕他没这能耐。”

岳飞瞪了他一眼道：“不要满脑子就是厮杀立功，带兵打仗哪有那么省心！你自己想想，李道纵然打仗不如你，但人家兢兢业业，从不误事，从不争功，没这老实人从旁帮衬，你能立得了那些战功！唐州已是熟透的桃子，就让人家也摘一回何妨？”

王贵明白过来，请罪道：“王贵愚钝，不如大哥想得深远。”

岳飞问起邓州战况，王贵道：“我军邓州附近大破伪齐和金国十万大军，守将高仲早就吓破了胆，不过这厮却中了刘豫的邪，竟做了舍身成仁的打算，拼死抵抗，好在守军不愿替他卖命，我令降卒中但凡城内有亲朋好友的，站在城下劝降，能叫一人出头应答者，赏银十两，不出一个时辰，竟赏出去两千两银子。于是我跟小官人一商量，趁热打铁，立即攻城，小官人抡着铁锤首先登上云梯，跃上城头，一连捶翻好几名顽抗的贼兵，我军趁势一拥而上，占了城楼，大开城门，就此拿下邓州。”

岳飞面带微笑听着，满意地点点头。

王贵又道：“随州、邓州两战，都是小官人先登，军中如今都叫他‘赢官人’。”

岳飞淡淡一笑道：“真有此事？他还需砥砺磨炼，切不可捧得太高。”

帐外张宪求见，岳飞让他进来，王贵见张宪看着自己，便抢先道：“别争了，岳帅已安排妥当，让李道收复唐州去了。”

张宪微微一怔，但也并没多问，只对岳飞道：“各部仍在清理战场，俘虏了四千余人，歼敌倒不是很多，因敌军跑得快，好在缴获极多，大可充实军需。”

岳飞对张宪道：“你率本部人马继续清扫战场，收纳降卒，顺便策应李道，其他各部先随我回襄阳。”

安排已毕，岳飞率众将回襄阳，一路上将士们欢声笑语，军歌不断，都说这仗打得痛快，牛皋、董先之前也长年带兵打仗，自以为颇有心得，然而两个月下来，见岳飞用兵如神，方知这带兵打仗，一则靠天时地利，二则靠智勇兼备，三则靠那说不清、道不明的天赋异禀，有了这天分，方能在变幻莫测的战场中抓住转瞬即逝的战机，一举得胜。

大军到达襄阳城后的次日，便接连收到来自唐州和信阳军的急报，两州在同一日被攻克，至此，原本朝廷担心会延续到秋防的襄阳六郡收复战，七月下旬便干净利落地收场了，前后耗时仅两个来月。

岳飞将几千签军俘虏聚在一起，训话道："尔等原本国家赤子，家中都有父母妻儿，不得已被逆贼拉来充军，本帅岂能忍心杀戮？今日给你们每人发放盘缠干粮，自行回乡，他日我大军北上收复中原，尔等要记着这份恩义！"

俘虏们哪敢相信有这样的好事，都不敢上前去取盘缠干粮，众将都道："岳帅言出如山，尔等不必有顾虑。"

有几个胆大的拿了盘缠干粮，径自去了，不一会儿便没了踪影，其他人见状，一拥而上，各自取了一份，喜出望外，欢呼而去。

战事全部结束后三日，一支五千人马的队伍从东南方向开来，原来是刘光世派来的援军。领头的是其部将郦琼，郦琼在刘光世军中与王德并称"二虎"，一直互不相让，明争暗斗，之前见王德颇立战功，心中十分不服，这次逮着立功的机会，兴冲冲地赶来，却发现已无仗可打，不禁大失所望。

岳飞与郦琼都是相州汤阴人，也早已互闻其名，二人一见如故，岳飞为其接风洗尘，郦琼信任岳飞，也不掩饰，借着酒劲，将王德等人狠狠地贬损了一番，对刘光世也颇多怨言。

岳飞发迹前，也曾数次起落，甚至差点丢了性命，深知行伍之中，倾轧甚重，便宽心耐烦地劝慰他，并在随后的报功奏折中，特意请求朝廷给郦琼等人赏赐。

众将当中，唯一推赏不公的反倒是接连先登随州、邓州的岳云，岳飞只报了他先登随州之功，却将其邓州之功压下未报，如此一来，三军钦服，无人敢抱怨半句。

五 赵鼎拜相

南方的战事在盛夏时分如火如荼进行之时，北方却是一片清凉安逸。大金国的都元帅粘罕、右监军兀室、左副元帅讹里朵、左监军挞懒等人齐会上京，觐见金国皇帝吴乞买，兀术和撒离喝在结束川陕战事后，也赶往了上京。

难得各路掌兵重臣云集上京，吴乞买心情大好，对兀术与撒离喝的仙人关之败不以为意，轻轻带过，只有粘罕盘问不休，兀术便一一作答。

“川陕似已不可图。”粘罕问完后，叹道。

挞懒道：“前向刘豫急报，岳飞收复了襄阳三郡，其他三郡岌岌可危，想来搬救兵，皇上和都元帅意下如何？”

兀术冷冷道：“我料其他三郡早已落入岳飞手中了。”

刘豫是粘罕一手举荐的，自然要回护一下，便道：“去年我军与大齐联手，在开封西北牟驼冈大败南军主力，一直将他们赶到大江以南，由此切断了赵构小朝廷与川陕联系，赵构自是不甘命脉被掐，狗急跳墙反击也是有的。”

牟驼冈之战与其说是两军联手打的，不如说就是兀术打的，齐军不过是敲敲边鼓罢了，且被击败的南军只是一群乌合之众，刘豫却被他们打得无还手之力，实在让兀术看不上眼，要不是看在粘罕面上，早就出言讥讽了。

吴乞买慵懒地听着众人议论，往常他对重臣之间的语含机锋洞若观火，一眼看透，今日没那份心思去琢磨，只是歪在榻上，双眼微闭，也不知他是不是在听。

粘罕兴致勃勃，道："前几日刘豫有书信过来，说是赵构在杭州，在钱塘江内常备大船二百艘，一旦军情紧急，便从此上船，从另一条河入越州，尔后从明州出海至昌国县，而昌国县乃是宋朝聚船积粮之所，大小船只不下两千艘，粮草足够十万大军一年用度。刘豫建议我大军可直取昌国，先攻取船粮，然后直趋明州城下夺取赵构的御船，直抵钱塘江口，一举攻占杭州。"

挞懒道："我军无船，如何直取昌国？"

粘罕白了他一眼，道："我军何须备船，自然是刘豫出船来载我军南下，据他说，自密州上船，如遇顺风，五日五夜可抵达昌国，如风向不佳，十日或半月也可到达。"

听上去倒像是一块大肥肉在眼前，嘴一张就能吃到，放在前几年，众人早就嚷嚷着南下了。但如今不比从前，大金国倾举国之力进攻川陕，数战下来，却始终过不了吴玠这道关，而赵构的小朝廷，竟然敢提兵北上，收复襄阳六郡，放在几年前，这是想都不敢想的事，如今却在金国眼皮底下发生，两国实力此消彼长，已颇不比从前。

不过粘罕兴致极高，众人也不好拂他的面子，都只不作声，顶多微微颔首。

还是兀术打破沉默，道："江南卑湿，我大金将士久居北方，极不适应，何况最近连年征战，人马都十分疲惫，粮储又不丰盛，如此劳师远征，只怕难以成功。"

粘罕不以为然，道："此言差矣，昌国县所积粮草足够供十万大军一年，只要拿下昌国，何须担忧粮草？”

兀术淡淡地道：“元帅，倘若那刘豫所报不实，我军千里出师，攻下昌国，发现并无那么多粮草，或者宋军把粮草运到别处，那我数万大军吃什么？”

粘罕一愣，道：“我军也并非空着手南下，粮草自然还是要带的，江南物产丰饶，我军哪次不是因地就粮，都监为何多此一问，莫非是打仗久了，心生倦意？”

讹里朵见粘罕语气不悦，便打圆场道：“倘若真如刘豫所言，有如此大的好处，出兵倒也未尝不可，但就怕刘豫谍报不明，匆忙便报过来，而且他刚吃了败仗，自己无力反击，想诱使我军帮他出力，亦未可知。”

讹里朵所虑合情合理，粘罕想了想，正要说话，突然旁边一阵鼾声响起，众人转头一看，吴乞买竟然歪着身子睡着了，嘴角还淌出口水来，脸色浮肿蜡黄，全无神采。

兀术上前，从侍卫手中接过手帕，替吴乞买拭去口水，并轻轻地将他肥硕的身体扶正。

众人见皇上如此倦政，都没了兴致，又不敢惊扰皇上，便待在一旁，默默地喝酒吃肉。

过了半晌，吴乞买突然翻了个身，打了个长长的哈欠，道：“宋使才刚来过，大金回了国书，如今没来由地举兵南下，是谓师出无名，此事须慎重。”

众人面面相觑了一阵，赶紧起身听命。粘罕仔细看了看吴乞买，他满脸困倦，与之前的风姿英发判若两人，只在偶尔皱眉说话时，眼神中犀利依旧。

已经迁入汴京皇宫的刘豫最近喜忧参半，喜的是去年牟驪冈一战，金齐联军大败攻到汴京附近的宋军，并一路将他们赶到江南，中原地区的局势总算稳定了下来；忧的是宋朝今年五月份发动反击，仅仅两个月便以摧枯拉朽之势夺取襄阳六郡，其中唐州和信阳军原本还是他大齐的地盘，也被一并夺了过去。

江南的正统朝廷死而不僵，还有壮大之势，让他这个僭立皇帝如芒刺在背，坐卧不安。数次请金国出兵，金国也是勉强应付，只派了个不顶事的偏将刘合孛堇，听说打起仗来跑得比谁都快，根本指望不上。眼看盛夏将尽，马上就秋高马肥，金国却仍无南下之意，让刘豫忧虑日增。

更让他胸中不快的是，宰相张孝纯等一干臣子，不思进取，日日念叨让他施仁政，与民休息，则江山自固。刘豫听到这些老生常谈就头疼，表面俯首恭听，作圣君状，心里却想若不是手上有十来万兵马，后面有金国撑腰，只怕赵构早就挥兵北上了，哪里还轮得到自己施仁政？

这日刘豫正在御花园中赏花，旁边内侍还背着一袋奏折供他随时批阅，他并不嫌累，登上皇位才四年，他的新鲜劲儿还远没过去，对于昃食宵衣、早朝晏罢仍有着极大的热情，很多个深夜，他突然醒来，为自己登上九五之尊的高位感到不可思议，喟叹不已，心潮澎湃之余，他会把几个儿子或者心腹大臣叫来彻夜长谈。

他看着修葺一新的御花园，心中又生感慨，有些地方还留有前朝皇帝的遗迹，其他皇帝的他都叫抹去了，唯独那个千古明君仁宗皇帝的任何遗迹，他都恭敬地保留着，他对此颇为自负：后世史家，当会为此写下重重一笔。

“陛下，奉议郎罗诱求见。”内侍的通报打断了他的浮想联翩。

刘豫略感奇怪，今日乃是他父亲，大齐太上皇的忌日，因此早早散了朝会，这罗诱有何事偏偏要在朝会散了之后再说？

刘豫点点头，示意内侍传罗诱进来，此人乃是伪齐阜昌四年（1134）的状元郎，刘豫对他还是优容有加的。

不一会儿，罗诱由内侍带着快步走来，他三十来岁，生得白净面皮，身形略瘦，见了刘豫，恭恭敬敬地行了君臣大礼，刘豫命赐座，亲切地问寒问暖，罗诱一一答复。

“罗卿有何事要奏？”寒暄过后，刘豫转入正题。

罗诱从怀里取出一札厚厚的奏折，道：“陛下，臣今日所奏，事关我大齐生死存亡，臣花了一个多月，昨晚才写毕这份《南征议》的折子，一刻也不敢耽搁，赶来进呈陛下！”

刘豫一听“南征”二字，心不禁突地一跳，道：“罗卿所议南征之事，可否要而言之？”

罗诱离座跪在刘豫面前，神情庄重地道：“陛下，以臣观之，今日朝中众臣让陛下行仁政、与民休息，实在是误国误君之论！”

刘豫听了此话，心里畅快得不行，脸上却作色道：“这是什么道理！行仁政、与民休息乃我朝立国之本，何误之有？”

罗诱道：“我大齐当下的立国之本，除了灭赵宋，兴大齐，岂有他哉！当年张邦昌还要如何仁义，却落得个衔冤屈死，陛下切莫重蹈覆辙！如今赵构小朝廷不过是慑于大金国兵威，才不敢对我朝大举用兵，然而江南富饶之地，人口众多，一旦赵构羽翼丰满，定会提兵北向，到时我大齐实难与其抗衡！”

刘豫的脸色有些发白，张邦昌的命运于他是抹不去的噩梦，也是昭示他得位不正的巨大阴影，思来想去，唯一出路只能是灭掉赵宋，断了天下人的念想。

“卿有何良策？”

罗诱便将早已烂熟于胸的奏对侃侃道来："赵宋之弊，即我大齐之利，臣以为我大齐今有六利，其一，赵宋轻守两淮，而退保吴越，此地利失其守也，我军可长驱直入。其二，宋廷百官平庸，党争不休，此宰相非其人，计无所出。其三，南宋之将，互不相能且桀骜不驯，此将骄而不和，纵有襄阳小胜，又岂能长久？其四，赵宋之兵，多是乌合之众，不听号令，不敢死战，此兵纵而不戢。其五，赵构既失宗室，又无子嗣，若有军情，乏人与谋，此主孤而内危，哪里比得上陛下瓜瓞绵绵，宗室兴旺。其六，赵宋赋敛苛重，百姓怨望，此民穷而财匮。为今之计，当乘其疲弊，奋力击之，创我大齐五百年基业！"

这番话听下来，直把刘豫喜得眉开眼笑，大齐的首科状元，说出如此一番震古烁今的奏对来，难道不是天意？当年诸葛孔明的隆中对，亦不过如此吧！

刘豫从步辇上下来，亲自扶起罗诱，无比感慨道："朕日夜所思者，乃是中兴大齐，今日闻卿国士之言，真是如闻仙音，茅塞顿开，朕胸中纵有万千心事，也烟消云散了！"

罗诱见刘豫如此激赏，自是心花怒放，刘豫又将他数千言的《南征议》仔细看了一遍，赞不绝口，道："明日便与百官商议南征事宜！"

果然如刘豫所料，新科状元的笔力才气非同小可，罗诱洋洋洒洒的《南征议》一出，群臣都看得傻眼，只恨这花团锦簇的文章不是出于己手。群臣中许多是宋朝旧臣，心底里原有愧疚，但倘若宋朝干干净净地寿终正寝了，他们反能图个安心，至于那些新被提拔的朝臣，更是死心塌地护佑大齐国，于是都堂一片喧嚣之声，请求皇上兴兵南下，一举荡平赵宋。

刘豫眼看"君臣一心"，更是雄心勃勃，知枢密院事卢伟卿出列奏道："陛下，臣以为要扫平江南，全凭大齐一己之力，恐不可行，还须大金出兵助战方可。”

这话让刘豫冷静了些，上回岳飞攻取襄阳六郡，他向大金请救兵，结果大金只派了个叫刘合孛堇的偏将，今秋大举南下，必须得有大金鼎力相助才行，见卢伟卿似是有备而来，便问：“卿所言极是，前向宋廷攻取襄阳六郡，大金并未派多少兵马来助，此次如何才肯来？”

卢伟卿胸有成竹，道：“上回我朝使臣，只动之以利，固然管用，然而已不足以说服大金国君臣。”

刘豫眯着眼，微微颔首。

卢伟卿接着道：“如今要大金兴兵，不仅动之以利，更应动之以势。宋廷自大梁五迁，国土日渐逼仄，如今在吴越之地经营数年，财货子女极多，倘若大金出兵五万下两淮，南逐五百里，宋廷必又南迁，东南财货，不求自得。攻下两淮之地后，将金国一位贤王或有德者立为淮王，定都盱眙，如此一来，便与我大齐成唇齿相依之势，大齐可以无忧矣！”

这话听着在理，刘豫揣摩着金国君臣听到此番话，会不会动心。

“陛下，”卢伟卿道，“如今赵宋三番五次派使臣出使大金，许以岁币，这是想贿赂大金哪！倘若跟大金皇帝讲明白，这两淮之地，乃是青、冀上土，只要天下平定，耕桑数年，富庶不亚于江南，赵宋那点小小贿赂岂能与之相比？”

刘豫眯着的眼睛慢慢地睁开了，这套说辞比先前昌国县粮仓诱惑力大多了，金国没有不动心的道理。

卢伟卿见刘豫面露喜色，压低声音补了一句：“臣料想大金攻下两淮，也无意治理，定会直接将其划归大齐，如此大齐疆域便可席卷江南。”

刘豫拼命压住满肚子的快活，板着脸道："此事全凭大金国皇帝裁断，你先不要妄议。"

卢伟卿连连称是，刘豫起身，在龙椅前踱了几步，停下看着宰相张孝纯道："永锡以为如何？"

张孝纯道："倘能如此，可延大齐帝祚百年。"

刘豫脸上终于忍不住绽开舒心的笑容，问："何人出使大金合适？"

卢伟卿主动请缨道："臣愿往！"

张孝纯便顺水推舟道："有亮公去，定可搬动大金兵马。"

刘豫大喜，踌躇满志道："我大齐能臣辈出，此乃上天托付江山社稷于朕，朕岂可负于天！众卿勉之！"

于是张孝纯带着文武百官跪下，齐声颂圣，都堂上下，顿时一片欢声。

退朝出来，张孝纯走在前面，御史中丞李铸赶上来，道："罗诱所呈的《南征议》，颇有可取之处，张相以为然否？"

张孝纯嘴角一哂，道："他倒是极明白皇上的心思。"

李铸也笑道："话虽如此，奏章中所陈赵宋之弊，确是十分中肯。"

张孝纯面色严峻起来，道："那我大齐之弊呢？明于知人，暗于知己，他是真糊涂，还是装糊涂？"

李铸不禁愣住了，还想再说，张孝纯却摆摆手，加快脚步径自走了。

正所谓"连雨不知春去，一晴方觉夏深"，临安的皇宫中，赵构与群臣正在议事，他们不敢在岳飞收复襄阳六郡带来的巨大喜悦中沉浸太久，因为不知不觉间，秋防又至。

派往两淮宋齐交界处的探马每日一趟，不过一直到九月中旬，仍不见金兵踪影。

为岳飞授节的使臣王义已经从鄂州返回，在都堂上细叙了授节详情，说岳家军上下极为感奋，士气高涨，言语中对岳飞治军颇为推崇。

“朕素闻岳飞行军极有纪律，有古名将之风，但却没想到他如此能战，竟只用两个多月便大破敌军，倘若战事拖延至今，与秋防挤在一处，却又生事。”赵构感慨道。

新任签书枢密院事胡松年道：“军队有了纪律，才能破敌，倘若号令不明，纪律不整，自己士卒恐怕都弹压不住，哪里还能破敌！”

朱胜非道：“岳飞已授清远军节度使，南渡以来，诸将建节者不过寥寥数人，而岳飞以三十二岁建节，实属古今少有，不过他也实至名归。”

赵构点头道：“朕所喜者，不只是收复了襄阳六郡，而是岳飞还知收抚人心，屯田拓荒，如此则荆襄之地可以固守，东南与川陕之路亦可畅通无阻。”

户部侍郎梁汝嘉出列奏道：“陛下，明堂行礼殿已经建成，临安皇宫终于有了些气派，主事官员颇为辛劳，臣请陛下也予以封赏。”

赵构一愣，以为自己听错了，见梁汝嘉正毕恭毕敬地立在都堂下，一副蛮有把握的样子，不禁心里来气，道：“国家名器，岂能滥赏！岳飞及麾下诸将得以封赏，乃是战场上一刀一枪拿性命拼杀而来，倘若土木之功也能封赏，岂不愧对战士？”

梁汝嘉满脸通红，赶紧跪下请罪。

赵构语气缓和下来，道：“土木之功到底也是功，只是不可转官，按律支付赏银即可。”

梁汝嘉碰了一鼻子灰退下去了，朱胜非提醒道：“陛下，秋防在即，魏良臣与王绘已经备好行装，使臣应尽早派出。”

吏部员外郎魏良臣，被任命为大金国军前奉表通问使，武德郎王绘为副使，二人只等诏令一下，便即刻动身。

赵构道：“既已准备停当，明日便可出发，今日散朝后，召二人进宫，有些事朕要当面叮嘱他二人。”

魏良臣与王绘得知皇上要召见，二人便早早地到都堂外等候，朝会散后不久，内侍便出来叫二人进去，赵构已经换了便服，见了二人，慰问几句后，便话入正题，道：“卿等此去，打算如何行事？”

魏良臣道：“臣等既入敌国，便已将生死置之度外，绝不敢辱没大宋威仪。”

赵构听了只是摇头叹气，半晌才道：“朕要那临死不屈的威仪有何用？能让金军不南下否？能让江山社稷安稳否？能让黎民百姓脱难否？”

魏良臣与王绘互相看了一眼，不知皇上这一通连珠炮问下来，是何用意。

赵构自觉话说得有点急，便缓了缓，道：“卿等此行，不须与金人计较言语得失，误了正事！前向有使臣与金人争论是非，一连数日，既惹得金人发怒，也未谈半句正事，于国于民毫无益处，使臣倒是得了忠直的虚名，卿等戒之！”

魏良臣和王绘连连点头，这话朱胜非之前便叮嘱过二人，二人也觉得有道理。

赵构又道：“只要金人一提到岁币、岁贡之类，千万不要嫌多一口顶回去，金人提到岁币、岁贡，便有是求和之意，先应承下来再说，其他再做计较。”

魏良臣听了心里直敲鼓，万一金人狮子大开口，自己满口答应，岂不是要背个千古骂名？

赵构接着道："金人若问起襄阳六郡之事，就说襄阳诸郡乃故地，因李成侵犯不已，百姓饱受荼毒，朕才命岳飞收复。"

魏良臣与王绘点头称是，赵构最后叮嘱道："卿等见了金国都元帅粘罕，就说宇文虚中久在金国，其父母日渐老去，日夜盼望儿子回归，请求他将宇文虚中早日放还。"

二人都一一记在心上，然后拜别出来，正好在都堂门口撞见急急忙忙赶来的张俊，魏良臣与张俊乃旧相识，便打招呼道："太尉，何事如此行色匆匆？"

张俊抬头一见是魏良臣，只说了一句："刚接到探报，金人大举南下，已经过了应天府。"说罢，往都堂内快步走去，把二人目瞪口呆地晾在当地。

二人面面相觑，不知如何是好，只得快快地往宫门外走。出了宫门，二人相对无言，正没奈何，只见朱胜非心急火燎地赶来，见二人神色，便问："听说了吧？"

魏良臣道："听说了。朱相，有句话不知讲得不讲得？"

朱胜非喘了口气，道："但讲无妨。"

魏良臣便道："刚才遇到张太尉，说金军已经大举南下，其实不必他讲，我等也知金人必定举兵，南北军情如此，三岁小儿都知，朝廷为何仍要派遣什么通问使？有何益处？"

朱胜非道："你说的，朝廷不是不知，只是不想断绝使路罢了，只要通问使还在两国间奔走，便总有一线生机在。"

魏良臣和王绘皱眉咀嚼着这句话的意思，朱胜非安慰二人道："如今不比建炎年间，彼时通问使皆有去无还，近年韩肖胄、胡松年，以及章谊、孙近等人，都平安返回，金人也派使节来过，你们此去，倒不必担心滞留北地不归。”

二人都道：“此去只为国家，不敢贪生畏死。”

两边不再多说，互道珍重，揖手而别，朱胜非转身进了宫门。

都堂内，各宰执都已赶到，赵构正听张俊奏报前线形势。见朱胜非进来，只做了个免礼的手势，又命赐座，朱胜非便悄悄地坐下，转头一看，旁边正坐着从荆南路赶来的赵鼎，二人点头示意，心里头都有几分心照不宣。朱胜非已经三上辞呈，皇上批准是迟早的事，一旦罢相，以赵鼎目前在朝中的声望，接替相位者非他莫属。

“金军此次来势到底如何？”赵构问道，语气中有几分焦躁。

张俊道：“几路探报都说，金军人马似乎不比前次，动静不很大，这也是臣觉得怪异之处，金军哪次南下不是十来万人马，为何这次人马却不多？”

赵鼎插话道：“太尉可曾想过，今日不比从前，从前金军南下，都在我大宋境内，因而四处掳掠，大张声势，此次南下，江淮以上都是伪齐地界，金军入境，如同就在本国境内，自然就不四处掳掠，是不是就显得人马少了？”

张俊愣了愣，恍然大悟道：“惭愧惭愧！张某久在军中，竟不如参政明白，定是这个道理！金军与伪齐此次南下，人马当不下十万。”

赵构问群臣：“众卿以为当如何应对？”

徐俯道：“金军远来，兵锋正盛，正想与我军速战，我军应避其锋芒，与之周旋，待其粮草不继，疲敝困顿之时，大举反攻，可获全胜！因此，臣以为还是应谨慎行事，当年吕相的应敌之策‘彼入我出，彼出我入’，仍为上策。”

席益也附和道：“陛下万金之躯，不可陷于刀兵之阵，当遣散百司，南迁避战，待来年天气转暖，金兵退却时，再回来不迟。”

都堂内一片安静，片刻后，张俊摇头道："当初在中原时，还可退至江北，在江北时，尚可退至江南，如今已经在江南了，还能退到哪里去？"

赵构看了一眼朱胜非，又看看赵鼎，朱胜非尚在沉吟，赵鼎便道："吕相'彼入我出，彼出我入'之策，当年用是极好，如今还用此策，定要出大事。"

赵构和其他宰执的目光都投了过来，赵鼎继续道："当年金军南下，无非就是为了掳掠，待来年开春，天气一转暖，就待不住了，必定北返，我军乘虚而入，所占之地，也重归我手。然而今日之势已大不相同，刘豫僭立大位，狂言要六合归一，金军北撤之后，他定会派兵驻留不走，狼子野心之徒，窃据要津，到时恐怕陛下想入而不可得也！"

朱胜非一听此话，便知正中要害，可惜不是出于自己之口，再看赵构，脸色苍白严峻，显然是深受震动。

赵鼎说得再明白不过了，退避容易，但就怕退了再也回不来。众臣都是明白人，自然是一点就透，深知其中利害，都不言语了。

张俊打破沉默道："退是断然不能退的，不如进而一战，依臣看，可将各路大军集中于平江府，敌军敢犯临安，就在平江与敌决战！"

赵鼎微笑道："太尉所言，赵某只取一半。进而一战，可以；集天下之兵守一州之地，不可以。"

张俊看了一眼赵鼎，觉得他在荆南、湖广历练了几年，似乎务实干练了许多，便拱手道："参政所言极是。"

赵构见群臣别无异议，终于下定决心，拍案而起道："朕以两宫万里，一别九年，又因投鼠忌器，不愿生灵涂炭，才三番五次卑辞遣使，屈己请和，而金国逼人太甚，年年用兵，真以为我中国无人，朕当亲总六军，临江决战！”

众臣也知无路可退，都奋然起身道：“愿随陛下死战！”

赵鼎冷不丁道：“战而不捷，再退不迟。”

赵构才提了一口气，听了此话，不禁哑然失笑，众人也跟着笑，朱胜非不禁暗暗叹了口气，心想这宰相之位，不给赵鼎还真有点说不过去。

果然，三日后，朝廷制下，拜赵鼎为尚书左仆射、同中书门下平章事兼知枢密院事，朝野上下动色相庆，辞去相位的朱胜非则与三五老友告别后，不声不响地前往湖州上任去了。

得知金军大举渡淮后，驻扎淮西的韩世忠深知金军战力，权衡再三，还是觉得不必在金军兵锋最盛时与之硬碰，先与之周旋，待到明年开春，金军疲惫懈怠时，再伺机反攻不迟。黄天荡之战那样的千载良机是不敢奢望了，但江淮之间，湖汊纵横，山岭错杂，总有金军栽跟头的时候。

他率大军渡江退到自己的大本营镇江，正欲上书朝廷陈述用兵之策，却先收到了皇上要御驾亲征的消息，韩世忠颇感意外，便召集众将来都堂商议。

众将尚未到齐，三匹快马赶至府衙，人马都大汗淋漓，看服饰都来自临安皇宫，领头的一名内侍手托一封黄布包裹的诏书，直奔大门而来。

早有亲兵飞奔至都堂告知韩世忠，韩世忠赶紧迎到外面来，内侍见了韩世忠，道：“官家有旨，军情如火，太尉不必多礼，这有官家御赐的诏书，请太尉当面过目。”

韩世忠跪下，接了诏书，又向东拜了几拜，才拆开诏书，一看那字，便知是赵构亲笔所书，韩世忠粗通文墨，一边自己看一边听军中文书讲解，赵构在亲笔诏书中道：“今敌气正锐，又皆小舟轻捷，可以横江径渡浙西，趋行朝无数舍之远，朕甚忧之。建康诸渡，旧为敌冲，万一透露，存亡所系。朕虽不德，无以君国之子，而祖宗德泽犹在人心，所宜深念累世涵养之恩，永垂千载忠谊之烈。”

韩世忠问道：“官家这意思，是不是说让我不要看在他的份上，而是看在大宋列祖列宗的份上，为国杀敌？”

文书点头道：“官家正是此意。”

韩世忠拿过诏书又仔细看了一遍，本来生就一副忠义心肠，见皇上如此忧心忡忡，不禁流泪道：“韩世忠愧有忠勇之名，不能横刀立马，阻挡金军，让主上忧惧到这种地步，做臣子的还有什么脸面，不如一头撞死在地上！”

众将都已赶到，也听说了皇上的诏书，都看着韩世忠，等他定夺。

韩世忠收好诏书，当着传旨内侍的面，对众将道：“韩某与金军交手无数回，大仗打了三次，一是建炎初京西之战，我军苦战不支；二是淮北之战，金军势大，韩某自知不敌，一退再退，竟无一战而溃不成军；最可惜的是黄天荡之战，原可大获全胜，却一时疏忽，反招致大败。如此算来，韩某与金人交手，竟无一次拿得出手的战绩，反倒赔了无数兄弟的性命，如何对得起官家赠予的这面‘忠勇’旗帜！”

各营统制官呼延通、董旼、解元等人都面有愧色，低着头不作声。

韩世忠决心已下，威严地扫视了一遍众将，道：“本帅决定明日渡江北上，与金人来一场迎头硬战，愿去的跟我走，不愿去的自可留下！”

众将齐刷刷地跪下，大吼道：“愿随大帅一起北上杀尽番狗！”

呼延通更是大叫："大帅，不要等明日了，今日动身就行！"

内侍见了这场面，也感动得泪流满面，道："官家若是听说韩家军上下如此忠勇为国，不知道会高兴成什么样呢！"

韩世忠道："韩某深受皇恩，今日正是报答之时，请转告官家，韩世忠也等不及明日了，即刻便渡江进驻扬州，此次不杀敌立功，决不再回镇江！"

"好好好！"内侍欢喜得连连点头哈腰，"我等这就回去告诉官家，好让官家也高兴！"

韩世忠大军早就厉兵秣马，战船、粮草无不齐备，韩世忠渡江号令下去，三军将士无不感奋，军营中一片呐喊之声。

韩世忠对众将叹道："孩儿们都憋着一口气呢，我这做主帅的还有什么好畏畏缩缩的！"

于是韩家军四万人马分乘几百艘大小船只，当天便渡江到了北岸。到了江岸，韩世忠令大军屯驻扬州以南，然后在帐中与众将商议破敌之策。

呼延通指着地图道："听探报说，金军分三路南下，以淮西地势，金军骑兵必从泗州下扬州，步兵必从楚州南下取承州，还有一路却不知如何走？"

董旼极善地图，立即道："还有一路必是直取天长，以作两路人马策应。"

众人看了看地图，董旼所判应是八九不离十，韩世忠起身道："金军行动神速，我军应抢先占据地形，这仗才有胜算。"

众将互相看了看，听主帅的意思，不是就地阻击敌军，而是主动北上迎击敌军先锋精锐。建炎以来，官军虽然也打过胜仗，但那都是被逼到无路可退时，借助地形奋起反击得胜，还从未有人敢主动迎战金军精锐。

韩世忠看着解元道:“本帅亲率两千背嵬军前去扬州，善良率本部人马去承州如何？”

解元字善良，乃韩家军中一员虎将，浓眉俊目，长身玉立，因极善骑射，因此有“小由基”之称，见韩世忠下令，起身道:“末将岂敢不遵命！不过大帅只率两千人马去扬州，扬州又是金军铁骑必经之地，两千人马恐怕太少。”

韩世忠道:“用兵不在多，而在于精，在于快！金人南下，常以军中铁骑为开路先锋，人数不过数百，都是以一当十的精锐，只要歼灭了这股金军先锋，就好比敲断了金人的枪尖，金人这杆长枪一下子就威力大减。”

众将摩拳擦掌，跃跃欲试，韩世忠道:“谁愿往天长？”

董旼抢先道:“天长地形末将再熟悉不过了，愿率本部人马前往。”

韩世忠点头，对手下另一员猛将呼延通道:“你从本部人马中挑三百最精壮者，跟我同去扬州。”转身又对陈桷道:“你留在此地居中策应，金人骑兵马快，很快便会南下，倘若扬州交战不利，你便率人马去扬州接应，倘若我军在扬州得胜，你得消息后立即赶赴承州增援。”

安排妥当后，韩世忠照例将军中好酒、好肉统统拿出来，大飨士卒，又亲自骑马巡视各营寨，鼓励将士奋勇杀敌。当他与众将回营时，已是黄昏将尽，一轮血红的夕阳正在天边，缓缓坠落，韩世忠见此景致，呼吸猛地急促起来，当年黄天荡激战的情形顿时浮上脑海，一股不甘和愤怒的情绪充塞在胸腔里，让他恨不能立刻与金军对阵厮杀。

六　大仪镇之战

魏良臣与王绘带着几名从骑自平江府渡江后，便一路往西北方向走，到了扬州附近，听说原本驻扎镇江的韩世忠又渡江北上，正在附近驻扎，便派人先去营中通报。

韩世忠听说大宋通问使路过，自然是要以礼相待，便在军中设宴款待使团一行。副使王绘与统制陈桷有旧，二人相见甚是欢喜。席间，魏良臣还赋词一首，赞颂韩世忠功绩，韩世忠说不出什么惜别词句，不能附庸风雅，便频频劝酒。

酒过三巡，突然一匹快马送来朝廷的紧急诏书。韩世忠当着众人的面打开看了一遍，这回却是看明白了，赵构在诏书中赞其忠义，但为谨慎起见，命其立即撤回镇江，沿江防守，理由也很充分：刘光世、张俊两支大军都在南岸，韩世忠一军独在江北，独自面对十几万金齐联军，唯恐有失。

韩世忠看着诏书，眉头紧锁，沉吟不语，军中文书以为他看不懂，过来道："大帅，要不要我给您讲一遍？"

韩世忠摇了摇头，眼中却闪过一道极其锐利的光芒，漫不经心地打了个哈哈，指着魏良臣道："堂堂侍郎在此，哪还用得着你跟我讲？"

说罢，挪到魏良臣身边，将诏书递给他，道："侍郎乃当朝进士，韩某粗鄙武夫，怕会错了朝廷的意思，你帮我看看，这诏书是不是让我军撤至镇江？”

魏良臣浏览了一遍，道：“正是此意。”

“哦……”韩世忠坐了回来，不无失望地叹道，“看来皇上还是求稳妥。”

众将都愕然，呼延通性子急，正要起来说话，被韩世忠从桌下踹了一脚，只听韩世忠接着道：“君令如山，既如此，大军应立即起拔，撤往南岸，你们各去营中准备吧。”

众将不知韩世忠葫芦里要卖什么药，便都起身各自回营。

魏良臣、王绘二人见状，也不想久留，便起身告辞，继续赶路，韩世忠派了一队骑兵将他们护送出扬州北门。当晚，一行人住在扬州西北的大仪镇。

次日，一行人继续往北，走了七八里路，突然前方烟尘大起，马蹄声爆响，一列骑兵自北而来，一看装束便知是女真骑兵，见前方有人，这些骑兵立即张弓搭箭，呼啸而来。

魏良臣等人吓得不轻，赶紧下马，一边挥手一边大呼：“我们是大宋通问使！前来讲和，不要射箭！”

领头的金将是一个体壮如牛的女真人，名叫挞也，叫来一个辽地汉人做翻译，问清楚果然是江南使臣，便带着他们去天长。

路上，挞也问道：“江南皇帝何在？”

魏良臣道：“安坐杭州。”

挞也又问：“韩家军何在？有多少人马？”

王绘道：“我等过来时，正好在扬州碰到韩太尉，现已奉旨退回镇江了。”

挞也不信，道：“不会是故意使诈，然后悄悄回来偷袭吧？”

王绘道："此乃兵家之事，我等都是讲和通问使，如何能知道那么多。"

离天长七八里地，只见一队三百来人的骑兵出来，前面一名大将头戴貂帽，腰挎宝剑，身上甲胄和马上鞍鞯都颇为华贵，看装束地位不低，此人上前来，与魏良臣等人互致问候，谈吐颇为不俗，一问方知乃是金国万户聂儿孛堇。

聂儿孛堇道："我大军从泗州南下，所经州县，发现府衙中颇多江南皇帝的恤刑手诏及戒石铭，告诫百官慎用刑罚，看来你家皇帝倒还知道体恤百姓。"

魏良臣心想，此人到底是个万户，果然出言不同一般武夫，便道："我家主上宅心仁厚，爱民如子，江南江北的百姓都感念其德。"

聂儿孛堇又道："秦中丞何在？"

王绘接口道："秦中丞目前带职奉祠，不在朝中，正闲居温州。"

聂儿孛堇道："听说他曾经入朝为相，如今被罢职，不会是因为在我军前效力过的缘故吧？"

王绘道："这个断不至于，秦相公为相一年有余，自己数次递上辞职，去意已决，没听说过有其他原因。"

聂儿孛堇似乎颇有兴致与这几个南国使臣聊天，一路问长问短，临到城门口，冷不丁问道："韩家军何在？"

魏良臣嘴快，道："我等来时见他接到皇帝诏书，命他退守镇江，他便率领人马往瓜洲去了。"

王绘已经后悔刚才透露了韩世忠去向，见魏良臣还这么毫无遮拦，赶紧挽救道："侍郎还是不要把话说死吧，我等奉命讲和，自然是谨遵君命，而韩太尉乃是带兵打仗，所谓'将在外，君命有所不受'，虽然他得旨退兵，但如他另有想法，我们做使臣的又如何能够得知！”

魏良臣省悟，二人交换了一下眼神，不再说话。

聂儿孛堇看在眼里，嘴角掠过一丝笑意，将二人送至城门口，便让人带去歇息，自己回身对手下将领道：“看来我大军积威尚在，南军果然不敢硬碰，韩世忠已经退到大江南岸去了。”

挞也道：“既然如此，我军宜快速突进，直取扬州，一举抵达江北。”

聂儿孛堇正是此意，道：“今日且让人马都好生休整一番，明日选军中精锐五百骑，直取扬州。当年马五也是率五百骑便一举拿下扬州，险些俘虏了南朝皇帝，他能拿下，我为什么不能拿下？无非就是兵贵神速而已。”

他没意识到拿马五打比方，真有点犯忌讳，马五在扬州立功后，北撤时兵败被俘，后来虽被放回，却再也不受重用，自己也没了心气，沦为一员庸将。

金军前锋精锐铁骑准备南下攻占扬州时，韩世忠已经率领两千背嵬军悄悄北上，来到扬州西北的大仪镇。

大仪镇离扬州七十来里路，是南下必经之地，韩世忠骑马在周遭转了一圈，看到道路两旁灌木丛生，沟壑纵横，不少地方表面看是草地，脚踏进去却是齐膝的淤泥，不禁赞道：“真乃一处打伏击的好地方！”

看完地形，韩世忠将众将士集于一处，道：“来日此地必有一场血战，若是赢了，十几万金齐联军必然士气大挫，犹豫不敢向前。倘若输了，金军必定更加嚣张，一路南下直抵瓜洲，一旦渡过长江，皇上又不得不泛舟海上，咱们做臣子的，还有什么脸面活在世上！我韩世忠已决心战死在此地，各位兄弟愿陪我一起死的，只管奋勇杀敌，咱们阴间再做兄弟！”

这话说得阴森森的，将士们身上都起了一层鸡皮疙瘩，大气都不敢出。

韩世忠叫过一名校尉，沉声道：“你带五十人去将回扬州的那座桥给拆了，来日一战，赢了才有生路，若输了，都不要活着回去！”

众人这才意识到韩世忠真作了不回去的打算，一瞬间的惊惶过后，恐惧将内心深处的求胜渴望压榨了出来，都像疯了一般，咬牙切齿嚷道：“愿随大帅死战！死了也要拉两个金兵垫背！”

韩世忠带着十来名将校将大仪镇仔仔细细地踩了一遍，呼延通道：“当年黄天荡大战前，我军在金山布下天罗地网，然而兀术在那样的绝境之下，竟然都逃脱了！因此末将以为，此战决胜关键，还是要让金兵深入我军阵地，不然金兵马快，骑术又佳，一旦发现有埋伏，拨马便跑，我军战果就要大打折扣了。”

呼延通说起黄天荡之战，韩世忠不禁又想起战死的发小兄弟严永吉和孙世洵，脸上如同蒙了一层严霜，道：“此战我率二百兄弟打头，引金军入阵。”

众人见韩世忠脸色，都不敢劝，呼延通道：“那我跟随大帅左右策应吧。”

韩世忠点点头，接着和众将商议，根据大仪镇地势设了二十处埋伏，并再三约定敌军来时，无论杀得多激烈，都不得妄动，听到鼓声后，才全军出击。

一切安排妥帖，韩世忠便派了两名身材灵便的士兵去大仪镇以北，选了一处高坡，瞭望金军动静。

等了两日，不见金军动静，夏日灌木沼泽中蚊虫极多，将士们都咬牙忍着，只恨金军不快来。

第三日一早，两名瞭望的士兵连滚带爬赶来，说是前方有人马动静。

此时恰好呼延通带着五十人沿路巡视去了，韩世忠来不及派人将他叫回来，便带上剩余的一百五十人前去迎敌。

往前走了约一盏茶的工夫，便听到北面马蹄声响，听起来至少有数百骑，韩世忠这边人少，便命手下立住阵脚，专等金军铁骑现身。

密林之中，只觉得金军马蹄声近在咫尺，然而片刻之后似乎又在远去，接着又越来越近，仿佛就在跟前，倏忽再次远去，紧接着，像变戏法一样，前方路口骤然出现一列金军铁骑。

狭路相逢，双方都吓了一跳，金军显然更出乎意料，韩世忠趁金军立足未稳，率军直扑过去，金军阵中一名将领模样的人，大呼一声，率领手下迎了上来。

“番狗果然强悍！”韩世忠心里暗赞，两边人马瞬间便搅在一起，金将见韩世忠像是领军人物，便挺起长枪直朝韩世忠冲去。

韩世忠见对方来势凶猛，不敢大意，凝神接招，二人枪杆相撞，都觉得虎口一麻，回头再要交战时，却找不到对方身影，双方几百人混战成一团，阵形无法展开，都拿起称手的兵器胡劈乱砍，毫无章法。有士兵被撞下马来，因为身披重铠，仓促间也爬不上战马，便干脆步战；也有倒霉的士兵掉下马来，扭了手脚，重铠压身，竟再也爬不起来，活活被马蹄践踏在地，也不知是死是活。

紧接着北面又有马蹄声响起，金军援兵赶到，他策马向前，正准备高举令旗让藏在树丛中的士兵擂鼓，那名金将突然从斜刺里直冲过来。韩世忠猝不及防，只能奋力横枪一挡，勉强将金将长枪晃开。然而锋利的矛尖沿枪杆直划下来，韩世忠只觉得左手一阵剧痛，金将错身而过，顺势用小树般粗细的枪杆横扫在韩世忠肩膀上，他被击落下马，好在手上还挽着缰绳，但再想翻身上马时，那马却受了惊，团团乱转，一时攀不上马背，其他士卒都被金军缠住，竟无一人能腾出身来救援。

眼见那名金将勒马回身，准备再给韩世忠一记重击，韩世忠干脆持枪而立，准备与金将拼个你死我活。千钧一发之际，呼延通率领人马呼啸赶至，将韩世忠团团围住，呼延通将坐骑横在一旁，韩世忠坐骑才停止转圈。呼延通俯身抓住韩世忠胳臂，使劲往上一提，韩世忠借力重上马背，这才得以高举令旗，大喝一声："击鼓！"

众将士也跟着大喝："击鼓！击鼓！"

树丛后面顿时传来激越的战鼓声，埋伏在各处的宋军将士早已被蚊虫叮得火气冲天，又听到厮杀声，个个都急不可耐，终于听到鼓声后，不等将官号令，立即从埋伏处一跃而出，向厮杀之处赶来。

宋军伏兵接连赶到，战局顿时逆转，金军虽然勇猛，但意识到自己是中了埋伏，没法不心中发虚，仓促间也无法协同，只能各自为战，哪儿有路便往哪儿走，一路混战了十几个回合，结果被宋军赶到一处泥沼地，有百十人见形势不对，立即回身拼命杀出一条血路，向北奔逃，其余人就困在泥沼里，被宋军上砍人头，下削马足，泥地里转眼多了上百具尸体，连着受伤的马匹在淤泥血浆中挣扎，景象十分惨烈。

将外围的金军清理干净后，还有二百多金军被困在泥沼深处，韩世忠喝道："下马受降，本帅不杀你们！"

那二百来名金军被里三层外三层围着，自知无路可退，领头的将领犹豫片刻，将手中长枪插在地上，其他金兵见了，也纷纷将兵器扔了。

韩世忠这才觉得左手传来一阵钻心的疼痛，低头看枪杆上，黏糊糊的全是血，呼延通惊道：“大哥，你有根手指断了！”说罢，急命亲兵过来包扎止血。

领头的金军将领被带到韩世忠面前，韩世忠让军中懂些女真语的人问话，才知此人名叫挞也，乃是金军万户聂儿孛堇手下猛将，又问聂儿孛堇哪儿去了，有人道：“方才冲出去的一支人马便是。”

韩世忠倒不觉得可惜，反而一阵快意，领兵多年，他当然知道此战乃是大宋与金国交战以来，第一次硬碰硬，而自己苦心设下的计谋一举奏效，大获全胜，金军原本气焰熏天，遭此重挫，必然极受震动。

亲兵给他递过来酒壶，韩世忠仰天喝了一大口，这才发现日头已经偏西，原以为这场恶战如疾风骤雨，不过是转眼间的事，其实却整整持续了两个多时辰。再看众将士，接连苦战大半日后，个个累得脸色惨白，汗透重甲，但人人脸上都带着欢欣的笑容。

俘虏被押送出来，共有二百余名，韩世忠细细地过了一遍，只见这些女真勇士个个人高马大，身材健硕，心想难怪有“女真过万不可敌”之说，自己的背嵬军都是百里挑一的勇士，但与这些女真人相比，似乎还略逊一筹。

他突然想起来什么，立即叫过传令兵，道：“马上回营告知陈桷，大仪镇已获大捷，让他立即率军前去承州增援。”

有人提醒道：“大帅，回扬州的桥前日刚被拆了……”

韩世忠道：“那就涉水而过！”

传令兵领命而去，韩世忠目送他远去，突然身子晃了一下，断指处钻心的疼痛让他发出一声闷哼，呼延通见状，道：“大哥，要不先回扬州城吧，把伤养一养再做计较。”

韩世忠点点头，于是将士们押着俘虏，扛着战利品，意气风发地返回扬州。

这边聂儿孛堇带着百十来人狼狈回到天长，立马遣人将魏良臣和王绘等人召来。宋使一出现，聂儿孛堇下边的人早已恨得咬牙切齿，拔出刀来迎了上去，魏良臣等人吓得不轻，连声叫道："这是何意？两国相争，不斩来使！我们这是要去见金国都元帅的！"

聂儿孛堇大怒，将头上貂帽扯下来，按剑厉声喝道："你们说是来讲和的，为何又伙同韩世忠耍阴谋诡计，骗说韩世忠已经返回镇江，故意诱我们上当？"

魏良臣定神看了看眼前这些人，一个个满身泥泞，狼狈不堪，几乎每人身上都带着伤，心里已经明白了八九分，见他们都红了眼，稍有差错自己这群人便要成刀下之鬼，情急之下，指天赌咒道："使人讲和，只为国家！韩世忠乃是行伍中人，一心求胜，把我们两个使人当作诱饵，我们如何能知？"

聂儿孛堇也明白着了韩世忠的道儿，之前兀术就警告过他韩世忠乃泼皮出身，用兵狡诈，但万没想到他竟拿本朝使臣作饵，害自己吃了这么个大苦头，聂儿孛堇越想越气，又不敢真杀了宋朝使臣，按剑在魏良臣等人面前走了几十个来回，才停下道："你们马上出发，渡河去见都元帅！再让本帅看到你们，决不轻饶！"

魏良臣等人死里逃生，都大大地松了一口气，半句话都不敢多说，匆匆而去。

宋使没走多久，聂儿孛堇又接到一个坏消息：一队宋军自南开来，在天长南面的鸦口桥与金军前锋相遇，金军没料到宋军敢如此深入，被打个措手不及，一阵混战后，败退回来，死伤了几十人，另有四十来人被宋军生俘而走。

聂儿孛堇毕竟是个万户，听了战报反而不暴跳如雷了，韩家军如此大胆敢战，自己在大仪镇惨败其实并不冤枉，宋军今非昔比，当年凭借几百女真铁骑就能吓跑上万宋军的好日子，再也别想有了。

沉思良久，聂儿孛堇叹了口气，自语道："扬州、天长两路都不顺利，也不知承州那边如何？"

解元率军从扬州往承州进发，一路上处处是浅水河滩，行走十分不便，赶到承州时，发觉并无金兵踪迹，解元喜道："只要能抢在番兵前头，这仗就好打了！"

他带人四处查看，正好碰到几十名慌慌张张南逃的百姓，一问才知金军已经到了近郊，解元断定金军明日必定来承州，而且金军以为承州无兵把守，一定会走城外主路，自己这边以逸待劳，又趁其不备，这仗几乎已有了八九成把握。

开往承州的虽然是金军步兵，但在前探路的仍是金军铁骑，骁勇善战不说，且灵活机动，一见形势不对，立马就跑个精光，解元目前要操心的是如何把送到嘴边的肥肉着着实实地咬住吞到肚子里，绝不能只蹭个满嘴油。

他带着手下几名心腹裨将沿着主路走了好几圈，边商议布阵，边圈定伏击地点，一直忙到天黑才罢。众将士当晚都伏在灌木丛中，不敢解甲，暑热难耐，因为蚊虫极多，不得不以麻布覆面，这份难熬非亲历不能体会。

一夜无事。

次日凌晨，众将士早早地便吃了干粮，继续等待，刚过辰时，伏在路口的士兵们便感觉到地面震动，片刻之后，前方响起杂乱的马蹄声，一列金军装扮的铁骑出现在视野中。

路口的二百名士兵把身子贴到地面，隐藏在灌木丛中，金军果然没料到承州有宋军，长驱直入。

解元亲自率领四百精兵埋伏在主路的另一侧，隔着树丛，他一个一个数着金军骑兵人数，正好是一百五十骑，人马都极为健壮，显然是一支精锐部队。

等这一百五十骑全部过了路口，解元大喊一声，率四百人马突然杀了出来，在树木和草丛的掩映下，乍看仿佛有几千人同时杀出，金军吃了一惊，前头几匹马受惊，直立起来，差点将背上的人摔下来。

金军不知虚实，见有伏兵，立即掉转马头便走，埋伏在路口的宋军按先前约定一跃而起，齐声呐喊，十几面大旗一齐竖了起来，金军见后路被断，立即向西北方向的一条岔道奔去，宋军在后面紧追不舍。

西北面是一座岳庙，金军逃到半路，只见庙后又有一支人马涌出，长枪如林，横在庙前，再看后面，追兵已经合围，将这一百五十骑围得如同铁桶一般。

只有两名跑在最前头的骑兵在宋军合围前一刹那逃出生天，奔入树林，不知去向，其他一百四十八骑一个都没能逃掉，对峙了一阵之后，自知绝无取胜可能，便纷纷掷下兵器投降了。

解元一刻也不闲着，立即审问俘虏，得知后面金军已经过了淮河，其中更有一部刚刚过了樊良湖，解元当机立断，派手下一名得力偏将率人去上游决开河口，原来这樊良湖与承州搭界处是一大片洼地，上游河口一决开，洼地立即被水填满，于是这部金军便被断了退路。

只不过回头细一审问，才知这部金军有四五千人，很多都是辽人与渤海人，十分善战，解元也顾不上太多，将俘虏安顿好之后，率军直奔城外而去。

出城不到六七里地，便与金军遭遇，双方一言不发，立即开始激战，一轮一轮地互相冲击，从半上午一直战到晌午，金军派人过来要求休战片刻，让士卒吃过饭后再战，解元这边虽然也饿得头昏眼花，却断然拒绝，下令击鼓再战，只允许后方士兵一边推进一边往口中填干粮。

金军无奈，只得饿着肚子继续战斗，双方又从晌午战到日头偏西，来来往往大战了十三个回合，伤亡并不大，但对抗极为激烈，双方将士都疲惫不堪，但谁也不敢丝毫放松，因为他们都知道，一旦有一方不支崩溃，势均力敌的对抗就会变成一面倒的大杀戮。

黄昏到来之前，西南方向终于响起隆隆鼓声，已经疲惫到极点的宋军将士突然精神大振，疯了一般狂叫："援军来啦！援军来啦！"

来的正是陈桷一部，他得到韩世忠大仪镇得胜的消息后，立刻率部马不停蹄地赶往承州，终于在关键时候来到战场。

激战了一整日的金军盼来的却是敌人援军，立刻丧失了斗志，还没等援军杀到，便已兵败如山倒，漫山遍野地逃窜，许多人不知深浅地蹚入水中，淹死者不计其数，两路宋军汇合在一起，痛痛快快地追杀了一阵，直到天色全黑，才鸣金收兵。

对金军而言，万幸的是此时天色已黑，宋军无法放开追杀，否则这几千金军恐怕无一生还。

至此，两日之间，宋军在扬州大仪镇、天长鸦口桥、承州岳庙与樊良湖接连取胜，像长矛一般锐利的金军前锋铁骑全部撞在了韩家军的铁板上，齐斩斩地折断了。

魏良臣一行离了天长，急急忙忙地往北赶，生怕聂儿孛堇反悔又追上来，一路上将韩世忠埋怨到了地底下，直到渡过了黄河，才松一口气。

往北又行了数日，遇见前来迎接的金国官员，正是挞懒派来的接伴官团练使萧揭禄和少监李聿兴，萧揭禄不懂汉语，李聿兴却是正经北地汉人，见了魏良臣等人，问道："此次过来，又要议何事啊？"

魏良臣见李聿兴虽然礼数不缺，言语中却掩饰不住一丝傲慢，心里很不舒服，但还是依着赵构所嘱，客客气气地答道："此次奉江南朝廷之命，告知大金国元帅及皇帝，江南只想守住原有疆界，每年愿进贡银二十万两，绢二十万匹，以表诚心。"

王绘补充道："正使所说的原有疆界，指的是上回章谊来使，所呈国书中的疆界。"

李聿兴哼了一声，道："行军打仗，先得师出有名。淮南州县，我大金早就交与了大齐，却被江南朝廷擅自占据，我大金兴兵南下，就是为了将此地还与大齐，为大齐讨个公道，然而江南嘴里说讲和，背地里却派韩世忠伏击我师，是何道理？"

魏良臣早知有此一问，路上已想好了应答，便道："前向通问使来见大元帅时，大元帅只说淮南不得屯兵，本朝严遵此令，从未在淮南屯一兵一卒，韩世忠驻地也在大江南岸，只是因北面大军压境，不知端详，便渡江一探虚实，不料两军骤然遭遇，难免刀兵相见。"

李聿兴倒被说得无言以对，顿了顿，道："襄阳六郡，原本便是大齐之地，江南为何又令岳飞北上侵夺？"

魏良臣也早已备好了答案，道："之前我朝通问使王伦回来后，告知说大金有意让江南立国，襄阳之地皆属江南，两边相安无事，后来李成为刘齐所用，三番五次过来侵扰，百姓不得安宁，耕地逐渐荒废，千里沃土成了荒地。刘齐还结交在湖湘之地作乱的杨幺，相约夹攻江南，事后裂地封王，江南纵然尊奉上国，但也不能容此狼子野心，这才命岳飞收复，并严守边界，确无生事之意。"

李聿兴想了想，觉得宋使所言，也能自圆其说，便道："国书何在，我好转呈元帅。"

魏良臣便将议和、迎回二帝的两份国书呈给李聿兴，旁边萧揭禄通过翻译问道："秦中丞安好否？此人原在我大军中，是个实实在在的好人。"

魏良臣有几分诧异，这秦桧到底使了什么法子，让这些金国要人对他念念不忘？便将之前应对聂儿孛堇的话又说了一遍。

李聿兴浏览了一遍国书，问道："江南怎么又在国书中要求收回河南故地？"

王绘接口道："之前元帅回书江南，其中有云：'既欲不绝祭祀，岂肯过为吝爱，使不成国。'有元帅此话，江南才敢再三恳告，倘若大金国不许，则江南又难以立国，反而有违元帅一片宽悯之意。"

李聿兴道："如今河南、山东、陕西之地皆为大齐所有，大齐虽有皇帝之名，然而只是本朝一附庸，十分好使唤，不知江南皇帝能如本朝意否？"

此话魏良臣和王绘都不敢接，便口中唯唯应付了过去。

李聿兴收好国书，又问："从此地去杭州，需几日可往返？"

王绘答道："星夜兼程赶路的话，往返不过半月。"

李聿兴点了点头，道："我这就将国书呈与元帅，一二日便有答复，你们且先等着罢。军营不比其他地方，招待不周处，你们且担待些。"

二人哪里还计较这些，连声道："不妨事，能如此已是极好了。"

数日后，金军右副元帅挞懒召魏良臣、王绘入其大帐相见。二人进去时，见旁边侍立四人，都穿着纱袍、头巾、球靴，长相也都颇为俊雅，礼数更是周全，翩翩然有君子之风。二人颇觉得意外，原以为会有几个凶神恶煞的女真武士压场，不料却是这般场景，便与那四人席地而坐。

挞懒并不问政事，只是和颜悦色地问二人来时顺利否，这几日起居如何，又问平常二人读什么书，南朝何人文章写得好，等等，二人一一作答。挞懒听得十分专注，不似作伪，偶尔插两句话，还有几分风雅之趣。

聊了半日，挞懒道："过三两日左元帅讹里朵也过来了，议完国事，划定规章，就送尔等回去。"

二人出来，等旁边没人了，魏良臣诧异道："难怪秦相公得以南归，这挞懒竟难得是个斯文人！"

王绘也觉得惊讶，点头道："这倒是好事，挞懒在金廷也是实权人物，有他从中斡旋，局面总不至于太差。"

挞懒以礼相待，宋使一行日子也好过得多，魏良臣与王绘甚至还能在军营中走动，与寻常士卒聊聊天，竟也无人去管。

数日之后，讹里朵并未如期赶来，粘罕却令人回了国书，交给宋使一行，于是挞懒便差人告知魏良臣等人，可以回去了。

此趟差使还算圆满，该说的话都说了，金人的意思也大体摸清了，能在兵荒马乱之中出使敌国而安然返回，一行人都庆幸不已，拿到国书的当日便准备行装，次日一早便欢欢喜喜地出发了。

才走不到十余里，便见前方烟尘滚滚，一支三四百人的骑兵过来，领头者正是挞懒。

魏良臣、王绘等人恭恭敬敬地上前辞行，挞懒却铁青着脸，与数日前判若两人，坐在马上，连珠炮似的把之前李聿兴问过的又问了一遍。魏良臣不知何故，便小心翼翼地又答了一遍，挞懒问完后，仍板着脸没好气的样子。

王绘大着胆子道："前日在右元帅帐中，面见尊颜，聆听教诲，我二人深为倾倒，回去都说右元帅才思过人，既有猛虎在心，又有文章满腹，不知今日何事冲撞了右元帅，还请明示。"

挞懒听他如此说，面色和缓了一些，道："尔等回去告诉江南朝廷，若要讲和，务必至诚，切不可使奸耍诈！当初宋廷与我大金结海上之盟，后又屡次违约，机关算尽，讨到了什么好处？"

二人还是不明所以，便只是垂手听着，并不说话。

挞懒又道："小小的偷袭取胜，能济得了何事？我大军二十万众，不过是伤我一根寒毛罢了。如若真想战，各自下战书，约定一日，两军对阵，看看到底谁胜谁负！我大金国兴的乃是仁义之师，倘若江南误信将臣之言，一面讲和，一面偷袭，恐怕不是立国之道。当年大军兵临汴京，宋朝皇帝派姚平仲劫寨，结果一败涂地，反落得城破国灭，此前车之鉴，江南朝廷不可不虑！我大金国将帅如何行事，秦桧久在军中，一清二楚，尔等若不信，问他便可。"

二人这才弄明白，挞懒是在为吃了韩世忠的亏生气，心中却又有几分纳闷，韩世忠伏击之事他早已知晓，前几日还和颜悦色，为何今日火气如此之大？

二人却不敢再问，挞懒发泄了一通，简单问了几句国书之事，便放他们过去了。

经此一变，一行人再也不敢掉以轻心，一路紧赶慢赶，数日后，终于在江北又见到了韩世忠的大营。

韩世忠听说通问使一行返回，与众将笑道："不好不好！恐怕要被问罪！"于是亲率众将迎出几里地，不等魏良臣等人说话，便一把拉住问长问短，突然又泪流满面，说是大仪镇之战死伤了不少将士，心中十分悲痛，接着伸出少了根手指的左手让魏良臣等人看。

魏良臣和王绘都是斯文读书人，玩不过泼皮出身的韩世忠，气消了不说，还觉得有几分对不住浴血奋战的将士，魏良臣道："某等不才，手无缚鸡之力，只要能助得太尉退敌，纵然搭上性命，也不敢有怨言。"

韩世忠听了，倒敬他气概，便客客气气地将使团一行带至军营，好酒好肉款待他们。

几杯酒落肚，王绘道："这金国右元帅挞懒甚是古怪，我等刚去时，与他在帐中相见，十分儒雅和善，然而几日后我等返回时路上碰到他，他却凶神恶煞，与之前判若两人，不知是何缘故。"

韩世忠一听心里便有了分数，问了问日子，算了算，笑道："挞懒刚见各位时，大概还只知道金军大仪镇失利和天长小负，却不知道次日我军又在承州将他前锋铁骑一网打尽，还趁势将其先头部队打得狼狈不堪，他后来必是知晓了，能不气急败坏？"

魏良臣等人恍然大悟，解元在一旁笑道："我猜更让他火上浇油的是，两日后承州的水寨首领徐康、潘通等人趁乱突袭金军，打死几十人，又俘虏了几十人，吓得金军都不敢出来巡营了。当年挞懒就在得胜湖被张荣的水军一顿好杀，此次旧仇未报，又添新恨，他能不气嘛！"

众人哈哈大笑，魏良臣心细，见韩世忠虽然粗鲁，看似漫无心机，却颇知忌讳，丝毫不问出使之事，不禁暗暗点头。

酒宴将尽，又有内侍带着诏书过来，韩世忠赶紧接旨，打开一看，赵构在诏书中对他大为嘉奖，并告知金军在淮东受挫后，正在聚集兵力，有渡江之意，因此命韩世忠立即后撤至镇江，与移军建康的刘光世和移军常州的张俊互为犄角，形成沿江防线，拱卫行在。

诏书言简意赅，韩世忠读了两遍，已经看明白了，便又将诏书递与魏良臣，道：“侍郎你看，朝廷有旨，命我军南下，移师镇江……”

魏良臣身子不由得一抖，脱口道：“太尉莫要再拿使人为计！”

韩世忠一怔，会过意来，仰天大笑道：“侍郎多虑了，韩某纵然有此心，金人只怕再也不上当了。”见魏良臣犹自不安，便朗声道：“侍郎但请放心，韩某明日亲自护送国使渡江！”

魏良臣接过诏书看了一遍，心想这次应当不假，自己也觉得好笑，拱手道：“那就有劳太尉。”

韩世忠嘴上不说，心底里当然明白没魏良臣等人“配合”，打不出如此漂亮的歼灭战，便真心实意道：“此地简陋，待到了镇江，韩某再借庆功犒赏将士之机，请几台戏班子，好好款待国使一行！”

魏良臣爱看戏，欢喜道：“那就恭敬不如从命，我等正好也见识一下韩家军的威风！”

数日后，魏良臣一行跟着一起到了韩家军驻地镇江，又得到一个大消息，赵构已经驾出行在，率大军直抵平江府，真的是御驾亲征了，登基八年以来，第一次迎敌而进，算给自己争了口气。

王绘对韩世忠赞道：“倘无太尉孤军北上，独迎敌锋，攘敌过淮而全师而还，哪有如此振奋人心的局面！”

韩世忠心下也颇得意，因魏良臣等人还要回去复命，不能久留，韩世忠当日便请了镇江有名的戏班子，搭台唱戏，大飨士卒，镇江百姓更是蜂拥来到军营，送吃送喝，以迎王师，军民一片欢乐。

酒至半酣，韩世忠帐下亲兵突然进来禀报说，金军派人下战书来了。

众人正在看戏，难免有些受惊吓，韩世忠笑着挥挥手，示意欢宴依旧，命人将金军信使领进来。

片刻后，两名金军信使进来，见过韩世忠后，叽里呱啦说了一通，然后将一封书信，还有两只兽角制的酒樽交给韩世忠。韩世忠一看这文不文武不武的架势，笑道："这定是兀术来下战书了。"

拆开书信一看，果然正是金军右都监兀术的战书。韩世忠便让人念，书中尽是些古词古调，但语含机锋却是显而易见，韩世忠冷笑道："本帅不喜欢卷着舌头说话，就写这么一行字给他：十万大军在此，不怕死的就过来！"

魏良臣在一旁道："太尉，金人夷狄，尚知礼节，尊崇文章，我大宋礼仪之邦，岂能居于人下，良臣不才，如蒙不弃，愿帮太尉写封回书给他。"

韩世忠喜道："有侍郎出手，定能将他比下去！"说罢，立即让人笔墨伺候。

魏良臣在磨墨之际，已经打好腹稿，墨磨好后，拿起狼毫一挥而就，众人都惊叹其才。韩世忠看了一遍，就觉得那笔字好，至于书中说什么"元帅军士良苦，下谕约战，敢不疾治行李以奉承指挥也"，在他看来，全是酸腐迂阔之辞，不过转而一想，咬人的狗不叫唤，在书信中逞口舌之快原也不算本事，战场上才能见高低，便点头赞道："写得好！比下去了！"

魏良臣拈着须，自己又看了一遍，十分满意。韩世忠将两个唱戏的从台上叫下来，道："你二人随金使去江北，将此书信送给金国元帅，回来之后自有重赏！"说罢又让人备了些鲜橘、香茶以为答礼，准备停当后，两名戏子便跟着金使走了。

魏良臣等人见韩世忠拿俩唱戏的充作信使羞辱兀术，身为通问使，既别扭，又有点哭笑不得。韩世忠与手下诸将的话题已经转向战事方面，魏良臣等人便起身告辞，韩世忠率众将一直送至府衙大门外，才拱手而别。

魏良臣一行步出大营，一路只见军容严整，士气高昂，都赞不绝口。路过一处小树林时，忽听隐隐传来哭声，走近了一看，原来地上并排躺着百十具尸体，军属正在认尸，尸体都湿漉漉的，将士阵亡后，怕天气热尸体腐烂，便被浸在凉水中，到了镇江才捞出来供家属辨认。

一个年轻女人认出了死去的丈夫，扑倒在丈夫尸体上，发出撕心裂肺的哭号，旁边站着一个两三岁的孩子，不知所措地发愣，不知道发生了什么事。

魏良臣等人不禁心头一震，胸中的豪情快意顿时烟消云散，只剩下一丝无言的悲悯与惆怅，走出去老远，那女人的哭喊声仿佛仍在耳边，久久不散。

七　北国天变

金军精锐前锋在扬州、天长、承州接连受挫，对金军士气打击之大，出乎意料。自南下以来，金军势如破竹，偶有败绩，皆因失了地利，久战之后被宋军伺机反击而败。但开战之初，锐气正盛、战力最强的前锋铁骑被宋军迎头击败，却是从未有过的事。

兀术接连几日闷闷不乐，前锋接连败北，让他下一步行军没了方向。更让他忧虑的是，他明显感觉到了下属的畏战情绪，自大仪镇败报传来，竟无一人主动请战，比起他当年南下时的众情踊跃，简直不可同日而语。

韩世忠回书已至，兀术见其文采斐然、从容不迫，感觉这韩世忠比黄天荡之战时似乎有所进益，心中愈发没底，便与诸将商议进军方略。

韩常看过回书，道："殿下，南军在淮东防备甚严，一时找不到破绽，如果强行进军，只恐将士们心里不踏实，一旦有小小失利，却风声鹤唳传成大败，弄不好会全军溃败，末将以为此时进军淮东，实非上策。"

如海附和道："虚虚实实，也是用兵之道，这道战书下去，正好让韩世忠以为我军要与之决战，但我军却偏偏转攻淮西，尔后再南下寻机渡江，让他候个空，岂不更好？"

诸将听了，都觉得此计甚妙，兀术虽也点头，心里却有些不舒服，用兵固然讲究避实击虚，但诸将畏惧韩世忠恐怕也是原因。

“倘若进军淮西，先攻何处啊？”兀术慢吞吞地问道。

诸将见兀术认可了转战淮西的方案，都暗暗松了口气，阿里道：“就循当年我军南下渡江时路线便可，一路攻取州县，补充军粮，到了江北，再寻一处渡口渡江。”

阿里未免说得太轻松，如今形势哪能跟当年比？诸将听了都不作声，还是韩常开口道：“淮西离大军最近的州县叫六合，先将六合攻下来，再攻滁州，然而再拿下庐州，则淮西门户洞开，既可震慑南军，也方便我军多路出击。”

诸将听了，觉得理应如此，纷纷表示赞同。兀术也无话可说，只是心里却憋着一股怒气，却也说不出到底为了何事，只觉得这战前会议暮气沉沉，毫无趣味，根本不比当年的豪情畅饮，意气风发。

三日后，阿里率部顺利拿下六合，又过了两日，如海也拿下滁州，二人都在战报中道，宋军抵抗比往年要激烈，但仍不是大军对手。

接着，传来更好的消息，韩常率部在濠州与宋军激战八昼夜，终于攻下濠州，离庐州只有一步之遥。

濠州乃是军事重镇，拿下濠州，庐州便如探囊取物，淮北门户就此顺利打开。

战事进展一顺利，兀术的心情也畅快起来，立即派人送信给齐军统帅刘麟，让他调人马过来与阿里合攻庐州，自己亲率主力到达江北，一边命人搜集船只，一边伐木造船，又故意命大军沿江展开，铁骑往来驰骋，以显气势。

扎好营寨后，兀术率诸将直奔江边，诸将中大部分数年前都跟随兀术渡江作战，今日重新见了波澜壮阔的大江，十分感慨，加上最近战事顺利，个个都情绪高涨，说说笑笑地策马登上一处高地，瞭望对岸。

只见江对面一溜货船靠着南岸行驶，数了数有二三十艘，正逆流而上，船夫们响亮地喊着号子，与岸上的纤夫一应一和，拉着货船稳稳地前行。

对岸乃是一处集镇，人来人往，隔着波浪声，几乎能隐隐听到叫卖声与笑声相杂，平静得仿佛对岸的军队不存在一样。

兀术与诸将不禁面面相觑，不敢相信大军压境之下，南人竟敢从容至此。

再细看，才发现这些商贾百姓如此从容是有原因的，岸边渡口处都打着桩，倘若北面人马强渡，船却靠不了岸，士卒只能中途下水，只怕还未登岸，便已经被强弩射伤大半；岸边有几处树林茂密处，兀术断定里面藏着不少人马，专等自己这边渡江时，来个半渡而击。

兀术却没想到，与他在南岸对峙的正是刘光世，听说金军来了，惊慌失措，还是王德建议他应作旁若无人状，才能让金军起疑，不敢轻动。

刘光世虽然不敢战，但这方面的脑筋却是极其好使，立即张贴榜文，让集市照常开，商贩和百姓都能领赏，此举立竿见影，集市反而显得比往常更热闹；然后又命之前滞留的官盐船队，当着对岸金军的面启航，船夫和纤夫都有赏银，一时间，岸上岸下，一片热火朝天，官军全部隐藏起来，不见踪影，如此一来，果然让金军困惑不已。

金军连下六合、滁州、濠州，进逼庐州的消息很快传到了平江府行宫，张俊、韩世忠、刘光世都在外领兵，护卫赵构的是刘锡和杨沂中统领的两支人马。二人怕金军一旦渡江，万一直取平江，恐怕抵挡不住，便相约一起去见赵鼎，刘锡道："探报说金军正于滁上大造舟船，有渡江之意，皇上在平江府，相当于亲临前线，是否往南避一避？"

赵鼎淡淡地道："如今这形势，只能等金军过了江再做决断，到时你二人各率人马，直趋常州、润州，与其他诸路人马并力一战以决存亡。"

杨沂中倒吸一口凉气，道："相公如此安排，可谓大胆！马家渡一战殷鉴未远，不可不防。"

赵鼎一听"马家渡"三个字，怫然不悦道："自古用兵，不能保其必胜，只能相机而动，这不就是你们带兵之人经常挂在嘴边的'兵来将挡，水来土掩'嘛！万一金军渡江，皇上亲率御前卫士，并督促在外诸将，趁敌立足未稳，并力血战，未必就不能取胜。万一金军势大，全部渡江，皇上再退回临安不迟，你们率军坚守吴江，张俊、韩世忠、刘光世诸将或腰截，或尾袭，金军纵然悍勇善战，本相料他也不能持久。"

刘锡点头称是，但还是道："话虽如此，不过末将觉得陛下还是应先退避，以保万全的好。"

赵鼎道："刘太尉有所不知！前日得到探报，金军兵临庐州城下，庐州人见金军人多势众，都道应弃淮保江。淮西安抚使仇悆有心坚守，奈何人心不齐，好在皇上御驾亲征的诏书及时送到，仇悆赶紧将诏书给众人看，庐州军民无不感奋！这不，刚才庐州就传来捷报，仇悆派兵在寿春府击败了金军，并与安丰守将孙晖合兵一处，将金军赶过淮河，一举收复了寿春、安丰！皇上的一举一动牵动天下人心，没有这亲征诏书到庐州，别说寿春、安丰，只怕庐州也已失陷多时了！"

二人哑口无言，赵鼎接着道：“你二人乃是随驾亲兵统领，只需时刻出力死战，护卫皇上安全，不可轻言退避。”

二人连声称是，退了出去，赵鼎便径自去平江府行宫见赵构。

平江府行宫说是行宫，却十分残破，赵构鉴于父兄亡国的教训，不敢大兴土木，屋顶有些地方瓦片都有残缺，墙上也颇多污迹，宫门外的照壁上，有人还题着一首诗，看落款，竟是个和尚所写，却也没人擦去，这首诗就滴溜溜地挂在那儿。

赵鼎一路边走边寻思，蓦地发觉到了宫门口，抬头一眼看到照壁上那句“葳蕤华结情，婉转风含思”，不禁好笑，心想这和尚真有雅兴。

进了宫门，穿过几道门，便到了都堂门口，内侍早迎出来，将赵鼎引了进去。

都堂内，沿江犒师刚回的胡松年正在奏事，赵构一见赵鼎，立即道：“元镇来得好！茂老刚从镇江、建康犒军回来，且听他讲讲在外诸将备战如何。”

赵鼎规规矩矩地行了君臣之礼，才立在一旁静听。

胡松年详叙了此行所见，道：“韩世忠、刘光世二人堪称治军有方，将士都摩拳擦掌，恨不能生吞了金人，此等气势，的确不同于往年。大宋有将士如此，必能屏护王室，建立奇勋！”

赵构听了，十分欣慰，也有几分自得，道：“过往数年，朝中大臣文人习气始终难改，玩习虚文而不明实效，侍从、台谏爱搜剔细务而不知大体，还好朕日夜留心整治军旅，锻造器械，训诫诸将，否则金人大至，朕恐怕还只能泛舟海上！”

赵鼎道：“臣等躬闻圣训，敢不自竭驽钝，为陛下分忧！”

胡松年接着道：“臣在建康时，刘光世抱怨说他帐下人马与韩世忠不相上下，但每次所支钱粮，韩世忠却总比他要多，弄得他在下属面前脸上无光。”

“还有这等事？”赵构十分惊讶，想了想道：“是了，这都是吕颐浩画蛇添足，弄出这不公之事，如此何以服人！”

皇上责怪前首相，赵鼎坐不住，连忙接话道：“刘光世与韩世忠始终不和，固然有争功邀宠的成分，也跟二人心性器量相关，不过朝廷举措不公，必然火上浇油，臣下去就厘清此事，务保刘光世钱粮足数。”

参知政事沈与求道：“岂止是钱粮，赏罚也是如此，唯至公方可以服天下。”

赵构点头道：“大臣处事不公，何以让诸将钦服？”他顿了顿，没将下面的话说出来：万一有失，激起兵变亦未可知！

赵鼎道：“陛下所虑极是。倘若朝廷处事不公，赏赐再厚，下面人以为来之甚易，并不知恩图报；处罚再严，也难以立威，反而心生怨恨，极易滋生事端。”

赵构突然想起之前自己想给辛企宗加封节度使，赵鼎以辛企宗无战功坚称不可，宁可被罢官也不让步，如今看来竟何其明智。辛企宗被派去福建平叛，赵构寄予厚望，不料辛企宗竟一败再败，直到韩世忠过去才扭转战局，可见此人虽生得威风凛凛，人也忠心耿耿，却并无实在本事，倘若平白无故给他一个节度使头衔，不仅众将不服气，还生生弄得这节度使头衔没了光彩。

正所谓：“赏不当功，罚不当罪，不祥莫大焉！”一念及此，赵构深吸了一口气道：“朕此次亲总六师，定要赏罚分明，示公正于天下！”

话到这里，都堂里突然一阵沉默，众宰执都知道刚才所议只是开场白，皇上今日要垂询一件大事，而此事也只能由皇上开口。

赵构轻轻地咳了一声，看着赵鼎道：“卿以为，张浚……方略如何？”

赵鼎早有准备，从容答道：“张浚锐于功名，胸有大志，他在川陕任事五年，有功有过，然而四川终保不失，他这份功劳任谁也拿不走。依臣愚见，方今用人之际，陛下锐意进取，以图中原，张浚正可独当一面。”

“哦……”赵构舒了口气，他一个月前便有起用张浚之意，一直在犹豫不决，不料赵鼎如此痛快地表示支持，让他略感意外。

其他宰执见赵鼎如此表态，更无异议，原本以为此事需要议上一阵，却如此顺利通过，赵构微笑道：“朕早知道张浚颇得人心，今日观之，果然不差。”

正说着，内侍捧上一叠奏折，赵构随意翻了翻，突然停在一份奏折上，拆开从头到尾细读了一遍，脸上神情颇为复杂，良久叹道：“君子刚正而易疏，小人柔佞而易亲，朝廷用人，岂可不慎哉！”

众宰执都看着赵构，不知他何以突然发此感慨。

赵构将奏折给众宰执看，原来是李纲呈上来，里面详述了应对金齐联军的各种策略，颇多可取之处，赵构动容道：“李纲去国数年，无一字到朝廷，今日却突然写这么一份洋洋洒洒的奏折来，无非是听说朕亲总六师，驻跸江上，终于合了他的意罢了。朕看了看，所奏之事正是当今要务，如此忠诚体国，可降诏奖谕！”

沈与求看了李纲奏折，道：“李纲所说的上策，乃是趁刘豫倾国南下，后方空虚，派大将捣其身后，断其粮路，或可一举恢复中原。臣以为此举风险太大，‘螳螂捕蝉，黄雀在后’，金人在两河还驻有重兵呢。不过，如今刘光世、张俊和韩世忠沿江防御，两淮空虚，金军在淮甸之间畅行无阻，时日一久，恐怕难以恢复，何不令岳飞出兵淮西，寻觅战机，则金军必有后顾之忧。”

赵构如梦初醒，道："正当如此！金军刚在淮东失利，如今正转战淮西，攻城略地，岳飞从西面插入，正好攻其不备，即刻下旨，令岳飞相机而动！"

兀术见南岸宋军防备严密，毫无破绽，便率军稍稍退却，打算先在淮东征战经营一阵，立稳脚跟再从长计议。

然而庐州传来的军情却并不乐观，守军坚守不降，还居然连续出击，收复了几处失地，此时恰好刘麟派来增援的四千人马到了，兀术便又拨了两千人，组成六千人的一支部队，前去增援庐州。

仇悆听说金军又来侵犯，便派遣一千人去寿春府增援，数日后，从逃难百姓嘴里得知官军在寿春府兵败的消息，派去的一千人竟无一人回来。

仇悆一下慌了神，想让城别走，又不甘心，而且庐州一失，淮西门户敞开，金军铁骑就可在两淮纵横，窥伺淮东，足以抵消大仪镇之战的胜果。更要命的是，淮西一失，巢湖便为金军所有，建造舰船，训练水师，都极为便利，随时可侵入长江，为祸极大。

情急之下，仇悆连夜差人分别去就近的刘光世和岳飞处讨救兵，然后便在忐忑不安中求菩萨保佑救兵先于金兵赶到。

六七日后，庐州这边军情愈发紧急，寿春府、安丰县又相继落入敌手，从前线撤下来的将士不到三成，仇悆望眼欲穿，终于在第八日一早看到从西面来了一支人马，仇悆大喜过望，赶紧命人出城去迎接，自己立在城楼上继续观望。

让他有些失望的是，前来增援的人马并不太多，大约二千人，前面约二百名骑兵，离城几里地时，前面一百来骑快马加鞭，与迎接的人一道奔入城门。

仇悆率手下一众偏将幕僚亲去迎接，一看领头的是两名大将长相，便知不是等闲之辈。一人虎头豹眼，虬髯黑面，四十上下年纪，身材极为壮硕，仿佛一头雄狮健步而行。另一个身形略瘦，肩却极宽，从下马身姿来看，矫健无比，一杆长枪在他大手中拨弄得像烧火棍。两边人互道仰慕，寒暄过后，才知一人叫牛皋，另一个叫徐庆。

仇悆见来了这么俩门神，心里踏实了些，将众人请入府衙，酒饭招待。

两杯酒刚落肚，便有探子急急忙忙地闯进来，禀报说有一支五千人的金军队伍正在逼近庐州城。刚才还热闹喧哗的府衙顿时鸦雀无声，仇悆脸涨得通红，极力保持镇定，想给牛皋碟中添菜，手中筷子却怎么也不听使唤。

牛皋见状，微笑道："酒且留着，先上城墙看看敌军来势如何。"

一行人走上城墙，只见远处沙尘滚滚，金军声势不小，牛皋转头问徐庆道："人马列阵还需要多久？"

徐庆道："没有一顿饭工夫，列不好阵势。"

仇悆插话道："庐州城尚能拼凑两千人马，可一并出战！"

牛皋看了看前方，对徐庆道："等列好阵势，金军已到城下，两军对阵而战，固然稳妥，就是太古板，难以出奇制胜，兄弟你有何高见？"

徐庆笑道："牛大哥，你想怎么战，小弟一定跟随！"

"趁其立足未稳，挡住去路，斩杀几个领头的将领，敌军不知虚实，定然慌乱，我军再乘势进攻，一举击溃敌军。"牛皋从容道。

徐庆道："正有此意。"

二人互相看了看，点点头，便召集从骑数十人，准备出城应战。

旁边仇悆见二人把金军五千人马视作无物，竟然要率一百来骑出去迎战，觉得匪夷所思，但见二人从容不迫，一副身经百战的模样，又不敢多说，只得让人打开城门。

牛皋与徐庆一前一后出城，后面跟着七八十名亲兵，走出去一里来路，正碰上金军前锋。金军见有人挡住去路，便停了下来，后面的人马看不见前面，还在往前走。

来的是一支金、齐联军，兵马将停欲停，号令还未及变换，牛皋令人展开大旗，不等对方停稳，上前大吼一声："牛皋在此，你们谁敢过来？"

牛皋之名，金、齐军中多有耳闻，有士卒更是领教过牛皋的厉害，都不敢上前。牛皋与徐庆互看一眼，同时挺起长枪，以迅雷不及掩耳之势直奔敌阵，后面亲兵也跟着冲了过去。

两军相逢，胜负全在一口锐气，金军见牛皋与徐庆势若猛虎，已经气馁三分，无人敢出来挑战，不等二人近身，便勒转马头向后走。

前锋骑兵突然败退，让后面跟来的人不知所措，听到呐喊声四起，大仪镇惨败的阴影顿时浮上金、齐将士的心头，以为又中了埋伏，于是前军人马争相溃逃，后军不知发生了何事，又没接到号令，还在往前推进，两头人马挤成一堆，顿时一片大乱。

仇悆站在城墙上看得真切，见牛皋等人仅凭数十人，便逼退金兵五千余人，眼看着金军人马自相践踏，死伤无数，只觉得心荡神驰，仿佛看懂了，又仿佛什么都没看懂。

随来的岳家军将校早已火速集结人马，见金军败退，都奋起直追。牛皋、徐庆率军追杀了十几里，几乎不费吹灰之力，便赢得一场大胜，打扫完战场，又收了几百名俘虏，才缓缓回城，仇悆毕恭毕敬，率全城军民敲锣打鼓列队迎接。

"二位将军，仇某在城墙上看得真切，实是大惑不解，金军之强悍自不必说，且人马众多，二位将军才率百余人迎战，如何就能将五千余金军杀退？”仇悆拱手问道。

牛皋笑道：“无非就是出其不意罢了。金军刚打了胜仗，以为庐州只是一座空城，因此长驱直入，不料突然看见有人挡路，不知虚实，再加上数月前襄阳之战，我岳家军杀得金、齐联军大败，牛某与徐统制也搏了几分虚名，金军因此不敢轻举妄动，我等趁其后军还未赶来，先发制人杀退敌人前锋，敌人后军以为有埋伏，必然全线败退，仓促之中，号令不及，没有不乱的道理。”

仇悆想了想，似有所悟，敢情这两军对阵，胜负便在一刹那，谁把住先机，谁便是赢家，便握着二人的手道：“今日仇某真见识了何为万夫不当之勇！来日定当上奏朝廷，为二位将军请功！”

牛皋、徐庆都谨遵岳飞行前叮嘱，谦逊不已，仇悆见惯了武将粗豪，更加敬佩，又见二千岳家军个个精神抖擞，面貌与其他诸军颇不相同，心中赞叹不已，口中只道：“淮西可以无忧矣！”

兀术驻军盱眙东南的竹塾镇，此时已是年底，南方的冬天发起疯来，似乎比北方更难熬，一会儿雨中夹雪，一会儿下雹子，且空气中不清不爽，总是水气弥漫，黏黏糊糊，衣被明明是干的，摸上去却冰凉潮湿，仿佛能拧出水来，捂在身上无论多久都捂不热。

庐州溃败的消息传过来，兀术听完探报，得知五千金、齐联军，面对几十名宋军前锋，竟然一触即溃，不禁大发雷霆，领军的齐军将领知道兀术必定发怒，路过盱眙而不敢停留，直接去了北面的齐军驻地。

溃散的金军陆续回来，兀术要将他们枭首示众。韩常劝道：“殿下，将士临阵溃退，归根结底还是因前向大仪镇之败所致，将士们担心南军用兵狡诈，设有埋伏，因此才不战而溃，倘若全将他们正法，就怕以后没人再敢回来，甚至直接投降南军去了。”

兀术虽满肚子怒气，但也知道韩常言之有理，便将归营的溃卒每人当众抽了五十马鞭了事。

更麻烦的事接踵而来，连日雨雪，道路泥泞难行，运粮车迟迟不到，军中粮草所剩无几，各营统制派人马出去打劫，也一无所获，将士们一天只吃一顿饭，个个饿得前胸贴后背，甚至还有人饿不过，偷了其他军营的战马宰了吃，引得双方械斗，最后主将出面，偷马的赔出几匹战马给了对方才算收场。

兀术脸色如铁，帐下大将都不敢劝，只得按原计划做进军准备，如此又熬了数日，半晚上一支箭射到兀术的中军大帐上，上面绑着一封书信，亲兵取下来，呈给兀术。

信里歪歪扭扭地写着一行字：我等被强征到此，若执意过江，必临阵反戈，抓了你献给宋朝皇帝！

兀术暗暗吃惊，脸上却不动声色，将那张纸在手中揉成碎片，恨不能抓住此人碎尸万段，但又不敢过于声张四处搜捕，以免动摇军心，只能令人暗暗查访。

南岸传来的消息也不乐观，先是探报说南军在雨雪之天操练如常，士气颇高，再看看自己这边，一个个垂头丧气，还没开打，胜负已分。

紧接着又传来了一个更令兀术惊讶的消息：张浚官复原职，正在沿江视师，南军欢声震天，隔着一条大江都响彻云霄。

兀术召几位心腹大将来帐中商议，赤盏晖道：“张浚疏于谋略，原不足畏，只是此人锐意进取，喜欢蛮干，当前形势南军士气高涨，我军粮草不继，将士有疲敝之态，此人一来，真要蛮干的话，对我军颇为不利。”

如海也道：“如今南军尚不知我军处境艰难，还不敢轻易渡江决战，一旦侦知我军粮草不继，张浚急于建功，必定督促南军各将渡江，到时我军将被迫与之决战，胜负实在难料。”

众将都点头表示赞同，兀术还在犹豫不决，只听帐外马蹄声响，来人与亲兵打招呼，用的却是女真话，接着一人在帐外探头探脑，兀术一眼瞥去，竟是自己在上京宅邸的家奴蒲鲁浑，不由得心里咯噔一下：他来做什么？

“你们下去再想想，本帅也再权衡一下，明日再议一次。”兀术便临时中断了会议。

蒲鲁浑满身是泥，进来见了兀术，等其他人都出去了，才压低嗓音道：“殿下，皇上龙体欠安！”

兀术心怦怦直跳，努力调匀呼吸，沉声道：“南下之时，皇上龙体不过有些微恙，怎么突然就欠安了？”

蒲鲁浑道：“奴仆特意找到御医主管，花了些银两，得知皇上已经好几日没进食，只喝些汤汁，人瘦了一大圈，精神也大不如从前，有时竟然恍惚不省事，恐怕时日无多……”

兀术热泪滚滚而下，用手拼命压住胸口，呜咽起来。

蒲鲁浑劝道：“殿下，现在不是伤心的时候，如今朝中宗室重臣，都知皇上不久于人世，个个在钩心斗角，觊觎大位呢！家里的各位主子担心万一有人居心叵测，欲不利于殿下，殿下领兵在外，等回去时，大局已定，无从挽回，这才不远千里把奴仆派出来送信，请殿下速速决断。”

这才是天大的事！兀术赶紧擦干眼泪，深吸了口气，想了想，此事先要务保绝密，不能与众将商议，便叫人单把韩常召过来。

这边蒲鲁浑喝了口热酒暖身，叹道：“都说江南山水锦绣，遍地金银，奴仆这一路过来，荒无人烟不说，道路还极其泥泞，天气又阴又湿，真不知有什么好，劳烦得殿下一再率军远征！”

兀术埋头想事，对蒲鲁浑所说充耳不闻。

片刻后，韩常匆匆赶来，见帐中就兀术与蒲鲁浑主仆二人，兀术面有戚色，神情凝重，心里明白定是出了大事，便施了礼，站在一旁等兀术说话。

兀术让他坐下，半晌过后才长叹一口气道：“元吉，你随我征战多年，于我又有救命之恩，你说说，这仗还打不打得？”

韩常蒙此信任，起身道：“殿下，韩常冒死进一言，请殿下斟酌。”

兀术示意他坐下，道：“今日只把你叫来，便是要听真话。”

韩常没有坐下，站着道：“殿下，以末将观之，倘若殿下一定要渡江与南军决战，其一，能否过江实无把握，几年前杜充防江，只聚重兵于建康，其他各处破绽百出，因而被我军轻易突破，如今南军沿江防守极有层次，互相照应，无论我军在何处渡江，都能被南军半渡而击，处境极为不利。”

韩常顿了一顿，接着道：“其二，即便渡了江，南军大将刘光世、韩世忠、张俊沿江首尾相连，岳飞还在上游虎视眈眈，我数万大军立即陷入腹背受敌的险境。南军战力今非昔比，韩世忠当年哪敢与我前锋铁骑硬战，然而前向数战下来，我军竟然无一胜绩，纵然他使了诈，其战力仍不可小觑；还有岳飞两个来月便占了襄阳六郡，庐州一战，其将士敢以数十骑迎战我军数千人马，这份胆气以前只有我大金国勇士敢有，今日看来，我军反而颇有不如。”

韩常见兀术听得仔细，连旁边蒲鲁浑都张着嘴听得入神，便斗胆坦言道：“以今日之形势，大军过江后，能不叛降者也就韩常等寥寥数人而已，请殿下三思！”

这话听得兀术身体一震，蒲鲁浑素来只知大金铁骑天下无敌，听说前线形势如此不堪，大为震惊，碗中的酒洒到地上都不知道。

韩常说完，躬身肃立一旁，兀术默了半晌，让他坐下，道：“元吉赤胆忠心，蒲鲁浑，你把上京的消息给他也说说。”

蒲鲁浑早闻独眼将军韩常的威名，刚才又听了他一番剖析，很是钦佩，便将金国皇帝病危的消息又说了一遍。

韩常听完，流泪道：“既然如此，殿下更不要犹豫了，即刻退兵才是上策！”

兀术略一沉吟，决心已下，道：“也不必等明日了，传令诸军，即刻收拾行李，连夜退兵！”

韩常赶紧出帐，准备撤退事宜，路上撞见如海和阿里二人，韩常说了主帅要退兵，二人都松了口气，阿里纳闷道：“殿下平时果敢决断，今日于进退之间，却举棋不定，不知是何道理？”

韩常略一思索，也觉得奇怪，只有如海神秘一笑，道：“你们两个粗肠子，哪里懂得殿下的心胸！殿下渡江南下，没准还想再见到一个人呢。”

“谁？”韩常和阿里异口同声问道，心里都想何人能让殿下如此惦记。

如海压低声音道：“我也是瞎猜，你们还记得那个叫清踪的江南女子吗？”

二人恍然大悟，似乎也只有这个才能解释兀术此次反常的迟疑不决。

趁着天黑，金军收好营帐，静悄悄地往北退却，次日一早，原本人喧马嘶的竹塾镇，一下子变得空无一人，只剩下丢弃的破烂行装和遍地的马粪。

那头刘麟直到两日后，才得到金军北撤的消息，此时宋军已有北进迹象，刘麟怕被断了后路，吓得传令全军立即撤退，辎重也不要了，扔得到处都是，昼夜兼行了二百多里，一直撤到宿州，才敢稍稍整军休息。

金军从六合撤退的消息传到南岸，张俊有点坐不住了，对麾下诸将道：“此次金军南侵，韩世忠在大仪镇迎头硬战金军铁骑，这首功谁也抢不走，但后来刘光世派王德渡江进攻滁州，杀了金军一个措手不及，还俘获了金军一名万户，岳飞也派兵千里增援庐州，杀退金齐联军，力保淮西。如此算来，只有我军碌碌无为，皇上那边如何交代得过去？”

统制官王进驻地离六合最近，道：“大帅，我料金兵撤退，必然留人殿后，我军可专打这殿后的金军，定会有所斩获。此外，金军北撤，首先要过淮河，金军人多船少，没有个七八日过不完，我军趁其人马还剩个三四成在南岸之时，突然进攻，也能打他个措手不及。”

张俊点头道：“本帅正有此意。你率本部人马前去追击敌军，务必要挑好时机，一举击溃渡淮敌军，然后回师攻其殿后部队，我再派人马北上六合，南北一夹击，断后的金军便陷入绝境，如能不战而屈人之兵，那是最好。”

兵贵神速，王进立即率人马渡江，绕过驻扎在六合的金军殿后部队，一路北上，同时不停地派探马侦察金军主力动向，得知金军已于数日前开始渡淮，人马都挤在淮河边，便立即大张声势，率军直奔淮河。

金军原本是仓促撤退，偏偏船只不够，后面没过河的已经苦等了好几日，怨气冲天，见宋军突然大举杀过来，都无心应战，四散逃跑，许多人被迫跳入冰冷的淮河，冻溺而死者不计其数。王进追杀了一阵，见金军人马未过河者仍然极多，且骑兵甚众，怕金军绝地反击，又担心在六合的敌军从背后杀过来，反而让战局逆转，便趁金军大乱之际，回师直奔六合。

在六合殿后的金军将领乃是汉将程师回和张延寿，二人都以骁勇闻名，见南北两面宋军同时逼近，声势浩大，自己一支孤军难以支撑，二人一商量，便出城投降了。

几乎在同一日，刘光世也派出帐下统制官崔明德，将盘踞在盱眙的金、齐部队击溃，并俘虏了其主将。

至此，金、齐联军劳师动众数月，除了耗费无数钱粮，攻下几座无关痛痒的城池，竟一无所获，虽未大败，但从头到尾，始终被动挨打，损兵折将，可谓吃足了苦头。

八　洞庭波平

绍兴五年（1135）正月，金、齐联军全线北撤的消息传至平江府，御驾亲征的赵构与群臣欣慰不已。此次金军南下，几乎是一路碰壁，不复当年之勇，反观宋军，自大仪镇韩世忠硬战金军铁骑精锐大胜后，将士们士气极高，刘光世、张俊、岳飞各部不等金军打上门来，迎敌而上，主动寻找战机，而且几乎全部获胜，与建炎年间的畏敌如虎相比，简直有云泥之别。

官复原职的张浚从前线赶来行在复命，他碰上了好时机，在镇江视师时，官兵一片欢声雷动，声震大江两岸。张浚又命人送信至金军大营，约日会战，信还未送到，金军已经退兵了，朝野士子不知底细，还以为是张浚威名在外，让金军知难而退。

张浚倒不敢自负到这种地步，他也知道自己身在川陕数年，东南诸军能有此战绩，跟他实无半分干系，因此在奏折中，只字不提自己功劳，更多的是提醒赵构敌军既退，应立即让之前淮南州县的官吏回到任所，招募流民，以备春耕。

金军全线退却之后，沿江驻防的领兵大将韩世忠、刘光世、张俊相继入觐，群臣与掌兵大将们聚于都堂，赵构对韩世忠大为嘉奖，并不厌其烦地询问战斗细节，赞叹不已，道：“朕当年在藩邸时，也能拉开三百石的硬弓，扛两百斤的石锁走十来步心不跳气不喘，可惜这些年，朕身居九重，忙于案牍，武艺都荒废了不少。”

赵构此话，群臣与众将都深信不疑，赵构三十出头，正是年富力强之时，原本就生就一副好身板，加上时时操练，其魁梧挺拔丝毫不逊于韩世忠与张俊等武将，张俊会说话，抢先道："陛下万金之躯，哪能亲冒矢石，这冲锋陷阵之事，留给臣等便好。”

韩世忠笑道："金军这次南下，啥也没捞着，稀里糊涂就退兵了，陛下心里总该欢喜了！”

赵构听到这质朴之言，含笑道："此事还不足以让朕欢喜，哪天恢复中原，迎还二圣，朕心里才会真欢喜！然而此次金军南下，众卿率将士奋勇争先，较之建炎年间不敢迎敌一战，可谓大有长进，朕所喜者，正在于此！”

赵鼎见都堂内一片欢愉，便趁机道："臣听说降将程师回说，逆臣刘豫唆使金人出兵，称刘光世与韩世忠失和，互不应援，可以乘虚破之，然而等到了淮南，发现我军防备森严，各军互相呼应，浑然一体，就已经有三分泄气了！”

赵构正有意劝和刘、韩二人，听赵鼎提起此话，便道："朕之前便对你二人讲过光武帝之事，今日再讲一遍也无妨。当年寇恂杀了贾复部将，贾复深以为耻，时时想报复，光武帝知道后，将二人召到一起，说：天下未定，两虎安得私斗！于是寇恂与贾复二人并坐深谈，结友而去，此所谓先国家之急而后私仇。朕早听说你二人有嫌隙，今日就在这殿内，能否给朕一句话，自今日起，冰释前嫌，结欢如初，使朕也能得光武帝一言劝和之美名？”说罢，上前握住刘光世和韩世忠的手，殷切地直视着二人。

二人既惊惶，又感动，赶紧跪下哭泣道："臣等不忠不孝，一再劳烦君父训饬，今日既然皇上开了金口，臣等敢不奉诏！”说完连连磕头。

赵鼎见了，率群臣一齐跪下向赵构庆贺，赵构心情大好，道：“将帅和，社稷之福也，朕夫复何求！”命内侍取出金盘酒器赐给刘光世、韩世忠与张俊，并亲自斟酒，与三人对饮，三人诚惶诚恐喝了杯中酒，赵构又慰问良久，三人才再拜退下。

赵鼎等三大将与群臣走后，才微笑着对赵构道：“陛下深得驭将之道也。”

赵构叹道：“春秋时楚成王用子玉为将，晋文公为之侧席而坐，以示不忘国忧，如今金军铁骑虽然北撤，但粘罕、兀术等人犹在，朕手下若无猛将，何以应之！”

赵鼎道：“天子在殿前亲自斟酒以劝和大将，自古还未曾有过，臣只听说当年英宗皇帝曾在正殿赐酒于司马光，如今刘光世、韩世忠、张俊等人蒙恩宠如此，定会拼死报效。”

赵构沉思片刻，道：“韩世忠妻子梁氏享有俸禄，乃是开了先例，既如此，刘光世妻子向氏，张俊妻子魏氏，也应循梁氏例享有俸禄，不过是一年几千钱缗的花销，一碗水端平了，方可服人。”

赵鼎连声称是，又提醒道：“岳飞虽不如三人资历之深，但此次在淮西解了庐州之围，立功不小，且他手下有数万人马，荆湖之地全赖他守卫，陛下也要让他知朝廷恩重，岳飞乃忠朴之人，定会尽心报答。”

赵构点头道：“元镇果然虑事周密，如今金军已退，正好趁此机会，一举平定湖湘之地的杨幺之乱。王燮剿了两年，耗费钱粮无数，却损兵折将，寸功未立，朕思来想去，此事只怕还得靠岳飞才行。”

正说到此处，内侍来报，张浚刚从镇江赶回，正在宫门外等候召见。

赵构笑道："才说到用兵，张浚便到了，只怕也是天意。"

赵鼎也微笑道："臣听伪齐降将说，张浚视师江上，金军统帅兀术听说后，吃惊道：'他不是被贬到岭南去了么，怎么会在此地？'张浚锐意进取，金军还是颇为忌惮的。"

赵构点头道："张浚去职之前，曾上书道，金军虽然从川、陕退兵，但决不会善罢甘休，兀术的西路军与其他各路大军合并后，定会再次南下淮甸，窥伺东南。朱胜非当时还颇不以为然，结果竟如张浚所料，朕这几日思其前言，深为感慨，为相者，岂能不料事于先！"

赵鼎这才明白朱胜非被罢相的真正原因，当年黄潜善、汪伯彦错判敌情，招致扬州之溃，皇上几乎落入金军之手，这等刻骨铭心之事，皇上自然是极其忌讳，不能容忍丝毫差错。

说话间，张浚已经入殿，拜见过赵构后，又与赵鼎施礼相见。二人素来关系和睦，张浚很早便平步青云，曾数次向朝廷举荐赵鼎，而此次张浚再被起用，也得力于赵鼎，可谓互有恩义于对方，虽然在皇上跟前，二人只能持重守礼，但辞色之间，惺惺相惜之意还是显而易见的。

赵构给二人赐座，开门见山道："你二人分任左右仆射，乃是朕的左臂右膀，张卿久在川陕，熟悉兵马边事，可专心经理边防，都督诸路兵马，赵卿身为首相，则主持政务与进退人才。一人主内，一人主外，表里相应，不知妥否？"

赵鼎听了微微一怔，这是将相权一分为二了，不过皇上如此安排，似乎也是费了苦心，便起身道："陛下圣明，臣不敢不奉旨。"

如此安排正合张浚之意，便也起身奉旨。

赵构见二人毫无异议，很是高兴，便从龙椅上站起来，在都堂里踱了几步，回身看着张浚道："方才朕正与元镇议论用兵之事，如今金人与伪齐已然北撤，以卿看来，当下之要务为何事？"

张浚来时早就把这件事想得烂熟，立即答道："依臣愚见，当下之要务乃是平定湖湘之乱，洞庭实据上流，杨幺为寇已有数年，阻遏漕运，格塞形势，实为腹心之害，倘若不加以剿灭，我大宋无以立国。"

赵构微微点头，皱眉不语。

赵鼎问道："然而朝廷屡次用师，皆无功而返，是何缘故？"

张浚道："近日与诸将及幕僚议论此事，得知朝廷之前用兵，都选在冬季，因为冬天是枯水季节，洞庭湖水不那么泛滥，我军大都是北方人，方便进军，听上去合情合理，但如今看来，反而正合了贼寇之意。"

赵构"哦"了一声，看着张浚。

张浚接着道："杨幺这伙贼寇将水寨扎在湖心深处，春夏时节耕耘，秋天收割完毕，便收粮于水寨，整个冬季就藏身于湖泊中，四处为害，官军围剿时，贼寇便钻入水寨，官军稍加松懈，贼寇又出来骚扰，如此数月下来，贼寇气焰愈发嚣张，官军却疲惫不堪，士气低落，不得不退师，因此，杨幺为害数年，在官军屡次围剿之下，势力反而越来越大。"

赵构听了，深深觉得有理，问道："当何以处之？"

张浚道："过往数年，官军都是冬季大举进攻，贼寇摸清规律后，夏天便不甚防备，而且一到夏天，贼寇便四散出去耕种。倘若我军今年偏偏选在夏天进攻，贼寇不得不重新集结，疲于奔命，田亩自然就荒废了，庄稼也被征讨大军践踏，秋季颗粒无收，无粮可吃，熬不过冬天，到时我军再软硬兼施，不怕贼寇不破。"

赵构听了，默然半晌，叹道："如此好是好，就是有伤农事，朕于心不忍。"

赵鼎道："若能速战速决，则既可一举剿灭贼寇，又不伤农事，可谓两全其美。"

赵鼎此话一出，该派哪位大将去洞庭湖已是再明白不过了。去年岳飞渡江收复襄阳六郡，朝廷最担心的莫过于战事拖延，引来无穷麻烦，不料岳飞两个来月便干净利落地凯旋而还，让金廷那头还来不及做任何反应，战事便已完美收官。

赵构看着赵鼎道："岳飞淮西之功当如何赏赐？"

赵鼎明白赵构的意思，是先赏赐岳飞以激励其奋勇杀敌，便道："可循刘光世、韩世忠、张俊之例，不过岳飞资历毕竟不比三大将，可略微低一格，以免其他众将不平。"

赵构想了想，道："赐岳飞银帛二千匹两，封其母为荣国夫人，封其妻为福国夫人，亲属为承信郎者一人，赐冠帔三道，如此赏赐妥否？"

皇上心里对诸将底细一清二楚，赵鼎也深感折服，道："臣以为十分妥帖，既显天恩浩荡，也不至于让刘光世等人忌妒。"

赵构沉吟不语，半晌才道："杨幺不比寻常贼寇，在湖湘作乱已有五年，伪齐又数次遣使与之联络，朕深忧其坐大，湖湘不平，何以图中原！"

赵鼎与张浚连连点头，等着听皇上后面的话。

赵构接着道："岳飞收复襄阳六郡后，已加封为清远军节度使，可再封岳飞为镇宁、崇信军节度使，升神武后军都统制，以示朝廷冀望与恩宠。"说罢，转身看着二人。

赵构此话，并不是商量的口气，赵鼎起身道："两镇节度使，始于韩世忠勤王有功，如今刘光世、张俊、吴玠都已受封两镇节度使，若岳飞能一举荡平湖寇，其功不在众将之下，封两镇节度使亦无不可。”

张浚也附和道：“封赏于战前，方可激励将士用命，若战而不利，自可去其封赏。”

赵构见二人并无异议，便道：“可速召岳飞赴行在，商议进军之事。”

八百里洞庭，古称云梦，南纳湘、资、沅、澧四水汇入，北与长江相连，刘禹锡有诗《望洞庭》，道尽其中胜景，诗曰：“湖光秋月两相和，潭面无风镜未磨。遥望洞庭山水翠，白银盘里一青螺。”

此时的洞庭湖，正是盛夏时分，原本应是碧波万顷，一望无际，然而今年遭遇大旱，湖面较之往年大为缩小，许多地方露出沙丘，在烈日炙烤下，水雾腾腾，看上去颇有意境，但身处其中之人，却不堪潮湿闷热。

荆湖南北路制置使岳飞已经率军进抵鼎州，鼎州地处洞庭湖西面，附近还有沅江水系，湖汊交错，地形颇为复杂，牛皋等人见了这水乡泽国，也有些发愣，像猛虎见了刺猬，不知从何下嘴。

“岳帅，我军将士大都是河朔与中原之人，实在受不住这酷暑，赶快开打吧！”徐庆道，他和众将一样，都难抵湿热，便光膀披着铠甲，即便如此，稍走几步，便是汗流浃背。

岳飞道：“开打？你且告诉我，敌军水寨在何处？人马多少？战船多少？装备如何？我军进攻，走哪条水道？万一交战不利，从何处撤出？”

徐庆和众将一听都傻了眼，岳飞笑道：“你们先不要急，先习惯了此地的湿热，再作计较。”

于是岳飞便带着众将坐船往湖心深处划去，刚划出一顿饭工夫，才发觉八百里洞庭果真名不虚传，即便天旱水浅，一到湖中央，只觉浩浩渺渺，横无边际，那水看着波澜不惊，实则暗流涌动，将船晃得咯吱作响。众将原本一个个热得喘不过气，突然一阵幽风过来，阴气逼人，顿时浑身起了一层鸡皮疙瘩。

湖水深处隐隐约约有几艘快船一掠而过，牛皋道："那定是贼军探子，还是不要深入的好，以免被敌船突袭。"

岳飞觉得有理，便命掉转船头，回到岸边。早有士兵在等候，见了岳飞，便禀报道："衡州兵马钤辖田明、潭州兵马钤辖杨华已率人马抵达，正等候岳帅召见。"

岳飞笑道："这开仗的引子有了。"

田明、杨华已在帐外等候多时，二人都是招安归附的，以前是杨幺水寨旧将，见岳飞等人过来，上前纳头便拜。

岳飞扶起二人，慰劳了几句，便一起步入大帐议事。

"鼎州这边驻守水寨的贼头是何人？"岳飞直接问二人。

"此人名黄佐，乃是杨幺手下的一名得力干将，其水寨是这一带湖面最大的，有两千余人。"

岳飞沉吟道："本帅想让你二人去黄佐水寨劝降，不知意下如何？"

田明和杨华脸色大变，互相看了一眼，"扑通"跪在地上，道："岳帅，我二人宁愿战死，也不愿去水寨劝降啊！"

岳飞让二人起身坐下，和颜悦色地问道："这却是为何？"

田明道："杨幺军中对劝降之人施以极刑，极为残酷，我二人又是受了招安的，更不知要如何死法。我等宁可战死，搏个军功，也不愿受尽折磨屈死，请岳帅体谅！"

“原来如此！”岳飞点点头，起身踱了几步，突然停下，目光如炬看着二人道：“你二人但去无妨，就说是我岳飞派你们去的，让他好生掂量！”

岳飞治军极严，自襄阳之战后，岳家军威名震于大江南北，二人早有耳闻，此刻军令如山，田明和杨华无奈，只得硬着头皮答应。岳飞见二人惶惶不安，便安慰道：“岳某绝非不拿人命当数的庸将，你们尽可放心前去，我保你二人无事。”

二人将信将疑，临行安排了后事，便带上岳飞的亲笔信，又遵岳飞嘱咐穿上崭新的官服，便划着一艘小船出发了。

二人对水路十分熟悉，但也花了大半天工夫，才摸到了黄佐的前寨。

前寨士兵早就看到有船过来，见二人一身光鲜的军官打扮，却又只带了两名随从，都觉得奇怪，田明摆起架子道：“我二人本是水寨头领，如今归顺了朝廷，现在镇宁、崇信军节度使、荆南荆北襄阳府路制置使、神武后军都统制岳飞帐下任事，岳节使已领军十万进驻鼎州，我等奉岳节使之命，有书信要面呈黄头领，快去禀报，倘若误了这天大的事，你们担待不起！”

田明这一通咋呼，果然管用，那些守寨的士兵不敢轻举妄动，过了一会儿，前去报信的士兵回来，道：“黄头领有令，让你二人进水寨说话。”

田明和杨华对视了一眼，跟在几艘船后面一路穿梭过了几处苇荡，到了主寨。二人见黄佐没有列出刀阵，心里松了一口气，便跟着上岸，进入寨中。

黄佐生得又矮又壮，水寨中都叫他“黄矮虎”，正仰在大椅上等着二人，神色颇为倨傲，不过一见二人那身官服，眼中却闪过一丝艳羡。

杨华心细，把这一切都看在眼里，心中更加踏实下来，不等黄佐开口，便神色凝重道：“黄兄弟，你好心大，居然还能在此安坐！”

黄佐吓了一跳，撑着面皮不动声色，道：“我在此安坐了四五年，谁能拿我怎的？”

杨华道：“好兄弟，此次非比寻常！来的乃是岳飞，就是那个两个月便收复了襄阳六郡，将二十万金齐联军杀得一败涂地的岳节使！兄弟我也在军中混了十几年了，前向到了岳家军营中，看了将士操练，说句不怕得罪的话，再来你十个黄兄弟，每个黄兄弟再生出三头六臂，也不是岳飞对手！”

黄佐听了，既感到愠怒，又有几分恐惧，脸色通红，仰在椅背的身子早坐直了，板着脸不说话。

田明看这架势，果然如岳飞所料，胆子便大了起来，笑道：“我二人远来是客，黄头领怎么连个座都不让啊？”

黄佐犹豫了一下，便让人搬出两把椅子，让二人坐下。

田明这才将岳飞书信取出，交给黄佐，黄佐识字不多，便与寨中一个落魄秀才出身的军师一起研读，读完后，黄佐盯着地面，沉吟不语。

杨华知他犹豫不决，便道：“黄兄弟，岳节使的十万大军已经进驻鼎州，头一仗就是要拿下你的水寨，就算官军不习水战，但岳节使非比他人，用兵如神，手下猛将如云，你区区二千人哪里是他的对手？再说此乃官军首战，定会倾尽全力，以求旗开得胜，你何苦挡在前头，替他人送死？”

黄佐又沉默了半晌，突然问道：“岳……节使为人如何？”

杨华脱口道：“诚信君子，万里挑一的真好汉！”

黄佐见他说得如此肯定，不敢相信，问道："何以见得？"

杨华道："黄兄弟，自水寨起事，朝廷屡次派兵征讨，程昌寓和王燮号称一时名将，却被我水军打得落花流水。可恨的是这二人军纪极其败坏，每次打仗，无论胜负，必定要洗劫一番，甚至杀了寻常百姓去领赏，百姓深受其苦，恨不能生食其肉才解恨！而岳节使大军所到之处，秋毫无犯，连拿百姓一根草绳都要付钱，百姓不敢要，将士便将钱放在地下，施礼而去。我杨某活到这把岁数，几曾见过这等仁义之师！黄兄弟，这生死关头，你切莫走错路！"

黄佐张着嘴看着杨华，有些不敢相信，旁边田明接口道："杨钤辖所言句句是真！黄头领，你我兄弟一场，我斗胆跟你说几句体己话。当年众兄弟跟着钟教主起事，无非是信了他的'等贵贱，均贫富'之言，想图一个清平世界，大家安安生生过日子。可如今呢，弟兄们困苦潦倒，穿得破破烂烂，吃了上顿没下顿，杨教主却锦衣玉食，吃香喝辣，连床都要用金玉镶嵌，但凡有点姿色的女子，都被他收罗去。方才杨钤辖说到官军劫掠之苦，可杨教主比官军还不如！把当官的统统杀了也就罢了，把他们家属全杀了也就罢了，可他为何要把那些庙里庵里的和尚尼姑杀得一个不剩？为何要把那些文弱书生杀得一个不剩？稍不顺意就灭人满门，明明是滥杀无辜，还硬说是在'行法'，这叫行他娘的什么法？还说自己是'天君下凡'，他算哪门子的天君？依我看，就是个石头缝里蹦出的野种罢了！"

田明这番话，恰恰是将水寨中将士敢想不敢说的话全倒出来了，他说完后，水寨中一片安静，只听到外面的波涛声和风声。

黄佐脸色灰白，半晌后才道："我随杨教主起事多年，跟着造了不少孽，只怕岳节使不肯轻饶我。"

杨华笑道："黄兄弟，我二人资历跟你比如何？不也好好的？"

说罢，抖了抖身上的官服。

黄佐终于下了决心，起身看着左右道："刚才的话，你们也都听到了。岳节使号令如山，用兵如神，我等若与他对战，只怕死无葬身之地。听二位头领所言，岳节使为人至诚，定不至于亏待我等，你们意下如何？"

旁边人早都耐不住了，见黄佐终于拿定了主意，都鸡啄米般地点头附和。黄佐便不再犹豫，留田明、杨华二人在寨中歇息，下令收拾水寨，全军前往鼎州向岳飞投降。

岳飞已经听到探报说黄佐来降，便率众将亲至港口迎接，黄佐率两千人马上岸列队，等候岳飞前来接管。等了半晌，只见前方一人神闲气定，阔步而来，黄佐还在纳闷，旁边田明、杨华早已抢上前去，纳头便拜。

黄佐听二人称来人为"岳节使"，不敢相信，以两镇节度使之尊，单身深入降军，岂不是吃了豹子胆！但又明明看见田、杨二人上前行礼，他一时理不清头绪，只觉得脑中一片混沌，呆立在当地。

岳飞微笑上前，道："这位便是黄头领？"

田明催促道："黄兄弟，还不快见过岳节使！"

黄佐这才如梦初醒，跪倒在地，口中道："拜见岳节使！拜见岳节使！"一连说了好几遍，下面的话却不知说啥好。

岳飞满面含春，扶起他亲切道："黄头领迷途知返，弃暗投明，实乃国家之幸！我已保奏朝廷，封你为武义大夫、阁门宣赞舍人，从此往后，你就是我大宋朝廷命官，你我便为同僚，尽心辅佐天子，驱除金虏，光复中原，岂不快哉！"

田明招安已久，对各等官职摸得一清二楚，在一旁轻声道："黄兄弟，这武义大夫、阁门宣赞舍人可是正七品呢，岳节使真是看得起你！”

黄佐心花怒放，脑子这才转起来，道：“黄某不过是一草莽之人，承蒙节使如此厚爱，不计前嫌，往后定当拼死效力，让天下人都知道岳节使没有看错人！”

这话倒说得圆润，岳飞喜道：“有黄宣赞此言，便不枉我一番诚心！黄宣赞久在寨中，定是十分知道虚实，来日开战，还得倚仗黄宣赞出谋划策。”黄佐自是连连点头称是。

一行人边走边谈，到了岳飞军中，黄佐一路看到岳家军士气之旺、军容之整，乃是自己生平所仅见，不由得暗暗庆幸，及至到了中军大帐，见帐中大将个个如狼似虎，更是脊背冒汗，转头对旁边田明、杨华道：“早知是这等军威，我也不劳二位兄弟费那么多口舌了！”

不费一兵一卒，便招降了杨幺帐下一名主将，岳飞很是欢喜，便设宴款待黄佐等人。

席间，岳飞从怀中取出一张地图，上面标注着洞庭湖各处汊口，以及入湖水系。黄佐看得十分仔细，点头道：“此图甚好，要是能将各处水寨标注其间，那就更好了。”

岳飞大喜道：“此事只能有劳黄宣赞。”说罢让人奉上笔墨。

黄佐小心翼翼地用笔在地图上标注了十来处，又给岳飞详细地讲解了一遍，岳飞听完，心里已有了七八分成算，便道：“寨中人马，说是贼寇，其实都是我大宋子民，不过是被杨幺所蛊惑挟持罢了，你在水寨中人缘甚广，本帅想请你回去劝降其他人，不知可否？”

黄佐道：“末将如今就是岳帅帐下的人，只要岳帅有吩咐，末将就是赴汤蹈火，绝不眨一下眼！”

岳飞赞道：“好汉子！你就率原班人马，带着赏赐，穿着官服回水寨，能劝降的便劝降，若有死硬之徒，可以乘其不备，一举歼灭，本帅定会记你一功！”

宴席一结束，黄佐便率本部人马重回水寨，三日过后，从湖中出来三百人，向官军投降，岳飞赏赐慰问之后，又将他们放了回去，让他们继续劝降他人。

十来日后，黄佐押着一帮俘虏从湖中出来。原来黄佐去劝降杨幺军师黄诚的亲信周伦时，周伦不仅不降，还打算引军来攻。黄佐便先下手为强，一举攻破周伦水寨，杀死周伦，俘虏了寨中九个头目，并将水寨焚毁，周伦手下上千人马也跟着出来投降。

岳飞当即将黄佐官升一级为武经大夫，赏赐了许多粮草和军需物资，然后又让黄佐等人回去继续劝降其他水寨头领。

接下来一个多月，不时有湖寇出来投降，少则三五十人，多则四五百人，岳飞都是赏赐之后，放他们回去劝降其他湖寇。偶尔用兵，也是点到为止，并不深入。

转眼到了五月下旬，岳飞进驻洞庭湖区已有两个多月，整个湖区几乎一片安宁，比程寓之和王燮初来时趁着心气高大举进攻截然不同。席益此时正出任荆湖南路宣抚使兼潭州知州，便跑去见张浚，神秘兮兮地道：“张相，岳飞大军进驻鼎州已经两个月有余，在下观察许久，觉得此人恐有不测之心。”

张浚吃了一惊，道：“此话怎讲？”

席益道：“岳飞来了两个月，几乎未打一仗，有贼寇从湖中出来投降，他随即又放了回去，偶有小战，俘虏了些贼寇，他也将他们放回去，这不是玩寇自重么？在下想奏报朝廷，万一有变，好歹有所防备。”

张浚看了一眼席益，见他锦衣朱裳，里面穿着雪白的罗禅衣，脚下是白绫袜、黑皮履，浑身上下一尘不染，胡须梳理得整整齐齐，脸上也是细皮白肉，气色饱满，不禁心里来气：人家在外面搏命，你安坐府中，上下嘴皮一磕，就把泼天罪名安在人头上，当年自己与刘子羽等人在川陕苦心经营时，朝中诸臣大概也是这般议论的吧？

“岳侯忠孝之名，朝野皆知，连皇上也多次称赞，足下为何偏偏不知呢？他要想玩寇自重，去年在襄阳对阵金、齐联军时，机会有的是，何须等到今日？”

席益一愣，尴尬道：“可他两个多月不尝进军，形迹确有可疑之处。”

张浚冷冷道：“行军打仗，自有深机，错一步满盘皆输，旁观者还是不要胡乱揣测的好。”

席益碰了一鼻子灰，转头一想，自己确有小人度君子之嫌，见张浚面带鄙夷，不禁满脸羞惭，便找话搪塞了几句，退了出去。

张浚自然不信岳飞在玩寇，不过昨日收到皇上诏书，命他回行在商议秋防之事，而杨幺这伙贼寇仍据险而守，一时似无胜机，岳飞的进兵方略他也看不大明白，想了想，便差人去鼎州将岳飞召来问话。

岳飞次日便赶到，两人寒暄过后，张浚直接道：“前日收到诏书，秋防将至，皇上召我回行在商议相关事宜。节使这边也来了两个多月了，经营湖寇之事，可有定画？”

岳飞道：“已有定画。”说罢从怀中取出地图，摊开来展现到张浚面前。

张浚在川陕数年治兵，于地图十分熟悉，看了一会儿，道：“这湖寇果然难缠，难怪程寓之与王燮都栽在这上头！看这架势，我军一时无可乘之机，皇上又召我回去，不如暂且罢兵，徐徐规划，以图来年。”

岳飞道：“何待来年！都督能否多留些时日？也不用多，八日即可，八日过后，杨幺是死是活，必将他拿来。”

张浚诧异地看了岳飞一眼，脱口道：“哪有这么容易！王燮领兵多年，也算是老资历了，两年都未能成功，你想八日内荡平湖寇，未免说得太轻松！”

岳飞笑道：“王四厢是以官军攻湖寇，确实难；我是以湖寇攻湖寇，就容易多了。”

张浚道：“愿闻其详。”

岳飞指着地图，道：“都督也看到了，这湖寇巢穴，实在是艰险莫测，倘若直接以官军攻湖寇，我军多是西北战士，不习水战，又不熟悉地形，正所谓以所短犯所长，这样打仗难有胜算。但杨幺起事数年，日渐骄奢，当地百姓早与之离心离德，部众也颇有不服，我军若不分青红皂白就去攻打，反而会使贼寇拧成一股绳与我对抗，所以不如拉拢其中有怨言者，许以高官厚禄，让其知晓利害，然后令其转而劝降或进攻其他湖寇，只要有功，一律重赏。如此一来，杨幺就成了孤家寡人，最后决战，我军再全军出动，以降军为先导，擒杨幺易如反掌。请都督除去来往日程，给岳飞八日，定然荡平湖寇。”

岳飞谋划无懈可击，但以短短八日荡平为患五年的贼寇，听上去仍是荒诞不经，若非有去年两个来月收复襄阳六郡的煌煌战功作担保，张浚是断然不信的。

张浚沉吟片刻，道：“王燮因屡战无功，且部众肆行劫掠，朝廷已经解除了他的兵权，其下二万多人马，刘光世、张俊与韩世忠各分数千，我奏请朝廷也分他一部人马给你，多些人手总是好的。”

岳飞大喜：“都督只管安候潭州，岳飞此去，定将杨幺等贼寇头目擒获，献俘于庭上！”

既然岳飞有如此信心，张浚便上奏朝廷，请求赵构再给二十天时间，如若六月上旬还未见成功，再收兵回行在。

岳飞回到鼎州，召众将入帐商议进军之事，众将憋了两个来月，早已筋骨酸痒，都摩拳擦掌地请战，岳飞只是笑而不语，却将黄佐叫出来，问道：“你这二十来天一直在劝降杨钦，他到底意下如何？”

黄佐道：“杨钦定是有降意的，不然末将数次出入其水寨劝降，他早就动手了。只是杨钦乃水寨第一悍将，手下兵多将广，能战之人有三四千，加上老幼共有一万多人，大小船只也有几百艘，也正因此，他虽有降意，却一直犹豫不决。”

岳飞冷笑道：“看来还是心存侥幸，来日让他见见我军阵势，看他如何决断。”

牛皋道：“岳帅是要进兵么？”

岳飞点点头，看着黄佐道：“你再去杨钦寨中，就说大军即日便兵临寨前，倘若不降，到时水寨一旦攻破，便是泼天大祸，尸骨无存！让他好生权衡！”

黄佐领命而去，岳飞便命调集全部大小船只，明日全军出动，压向杨钦水寨。

王贵道：“岳帅，杨钦虽是悍将，但似乎也不必杀鸡用牛刀，让末将率本部人马去就够看得起他了。”

岳飞笑道：“杀鸡自是不用牛刀，但吓鸡焉可不用牛刀？”

张宪问：“听岳帅的意思，这杨钦还是会投降？”

岳飞起身道：“杨钦号称水寨第一悍将，性情必然比别人倔强些，也更好面子，倘若被黄佐凭空糊弄一通，就率万余人投降，他面子上定然过不去，也不好对下属交代。既然如此，明日我率大军兵临水寨，算是给足他面子，也让他明白真要应战，必是死路一条，旁边黄佐再劝说一下，我料他定然就投降了。”

众将听了都觉得有道理，岳飞又道：“明日出战，务必令军容齐整！”

次日，岳家军几乎全军出动，由田明、杨华等人带路，直逼杨钦水寨，离得四五里远时，岳飞便命擂鼓，全军数万人齐声呐喊，声势极为浩大。

杨钦正与黄佐及下属在水寨中，听到岳家军果然大举进攻，便出寨观望，只见旌旗蔽日，岳家军人马之盛，士气之高，不亲眼看见，实在是难以相信。

黄佐见杨钦还在发愣，便着急催道：“杨头领快莫犹豫了！如今官军十倍于我，又是名震天下的岳家军，一旦错失时机，水寨被攻破，这寨中一万老小都将葬身鱼腹！黄佐家中也有老小，不想稀里糊涂地死在此地！”说罢，跪下来直磕头，将地板撞得“咚咚”作响。

旁边下属也纷纷跪下，请求杨钦早做决断。

杨钦叹了口气，终于放下心结，让黄佐带着手下二人去岳飞军前告知愿降，又传令打开寨门，各部列队出降。

岳飞听说杨钦愿降，大喜道：“与张都督的八日之约，应当不在话下了。”

杨钦率部众乘船出来，岳飞见这两三千人队列整齐，行进有条不紊，倒也暗暗赞叹。不多时，当中一艘大船破浪驶来，到了岳飞的帅船前方，却不再靠近，只见一人从船上缒下来，独自划着一艘小船过来。

黄佐道：“岳帅，那划船过来的正是杨钦。”

岳飞惊讶道：“此人颇知分寸！”便转头叮嘱众将：“待会儿他上船，

切莫轻慢了他。”

杨钦运桨如飞，小船片刻工夫便到了帅船边上，船夫将绳子缒下去，杨钦刻意要大显身手，三两下便顺着绳子蹿上来，稳稳立在船头。

“哪位是岳帅？”杨钦问道。

岳飞上前一步，微笑道：“在下便是。”

杨钦一见岳飞高大威武，虎目含威，天生就是一副武将模样，便抢上一步，跪下磕头道：“杨钦不知天高地厚，冒犯虎威，今日特来请死！”

岳飞见杨钦虽出身贼寇，却粗中有细，颇知进退，心里敬他几分，便上前扶起他，好生勉励了几句。

杨钦从怀中掏出一张纸，呈到岳飞面前，道：“岳帅，这是罪将水寨中财货清单，今日一并交付军中。”

岳飞接过打开一看，这清单里列着的是水寨中各种物资，其中大小舟船四百二十一艘，牛五百六十头，马四十三匹，另有上千觚稻米。

岳飞十分感动，道：“想不到湖湘草莽之地，竟有杨将军这等信义之人！将军明珠暗投，不得报效国家，今日得见天日，实乃朝廷之幸！”说罢，屈身给杨钦作了个长揖。

杨钦慌得跪伏在地，流泪道：“杨钦不过一戴罪之身，哪里经得起岳帅这般看重！”

岳飞扶起他，道：“本帅这就上奏朝廷，保举你为武略大夫，有杨将军助阵，湖湘之地太平有望！”说罢，将金束带解下，又将战袍脱下，一并赠给杨钦，“此乃皇上赏赐，本帅今日转赠于你，大丈夫处世，当建功立业，望你从今往后，奋勇杀敌，也为自己博个封妻荫子！”

杨钦感动不已，只听岳飞对王贵道：“今日你来做东，邀众将一起宴请杨将军诸位，无论新人旧人，都是我岳家军一员。”

杨钦道：“杨钦寸功未立，蒙岳帅如此看重，实是无以为报！此处往东数十里，便是水寨统制全琮、刘诜等人的驻地，手下各有一两千人马，老小加起来也不下上万，二人与我交好，末将愿率本部人马，即刻往东进发，晓之利害，让他们也弃暗投明。这二人一降，洞庭湖便门户大开，大军可直逼主寨。”

这真是喜从天降！岳飞亲手为杨钦穿好战袍，扎上金束带，道：“那就有劳杨将军，本帅在鼎州等你的好消息！”

杨钦拜别岳飞，将寨中老幼及财货牲畜全部留下，然后率手下二千人乘船往东驶去。

岳飞耐心等了两日，第三日，杨钦果然带着全琮和刘诜二人，率领一万余人乘坐几百艘船浩浩荡荡地驶出洞庭湖，到鼎州来投降。

至此，岳飞认定杨幺军队的腹心已溃，决战时机已经到来，便借宴请杨钦等降将的机会，与众将一起商议进军之策。

酒过三巡，岳飞向众将挑明了与张浚的八日之约，满座一片嗟呀之声。牛皋去年豪言三日拿下随州，且说到做到，此时也有些心里没底，道：“岳帅，如此算来，岂不只剩五日了？杨幺作乱，已有六年，其间屡破官军，越剿反而越强。王四厢也算西军老将，过去两年却寸功未建，我岳家军纵然天下无敌，但末将以为五日还是仓促了些，就怕孤军冒进，反为贼军所乘。”

岳飞笑着问坐在一旁的杨钦：“你以为如何？”

杨钦沉默了半晌，像是在盘算，然后道：“倘若谋划得当，五日内攻下主寨当无疑问，只是有两桩事可虑。”

岳飞道：“你只管讲。”

杨钦见众人目光都聚集在自己身上，便缓了口气，伸出食指在杯中蘸了蘸，在桌上点了几下，道：“杨幺主寨，在龙阳县江北，之所以将主寨选在此地，是因该处地形极为险要，易守难攻，此地入口极窄，杨幺在入口处依地形建了一座水寨，取名永安寨，极为牢固，过往数年，官军始终未曾攻入，因此，要进军杨幺主寨，必须先拿下永安寨，此是第一桩事。”

众人听得入神，杨钦接着道：“进去之后，湖面极宽阔，利于舟船行驶，杨幺大军有一样大杀器，想必列位也早就听说了，这大杀器便是车船！这车船在湖上威力极大，杨幺自己的座船便有三层楼高，可载千余人，船两侧都置有车轮，人在船内踏车，船外车轮激水，行走如飞，灵活自如，船上还装有撞竿，长十余丈，一头挂巨石，一头系在辘轳上，遇到官军船只，居高临下地砸下来，小点的船立即粉碎，大船也得破一个大洞，水进船舱，很快便沉了。末将以为，如不能破车船，擒杨幺只是空谈。”

众人听了，眉头都不禁皱了起来，岳飞见杨钦胸有成竹的样子，便叫着他的字，问道：“敬之既然深知车船之利，想必也深知车船之弊吧？”

杨钦施礼道：“岳帅真是神人！这车船最大的弊病是：吃水太深，一旦遇到水浅处，便行动不便，威力顿减，几无还手之力。”

黄佐怕杨钦把风头都占了，这时便插话道：“今年恰逢大旱，湖水干涸，不利车船行动，我军更可在湖坝周围挖堤放水，将杨幺主寨周边的水又放出一些，如此一来，他那车船更无用武之地。”

田明、杨华二人也献策道：“车船靠两侧车轮激水向前，因此极怕水草，一旦被水草缠住，就寸步难行，可以命士卒多收集芦苇、水草和树枝，装在船上，临战时将它们全部投入湖中，这样即便在深水中，车船也难以畅快行驶。”

这些降将你一言我一语，很快将破敌之策梳理了出来，岳家军中将领都是北方人，这些水战技法闻所未闻，一个个听得目瞪口呆，深为折服。

正聊得热闹，亲兵入帐来报：四厢都指挥使王燮旧部、统制任士安奉张都督之命，率两千人马前来助战。

岳飞敛了笑容，对众将道：“前向在张都督府中，议论王四厢帐下诸将，大都自行其是，不听号令，以致一败再败，害得王四厢也丢了官职，今日且看看这个任士安是何做派。”

不一会儿，任士安领着二十来名亲将挺胸凸肚昂然而来，众将看他官阶不过一统制，还是败军之将，却前呼后拥来见新主帅，都心中冷笑。

任士安上前来，唱个大诺，拜了四拜，也不等岳飞说话，便自行站了起来。

岳飞满面严霜，沉声道：“王四厢不曾亏待尔等，如今却落职待罪，一世英名化作乌有，尔等非但不为主帅忧心，反而趾高气扬，毫无愧色，是何道理？”说到最后一句，突然怒吼出来，大帐中顿时一片安静。

任士安准备了一肚子奉承话，一下子噎在嘴边，见岳飞神威凛凛，如同发怒金刚，不禁面色蜡白，愣在当地。

“今日本帅便替王四厢训诫你这不忠不孝不仁不义之徒！来人，将这厮官服扒了，给我抽一百皮鞭！”

任士安预想了一百种见面方式，万料不到却是这样的开场白，连求饶都不知道如何喊，几名军卒如狼似虎般扑上来，一把将他按在地上，不由分说便扒了个精光。

转眼间任士安便被赤条条挂上一根横木，蘸过水的鞭子狠狠地抽在他脊背上，任士安忍不住喊了一声，旁边王贵喝道："嚎什么！这般不经打，如何上得战场？"

任士安便不敢再喊，咬牙硬挺着，嘴唇都咬破了，一直打到第七十鞭，才听岳飞道："罢了。"

任士安被解下来，哆哆嗦嗦跪在地上，岳飞命他披上衣服，问道："你知道本帅今日为何要打你？"

任士安老老实实答道："末将知罪。"

"该不该打？"

"该打！"

岳飞的口气略微和缓了一些，道："本帅绝非滥施刑罚之人，实是因尔等目无长官，不守军纪，上误朝廷，下误百姓，致使贼寇日益坐大，今日你既到我军中，就得守我岳家军的规矩，倘有违背，严惩不贷！"

任士安伏在地上，口中连连称是。

岳飞又道："今日给你个戴罪立功的机会，你去还是不去？"

任士安自然说要去，岳飞便道："令你率本部人马，即刻出发攻打永安寨，三日内不能拿下，你提人头来见我！"

任士安听了暗暗叫苦，但哪里敢说半个"不"字，只得咬牙应承下来。

岳飞便将皇上御赐的银缠枪取出，赠予任士安，勉励他奋勇杀敌，任士安见岳飞将如此贵重之物赠给自己，心中惶恐感动，道："请岳帅放心，士安此去，不攻破水贼的永安寨决不回来！"

任士安被手下亲将扶走后，张宪道："岳帅，任士安乃是败军之将，让他去攻打如此要塞，只怕他啃不下来。”

岳飞道：“先让他攻两日，我军在此期间，四处决堤放水，让湖面越浅越好，再派人收集水草、芦苇和树枝，务必装满大小船只。”

这头任士安率领手下往永安寨进发，心知已无退路，便与下面十几个拜把子兄弟歃血为盟，务必拼死力战，有退后者，立斩于阵前，这十几个把兄弟又到下面去，鼓动士卒死战，一时间，这二千来人竟然士气满满，恶狠狠地往东扑去。

转眼间两日已过，与张浚之约只剩下三日，岳飞这边已经备好了上千艘大小船只，船上堆满了树枝蒿草，浩浩荡荡地向洞庭湖东面驶去。

探报早将永安寨战况告知岳飞，两边激战正酣，都杀红了眼，任士安让士卒大张声势，齐声呐喊：“岳节使二十万大军已经杀到！”水寨里头的人惊惶过后，看出官军人并不多，因此拼死抵抗，两边相持不下，昼夜拼杀。

岳飞听了探报，点头道：“这任士安还算争气。”立即召集众将道：“水贼已至强弩之末，我军来此已近三月，等的就是这一日，孩儿们只怕个个都浑身酸痒了。传我帅令，今日饱餐一顿后，全军即刻向永安寨进发！”

形势至此，众将都知盘踞了湖湘六年的水贼，成了熟透的桃子，手一伸就能摘着，如此大好的立功机会，岂能白白放过？于是张起风帆，个个如猛龙过江，率部下人马直扑向洞庭湖深处。

晌午时分，大军接近永安寨，先头部队已经隐约听到前方喊杀声，岳飞命令大军展开阵形，将旌旗全部立在船头，又命全军擂起战鼓，将士们将兵器敲击船身，呐喊向前，远远看去，如同十万天兵杀到。

永安寨内的杨幺部众，连战了两天两夜，早已精疲力竭，突然见大军压境，加上岳家军威名，如雷贯耳，几乎在一瞬间便丧失了斗志，降的降，逃的逃，等到王贵和徐庆率前锋部队赶到时，战斗已经结束了，只有任士安率手下带着骄傲和疲倦的神情列队迎接。

王贵笑道："任兄弟之前是条虫，一到我岳家军便成了龙，看来前日那七十皮鞭没白吃！"

众人都笑，纷纷向任士安作揖庆贺，正热闹间，传来岳飞军令，全军一刻不得停留，直抵杨幺大寨，进行最后决战。

王贵对任士安道："你已率军激战了两天两夜，将士们都已十分疲累，大寨你就不必去了，只把永安寨这头的战场清扫干净就行，不要走脱了一个水贼。"

任士安领命，王贵和徐庆率人马直奔杨幺大寨而去，片刻之后，大军陆续驶过，任士安等人在一旁见岳家军军容严整，士气高昂，阵形错落有致，首尾呼应，与之前在王燮军中所见不可同日而语，不禁看傻了，直到岳飞的座船驶过，才如梦惊醒，齐刷刷地跪下，纳头便拜。

大军驶了一日，离杨幺主寨只有不到三十里的路程，天色已黑，岳飞下令不再前进，让张宪派人用巨筏堵住各处出口，又命将船上所载的树枝蒿草倾倒在湖中，如此忙了一夜，次日一早，探子前来报告说，杨幺率军倾巢而出，离此已不过十里。

岳飞喜道："最怕的就是这贼子做缩头乌龟，他既然敢出来，那是再好不过！"立即命令王贵率军分乘五百多艘小船前去迎敌。

这边杨幺被岳飞使反间计折腾了两个来月，手下将领一个接一个地叛降，人马少了一大半，大寨内人心惶惶，自己却连岳家军半个影子都没见到，只是恨得牙痒痒，却无计可施，今天终于觅到决战的机会，便不再犹豫，把水寨的家底全部掏出来，要跟岳飞决一死战。

远远看到岳家军的船队驶过来，却都是只能容十来人的小船，杨幺大喜，喊道：“孩儿们，官军没有大船，不是我们对手，天尊天君玉帝保佑我们，今日一举歼灭岳家军！”

于是杨幺命几十艘车船围在自己的大船四周，其他船只随后，亲自率军向官军船队冲去，一时间，车船激起的浪花四处飞溅，如同出水蛟龙，声势极为壮大。

对面的岳家军一见如此声势，不敢与之硬碰，急忙掉转船头，往后撤退，杨幺胆气更盛，下令擂起大鼓，紧追不舍。

追了大约一顿饭工夫，杨幺的车船虽然比岳家军的小船大出数十倍，速度上却丝毫不落下风，反而越追越近，就在杨幺以为一场大胜在眼前之时，只听四面响起一阵“吱吱嘎嘎”的声音，船速骤然慢了下来，有几艘车船还在原地打转，只听手下士兵乱叫：“不好！车轮被水草缠住了！”

杨幺扶着栏杆往下面一看，湖面上到处漂浮着树枝和蒿草，看样子，是有人故意放下去的，这正是车船的死穴，他心头顿时掠过一阵惊惶。

还没等他回过神来，前面仓皇逃跑的岳家军已经掉头杀了过来，小船在树枝蒿草间行走自如，转眼间，几乎每艘车船都被十几艘小船缠住围攻，岳家军用带钩的长木板挂住车船的船舷，然后踩着木板健步如飞地冲了上来，一上车船，这些将士一个个如虎入羊群，杀得杨幺的手下无还手之力，都不敢应战，纷纷跳落水中，“扑通扑通”的声音四处响起。

杨幺这才领略到岳家军的厉害，见势头不好，便命船夫拼命踩踏板，总算挣出了那片危险的水域，往北驶去，回头一看，跟着逃出来的车船不过十来艘，后续部队更是踪影全无。

车船极快，很快将追兵甩到后头，驶到一处出口，却见几艘巨筏横在前面，上面全压着淤泥巨石，将路堵得死死的，杨幺心里又是一阵慌乱，便传令沿着岸边行驶，去另一处出口。

才走了一会儿，便听旁边士兵叫道："前面水太浅，车船走不过去！"

杨幺四面一看，果然这水位较之数日前低了好几尺，再看前面被掘开的堤坝，顿时什么都明白了，对方主帅就像一个法术高出自己十倍的大天师，轻轻松松地便扼住了他这个冒牌天君的要害，他不禁无力地呻吟了一声，一种可怕的绝望之感从心底涌上来，悄悄地攫住了他。

好在天色已暗，杨幺便带着残兵败将兜了一个大圈，往大寨方向撤退，天全黑下来后，四周一片安静，杨幺怕车船激水声引来官军，只好趴在原地不敢稍动。

次日，天刚蒙蒙亮，杨幺便催着部下往水寨走，一路毫无阻碍，便到了水寨附近，正自庆幸，水寨中杀出上百艘船只，上面打的却是岳家军旗号。原来岳飞昨日一边缠住杨幺主力，一边让牛皋、董先率一支人马，由杨钦等降将领路，直扑杨幺水寨。杨幺水寨空虚，众将几乎不费吹灰之力便将其拿下，然后以逸待劳，乘其不备，将败退回来的水寨人马一举击溃。

杨幺走投无路，却仍然拼死不降，掉转船身便要逃走，只听得后方鼓声大作，岳家军大部人马已经包抄上来，偌大个湖面，到处都是岳家军人马，"活捉杨幺"的喊声响彻湖面。杨幺倒也强悍，命令身边仅剩的十来艘大车船围成环形，拼死抵抗，岳家军虽然人多，却也一时奈何他不得。

牛皋早就问清了杨幺相貌，一直都在督战，见久攻不下，不耐烦起来，道："这厮死到临头，还在顽抗，莫非真吃定了我等是北方之人，不习水战？"说罢，拔出腰刀，要了一面盾牌，叫上十来个亲兵，亲自上阵去擒杨幺。

董先知道劝他不住，便命手下拼命放箭掩护，杨幺的大车船已经被勾上了好几块木板，但船上都是追随杨幺多年的亲信，死命抵挡，官军冲不上去，牛皋大吼一声，跃上一块木板，硕大的身躯灵活无比，几步便攀到车船的船舷边，十几杆长枪立即捅了过来，牛皋用盾牌使劲一撞，自己纹丝不动，车船上的人却震倒好几个，在众人惊叫声中，牛皋已经抢上船舷，一步便跨到甲板上，还没站稳，便被十几人团团围住，下面的亲兵一时登不上去，只能看着干着急。

牛皋毫不畏惧，将刀插回腰间，左手盾牌一晃，右手顺势抓住一杆长枪，猛地一拽，便将对方像只风筝般拖到跟前来，然后闪电般地拔刀在手，只见一道寒光，那人已人头落地，牛皋扔了盾牌腰刀，抢起长枪，手起手落之间，又有两人倒地。

牛皋在电光石火间，便连杀三人，杨幺的亲兵们固然敢战，但几曾见过这样的凶神，都肝胆俱裂，不敢上前，官军趁机又冲上来好几个，杨幺的大车船终于被攻破了一道口子。

一旦登上了船，双方面对面的硬战，杨幺手下根本不是岳家军对手。牛皋以一当十，挡者披靡，很快便杀到了甲板中心，登船的岳家军将士越来越多，杨幺见形势危急，顾不得躲藏，在顶楼上扶着栏杆声嘶力竭地大声督战。

牛皋一抬头，正好与杨幺四目相对，杨幺大吃一惊，赶紧缩了回去。牛皋见大鱼近在咫尺，岂能轻易放过，挺着长枪，箭一般地向楼上奔去。几名士兵也紧紧跟上，杨幺手下明知其意图，竟无人敢拦，牛皋三两步登上车船顶楼，抬头一看，杨幺才跑出去两丈远，牛皋抢上一步，挺枪猛刺，干净利落地将他从腰间洞穿。

杨幺半死不活地瘫在地上，牛皋拎起他，立在车船顶楼，声如洪钟般吼道："杨幺已经被擒，识相地放下兵器，可免一死！"话音一落，周围打斗之声顿时小了大半，所有人目光都被吸引过来，牛皋干脆将杨幺的腰刀拔出来，手起刀落，杨幺便已身首分家，血淋淋的人头从楼板上滚落下来，一路发出"咚咚"的撞击声。

交战双方发出"轰"的一声惊呼，战场顿时安静下来，紧接着听到兵器掉落到甲板上的声音，叮叮咣咣响了一阵，车船上下很快跪满了投降的杨幺部众……

捷报送至潭州，张浚是见过大阵仗的人，竟也看得瞠目结舌，说不出话来，半晌才对身边幕僚叹道："我以为吴晋卿已是武将极致，不承想又冒出一个岳鹏举！他如何就算定八日内必平水寇，难道是神算？"

数日后，岳飞来信告知对杨幺二十多万壮丁老小的处置：二万七千多户老弱支给米粮，令其回乡务农，将三万精壮之士编入军中，又将其中一部另编横江水军，以备日后防江之用，最后还有上万无家可归者，便全部遣送至遭过兵祸的人烟稀少之地，送给他们无主之田，发给农具，令其专事耕种。

张浚看了来信，又是一阵感慨，岳飞虽然战必全胜，却绝不滥杀，颇有菩萨心肠，如此安排下来，湖湘之地应该是彻底太平了。

秋防在即，岳家军即将北撤，张浚又收到岳飞来信，提到此番几乎兵不血刃便平定了巨寇，但难免仍有一些贼寇散匿于湖山之中，官军一走，只怕会死灰复燃，因此岳家军在鼎州一带举行了规模盛大的阅兵，十万之众，耀兵振旅而归，以示军威，让不法之徒有所畏惧。

张浚看完，也没在意，将信搁在一边，两日后接连收到鼎州知府等人的信，信中大赞岳飞军律严整，旗帜鲜明，四方百姓都来围观，无不交口称赞。阅兵之后，从各处湖山回乡者数以千计，大抵都是断了侥幸之念的亡命之徒。

张浚将岳飞来信找出，细看了一遍，这才明白岳飞的真正意图，暗想此人身为武将，却有宰执之才，他日前途不可限量。这样想着，他嘴角不觉露出一丝笑意，片刻之后，他脸上的笑意消失了，取而代之的是难以捉摸的凝思神情。

九　二相同心

“四顾山光接水光，凭栏十里芰荷香。”此诗说的正是长江中流南岸的鄂州，时已盛夏，号称“百湖之城”的鄂州自有不同他处的美景，四峰山延绵起伏，秀色可餐，梁子湖清澈见底，宛如珍珠，水光山色，浑然一体，乃是历代文人墨客的心爱之地，故黄庭坚云：“清风明月无人管，并作南楼一味凉。”可谓道尽天地之美，人世沧桑。

自从岳家军数万人马驻扎此地，秀美的鄂州城平添了几分龙盘虎踞的气势，特别是从洞庭湖得胜归来，岳家军人马大增，整个鄂州城几乎成了一座军营，但是鄂州的百姓仍是安居乐业，人口还有所增加，各地流民都慕名过来，借着岳家军的庇护讨一份安定生活。

随军转运使薛弼（字直老）已经从镇江返回，他受岳飞委托，将两艘从杨幺水军处缴获的大车船装潢一新，配备上精壮水军，一艘送给韩世忠，一艘送给张俊。二人年长于岳飞，资历更是远胜，张俊对岳飞当年还有提携之恩，岳飞此举，也是怕自己功劳太大，晋升太快，招人惦记，特意向两位前辈示好，薛弼身为岳飞帐下军师，足智多谋，又善言辞，因此岳飞派他去办理此事。

“直老，所托之事如何？”薛弼一进门，岳飞便觉察到了他脸上的一丝阴云，便来不及寒暄，直接问道。

“禀岳帅，韩太尉为人爽直，见到大车船，十分欢喜，还说要精研此船妙处，仿制几艘，以备防江之用，交完船后，本想当日便回来复命，他还留我住了一宿，好酒好菜招待，显然是出于真心……”薛弼细细道来。

“张太尉那边怎么说？”岳飞耐心地听他讲完，接着问道。

薛弼沉吟了一下，才道：“张太尉没留我歇息一夜再走，倒也有好酒好菜招待，只是从头到尾，不见他露一丝笑容，见了岳帅送的车船，并不像韩太尉那般饶有兴趣，问这问那，只是淡淡地说了声‘多谢’。”

岳飞听完，靠在椅背上，眉头紧锁只顾凝思，半晌才回过神来，对薛弼道：“你且下去歇息吧。”

薛弼告辞而去，岳飞仍是坐着发呆，突然亲兵说王贵要见，话音未落，只见王贵大步流星地走进来，脸上神情颇显兴奋，见了岳飞，便大声道：“大哥，你若能猜出过几日谁会路过鄂州，我就服你！”

岳飞笑道：“这我从何猜起？”

王贵神秘地一笑，道：“当年太行山下，大哥领着我们弟兄几个给谁卖命来着？”

岳飞一怔，不禁站了起来，道：“难道是王帅要路过鄂州？”

“正是！”

“啊唷！”岳飞顿时忘了方才的忧虑，惊喜道：“早听说皇上要调陕西兵马充实江淮，还以为湖湘平寇时会错过，不料竟然能见上一面！”

说话间，汤怀、张显等也进来了，七嘴八舌地商量着如何迎接昔日主帅，又谈起当年苦战太行的诸般不易，个个嗟叹不已。岳飞坐回椅子上，脸上神情既兴奋，又有几分感慨。

接下来数日，岳飞将府衙整饬一新，专等王彦到来，不过却有一小队人马先于王彦从陕西抵达鄂州。

这一小队人马乃是吴玠派来的，专门护送一名从成都物色的良家女子，赠予岳飞。岳飞声名鹊起，吴玠在陕西早有耳闻，加上之前岳飞也在张浚手下效力，张浚在与吴玠来往书信中，颇多赞誉，吴玠原是张浚一手提拔，见张浚器重岳飞，便有结交之意，故有此一举。

岳飞是武将中难得的不好色之人，但吴玠名重天下，岳飞自然不敢怠慢，礼节周到地将那女子接入府中，专门辟出一处房间，隔门相望，以示过门之前，绝无玷污之意。

这边刚安顿好，一早便有探子乘轻舟前来禀报，王彦的船队离鄂州不过二十来里，大约中午时分便可赶到。

岳飞大喜，传令将府衙张灯结彩，要以上司之礼来接待王彦，又命多备饭食，以慰劳王彦手下将士。半晌的时候，岳飞便率众将，带着鼓乐，去鄂州码头迎接王彦一行。

午时刚过不久，便远远望见一支船队自上游顺江而下，等船队走近了些，有眼尖的看到船头上的大旗，叫道："这正是王帅的人马！"

岳飞一挥手，码头上顿时鼓乐齐鸣，闹哄哄响成一片，引得许多百姓也驻足观看。不多时，船队更近了一些，前边一艘大船的船头上立着一竿旗，上面写着一个大大的"王"字，岳飞见到这熟悉的帅旗，回响起当年太行一别，转眼间竟已过了十年，不禁思绪万千，眼角都有几分湿润起来。

船队离得更近了，速度减慢了一些，似乎要停靠过来，然而瞬间之后，所有船只竟然鼓起风帆，疾驶而过，把码头上的一行人呆呆地晾在岸上。

鼓乐还在响，众人看着越驶越远的船队直发愣，半晌才反应过来：王彦竟然过而不停，扬长而去了！

王贵不耐烦地挥挥手，鼓乐戛然而止，码头上一片寂静，只有江水与江风的声音在耳边回响，岳飞还在望着船队消失的方向，脸上写满了错愕。

薛弼见了，不由得在心里头叹了口气，上前道："岳帅，人各有志，既然他不愿停留见面，我们也落得个清净。"

旁边王贵不忿道："早知此人心胸不大，就不必自讨没趣了！"

薛弼回头小声道："你就不要火上添油了！"

众将见王彦如此轻慢，都面带怒色，薛弼劝道："王彦原本是岳帅顶头上司，二人又有过节，如今岳帅战功卓著，贵为检校少保、两镇节度使，官阶高他不止一头，听说此人心高气傲，你们说他见了岳帅，该如何行礼呢？'岳少保'三字他如何叫得出口？罢了，人家也有人家的难处。"

岳飞已经恢复了平静，听薛弼如此说，微微叹气道："还是直老世事通明。"

众人怏怏而回，岳飞才入府衙，便有亲兵上来禀报道："吴节使送来的那位女子托人问话，来了好几日了，还不得见岳帅一面，不知岳帅是何计较。"

岳飞满腹心事，只得勉强打起精神，道："近日事多，确实怠慢了，这就请她过来一见吧。"

片刻后，那女子便在几人簇拥下过来，岳飞早已放下帘子，等那女子到了帘后，才转身缓缓道："岳某虽承蒙朝廷恩典，官至少保，然而国家多难，二帝蒙尘，强虏猖獗，中原未复。身为臣子，只能舍身图报，岂敢贪图享乐？我这里虽不至于粗茶淡饭，但平常出入，也不过是普通人家的日子，并无锦衣玉食，你若不以为意，自可留下……"

只听帘后那女子从鼻孔里发出一声笑，顿了顿，却并未说话。

岳飞脸色一冷，眼中闪过一道寒光，停了片刻，便起身道：“如此看来，你是过不得清苦日子的人，我也不勉强，明日便派人好生护送你回乡。”

说罢，起身出了府门，正好撞见薛弼，薛弼提醒道：“岳帅，吴节使送来的女子待了好几日，是不是该给人一句话。”

“我方才已经给了，明日便派人送她返乡。”

薛弼很是惊讶，道：“这却是为何？”

岳飞便讲了刚才的应对之事，薛弼皱着眉头想了想，觉得那女子未必就是不情愿的意思，但话已出口，以岳飞的性子，恐怕是难以反悔。

“岳帅，吴节使一片好心，你把他送的人退回去，就怕他面子上过不去啊。”

岳飞道：“我何尝不知，只是我既不中意，何苦留着人家？不如保全她清白之身，回去再觅良人，也好有个归宿。”

薛弼叹道：“岳帅一片忠厚之心，只怕吴节使未必能够领会，就像今日王彦一般，岳帅满腔赤忱，却被他白白糟践。”

岳飞面如寒霜，道：“吴玠若是真汉子，定能领会得到。大丈夫处世，岂能尽如人意，但求无愧于心罢了。”

薛弼点头称是，岳飞长吁一口气，径自去了，几名亲兵不远不近地跟在后头，大概知道主帅今日心情不佳，都小心翼翼的，时不时交头接耳说几句。

湖湘之乱迅速被平定，给了张浚许多额外的时间，于是他一路辗转从鄂州、岳州到淮东、淮西，但凡驻军之地，他都做停留，详细了解当地军务，并与掌兵大将讨论秋防之事，两个月后才离开镇江赶赴行在。

离开镇江，张浚不走直路，却绕道常州，随军参议吕祉（字安老）不解其故，道："相公一路忙于军务，耽搁至今，皇上还在宫中翘首盼望，等着听相公的秋防方略呢。"

张浚一笑道："这不在往回赶么？正是为了这秋防方略，才要绕道常州去见一人。"

吕祉道："何人能劳烦相公绕道去见他？"

张浚心情甚好，随口吟道："'峨峨东岳高，秀极冲青天'——还能是谁？"

吕祉乃进士出身，虽然生得朗目疏眉，一身文气，却偏爱纵论军旅之事，每每谈起金虏肆虐，中原沦陷，都激动万分，甚至失声痛哭，极合张浚的脾性。此时见张浚言语间对即将要见的人极其赞赏，便已猜出是谁，却有几分不服，道："刘彦修才气纵横，志趣高雅，就是有些柔。"

张浚连连摇头道："此言差矣！彦修十一岁便随父在军中历练，饶风关大战时，他率三百死士驻守潭毒山，啃草根，吃野果，愣是没让金军前进一步，他若是柔，天底下哪里还有硬汉！"

吕祉笑道："相公会错意了，在下说刘彦修柔，并非说他阴柔无阳刚之气，而是他乃至情之人，易为情所困，以致常有逍遥出世之意。"

张浚琢磨了一会儿，吕祉此话果真洞见人心，他听说吕祉与夫人吴氏恩爱有加，大概在这方面与刘子羽相通吧，便点头道："此话却半点不假，不过这也未必就是短处。"

吕祉见张浚沉吟，不禁心中得意，道："相公所言极是，这也是彦修值得结交之处，不然吴玠何以连节度使的尊位都不要，也要在皇上面前替他求情呢？”

言及此事，张浚不免感慨万千，只是如今身居相位，不便在下属面前畅言，转念一想，倘若刘子羽在身边，又有何话不能讲？

两日过后，张浚与护从人马抵达常州，见过地方要员后，下午张浚便只带亲兵数人，前往刘子羽所居馆舍。

大约是知道刘子羽乃是当朝右仆射的至交，朝廷又有恩旨重新起用，再加上刘子羽也非等闲之辈，因此地方官吏对他颇为照顾，其住所在一片清静之处，庭院幽雅，屋舍井然，门口站立着跟了刘子羽多年的老仆王夫，见了张浚，笑眯眯地上前迎接，道：“公子早知相公要来，已恭候多时了。”

张浚正要说话，却见刘子羽已经听到动静，闪身出来，张浚只觉得眼前一亮，一年多不见，刘子羽依旧是剑眉星目，面容如神，恍如画里走出来的仙人儿，张浚脑中不禁闪过一个念头：吕祉说刘子羽易为情所困，只怕是他人生得太俊，天生丽质难自弃的缘故。

刘子羽哪里知道张浚在琢磨这些，情不自禁地迎上来，一揖到地，道：“兄长，真想死我了！”

张浚突然意识到二人乃是度过一场劫难之后再相逢，不由得心里一阵哆嗦，居然有点想哭，又觉得如此未免太过纵情，便深吸了口气，笑道：“彦修，多时未见，你是越发年轻精神了。”

刘子羽抬眼看了看张浚，见张浚鬓角又添了几根白发，便道：“兄长身担国家重任，自是免不了日夜劳心，只是须张弛有度，切勿熬坏了身子。”

二人边说话边步入院中，玉儿已经立在堂屋门口，见了张浚，笑盈盈道：“恭喜大哥扫平湖湘，大胜而还。”

张浚心里高兴，嘴上却道：“这些奉承话今日已经听了一箩筐了，你就不要再说了……咦，玉儿，彦修把你养得好啊，你竟然胖了。”说着，指了指玉儿明显发福的腰身。

玉儿抿嘴一笑，再看刘子羽也只顾笑，张浚正摸不着头脑，王夫笑道：“相公，夫人已有六七个月的身孕啦！”

张浚呆了一呆，然后大惊小怪地看着二人道：“这样的大事，为何不写信告诉我？”

“兄长劳心国事，岂敢为这点家事千里修书打扰，我跟玉儿商量，如果是个男儿，还想请兄长替他起个名字呢。”

张浚一听便上了心，三人进屋坐下，他还在沉吟，突然道：“若是儿子，就单名一个‘珙’字如何？”

刘子羽见张浚开口，玉儿问：“字呢？”

“嗯……字‘共浦’，如何？”张浚认认真真地问道。

刘子羽忍不住笑道：“兄长取的名字，定然是好的！小儿有福，得此缘分，他日必有所成。”

桌上早已备好了精美菜肴，张浚一路在各地整治军务，众将敬他威名，军中多是酒肉招待，过去的两个月也不知往腹中塞了多少，见了油腻便怕，此时一见那几道精美素菜，便知二人有心，不禁感叹道：“知我腹心者，非使君何人！彦修，如今皇上命我总领军务，你我至交，你还得帮我出出主意啊。”

刘子羽欠身道：“兄长这是哪里话，只要兄长开口，子羽万死不辞！”

玉儿插话道：“彦修哥，你答应就答应，不要说那个字。”

刘子羽有几分无奈地冲她一笑，对张浚道：“兄长如今身为右相，都督天下兵马，与当年经略川陕又有不同，不知兄长有何忧心之事？”

张浚道："最为忧心者，乃是兵马不足，若能再增十万铁骑，何愁大事不成！"

刘子羽不觉微微一叹，心里有句话却不好说出来：当年富平之战，我军二十余万，不也大败亏输么？便给张浚杯中斟满酒，道："如何不足法，请兄长详叙。"

张浚便掰着手指头给他算道："自南渡以来，三衙已名存实亡，各地屯驻大军已成规模建制，如今中护军张俊、前护军韩世忠、后护军岳飞、左护军刘光世、右护军吴玠手下各有雄兵数万，加起来约有二十万众，加上王彦等以及各地州兵，还有皇上亲统的御前精锐，总数不下于三十万，再算上伙夫、马夫、杂役、工匠，人数更多，如果把军属也算进去，人数已超百万之众……"

张浚说着，声音慢慢小了下来，眉头也越皱越紧。

刘子羽道："兄长，当年太祖平定天下，也不过十万之众而已。"

张浚摇头道："此一时，彼一时。金虏之强悍，非当年诸侯割据可比，不过方才一算，兵马确实也不少了，然而总有捉襟见肘之感。"

刘子羽微笑道："兵贵在于精，不在于多，兵多而不精，则军中吃闲饭的就多，可行军打仗乃是要命的事，两军对阵，这些吃闲饭的根本不济事，不仅不济事，还会连累其他能打仗的士卒不能齐心协力，全军溃败，往往就先败在这些人手里。"

刘子羽只字不提，张浚顿时也想起了富平惨败之事，脸上神情一下肃穆起来，沉默了片刻，叹气道："只是从川陕至东南，延绵数千里，哪一处不是腹心要害，兵到用时只恨少！"

刘子羽道："兄长，当年金军先后两次以十万之众攻打和尚原，而晋卿当时手下不过万余人，第一次甚至只有七千溃卒，却打得金兵落花流水，何能如此？无非是精练士卒，使之以一当十，再就是把住咽喉要地，使金军不得深入。饶风关之战时，子羽敢率三百人驻守潭毒山，并非一味鲁莽，也就是看中了其地利。”

张浚似有所悟，刘子羽接着道：“这么说吧，倘若此时有一伙强盗要攻入我这住所，我这边就三名仆人，其中一个还是老妈子，玉儿还怀着身孕，兄长也不擅打斗，当如何防御？说来也简单，大伙全部躲到楼上去，我持弓箭居高临下，射倒几个，足以震慑群盗，胆小的自会退去，胆大的相持一阵，怕有援军，多半也会退走。”

张浚终于回过味来，自语道：“上回都堂论事，有朝臣说到边防守备松弛，空缺之处尚多，我竟一时无言以对，如今看来，只要各军驻守要津，彼此呼应，何须处处设防，徒耗军力？”

“正是如此，”刘子羽道，“那些个腐儒未经历过战事，论起战来，不过是想当然耳。”

张浚莞尔一笑，道：“彦修，我正要奏请朝廷让你官复原职，你可不要再这般说话了，得罪了那帮腐儒，可有你好受！”

二人相对大笑。

玉儿插嘴道：“彦修哥，你别只顾说话，陪大哥吃点菜。”

于是二人边吃边聊，张浚道：“我回行在后，立即奏请皇上起复你为集英殿修撰，知鄂州，主管荆湖北路安抚司公事，你意下如何？”

刘子羽道：“好是好，就是不在兄长府中任事。”

张浚道：“岂有此理！你自然还要做我的参议军事，我还打算派你去川陕抚谕，与晋卿共商陕西用兵之事呢。”

刘子羽大喜道：“那敢情好！想不到还能再见晋卿一面！”说罢，竟激动得站起来，在屋内走了两个来回。

“我听说晋卿患了咳血之症，这定是长年劳累所致，你此趟去，带上皇上御赐的良药，也替我多多问候他。”

刘子羽不禁脸色一变，点头答应，神情却忧虑严肃起来。

张浚这边聊完了大事，心中舒坦，笑着对玉儿道：“当年在我府中，每次论对，你都妙语连珠，如今嫁了彦修，却只会让彦修说吉利话，再就是劝菜，是何缘故啊？”

玉儿给他斟满酒，笑道：“大哥，什么妙语抵得过吉利和吃菜呢？”

张浚笑着端起酒杯，与刘子羽一饮而尽，指着玉儿道：“我看你这句就是妙语。”

临安行宫里，虽然并非年节，仍然弥漫着一股喜气，持续六年的湖湘之乱被干净利落地平定，使得江南腹地形势大为改观，无论是抵御金军南下，还是北上收复中原，都有了稳定的大后方。两年前还岌岌可危的形势，一步步稳定下来，如今竟隐隐有了中兴之像，赵构自是十分欢喜欣慰。

果然，张浚一到行在，便接到圣旨，加封其母为蜀国夫人，并赐银一千两，帛一千匹，连他兄长张滉也跟着沾光，赐予紫章服。除此以外，赵构还亲自书写《周易》和《否泰封》赐给他，真可谓皇恩浩荡。

歇息两日后，张浚入朝觐见，满都堂的人都无不欣羡地看着张浚，纷纷致贺，赵构含笑道：“朕前向听说颜真卿有后人在温州，特意命人前去寻访，得贤者三人，朕都赐给他们官做，众卿可知朕的用意么？”

群臣都只是点头，听赵构讲下文。

赵构道：“人终有一死，或轻于鸿毛，或重于泰山，就在于是否死得其所。颜真卿为唐朝死节，正可谓死得其所，当今国家艰难，朝廷想要臣下尽节效忠，就得让忠臣之后有所恩报，倘若忠臣后世凄凉，朝廷又如何以忠义劝人？”

群臣自然都连声称善，赵构又叹道：“颜真卿书法端庄雄伟，恰如其人，朕深爱之。”

君臣互相感慨一阵后，胡松年出列奏道：“陛下，泗州知州刘纲上奏，说是刘豫张榜，声称御医冯益收买飞鸽，作为宫中服用，榜文中有许多不逊之辞，刘纲以为，此事朝廷不可听之任之，否则世人信以为真，有损朝廷体面。”

张浚立即道：“刘豫狼子野心，知道中原之民皆我赤子，心怀大宋，因此百般泼污水，惑乱人心。臣以为，应当针锋相对，将冯益斩首，既可杜天下悠悠之口，又可警示朝野小人。”

赵构沉吟，未置可否，赵鼎出列奏道：“冯益之事，暧昧不明，然而即便在若有若无之间，已事关国家体统，倘若朝廷不闻不问，则天下人会心疑恐怕真有其事，有累圣德。依臣愚见，不如解除冯益的御医之职，外放他地，则天下人自然就不再相信刘豫的妄言了。”

赵鼎所说正合赵构心意，倘若仅因刘豫一句妄语，便将自己身边人斩首，岂不是被刘豫牵着鼻子走？万一他日真相大白，冯益并无此举，这昏聩妄杀的名声只怕更不中听，当下便道：“赵卿所言，深合朕意，冯益之事若有若无，将其调离行在，发往浙东即可，倘若大动干戈，反而中了刘豫的奸计。”

张浚无话可说，只得躬身受训。

话题转到秋防之上，张浚便将过去两个来月与各地驻防大将所议之策一一道来，听完后，赵构问群臣道：“众卿也都议议。”

胡松年出列道：“张相主张进取中原，当是好事，只是如今朝廷统共有五军，韩世忠驻军承州、楚州，刘光世驻军太平州，张俊驻军建康府，岳飞驻军鄂州，各军间隔都有数百里，吴玠更是远在陕西，如此看来，空缺之地极多，能否防备金军南下都存疑，如何还能进取中原？”

胡松年说完，另外几名大臣也都附和，张浚自与刘子羽聊过后，此事已在心中磨得烂熟，见赵构正看着自己，便从容奏道：“当年楚汉相争，汉高祖刘邦采纳张良建议，驻重兵于崤、渑之间，而项羽竟不敢越界侵犯，何哉？只因汉军扼守要塞，虽然有其他路径可深入汉地，但楚军担心后路被抄，故而不敢深入。靖康年间，太原尚未沦陷时，粘罕率大军进抵黄河，却不敢渡河围攻东京，也就是怕太原之军抄其后路。自古打仗，兵马未动而粮草先行，未取胜而先思败，如今朝臣论战，只说前方还有开阔地无兵防守，却不想想敌军远道而来，定然会周密筹划，粘罕、兀术等，都是能征善战的悍将，必然会顾及粮草补给，也会时时防备后路被堵，哪里会傻乎乎地见空阔地就钻？因此，当务之急，不是穷尽天下之兵以守数千里之地，而应精练士卒，训诫诸将，战事一起，便各成犄角，互相呼应救援，使敌军难以各个击破，如此大事可成。”

张浚说这番话，也算没白在川陕苦心经营数年，借古喻今，严丝合缝，把胡松年等驳得哑口无言。赵构喜得一击掌，从龙椅上坐起来，大声道：“德远此论，真乃国士之言，深得用兵之妙！朕能在都堂听闻此语，中兴盖不远矣！”

张浚听皇上这般激赏，心中暗道惭愧，只听赵构又道：“秋防在即，德远有何进军之策？”

张浚毫不犹豫地答道：“刘豫窃居神位，祸乱中原，臣以为，首先应张榜声讨其叛逆之罪！”

自刘豫僭立以来，宋廷怕惹毛金国，因此一直对伪齐采取隐忍默认的态度，不敢与之公然翻脸，如今捷报频传，军势大张，赵构早有意声讨，听张浚这般说，便立即准奏。

一番朝论下来，倒有一大半时间都在听张浚奏对，朝会已毕，群臣各自出宫回府，赵鼎与张浚并肩而行，赵鼎笑道："德远此番奏对果然是做足了功课。"

张浚不悦道："元镇啊，方才都堂上说到冯益之事，你为何要和我唱反调呢？谅那冯益不过一匹夫，借他人头警示天下，有何不可？"

赵鼎一笑，道："德远，与小人斗切勿操之过急。这冯益固然是一匹夫，然而他身为御医，常年出入宫中，与内侍宦官们混得极熟，倘若因此不明之事便轻易诛之，那些宦官必然兔死狐悲，也害怕成为惯例，定然群起鼓噪，反而生乱。不如远远地将他发配了事，既不拂逆皇上之意，又让宫中那帮阉宦不至于拼命营救，反而乐得有一空缺，图谋进取，如此岂不两全其美？"

张浚愣了愣，琢磨了片刻，这才觉得赵鼎比自己想得周全太多，不禁叹道："元镇还真是老谋深算呢！"

赵鼎笑道："你满脑子的边备秋防，哪里还有心思和这帮宵小计较，我替你把着便好了。"

张浚也笑道："那就有劳元镇了。"

绍兴六年（1136）初春，在荆、襄视师的张浚得到北面传来的一个消息：上一年冬天，金国西面的蒙古人叛乱，金国派大军前去剿灭，虽然最后平定了叛乱，但金国将士却整个冬天忙于战事，无暇休整。

如此大好机会，岂能白白错过！张浚得知此信息，如获至宝，立即上书赵构，趁金军无力南下之际，请求北伐刘豫，而赵构也前所未有得痛快地批准了。

张浚立即传令韩世忠自承州、楚州进军刘齐军队驻守的淮阳，刘光世进屯合肥招纳刘齐降军，张俊练兵建康，进屯盱眙，岳飞进驻襄阳以图中原，即便远在陕西的吴玠，张浚也让前去抚谕的刘子羽带话，让吴玠相机进军。

沉寂了近一年的边防重新躁动起来，大宋军队十年来首次从各条战线往北推进，一时间气势如虹，远在临安的赵构御笔亲书《裴度传》，差人快马从临安送至张浚手中，以示勉励。

驻守淮东的韩世忠接到都督府北伐军令后，召集众将商议道："张都督果然是锐意进取，毕竟在川陕与金军鏖战过，不比他人。我军要北伐刘豫，首先就得拿下淮阳，只是这淮阳乃是青、徐屏障，淮阳一失，往北门户大开，刘豫也不傻，不仅在此驻有重兵，过去数年苦心经营，将城防打造得颇为紧固，这仗该如何打才是？"

呼延通自大仪镇一战后，深得韩世忠信任，首先道："末将以为，先将淮阳外围清理干净，才好围城，否则弄不好反被他们咬一口。"

解元也道："淮阳城高池深，且刘豫在此地下了血本，强行攻取只怕不容易。"

其他诸将也纷纷附和，韩世忠沉吟不语，统制官兵超道："打仗哪有必胜的，依末将看，能将淮阳外围清理一通，再围他个七八日，吓吓刘豫老贼，引得金军和伪齐大军千里奔命来救，累他个半死，也是好的。"

韩世忠拊掌大笑道："进夫此话深得我心！倘若敌军千里来救，我军再请江东张家军为援，以逸待劳，正好给他来个迎头痛击！"

众将也来了精神，七嘴八舌，很快将这"围点打援"的策略定了下来。

计议已定，韩世忠率人马渡过淮河、泗河，浩浩荡荡地向北进发，淮阳南面的符离只有伪齐的数百驻军，见宋军势大，早跑得无影无踪，韩世忠便在符离扎下营来，与淮阳城遥遥相望。

次日，兵超自告奋勇，率二百骑兵前去探路，才走了十几里，前面探马便急驰而来，告知从邳州方向有一支骑兵正开过来，人数有上千。

敌众我寡，旁边亲兵建议趁敌人尚未逼近，赶紧撤退，兵超冷笑道：“此乃两军首次相遇，我军纵然人少，但掉头就跑，岂不是长了贼军的威风？回去如何跟韩帅交差？待会儿你们听我号令，随我直冲敌阵！”

转眼间前方烟尘大起，兵超命令展开阵势，拍马缓行，双方离得稍近了些，兵超不等对方展开阵势，大吼一声，率先直冲过去，后面二百骑兵也跟着大吼，势不可当地冲向敌阵。

正所谓狭路相逢勇者胜，对面伪齐部队本来对韩家军就有几分忌惮，只是欺负对方人少，才敢过来对阵，不料这二百人竟悍然挑战，都吃惊不小，还没回过神来，便被兵超这二百骑兵从头到尾杀了个对穿。

这头伪齐士兵正慌慌张张地重新集结，兵超已经又率人马重新杀了回来，电光石火间，这二百人又从后面杀到前面，再次将这一千人的军阵洞穿。

这一千多骑兵被来回冲杀了两次，阵形愈发散乱，而宋军却一步占先，步步占先，趁着伪齐部队混乱之际，兵超气都不喘一口，又率手下转身杀入敌阵，伪齐部队被连冲三次，混乱中已经有人开始掉头撤退了。

兵超冒险出击成功，然而手下二百人连续疾速冲杀三次，人马都累得气喘吁吁，兵超便大声对手下道："敌军阵脚已乱，再冲一次，定能杀退贼军！"

于是这二百人又鼓足精神，再次杀入敌阵，至此伪齐士兵已经完全没了斗志，纷纷躲避，等到兵超等杀出敌阵，回身再看时，后面马蹄声如潮，烟尘滚滚，这一千来人留下几十具尸体，已经跑远了。

当晚，韩世忠率大军赶到，听说了此次交战，对兵超大加赞赏，道："如此一来，我军势头已经压过贼军，这仗便好打多了！"

此时，大军距离淮阳城不过四十余里，歇息一日后，韩世忠命呼延通率本部人马在前开路，自己亲率主力随后，走了约莫三十里，探马来报，前方有大队敌军人马，看装束，应是金军与伪齐联军。韩世忠便命令停止行军，在亲兵护卫下，登上附近一个小土丘观望呼延通与敌军如何对阵。

前方挡路的乃是金国的骁将叶赫孛堇，因淮阳地处要冲，他奉粘罕之命率一支人马协助防守，在淮阳已经驻扎了两年多。两军对阵，叶赫孛堇拍马上来，对呼延通喝道："我是大金国大元帅帐下将军叶赫，你赶紧下马解甲归降，我可饶你不死！"

呼延通听他说话生硬，吐音不准，定是女真将领无疑，便拍马迎上几步，大声道："你可知道爷爷我是谁？我祖宗当年便是名震边陲的呼延赞！将契丹人杀得望风而逃，立过大功，你去问问下面的契丹兵，哪个不知道呼延赞的名号？爷爷呼延通今日便要拿下你这金狗的首级，回去祭奠我家祖宗！"说罢，挺着长枪拍马过来直取叶赫。

叶赫素知韩家军将帅勇猛，见呼延通如此敢战，倒也不意外，两边主将顿时战成一团，杀得难分难解，手下各军在将校指挥下，也对阵厮杀，一场激战就此展开。

韩世忠在后方观战，只见呼延通与叶赫杀得眼红，连手下人马都顾不上，二人骑马越战越远，渐渐淹没在军阵之中。

韩世忠正专心观战，忽听身旁亲兵道："不好！贼军看到大帅，已经悄悄包抄上来了！"

韩世忠不动声色四下一看，自己立在高处，左右亲兵环绕，又身穿锦袍，甲胄鲜明，胯下还是宝马，应该是被敌军盯上了，只见一支百余人的敌人精骑已经绕到后路，前方几百骑兵正迅速逼上来。

此处离大军尚有距离，亲兵们都有些着慌，韩世忠沉声道："先不要动，待会儿听我号令，一齐发力冲锋。"

敌军骑兵见韩世忠等明明被围，却像没看见一般，有些狐疑，都放缓了脚步。韩世忠大喝一声，率亲兵居高临下直冲下去，敌骑不明韩世忠意图，都停住脚步，以静制动，不料韩世忠突然掉转马头，切入两军之间的一条空隙，没等敌骑反应过来，这五十来骑已经轻松地跳出包围圈，汇入后方大军。

韩世忠冷笑道："如此轻易被我耍弄，此辈绝非善战之军，传令解元、董旼等不必布阵了，立即整军进攻！"

片刻之后，韩家军这边立即鼓声震天，几万人马丝毫不停滞，潮水般地攻了上来。

韩家军上来就大举进攻，有些令伪齐军队出乎意料，原本就斗志不坚，后面又有淮阳城要守，一见势头不好，抵挡一阵后便向淮阳方向撤去，韩世忠收拾人马，却不见呼延通的踪影，问他下手士卒，都说主帅跟一金将杀得难解难分，远离军阵，也不知去了哪里。

伪齐军队退却后，韩世忠便传令各军展开，扼守要道，合围淮阳，天将近晚，仍没有呼延通的消息，众将都认为八成是战死于乱军之中了。

甫一交战，虽获小胜，却折损一员大将，真是得不偿失，韩世忠好不郁闷，忽听帐外喧哗声大起，一名亲兵在大帐门口禀道："大帅，呼延统制回来了！"

韩世忠一跃而起，抢出帐外，只见暮色中，呼延通浑身泥土，盔甲不整，胯下骑着一匹走失的驽马，手中也不是他钟爱的银缠枪，而是不知从哪儿捡来的一根灰不溜秋的长枪，马后却缚着一名金将，看那装束，定是女真人无疑，官阶也不低，众人像迎状元郎一般拥着二人来到韩世忠帐前。

"这是何人？"韩世忠指了指马后金将，问呼延通。

"禀大帅，此人便是今日和我对阵的金将叶赫孛堇。"

韩世忠吃了一惊，定睛细看，确是今日与呼延通交战的那名金将，如此看来，自己非但没有折损一员大将，反倒生擒了敌方一名大将，还是正儿八经的女真将领，不禁大喜过望，对呼延通道："此事我定要奏报皇上！你今日就在我中军大帐前，讲讲你是如何擒拿金将的。"

原来呼延通与叶赫一路打斗，渐渐远离军阵，而双方士卒也交战正酣，战场一片混乱，谁也没有注意到两名主帅不见了。二人打到一处土坡，坐骑失足，双双坠下马来，然后赤手肉搏，叶赫持腰间匕首刺中呼延通腋下，好在被铠甲卡住，入肉不深，反被呼延通顺势扼住咽喉，二人相持良久，叶赫呼吸不畅，竟然昏死过去，于是呼延通解下叶赫腰带，将其反绑，待其醒来，押着他循原路返回，路上截了一匹走失的马，又捡了一名阵亡士兵的长枪，终于赶在天黑前回到军营。

众人听了又骇又笑，韩世忠身经百战，也没听过这般战法，哈哈大笑道："宣和年间，我不过是一员偏将，在军中亦有'万人敌'之称，征方腊时，我率手下百名勇士直奔青溪峒，从捷径渡险滩，行十余里山路，突然杀入方腊大营，斩杀上百人，方腊惊慌失措，手下人马也四散溃逃，被我单手擒于马下。”韩世忠心情舒畅，不由得忆起年轻时的战功，然后指着呼延通道，“你今日生擒叶赫，其勇不输于本帅当年！”

众将都赞叹不已，呼延通欠身道：“这叶赫虽为敌将，末将看他倒是条汉子，不知是否能留他一条性命？”

韩世忠沉吟不语，他自己也久经沙场，知道两边将领生死相拼之后，反而会惺惺相惜，不忍再伤对方性命，只是皇上那边虽然一再下旨要善待俘虏，但那都是指中原汉人签军，至于俘获的女真人，全都毫不客气地凌迟处死了。

呼延通见韩世忠犯难，便叹口气道：“末将只是觉得此人勇武异常，虽然当了俘虏，被缚在马后，却言谈自若，毫无屈辱之态，因此才有此不情之请……”

众将听了，也觉得可惜，韩世忠看着呼延通道：“你的俘虏，由你自行处置也无不可，只是这擒敌主将的功劳就无法上报了，你可要想明白。”

呼延通大喜，道：“末将也并非妇人之仁，只是见这女真人豪爽，我大汉男儿岂能不以豪爽报之！他回去后，定会在军中言及此事，也好让金人那边知晓我韩家军的气度！”

此话一出，韩世忠立即眉开眼笑，道：“没想到你这厮还这般巧嘴！罢了，你想放就放吧，我韩世忠只在乎生擒兀术。”

呼延通一溜烟地去了，韩世忠等大笑一阵后，便商议合围淮阳之事，陈桷道：“我军合围淮阳倒非难事，只是淮阳城内守军众多，估计粮草也屯得不少，加上城高池深，急切间定然攻不下来，除非张太尉派兵增援，两支大军一起围攻淮阳，则会胜算大增。”

解元点头道："淮阳被围，刘豫定会向金国讨救兵，按路程估算，金、齐援军进军淮阳，多则五六日，迟则七八日必到。若张太尉援军快的话，两日内便可赶到，我两支大军便可有四五日围攻孤城淮阳，倘若能在金、齐援军赶来之前拿下淮阳，那是最好。即便不能，两支大军也能互为犄角，以逸待劳，拖住金、齐援军，这时刘太尉在淮西的人马也过来增援，三路人马汇聚，不怕拿不下区区一座淮阳城，还能狠狠地收拾一下南下的金、齐援军！"

众将听了都兴奋起来，韩世忠脸上也泛起一阵红潮，但很快恢复了平静。张俊之为人，他是深有领教的，除了皇上，他谁都不放在眼里，让他来增援淮东，替自己打下手，恐怕是与虎谋皮；至于刘光世，手下虽有王德、郦琼那样的悍将，却从来都是不到万不得已决不发兵，指望他来会战淮阳，也是一厢情愿。更何况，三支大军在前线会战，总得有人做总指挥，这三人谁服谁！

解元精明，自然想到了这一层，便道："大帅不如修书给张相，让他以都督府的名义命张太尉增援，张太尉就无话可说了。"

韩世忠略一思索，立即叫来军中文书，令他起草给张浚的求援信。

淮阳城被韩家军团团围住，每围一日城内守军便燃起一台烽火，围到第六日时，六台烽火齐燃，漫天黑烟，上百里外都清晰可见。韩世忠看这架势，金、齐联军就在眼前，而张俊的援军却还在江南迁延不行，当下之计，已不是要拿下淮阳城了，而是如何全身而退。

更麻烦的是，淮阳城周围有上万名百姓，听说王师北伐，争相过来归附，如今大军南返，总不能弃之而去，但带着如此数量的平民百姓，定然行动迟缓，容易为敌军所乘。

韩世忠踌躇不决之际，北面已经隐隐可见漫天烟尘，而且还不止一处，韩世忠便命解元率军断后，其他诸军护着百姓南下，刚撤围不久，北面两支大军先后赶到，一支是兀术率领的金军，一支是刘猊率领的伪齐军，两军到达后，因不知虚实，便在淮阳城北驻扎观望。双方对峙一天后，金、齐军队远道而来，并不急于求战，韩军也无战意，双方只派前锋部队互相试探了几次，便各自退后，等到兀术率军抵达淮阳城时，韩军已经安然撤走。

韩世忠率军回到楚州，数日后，张浚前来劳师，韩世忠向张浚谈起数日前围困淮阳时的三军会战筹划，张浚听了既觉得懊恼，又觉得脸上无光。韩世忠也知道他这个大都督不好当，便道："不是世忠要找借口，倘若世忠麾下再多几员悍将，多上万人马，这次未必就拿不下淮阳，此事还请张相定夺。"

张浚沉着脸略加思索，道："那就将张俊麾下赵密、巨师古二军拨给你如何？不过说好了，等打完了仗，这二人仍归旧部。"

韩世忠大喜过望，赵密之勇猛能战他闻之久矣，有他加入，韩家军定能如虎添翼，至于将来归不归旧部，正所谓"进营的兵将，穿上的裤子"，既然进了我韩家军的大营，想再离开，除非你扒下我穿好的裤子！

"那就有劳张相从中斡旋，世忠定当奋勇杀敌，报效朝廷！"韩世忠克制住内心的狂喜，起身向张浚一揖到地。

张浚回到驿所，心中犹有三分怒气，令随从笔墨伺候，以都督府的名义给张俊去了一封信，让他将赵密、巨师古二军调给韩世忠为援。

不出所料，张俊很快回信，客客气气却干净利落地拒绝了。

张浚大怒，心想连曲端那样的军棍我也对付得了，何况是你张俊！立即上书朝廷，请求赵构降旨张俊，令他分军给韩世忠。不料张俊却并非等闲之辈，当年赵构还是顶着兵马大元帅虚衔的康王时，张俊就率部归附，其从龙之功岂是曲端能比的，他也上书给赵构，详叙分兵之弊，两边便较起劲来。

张浚一不做，二不休，次日便启程前往行在，到行在后，只稍事歇息，梳洗换装后，便去宫中觐见赵构。

到了宫门口，里面出来一人，张浚心中有事，眼睛直勾勾地看着前方，嘴中念念有词，对来人视而不见，只听那人笑道："德远，何事如此劳心啊？"

张浚一怔，细看原来是赵鼎，不由得叹口气，道："边防之事，头绪太多，一时想得入神，元镇莫怪我失礼。"

赵鼎道："韩世忠虽未攻取淮阳，但接连小胜，并带回上万百姓，还引得金、齐仓皇南下，劳师远征，也算是出师报捷，你不必如此心事重重。"

张浚这才说了张俊不愿分兵之事，赵鼎捋须沉吟道："不瞒你说，我方才就与皇上拿着你二人的奏折，议论此事来着。"

张浚急切问道："皇上如何说？"

赵鼎道："你还不知道皇上么，但凡有此类争执，皇上都不会轻易表态，而是先听臣下如何说。"

"那你是如何跟皇上说的？"

赵鼎微微一笑，道："皇上问下来，我自是照实回答。我说张浚以宰相身份都督诸军，军令如山，张俊身为都督府下大将，不得讨价还价，倘若号令不行，如何成事？我还说了，张浚身为都督，可视前线军情发号施令，不必事事请示朝廷，否则极易误事——德远以为如此说妥否？"

张浚大松了一口气，连声道："如此说极好！极好！"说罢就要往宫内走，嘴里道，“我再趁热打铁跟皇上说说，皇上必然就下旨了。”

“且慢，”赵鼎拉住他，“德远，你有没有想过张俊为何如此不情愿分军给韩世忠？”

“这还用问吗？无非就是怕韩世忠吞并他的部队罢了。”张浚道。

赵鼎又问：“那韩世忠是否有心要吞并他的部队呢？”

张浚愣住了，眼前不禁闪过韩世忠狂喜的表情，以及眼中的一丝狡黠。

赵鼎道：“韩世忠固然忠勇，但此人毕竟是泼皮出身，到时他以军情紧急为由，硬将赵密留在军中，你能奈他何？张俊对此自然是心知肚明，能吃这个哑巴亏？二人本来资历、军功相当，又都深得皇上信任，此事到头来只怕是个死结。”

张浚脸上那股志在必得的神情消失了，带着几分懊恼和尴尬怔在原地，他这才意识到骑虎难下的竟是自己。

赵鼎见了暗暗叹气，道：“德远，此事其实也好说，无非是退一步罢了。”

张浚以为他是要自己就此罢休的意思，骨子里的那股倔强劲又上来了，咬牙道：“今日大不了就是罢相，事关国体，退是半步都不能退的！”说着又要往里闯。

赵鼎笑着拉住他，道：“德远少安毋躁！我且问你，韩世忠为何要赵密？”

张浚道：“大约是因为赵密勇武敢战，且颇善用兵罢。”

“那就是了，勇武敢战者又不止赵密一人，换一个不就行了？”

张浚倒吸了口气，瞪着眼睛看着赵鼎，似有所悟。

赵鼎道：“你想想，除了张俊麾下诸将，还有谁勇武能战？”

张浚皱着眉头想了半天，道：“你说王德？或是郦琼？但刘光世也不是省油的灯啊，再说总不至于舍近求远，将岳飞帐下的王贵、牛皋调来吧？”

赵鼎连连摇头，道：“你别老想着从这些掌兵大将手中调人，那是割他们身上的肉，人家能不跟你急么？为何不找皇上要人呢？”

张浚还没明白过来，看着赵鼎发怔。

赵鼎慢吞吞道：“殿前司公事杨沂中。”

张浚终于有点明白了，赵鼎解释道：“赵密乃张俊麾下悍将，你调他走，张俊自然极力反对，大约也知道一旦他调入韩世忠军中，如同肉包子打狗，有去无回。今日之计，不如请旨皇上将杨沂中调入韩世忠军中，杨沂中勇武不逊赵密，韩世忠自是无话可说，而且杨沂中统率的乃是御前军，韩世忠吃了豹子胆也不敢觊觎吞并。”

张浚听得连连点头，赵鼎继续道：“杨沂中调入韩世忠军中了，但皇上身边不能没兵护卫，那就下一道旨将赵密、巨师古召到行在，护卫圣驾，张俊虽敢拒韩世忠，哪里有胆子抗拒皇上呢？”

张浚恍然大悟，低头想了一会儿，觉得此计简直妙到毫巅，不由得放声大笑，赵鼎也忍不住发笑，两位当朝宰相一时间笑得前仰后合，把宫门口的卫士弄得莫名其妙。

笑完后，张浚长舒一口气道：“元镇，你莫不是个奸雄，不然何以想出如此妙策！”

赵鼎连连摆手，道：“你快莫乱讲，我可当不起这两个字！”

张浚敛了笑容，对着赵鼎做了个长揖，正色道：“此乃上上策，张浚不能及也。”

赵鼎连忙还礼，二人这才有心思寒暄了几句，接着张浚便步入宫门，胸有成竹地面圣去了。

十　都堂争锋

大金天会十三年（1135），金国发生了一桩大事：颇得人望的左副元帅讹里朵染疾身亡，年仅四十，和之前胸有大略的斡离不一样，也是英年早逝。

按女真习俗，丈夫早亡，妇女寡居，由宗族中的男子续娶，但讹里朵的次妃李氏却独自回到辽阳，营建了一座清安禅寺，削发为尼，号通慧圆明大师。李氏生性聪颖，刚正有决，颇得族人敬重，她年纪轻轻，便以青灯古佛为伴，一宗族的人都为之叹息。

只有李氏明白自己在做什么，她带着年幼的儿子乌禄离开喧嚣的上京，将他托付给自己娘家人，令人好生照顾，自己也时时出来探望，亲自教导。娘家人起初还可怜她，数月之后，竟然都羡慕起她来，只因她生了一个好儿子，年幼的乌禄继承了父亲的沉稳庄严和母亲的聪敏伶俐，再加上高贵的血统，一屋人都惊叹：此儿将来贵不可言！

讹里朵的去世并未在金国朝野激起太多的波澜，上京的大金国皇宫里，几个月来一直极度忙乱，先是在位十三年的皇帝吴乞买驾崩，接着由太祖的嫡长孙完颜合刺继位。新旧交替之间，皇亲贵戚、朝廷重臣难免钩心斗角，尔虞我诈，好在吴乞买在位期间，颇有作为，不仅灭了辽、宋，还创建了各种典章制度，金国朝廷也成了气象，而且早早地立好了储君，不至于临事仓促，一番明争暗斗之后，各军政巨头们分别把持朝政，十四岁的完颜合剌也顺利登上了帝位。

年轻的完颜合剌掌管的并非太平江山，刚登上大位，北面蒙古各部落听说吴乞买驾崩，新皇年轻，以为有机可乘，于是群起反叛，金国朝廷便派吴乞买嫡长子蒲鲁虎带兵出征，蒲鲁虎能征善战，很快便平定了蒙古叛乱。

然而不过半月，南边又传来赵宋朝廷大举北伐的消息，军事重镇淮阳烽烟漫天，于是兀术不顾劳苦，率军直抵江淮，对抗宋军。金军将士去年刚在仙人关战完吴玠，随即又南下江淮，几乎未得片刻休整，好不容易觅得一点儿空闲，却又跑去救援淮阳，虽然并未交战，然而千里往返，疲于奔命，实是苦不堪言。

刘豫的求援书信恰在此时送抵金国朝廷，信中说赵构御驾亲征，江南各驻屯大将纷纷提兵北上，继韩世忠合围淮阳之后，岳飞率军先下汝州，再下商州、虢州，接着又攻取长水，刘光世也率军攻占了寿春府，而张俊大军进抵盱眙，大兴土木，有久驻之意。因此，刘豫建议抢在江南朝廷大举北伐之前，金、齐联手，彻底灭掉赵构小朝廷，平定江南。

前来出使的乃是齐国的知枢密院事卢伟卿，他此次来，除了借兵，还担负着窥探金国朝野局势的重任，借着奏对的机会，他将都堂上的各色人等扫视了一遍，完颜合剌身为大金国皇帝，完全就是一副汉家少年模样，生得眉清目秀、唇红齿白，他规规矩矩地坐在龙椅上，虽然一言不发，但眼神显示他在留心都堂上发生的一切。

群臣中领头是三位重臣，蒲鲁虎、斡本和粘罕，蒲鲁虎乃是吴乞买的嫡长子，贵为太师，地位最尊；斡本虽是阿骨打的庶长子，但却是当朝皇帝的养父，地位自然也十分尊贵；至于粘罕，侍奉太祖、太宗二朝，久掌兵权，战功卓著，因此这三人并领三省事，毫不意外。

下面的挞懒、兀术以及太祖第六子讹鲁观，都是手握实权的人物，其他众臣，无非都是这些皇族重臣的跟班罢了。

卢伟卿不动声色地把这些人看了个遍，突然发现少了一个人——尚书左臣高庆裔。

高庆裔是粘罕心腹，为人精明能干，虽是辽国的降臣，在朝中却极有权势，刘豫之所以被立为伪齐皇帝，与高庆裔有莫大关系。当年金国立齐国为藩属时，高庆裔作为使臣，代替金国皇帝册封刘豫。刘豫称帝以来，也不忘旧情，但凡有齐使入朝，必然会带一份厚礼给他。

今日如此隆重的场合，居然不见高庆裔身影，委实有些奇怪。

难道高庆裔卧床不起？这可不是什么好消息，齐国皇帝还指望着他疏通金廷上下呢！卢伟卿心想，同时看了一眼粘罕，这才发现粘罕面色憔悴，无精打采，完全没有了往日不怒自威的大元帅气度。

卢伟卿感觉有些不对劲，但又理不清头绪，正胡思乱想时，忽听蒲鲁虎道："那齐使听着，国书已经收到，且先退下，容三省商议过后，再给答复。"

卢伟卿赶紧跪下，给金国皇帝行君臣大礼，然后起身，退出了都堂。

回到驿馆，卢伟卿坐立不安，与副使商量晚上悄悄去一趟高庆裔府上，探探口风，便让随从去雇辆马车，两名随从出去不到一盏茶的工夫，便连滚带爬地回来，告诉卢伟卿一个可怕的消息：高庆裔前不久被太师蒲鲁虎告贪赃罪下狱，已经被处死了。

卢伟卿惊得脸色煞白，魂飞天外，像个傻子似的呆了半晌，才磕磕巴巴地问："消息确实否？"

随从道："相公，还有什么确实不确实，上京街头人人皆知，只有我们蒙在鼓里！"

卢伟卿回想起今日都堂所见的种种情形，断定金国朝廷出了大事，而大齐皇帝刘豫的靠山粘罕，明显有失势的迹象。他还有些不死心，想去粘罕府上拜访，副使劝他道："金国律法严酷，新皇又刚继位，只怕会有些新规矩，万一不小心犯了忌讳，到时只怕大元帅也帮咱们说不上话呢，不如还是在驿馆安等的好。"

卢伟卿无可奈何，心神不宁地等了两日，金国皇帝再度召见，卢伟卿疑神疑鬼地进了殿，再看都堂里的金国君臣，个个都像怀有不测之意似的，他以为自己多心，然而很快蒲鲁虎的话便证实了他的感觉。

"自去年以来，大金将士先是西征陕西，与南朝西军大战于仙人关，才回来未久，蒙古各部叛乱。我女真健儿马不停蹄，又北伐蒙古平息叛乱，本想着总可以休整片刻了，不料江淮又有军情，烽烟大起，将士们真是鞍不离马，甲不离身，又跋山涉水，千里南征。我女真将士固然勇不可当，但也毕竟是血肉之躯哪！"蒲鲁虎低沉的声音在殿内回响，让原本肃穆的都堂更增添了一分沉闷。

卢伟卿觉得他语含机锋，但蒲鲁虎之言，合情合理，句句属实，他也无话可说，只得卑言怯辞地奏道："大齐皇帝实不愿再起干戈，全因江南军势日涨，最近频频北犯，猖狂无礼，长此以往，必成大患，且赵构与大金有不共戴天之仇，倘若不趁其羽翼未丰予以翦灭，只恐日后反为所害。"

蒲鲁虎壮硕的身躯像座小山般纹丝不动，身为先皇帝嫡长子，他长得极像吴乞买，高大威武，只是不知为何，他眉眼中总有一丝怏怏不乐，以至于他说话时总透着点不耐烦的意味。

“大金既立齐国为藩属，自有看护之责，皇上这边已命右副元帅兀术厉兵秣马，一旦齐国与江南交兵，右副元帅将率军进抵黎阳，以为压阵。”蒲鲁虎瓮声道。

卢伟卿一听这“压阵”二字，便知金国无出兵之意，不甘心就此回去复命，正要再奏陈几句，忽听年轻的金国皇帝用略带稚嫩的嗓音道：“圣人之所慎者，斋、战、疾也，天下有道，则礼乐征伐自天子出。刘豫替朕守中原，征伐之事，宜当慎重。”

卢伟卿吓了一跳，没想到这新皇帝不仅长得像汉家少年，谈吐气质竟也分毫不差，既然上国皇帝开了金口，他这属国的使臣更无从置喙了，只得俯伏在地，山呼万岁。

接着完颜合剌命人递还国书，又赏赐了卢伟卿一行，卢伟卿什么承诺也没得到，忍不住瞅了一眼粘罕，期望他能站出来说句话，粘罕面无表情半低着头，并不看他。卢伟卿悻悻地回到了驿馆，心里有些忐忑不安，他与罗诱等都是极力主张南征的，本以为金国会像往常一样派兵相助，不料金国一反常态，拒绝出兵，回去该如何向刘豫交差才好？

副使和随从见他郁闷，便提醒道：“金国此次不愿出兵相助，倘若能打听到其中内情，告知皇上，皇上也就不会见怪了。”

卢伟卿觉得有理，便叫其中一名能说会道的随从带上十片金叶子，找一直与齐国有联系的金国尚书侍郎王子澄探听消息。临出门前，卢伟卿突然叫住随从，道：“此事干系极大，那十片金叶子务必一片不少地交与王侍郎，他日问起，若少了半片，便是欺君大罪，要凌迟处死的，你要仔细了！”

那随从吓得面如土色，连连答应着出去了，一直到晚间，才急急忙忙地赶回来，将打探到的消息一五一十告知了卢伟卿。

粘罕的确已经失势。

天会十年（1132）时，吴乞买便已卧床不起，而皇储谙班勃极烈完颜斜也死了已有两年，蒲鲁虎以自己为吴乞买嫡长子，当立皇储，只因有违祖制，吴乞买一直犹豫不决。粘罕回朝后，会同宰相兀室和当今皇上完颜合剌的养父斡本，共同觐见吴乞买，再三请立完颜合剌为谙班勃极烈，并以此为祖宗法度，面对几位重臣苦苦进言，终觉义不可夺，吴乞买便首肯了，于是年纪轻轻的完颜合剌才得以坐上今日的大金国皇位。

“但蒲鲁虎认为自己才是那个应该坐在龙椅上的人，故此极恨大元帅粘罕，是也不是？”卢伟卿插嘴道。

“正是！相公何以得知？”随从惊讶道。

刘齐朝廷一直都密切关注金国各派势力的动向，卢伟卿身为宰执，自然是早有耳闻，只是这几日在都堂上亲眼看见了这几人的言行举止，结合刚听到的一些消息，才终于想明白其中缘由。

“前向大金国新皇继位，致国书到我朝，看到金国废勃极烈制，改行三省制，张相当时便道：‘此事恐怕对大元帅不利’，其他人还说未必，今日观之果然。”卢伟卿沉吟道。

副使道：“大元帅对我朝有恩，他这一失势，只怕……”后面的话他没敢往下说。

卢伟卿阴着脸琢磨了片刻，问随从道：“此次发兵还是不发兵，有何说法？”

随从犹豫道：“有些话不好听……”

卢伟卿道：“军国大事，他怎么讲你就怎么说，一个字都不要改。”

随从这才道：“在下听王侍郎说，如今兵权已经不在大元帅手中，蒲鲁虎大权独揽，见我朝来搬救兵，说道：‘先帝之所以立刘豫为帝，无非是冀望他能够辟疆保境，让我大金国久战之后，能够稍稍休养生息。现如今刘豫进不能取，退不能守，兵连祸结，竟无一日太平！倘若我国派兵南下助战，赢了不过是替刘豫开疆拓土，败了我将士身死他乡。况且去年刘豫求救兵，我军遣师南下，连遭不利，这百害而无一利之事，何必答应他？'”

卢伟卿听得心惊胆战，蒲鲁虎目光如炬，把形势分析得如此透彻，偏偏还地位尊贵，权倾朝野，极不待见粘罕。如今高庆裔已死，今后大齐儿皇帝的日子只怕也不会好过。

他愣了半晌，直到看到副使和两名随从也像傻子似的呆在那儿，才赶紧收摄心神，强作镇定道：“明日就启程，不必跟大元帅辞行了，只怕他避嫌还来不及呢。”

绍兴六年（1136）秋凉之际，罢相后沉寂多时的秦桧突然上了一道奏折，也并没有多说军政大事，只是建议多造强弩神臂弓，以备攻讨，因为他在北方之时，听过金军士兵议论战场情况，对宋军的强弩硬弓颇为忌惮。

赵构收到奏章，十分感慨，对近侍道：“秦桧当年罢相，不可谓不狼狈，换作他人，早已心灰意冷。如今他虽在宫祠，却不忘朝廷，如赤子慕其母，虽遭训斥仍挽其裳裾而从之，可不令人动容，理应下诏褒奖。”

说罢，又将秦桧奏折看了一遍，觉得他颇有些言之未尽，想了想，便道：“可下诏给不在位的宰执，令他们上陈战守方略，如此一来，想必他们就不会有所忌讳了。”

当日，赵鼎来奏事时，赵构问道：“秦桧此人如何？”

赵鼎入相之后，将之前党争下台的一些官员稍稍复职，其中就包括秦桧，复为资政殿大学士，虽无实权，但比罢相时“永不复用”的境遇大为改善。

“秦桧当属忠良之臣。靖康之祸时，在金人刀兵之下，他敢上书请求留存赵氏，因而被金军将全家掳去北方，没有一颗忠义之心，断然不敢为此事。”赵鼎道。

赵构点点头，赵鼎的这番应对在他意料之中，但此乃朝野皆知之事，并无新意，便淡淡道：“秦桧为相不久，朕看他虽有百般不足，但有一样还好，就是还算务实。”

赵鼎略感惊讶，“务实”二字虽然平平淡淡，但从皇上口中说出，又是对前宰相的考语，并不多见，便答道：“纵谈天下极易，务实做事极难。不要说为相者，就是为一知州、县丞，也当如此。”

赵构点头道：“前向朕为鼓励前线将士，起驾平江府，经过崇德县时，朕传县令赵涣之入对，朕问他是否宗室，他说是，朕因想起二帝蒙尘，有所感慨，赵涣之便道：‘天地之大义，莫重于君臣；尧舜之至仁，无先于孝悌。’朕当时大为惊讶，以为经世之才沦落于县衙。不料接下去再问民间疾苦，他竟说没有，又问他崇德户口几何，他也无言以对，让朕大失所望，当场便削了他的官，并交有司治其失职之罪。可见说一口漂亮话、写一手好文章固然可作进身之阶，于国事却无半分益处。”

赵鼎也向来痛恨士大夫清谈之习，君臣二人正在议论时，内侍过来禀告：“吏部侍郎、都督府参议军事吕祉前来觐见。”

不一会儿，吕祉衣冠楚楚，红光满面地步入都堂，跟赵构行完君臣之礼，又躬身见过赵鼎，赵构问他：“张浚现在何处督师？”

吕祉回道：“陛下，张相正在盱眙督造新城。自张太尉进屯盱眙后，伪齐时不时遣骑兵前来骚扰窥探，前几日竟有两千余骑突然从盱眙东北平原处杀来，亏得张太尉陈重兵于开阔地，敌军见无隙可乘，才缓缓退兵。张相以为，久屯重兵不是长久之计，盱眙西南正好多山，不如依山筑城，城防一旦筑成，二三千人便可阻敌南下之路，就不必时时重兵驻扎了。”

赵构听了微微颔首，并不置可否，赵鼎却疑窦丛生，问道：“盱眙自古便非咽喉要道，虽然多山，无非都是些丘陵，既然要筑城，定然是依地势而建，只是这丘陵地带，如何依山筑城呢？”

吕祉道：“当地多能工巧匠，自能想出办法来，此城一旦建起，相当于在伪齐腹地插入一根楔子。在下来时，正好有三百伪齐骑兵远远地观望筑城，许久都不走，大约也是颇感忌惮。”

赵鼎又问：“筑城之处可有山泉？”

吕祉想了想，道：“盱眙山并不高，因此并无山泉流下来。”

“那应当也无河流经过了？”赵鼎接着问。

吕祉摇头道：“盱眙境内多湖汊，不过都在东北平原一带，筑城在西南山地，并无河流。”

赵鼎道：“吕侍郎，倘若这城筑好了，城内军民却无处采水，敌军只需把住东北水源，岂不就把满城人困死了？”

吕祉一愣，张着嘴呆呆地看着赵鼎，无言以对。

赵鼎叹了口气，道：“如今暑夏未尽，百姓自上而下运土筑城，定是苦不堪言，虽然是为国家计，可还是要爱惜民力呀！”

吕祉原本兴致盎然，被赵鼎几句话问下来，便被逼到了墙角，脸上不由得红一阵白一阵，尴尬不已。

赵构在一旁看了，便打圆场道：“两位宰相所虑，都是替朝廷分忧，吕卿回去后，将此意转与张浚，让他相机行事。”

吕祉躬身接旨，脸上神情却是愀然不乐。

赵构便问：“张浚还有何筹划？”

吕祉吸了口气，又来了精神，道："陛下，张相奏折近日便会送至行在。张相以为，东南形势，莫重于建康，实为中兴根本。倘使陛下定都于建康，则时时北望中原，常怀愤惕，不敢自暇自逸，而临安偏居一隅，内则易生安乐之心，外则不足以抚召远近，维系中原遗民。因此，张相建议今年秋冬之季，圣驾莅临建康，抚谕三军，以图恢复！"

迁都建康，这可真不是一桩小事，赵构沉默了片刻，问赵鼎道："元镇以为如何？"

赵鼎沉吟道："自建炎三年陛下驻跸临安，迄今已有八年，陛下行宫、百官府衙，乃至漕运仓储，周边防务都已完备，此时骤然迁都建康，倒是振奋人心，只是这底下的事可谓千头万绪，一桩没做好，便前功尽弃，此事还须慎重。"

吕祉掩饰着满脸不悦，道："陛下如欲偏安东南，不图中兴，则大可安居临安。倘若要绍复大业，必需经营荆襄，荆襄左吴右蜀，利尽南海，前临江汉，可出三川，涉大河，以图中原，此用兵之地也！当年关羽占据荆州，曹操为之寝食难安，便在于此。临安与荆襄千里之遥，陛下恩泽难以普施，臣请陛下为大宋江山计，移跸建康，以振天下士民之心！"

赵鼎暗想，这吕祉果然才思过人，说起话来口吐莲花，再看赵构，显然颇为所动，正在凝眉思索。

张浚、吕祉所言，都颇有道理，只是施行起来极为不便，迁都耗费的人力钱粮，难以胜数。目前国家养兵数十万，连年征战，财力几近极限，经不起如此折腾。且东南一带，以临安为中心的工、农、士、商圈子，蔚然成形，何苦再去拆散？建康固然形胜一筹，然而历经兵火，早已民生凋敝，不复六朝古都气象，此时迁都建康，不过是图个声势而已，并无实在意义。

赵鼎想把这番话讲出来，但看吕祉的脸色，只怕他会当场抓狂，大家面上都不好看，便干脆来个默不作声。

只听赵构说道："自衣冠南渡，敌马北侵，五品弗明，两宫未返，朕于中兴之事，无一日敢忘怀。"说着，心中感伤，不觉流下泪来。

吕祉泪流满面，道："陛下有此一念，则是天下苍生之福！"

赵鼎忍了一会儿，终于还是说道："陛下不正在北望中原，感怀愤惕么？又何须跑去建康愤惕？"

赵构听了，不觉失笑，一边用衣袖拭泪，一边道："元镇此话，也不是毫无道理。"

吕祉脸上泪水犹在，脸色却僵得像一块冰，头微微偏着，都不愿意多看赵鼎一眼。

赵鼎知他心里窝火，但也无可奈何，便对赵构道："陛下，此事关系重大，等德远奏折送过来，再交与群臣廷议才好。"

赵构又问了吕祉各地驻屯大军情况，吕祉一一作答，赵鼎不再说话，只在一旁静听。

吕祉奏完事，出了都堂，赵构目送吕祉的背影消失，幽幽道："步履凝滞，心怀怨怒也。"转头看着赵鼎道，"他日张浚若与卿不和，必定是吕祉传话所起。"

赵鼎见皇上洞察秋毫，心里踏实下来，跪下道："陛下明鉴。事关国家大事，只能直言相争，不敢曲饰。"

暑夏已尽，秋霜渐起，散居各地的不在位宰执陈述战守方略的奏折还未到达行在，江淮前线的报急奏折却像雪片般飞来，都是十万火急。说的是金、齐大军分三路南下，中路由寿春府直下合肥，东路由定远县趋宣州、徽州，西路由光州犯六安，声势之浩大，前所未见。

赵鼎不太相信，亲自询问来自前线的信使，信使都一口咬定，必是金人无疑，因为不止一人清清楚楚地看到几千身着金军服装、留着女真发辫的骑兵呼啸而过。

赵鼎还未尽信，进驻庐州的刘光世派遣一名心腹星夜赶至赵鼎府中，告知金、齐联军几乎是倾国而来，势不可当，庐州城防不坚，难以死守，请求退兵至太平州。

紧接着张俊也发来紧急文书，说是敌军大举压境，盱眙以北，聚集有至少十万金、齐联军，有决战之势，请求朝廷增援。

赵鼎与群臣这才信实了面临一场前所未有的恶战，一时间群情汹汹，都堂议事时竟然七嘴八舌，吵得不可开交。

张浚在前线督战，吕祉代他来都堂议事，因为刚从前线回来，赵构便先问他："金、齐大举南下，声势为近年少有，张浚那边可有筹划？"

"陛下，张相与臣及都督府诸参议都以为，敌军看似凶猛，然而不过是虚张声势，金军定然不在其中。"吕祉从容应对道。

此话一出，都堂内一片哗然，签书枢密院事折彦质本是将门之后，是朝臣中唯一真正领兵打过仗的人，见吕祉一介书生，竟如此大言不惭，厉声道："吕侍郎此言何其轻率！自江淮告急，但凡前线来人，我都细细询问，人家明明就看见金人游骑千百成群，在河南诸地出没，你怎么就断定金人不在其中？"

吕祉这次却是有备而来，当下不惊不怒，胸有成竹道："那穿着金人服饰的就是金兵？就不能是刘豫派乡兵假冒？自古进军贵在不露行踪，而金军却生怕别人看不到似的，四处招摇驰骋，这其中就没有蹊跷吗？"

折彦质没料到吕祉能说出这番道理来，顿了顿道："刘豫若没金人相助，他哪敢倾国南下？况且他原本就是金国傀儡，金国哪次不随他出兵？”

“枢密有所不知，金国过去一年动静全在都督府眼中。去年兀术十来万大军在仙人关与吴玠苦战，无功而返，然后随伪齐军南下，被我将士三军用命，阻在江北，进退不得，只好仓皇北撤。紧接着北面又有蒙古叛乱，金军不及休整，忙着去平叛，刚平叛回师，韩世忠北伐围攻淮阳，金军又不得不千里南下救援。如此一年折腾下来，试问金军纵然是钢筋铁骨，只怕也难以承受，更何况，金国新主乃一十四岁少年，才登位不久，会在这时兴兵南下？”

吕祉说完，都堂里安静了不少，折彦质不甘心，反驳道：“金主新丧，但掌权的还是那几个重臣，金军坚忍强悍，我军与之交锋十余年，难道还没数吗？吕侍郎，我问你，倘若那些骑兵就是金军，那便如何是好？”

“即便是金军，也不过是强弩之末，何足道哉！”吕祉冷笑道。

这话却又显出书生孟浪来，让几个宰执看了不放心，金军战力与伪齐军相比，自是不可同日而语，哪能如此等闲视之。

群臣又议论了半日，总不得要领，赵构便看着赵鼎，赵鼎道：“迎敌锋而上，固然忠勇可嘉，然而却并非退敌的上策。如今敌情不明，还是持重为好，现张俊一军在盱眙，杨沂中一军在泗州，韩世忠驻守楚州，刘光世驻军当涂，守庐州者乃是其麾下轻骑，岳飞远在鄂州，各军之间声势互不相及，而沿江一带防备空虚，只有些州兵防守。倘若一支金骑骤然南下，直抵大江，则江南危矣！”

都堂里终于安静下来，君臣脸色都颇为凝重，建炎年间金军铁骑来去如风，两三日便能奔袭数百里，扬州之溃、明州泛海，朝野上下的狼狈之状，还历历在目，谁也不敢轻视金军战力。

只有吕祉垂着眼皮不说话，一副不以为然的样子。

赵构觉得赵鼎所言非虚，沉吟着问："以卿所虑，该当如何筹划？"

赵鼎答道："依臣愚见，可命岳飞全军东下增援，张俊、杨沂中合力扫荡，然后寻机退守大江，护卫江南，刘光世退守合肥，韩世忠亦不必进军，坚守楚州即可，如此可保万无一失。"

如此安排虽然保守，但敌情未明之际，或是最妥当之举，折彦质首先赞同，其他人也纷纷点头。

就在群臣以为应战方略已定之时，忽听吕祉大声道："都督府统领诸军，有临战专断之权，战守之事，还须请张相定夺！"

赵鼎脸上微微一红，低头没作声，只听赵构道："可照方才所议拟旨，将备战方略送至都督府，听听张卿如何说，再做决断。"

朝会散后，群臣犹自三五成群，议论纷纷，只有吕祉快步走出都堂，宫门外早已由仆从备好马匹。吕祉一出宫门，二话不说，便上马向西狂奔而去。

吕祉马不停蹄，次日便赶至镇江，张浚将都督府设在此地，以利前线协调，吕祉赶到后，连口水都来不及喝，便将前日都堂内议论的情况告诉了张浚。

张浚连日来不停地与掌兵大将们联系，军情如火，有时信使半夜赶到，他也丝毫不敢耽搁，立即着手处理，写完回信，便厚赏信使，令他立即回程，如此辛苦操劳，让他清癯的脸颊更显得消瘦。

听完吕祉讲述都堂之事，张浚双眼几乎要喷出火来，要不是碍于赵鼎的举荐之谊，早把群臣骂个狗血喷头。好不容易沉住气，他便叫人笔墨伺候，默想片刻，立即挥动狼毫，运笔如飞，连写了三四页，然后从头至尾看了一遍，改了几个错别字，正要封起，转念一想，将信递给吕祉，道：“你文采好，看看我给皇上的奏折写得有何不妥。”

吕祉接过书信，一口气看完，情不自禁地站起来，叫道：“写得好！千古雄文，荡气回肠！想不到大宋社稷存亡，竟落在这几张纸上！”

张浚因愤怒和焦急显得有些发僵的脸上露出一丝笑容，令人封好奏折，差快马立即送往行在，吕祉道：“相公奏折中所言，无一不打中吕祉心坎，就怕皇上被群臣一鼓噪，又改变主意，不如让我持书信回去，亲手交与皇上。皇上若有疑问，当场便可讲清楚，群臣中若有倡言退守者，我也可当面与之据理力争，张相以为如何？”

“如此自然再好不过！”张浚感动道，“只是你才赶了一日一夜的路，片刻也不休息便立即回程，太过辛苦了。”

吕祉慨然道：“今日已是国家生死存亡之秋，这点辛苦何足挂齿！张相日夜操劳，将社稷安危一人扛在肩上，自己多保重才是。”

说罢，吕祉向张浚深深施了一礼，接过书信，出门而去，外面随从已经换好马匹，只听到一阵马蹄声响，很快便走远了。

张浚呆呆地听着马蹄声消失，心中百感交集，几乎要流下泪来，突然又想到大敌当前，不是作儿女态的时候，赶紧深吸了几口气，将心绪放平，继续处理公务。

这边吕祉紧赶慢赶，中途除了换两次马，略吃些东西，方便一下，更无片刻停留，不到两日，便又返回行在，直奔宫中去见赵构。

赵构正与几位宰执对着地图商讨退敌之策，案旁凌乱地摊着一堆前线来的报急文书，几名内侍蹑手蹑脚地在一旁服侍。君臣数人接连几日都被军情搅得头昏眼花，看上去有些憔悴，不过比起蓬头垢面的吕祉来，简直算得上是衣冠楚楚。

吕祉急急忙忙地上来见过赵构与众宰执，一股汗酸味扑鼻而来，众人也没心思计较，吕祉呈上张浚的奏折，赵构拆开，极快地看了一遍，然后递给其他宰执。

张浚在奏折中首先力陈，此次南侵的即便有金军，也绝非主力，来的定是伪齐军队无疑，原因与吕祉上次都堂所说大致相同；接着他极力反对让各掌兵大将退守保江，也反对让岳飞增援，并请求朝廷放权都督府，不要干预前线军事，以免诸将观望朝廷旨意，不听都督府号令。

吕祉不等宰执们读完奏折，便道："陛下，张相在奏折中说得极明白了，若诸将撤至大江以南，相当于将淮南拱手让与敌军，朝廷在淮南苦心经营数年，就是为了屏蔽大江，一旦敌军直抵江北，则长江之险便与我共之矣！更可虑的是，今秋淮南难得丰收，各州县屯粮无数，一旦让出淮南，敌军正可就粮驻军，长久经营，如此一来，江南岂可保乎！"

几位宰执也看完了张浚奏折，都面色凝重地听吕祉慷慨陈词："去年金、齐联军南侵，我军同仇敌忾，先是韩世忠在大仪镇、天长、承州破敌，接着刘光世在滁州、岳飞在庐州、张俊在六合接连告捷，使得敌军仓皇而退。如今我军士气极旺，早已不再畏敌如虎，倘若朝廷心存怯意，下令撤军，只怕将士们积攒了几年的血气就此付诸东流！"

吕祉之言让都堂中一片寂静，还是折彦质打破沉默，道："我军乃是退守，寻机再战，又不是逃之夭夭，何来血气付诸东流一说？淮南之军南撤，岳飞之军东进，正可让金、齐联军两面受敌，这不也是兵家之道么？"

吕祉断然道："岳飞决不可东进！岳飞一动，襄、汉空虚，一旦敌军乘虚而入，直取荆襄，则大势去矣！"

胡松年、沈与求等原本都是主张退守保江的，见吕祉慷慨激昂，理直气壮，所说也在点子上，但心中又存着疑虑。沈与求道："去年大仪镇一战，固然大长我军威，不过，想必吕侍郎也听说了，此战若无魏良臣与王绘两位通问使无意中配合，结果如何还不好说，今日之战，又有哪位通问使去配合呢？"

吕祉反问道："难道天长、承州之战，庐州、滁州、六合之战，也有通问使配合？"

折彦质干脆使出撒手锏，缓缓说道："敌情不明，便急于决战，一旦失利，如何收场？富平之役殷鉴未远呐！"

吕祉直盯着折彦质，针锋相对道："枢密这话好没意思！你口口声声说要退守大江，靖康元年，你领兵十二万与李回共守黄河，结果一溃千里，以致金军长驱直入，焉知这大江就比大河好守些？"

折彦质被吕祉揭开这道伤疤，气得浑身发抖，手不由自主地就朝腰间摸去，一下摸了个空，才意识到自己早不领兵，腰间宝剑收入柜中许多年了，便气咻咻地瞪着吕祉，恨不能生吞了他。

赵构看再这样争下去，两边只怕要在都堂上有失体统地打起来，他看了一眼赵鼎，赵鼎正皱着眉头思索，显然也是犹豫不决。

两边话已说尽，都堂顿时安静下来，赵构知道该自己做决断了。他凝望着宫门外半晌，然后收回目光，将张浚奏折又浏览了一遍，向身旁内侍略一示意，内侍忙不迭地准备好笔墨纸砚。赵构提起笔，在黄宣纸上写了几行字，接着从内侍手中接过御玺，盖章于字后。

"吕卿就再辛苦一趟，将朕手诏送至都督府张浚手中。"赵构说着，将手诏摊在案上晾干墨汁，那上面明明白白写着：卿所奏边防之事，朕览之甚明，以致释然无忧，非卿识高虑远，出人意表，何以臻此！

赵鼎等都看得发呆，吕祉大喜过望，跪伏在地，哽咽道："陛下励精图治，中兴大业何愁不就！此乃祖宗仁德播于天下，上天视陛下如赤子，虽有警示，终归是眷爱之意也……各军将士，早已枕戈待旦，以图报效陛下，虽肝脑涂地亦无恨矣……”语无伦次地絮叨了一通，才爬起来道，“臣这就奉手诏赶赴都督府！”

吕祉带着胜利的喜悦匆匆离开了都堂，剩下赵鼎和几个宰执大眼瞪小眼，自认失败。只有折彦质认定张浚好大喜功、轻敌冒进，坚持劝谏道：“陛下，张浚这是拿大宋江山作赌注，一旦误国，那是滔天大罪，倘若靖康之祸重演，陛下即便如同当年汉景帝那样斩晁错以谢天下，只怕也来不及了！”

这话说得太吓人，几位宰执都下意识地躬起了身子，赵构沉默了半晌，沉声道：“朕意已决，诸卿不必再说了。”

吕祉急急忙忙地赶到都督行府时，张浚正在痛骂刘光世，原来刘光世见敌军声势极大，竟然不等都督府将令，私自舍弃庐州，退守采石，使得淮南门户大开，让在承州、楚州与伪齐东路军对峙的韩世忠有腹背受敌的风险。

见到吕祉送来的皇上手诏，张浚狂喜过后，俊秀的脸上掠过一丝恶狠狠的狞笑，咬牙喝道：“吕祉听令！命你为都督府参议军事，即刻前往刘光世军中督军！”

吕祉原本疲惫不堪，一听此话，立即又精神抖擞起来，昏头昏脑地转身就要出去，张浚见了既好笑又感动，拉住他道：“安老不必急在一刻，先好好歇息，喝些汤水，给我讲讲朝中之事。”

吕祉这才瘫软下来，张浚命人端来汤水、饭食和脸盆，吕祉一边吃，一边擦洗，又忙里偷闲将前日的都堂之争说给张浚听。张浚听到折彦质提起自己平生憾事——富平之败，气得脸色铁青，又听吕祉毫不客气反揭折彦质黄河溃败的伤疤，不禁大感痛快，从椅上一跃而起，在堂中连走了几个来回，然后突然停住，对吕祉道：“你此去刘光世军中，只对他说一句话：只要他军中有一人渡江南撤，我张浚便要去皇上那儿请他的人头！”

吕祉纵然满腹豪情，听到此话，也吃了一惊，刘光世可是三镇节度使、检校太保、御前都指挥使，地位之尊，资格之老，诸将中无人能及，手下还有数万雄兵，吕祉不过一吏部侍郎，凭什么跑去别人军中说这等狠话？

张浚见吕祉发愣，冷笑道：“你就说这是我的原话，听与不听，全在于他。”说罢，坐到案前，亲兵早将笔墨递过来，张浚提笔在纸上写了几行字，晾干后，盖上印章，封好交给吕祉。

吕祉这头胡乱吃了些东西，又擦洗了一遍，张浚命人取出一身干净衣裳给他换上。吕祉看了张浚一眼，深深作了个揖，转身带着两名随从离开了行府。

十一　藕塘大捷

采石地处大江东岸，江面到此突然变窄，地形非常险要，因此历来便是兵家必争之地。此时的采石矶，纵横数里，都是兵营，人马约有四五万,一片喧闹。

秋日的晨曦之下，三匹快马从东面疾驰而来，领头的乃是一名朝廷命官，火红的官服在灰暗的士兵服饰中尤其显眼，这人面相斯文，却一脸肃穆，只要路过人多处，必然大喊一声："奉都督府军令，过江者斩！"

早有人将都督府来人的消息告诉了中军大帐的刘光世。刘光世擅自从庐州撤军，正有些不安，赶紧出帐，远远听到吕祉的喊叫，心里不禁着慌，不过他是见过世面的人，很快便稳住心神，笑容可掬地上前迎接。

吕祉与他寒暄两句后，便取出张浚书信，交与刘光世。刘光世大字不识一个，旁边文书附在他耳边将书信念了一遍，听到"若有一人渡江，即斩以徇"时，刘光世脸色有些发白，听完后，刘光世镇定心神，不失风度地抱拳道："吕侍郎前来督军，实乃我军之幸，将士们定然十分欢喜。"

吕祉不冷不热地回礼，道："张相要我带给太尉一句话，吕祉不敢不讲。"

刘光世叹气道："若有一人渡江，即斩以徇——我已经知晓了。"

吕祉见刘光世还算识相，暗暗松了一口气，便道："如此最好，刘太尉目前做何打算？"

刘光世又重重地叹了口气，道："军中缺粮啊！数万将士嗷嗷待哺，一旦断粮，可是天大的事，不是我刘光世贪生怕死，实在是巧媳妇难为无米之炊，请督军明鉴。"

吕祉一听便知刘光世在耍滑头，却一时找不到话来堵他，见他身为武将，却长得像尊弥勒佛，一副儒将装扮，面皮简直比自己还要白净，心里更不以为然，便道："江东转运使向子諲专司粮草押运，此人极会办事，定能将粮草送到，何不多等两日再退军？"

刘光世为难地搓了搓手，道："督军啊，前线军情瞬息万变，倘若我多等两日，他还未将粮草送来，敌军已将庐州合围，那该如何是好？"说罢，客客气气请吕祉入帐。

吕祉边走边问："军中粮草足够几日之用？"

"不过十日而已。"刘光世道。

吕祉不谙兵事，被刘光世三言两语一糊弄，便无言以对，十日粮草说多不多，说少似乎也不少，只是这里面的分寸如何把握，吕祉却毫无头绪，只得板着脸维持着督军的体面。

正没主意，突然帐外有士兵大声通报："江东转运使向子諲已将粮草运到，正在帐外求见。"

吕祉大喜过望，不等刘光世发话，便抢先道："快让他进来！"

那士兵却不动身，只看着刘光世，刘光世慢吞吞道："让他进来吧。"

向子諲闪身而入，他原是大宋初年名相向敏中之后，向敏中曾孙女嫁给神宗皇帝，是为向皇后，当年身为端王的徽宗能当上皇帝，全在于向皇后的大力支持，因此向子諲身上自带两分皇家贵气，加之才华出众，诗文名重于天下，他一进来，吕祉早已站起，恭恭敬敬地施礼迎接。

向子諲倒没半分架子，一见吕祉在此，惊讶道：“安老，你怎么也在这里？”

吕祉微笑道：“奉都督府军令，在此督军。”

向子諲便施礼道：“失敬。”然后转向刘光世，他与刘光世关系也不一般，刘光世正是向家的女婿。向子諲上下打量了他几眼，才道：“刘太尉，你如何突然就从庐州撤军了？我率几千乡兵和民夫，押着一千车粮草，昼夜兼程，好不容易赶到庐州，却发现是一座空城，只好又连夜南下，总算在采石追到太尉大军——是朝廷有旨让太尉退军么？”

向子諲果然是世家子弟做派，没有半分心机，坦坦荡荡地直接问上来，把刘光世弄了个大花脸，尴尬答道：“朝廷并无旨意，只是本帅见军中粮草不多，倘若困守孤城，被敌军合围，一旦粮草耗尽，恐怕要全军覆没，因此便趁敌人不备，撤离了庐州。”

向子諲却不比吕祉只会纸上谈兵，建炎年间，正是金军气焰熏天之际，他在潭州率羸兵数千死守八日，城破后还督兵巷战，拼死逃脱。金军一撤退，他立即又收纳溃卒重占潭州，是个真正见过刀兵之人，故时人有诗云：“稍喜长沙向延阁，疲兵敢犯犬羊锋。”

听刘光世如此这般解释，向子諲便问：“军中粮草够用几日？”

“十日……”

“十日！”向子諲脱口道，“十日粮草不少了啊！金军和伪齐远道而来，还不知道有没有十日粮草呢。”

刘光世更加尴尬，道：“庐州深入敌境，一旦被合围，就怕孤城难保，本帅实不忍心让将士们多有死伤。”

向子諲把头摇得如拨浪鼓一般，道：“太尉此言差矣！当年赵立守楚州，那才叫孤城困守，援尽粮绝，人家也守了十来个月呢！太尉如今兵强马壮，而且又不是要把所有人马放在庐州，有一万人马守庐州足矣，然后将各军粮草匀给守军，吃一个月当不在话下。其他诸军在庐州城外各据要地，因地就粮，互为应援，再加上韩太尉、张太尉大军随时可增援，实在不行，鄂州还有岳家军呢，庐州无论如何也成不了孤城啊！”

刘光世被堵得无话可说，只得一边点头一边嘴里哼哼哈哈，向子諲觉察到刘光世神情狼狈，旁边吕祉满面严霜，其中定然别有内情，他是极聪明之人，便道：“粮草在下已运至太尉军中，如何用兵，全凭太尉定夺。”说罢，坐到一边歇息去了，不再言语。

大帐内尴尬地安静了半晌，吕祉道：“刘太尉，庐州城不能就此一弃了之吧？”

刘光世苦着脸道：“督军，大军已然南撤，倘若再北上，万一中途在平原地带与金人铁骑遭遇，我军步兵居多，平原旷野，只能任由金骑宰割啊！本帅就谨遵都督府之令，决不渡江南下就是了。”

这刘光世真是又臭又硬，极为难缠，吕祉气得手足冰凉，却毫无办法，再看向子諲，低头做沉思状，似乎不愿意过多介入。

正僵持间，帐外一片喧哗，远处也隐隐传来轰隆隆脚步声响，其中杂以马嘶声，显然有一支大军正开过来。

刘光世和向子諲同时起身向帐外奔去，吕祉略慢一步，也跟在后面出帐，一名骑兵远远奔过来，到帐前飞身下马，禀道：“大帅，有一支人马自东而来，听声势约有上万人。”

刘光世一听放下心来，从东边来的，必是官军人马，便道：“可知是谁领军？”

那士兵道：“还未看清旗号。”

刘光世一挥手，道：“再探。”

那士兵上马飞奔而去，刘光世转身看着二人，自言自语道：“东边来的，会是何方人马？”

转眼又有一名士兵骑马飞奔而来，禀道：“大帅，来的乃是主管殿前司杨沂中的人马。”

刘光世不知道韩世忠借师张俊的来龙去脉，眯着眼睛琢磨：杨沂中是御林军统领，极受皇上爱重，纵然前线吃紧，皇上怎么又让他率军前来？

三人便等在帐外，杨沂中的一万人马驻扎在采石东面，约莫过了一盏茶的工夫，大约三百名精骑在刘光世几十名骑兵引导下，直奔大帐而来。远远看去，毕竟是护卫皇上的人马，都是百里挑一的健卒，领头一人，方面须髯，双目如电，正是杨沂中。

杨沂中虽然见宠于皇上，但自知资历尚浅，远远地便下了马，以下属之礼过来参见刘光世。刘光世自然也不敢怠慢，两边客气了一通，杨沂中又过来见吕祉和向子諲，礼数十分周到。

寒暄过后，杨沂中挑明了来意，道：“沂中奉皇上诏令，率军入淮南助战，原本受韩太尉节制，近因伪齐大举南下，淮西告急，便改受张太尉节制。沂中正率军开往泗州，不料在此处遇上太尉人马，采石离前线还有数百里，敌军影子都不见一个，不知军情如何？”

刘光世倒吸了一口气，没想到这杨沂中年纪不大，却是个暗藏峥嵘的主，便将之前搪塞吕祉和向子諲的话又说了一遍。

杨沂中听完，也不与他争辩，从怀中掏出一封黄绸包裹的诏书，递给刘光世，道：“这是皇上手诏，原是给沂中的，不过皇上特意叮嘱，只要见着掌兵大将，务必让他们都过目。”

他知道刘光世不识字，便转身对吕祉和向子諲道：“二位都是朝廷重臣，请一并过目，也好作个见证。”

于是三人凑在一起拜读赵构手诏，诏书只有数行字，前面勉励了诸将几句，后面语锋一转，竟有“若不进兵，当行军法”之句。吕祉念完诏书，刘光世这才有些害怕，爬起来踉跄了一步才站稳。

杨沂中礼数上仍然十分恭敬，但语气却不容置疑，道：“刘太尉，我刚在路上得到韩太尉那边的军情，他已经与逆贼刘豫的侄子刘猊率领的东路军交战数回合，目前双方在承州、楚州一带对峙。刘豫世子刘麟率领的中路主力被张太尉人马阻击，已经从濠州、寿春间防线穿过，直逼庐州。如今庐州乃一座空城，倘若让刘麟占领庐州，西进泗州，则韩太尉两面受敌，万一交战不利，贼军可是要直下淮甸、进逼行在的！沂中奉张太尉之命，即刻率军赶往泗州，阻断贼军会合之路，也烦请刘太尉赶紧回师庐州，莫让我军有后顾之忧。”

刘光世一反刚才与吕祉和向子諲的敷衍之态，向杨沂中一拱手，声如洪钟应道：“杨殿前尽管放心，我这就命王德、郦琼二将向庐州进发，决不让贼兵占了庐州！”

杨沂中不再多言，翻身上马，朝三人拱了拱手，带着手下骑兵一阵风似的绝尘而去。

吕祉此时恨透了刘光世，但见他忙着调兵遣将，也不好多说，便过去与向子諲攀谈，当着众将的面请教诗文之事。向子諲虽然极好诗文，却也知不是场合，应付了几句，便找借口告辞了。

杨沂中率领手下的万余精兵，一路往北直奔泗州，因交战双方数路大军已成犬牙交错之状，弄不好就会与敌军遭遇，因此杨沂中不停派出探马四处扫荡，好在沿途并未受到阻碍，两日后，他率人马顺利入驻泗州。

刚在泗州驻扎下来，探马便送来紧急军情，刘猊的东路军在进攻承州、楚州时失利，目前似有放弃进攻承、楚的迹象，但不知会转向何处。

杨沂中摊开地图，与手下裨将商议进军事宜，众人对着地图研究了一通，觉得此时判断刘猊去向为时尚早，杨沂中便道："泗州位置险要，我军主力可驻扎在此，以静制动，但也不可守株待兔，万一敌军从滁州包抄我军身后，反而陷我军于不利——谁愿去滁州探路？"

统制刘节道："末将愿往。"

杨沂中叮嘱道："此趟去滁州，极有可能遭遇贼军，不可大意。"

刘节笑道："殿前放心，末将一定杀他个片甲不留！"

杨沂中皱眉道："此事非同小可，切莫轻敌。"

刘节道："末将岂敢轻敌，只是如今敌我形势十分有趣，刘猊脑子里只有韩世忠和刘光世两路大军，根本不知道我军已经悄悄地插到了两军中间，加上他刚刚进攻承、楚失利，急于另寻路径南下，难免有些昏头昏脑，这头肥羊若被我逮着，能不狠狠咬他一口？"

杨沂中听他如此说，便知他心中有数，笑道："能出其不意，自是最好，如遇贼军主力，不可猛冲猛打，拖住他们固守待援即可。"

刘节领命，率手下二千人马奔滁州而去。

果然不出所料，三日后，刘节便送来急报，他在定远县的越家坊与敌军突然遭遇，一阵猛攻之后，将敌军击溃，战后审问俘虏，得知这是刘猊的前锋部队。

杨沂中得讯，立即召集众将商议，摧锋军统制吴锡在滁州带过兵，道："此事有些古怪，定远在滁州边上，这越家坊乃是东西往来的要道，刘猊的前锋部队若要南下，不应该经过此地呀。”

众人趴在地图上看了半天，摸不清刘猊的意图。

吴锡突然猛一拍案，道：“有了！刘猊必是要去东面与刘麟会合！”

众将都恍然大悟，杨沂中也点头道：“刘猊对韩家军有畏惧之意，不敢与之正面对抗，而原本进攻中路的刘麟反而跑到东路去了，让刘猊侧翼没了保护，他怕被包围，定然想率军东移，去与刘麟会合，尔后再合兵南下。”

众将都不说话，此时的形势再明白不过了，刘猊率领的五六万人马就要从眼皮底下经过，这支人马连带辎重、民夫不下十万，尚不十分清楚杨沂中正率领一支劲旅伏在他的侧翼。倘若一举将之击溃，则伪齐的其他两路大军立即失去了支撑，要么仓皇撤军，要么坐以待毙。

对于杨沂中而言，最大的风险在于手下只有一万余人，敌众我寡，这仗打还是不打？

此战功成，则一举奠定战争胜局，虽然有风险，但诱惑极大。杨沂中起身，手按在剑把上，几乎要攥出水来，他在帐内踱了几步，道：“贼军人数虽多，大都是迫于无奈勉强南下，人多不足为惧，倘若连区区一个刘猊都不敢迎头痛击，将来如何对阵金军？还谈何光复中原！”说罢，他停下来目光凌厉地看着众将。

吴锡起身道：“末将对滁州一带地形十分熟悉，愿率本部人马打头阵！”

其他诸将也纷纷站起来请战，杨沂中满意地点点头，脸上神情却十分凝重，道：“刘节日前击溃了刘猊的前锋部队，刘猊定然会有所防备，此番必有一场恶战。赢了，本帅获封节度使，你们也跟着升官发财；输了，轻则落职，重则杀头，这其中的利害你们可要想清楚了！来日大战，本帅亲自冲锋陷阵，有不敢力战者，本帅先砍他的头！众位兄弟跟我多年，这番话原本不必讲，实在是此战事关大宋国运，不可有半分闪失，不得不把丑话说在前头，你们务必要听进心里去！”

众将都悚然听命，杨沂中传令全军准备开拔，两个时辰后，一支军容齐整的军队便不声不响地出发了。

走到半路，从庐州方向传来消息，刘光世帐下统制官王德与郦琼已经进抵庐州，并且在霍邱和正阳等地先后击败伪齐军队，而寿春府守将孙晖也趁夜劫营，将来犯的伪齐军击退。

杨沂中对众将道：“看来刘麟自顾不暇，我军可以不用担心后方，一门心思猛攻刘猊便好！”

众将听说刘光世麾下诸将立功，都摩拳擦掌，恨不能立刻与刘猊拼个你死我活，一万来人不到两日便赶到了滁州郊外。

此时正是秋高气爽的天气，淮河南岸一片金黄，风景美不胜收。杨沂中对这美景视若不见，将吴锡叫过来道：“前方似已接近滁州，不知此处是何地？”

吴锡策马四周转了一圈，回来道：“此处应在滁州东南，再往前行，便是一处古镇，叫作藕塘，说是藕塘，其实既无湖藕，也无池塘，乃是山前一片开阔地。”

杨沂中刚要说话，前方一名小校骑马从远处箭一般地窜到面前，大概走得太急，几乎迎头撞到杨沂中马前，那小校也来不及请罪，急声道：“大帅，前方有大队兵马逼近，离此不过十余里！”

众人一齐抬头往前方天空看去，果然远远地从地面蒸腾起一片雾气，一眼望不到头，显然是一支数万人马的大军。

大战一触即发，杨沂中回头一看，众将都在马上绷直了身子，脸色也因紧张兴奋有些发白，杨沂中一挥令旗，部队保持着阵型，向藕塘方向开过去。

前方齐军也发现了一支人数不小的宋军在靠近，双方相距不过十里，狭路相逢，任何一方此时掉头极易导致全军溃败，于是两支军队别无选择地越靠越近，准备决一死战。

双方终于在藕塘相遇。刘猊那边运气好，正好占据山险，而杨沂中的人马却暴露在开阔地上。刘猊依山布阵，居高临下，箭支像雨点般泼向宋军。

杨沂中对诸将道：“我军人少，又不占地利，一旦战事胶着，相持不下，恐怕支撑不了多久，只能全力猛攻，速战速决！”

吴锡的摧锋军早已准备停当，见杨沂中令旗前指，吴锡一马当先，率三千骑兵冒着箭雨直突敌阵，摧锋军本是精锐，如此势不可当地直冲过去，顿时让齐军的大阵松动起来。

其他诸将也跟在摧锋军之后，不要命地率军往前攻，将齐军压得节节后退。

杨沂中见一击得手，趁着齐军混乱之际，率领手下精骑绕到齐军侧翼，两军刚一短兵相接，杨沂中便大喊：“贼军败了！贼军败了！”

其他将士也跟着大喊：“贼军败了！”齐军人马虽多，但骤然开战，号令难以及时传达，加之被宋军全力一击，正处于下风，听到这喊声，都有些着慌，连在中军指挥的刘猊也不知底细，惊疑不定地立在马镫上四处张望。

宋军猛攻猛打了约一顿饭工夫，齐军阵型愈发散乱，只是凭借人多，勉强支撑。杨沂中深知不能让齐军缓过气来，见齐军侧翼被撕开了一道口子，想也不想便带亲兵直冲进去。

杀入齐军阵内，才发现齐军人马极多，杨沂中率军往来冲突，搅得齐军大阵支离破碎，让刘猊始终无法将数万人马拧成一团。

双方在全力对抗，齐军像一个巨汉，被一个矫健灵敏的对手推得摇摇欲坠，拼命稳住身形，避免倒下。随着战事的推进，战场上风云诡谲，看上去齐军大阵马上就会崩塌，但过了一会儿，好像宋军又要被兵力占优的齐军包围。

恰在此时，东南方向突然喊杀声大起，另有一支人马加入战团，杨沂中不由分说地叫道："援军来啦！援军来啦！"宋军也跟着一起高喊，士气大振，齐军的斗志像决了堤的湖水，顿时泄了下去，杨沂中率领精骑，趁势杀向齐军中军，直奔刘猊。

刘猊远远地看见杨沂中，知道遇上了劲敌，只见杨沂中锐不可当，手下精骑个个如狼似虎，转眼间，便已突到跟前。刘猊眼看腹背受敌，自己军中又无人能与杨沂中抗衡，再待片刻，只怕杨沂中就会杀过来取自己首级，当下不及多想，掉转马头，在亲兵护卫下仓皇而逃。

齐军大阵至此彻底崩溃，士兵们丢盔弃甲，狼狈逃窜，更有些士兵在将官带领下，扔下兵器，围成一团跪下投降。

吴锡的摧锋军也已杀至中军，与杨沂中会合，杨沂中马不停蹄，带着一千多精骑，前去追击刘猊，绕过藕塘后面那座山时，突然看见山后有一支军队，列阵齐整。原来战事进展太快，齐军竟还有一支后备军未来得及参战，主帅已经逃走，没有接到军令的这支军队不知如何是好。

杨沂中看了一眼，山后少说有一万余人，当即横刀跃马，奔到阵前，大吼道："刘猊已经伏诛，尔等都是我大宋子民，为何还不归顺投降！"

杨沂中浑身是血，如同凶神一般，他这一吼，斗志全无的一万余齐军在主将带领下，扔下兵器，跪伏于地投降。

战事仍在继续，但已经成了一边倒的追击战，一名士兵骑马穿过战场，到杨沂中跟前，禀道："大帅，方才在敌军后方攻击的乃是江东宣抚司统制张宗颜。"

张宗颜乃是张俊部将，杨沂中点头道："来得正是时候！"

又有一名士兵策马飞奔而来，禀道："大帅，吴统制在前方缴获了一大批贼军辎重，光粮车就有上千辆，吴统制继续追击贼军，无法看护，特意派小的过来禀告大帅。"

杨沂中会意一笑，叫过身边亲将道："你率本部人马前去看护，弟兄们拼死得来的战利品，不能让别人捷足先登了。"

战场上虽然一片混乱，但喊杀声逐渐沉寂下来，取而代之的是吆喝声以及受伤士兵的呻吟，里面还夹杂着粗豪的笑声，杨沂中环顾四周，意识到已经取得了一次决定性的大胜，狂喜与庆幸猛地涌了上来，让他眼角有几分湿润。

刘光世第一时间便得到藕塘大胜的消息，这时候他脑子比谁动得都快，断定刘猊既败，刘麟必然会退兵，立即派出快马直奔庐州，让王德等乘胜追击。

王德在庐州已经觉察到齐军正在收缩，正不知是何意图，听到刘猊败北的消息，恍然大悟，赶紧大开城门，命全军出击，追到顺昌，与杨沂中会合后，继续追击，一直追到寿春府才罢。

伪齐中路军与东路军全线败退，让正率西路军围攻光州的孔彦舟成了一支孤军，听说刘猊大败后，他担心后路被断，赶紧解围而去，仓促之间，也丢下了无数军需辎重。

刘豫孤注一掷，倾国南征，结果落得惨败收场，别的不说，苦心筹备的大量军需全落入宋军之手，光大小舟船就有数百艘，装粮装辎重的车有数千辆，其他军需如器甲、金帛、钱米更是数不胜数，经此一役，原本还做着“六合混一”美梦的刘豫，脑袋终于不再发昏了，惶惶不安地龟缩在汴京，度日如年。

捷报传到行在，赵构欣喜万分，对比几年前朝不保夕的东逃西奔，如今的新朝廷的确显出了中兴的蓬勃气象，前线将帅用命尤其令人欣慰。至于此战立了大功的杨沂中，也由他一手提拔，临行前他还亲赐手诏勉励，如今杨沂中马到成功，让他这个伯乐颇感自豪，群臣入殿贺喜时，赵构不免得意，道：“朕所任得人，众卿这下该明白了吧？”

群臣自然是钦服，只有赵鼎与折彦质颇有尴尬之色，此次若不是张浚力排众议，坚持让诸将不得退守保江，恐怕伪齐大军都已经兵临大江了，哪里还能有这般空前大捷。

君臣感慨庆祝一番后，侍御史周秘奏道：“陛下，此战各军杀敌极多，又俘虏了不少伪齐士兵，臣以为朝廷理应下诏，令诸军不得凌虐俘虏。”

赵构点头道：“周秘此意甚善。西北、中原、山东之民，本来都是我朝赤子，迫于刘豫淫威，不得不负甲南来，临阵交兵，又不得不杀，朕每每念此，都十分心痛。”

说罢，转头对赵鼎道：“可再次戒敕诸将，以后与伪齐作战，能招降者先招降，临阵不得不杀戮者，都好生掩埋，置道场三昼夜，超度亡灵，以示朝廷矜恻之意。至于被俘之人，可给予钱米盘缠，全部放回去吧，也让我朝仁德，播之于敌国。”

群臣都赞叹，赵鼎道：“前向听到探报，刘麟南侵前，大肆征发山东、京畿一带的民夫，百姓不堪其苦，以至于有人将籍贯姓名写在身上，然后自缢身亡。”

赵构吃了一惊，问：“何故如此？”

赵鼎道：“当民夫实在是太苦了！许多人活活累死、饿死或病死在路上，根本无人去管。当年臣在陕西时，亲眼看见民夫随军出征，家属号哭之声，惨不忍闻，所以圣人常以用兵为戒。”

赵构张着嘴呆了半晌，叹气道：“他日天下平定，朕绝不无事兴兵征伐！”

朝会散后，赵鼎单独留了下来，稍微犹豫后，奏道：“陛下，张浚成功淮上，其气甚锐，应当使其尽展抱负，以成陛下恢复中原之志。臣虽为首相，不过是奉行诏令、经理庶务而已，与其如此，不如让张浚来当这个首相，臣引退为他腾出位置，也算顺应时事，于国于私都存有体面。”

赵构沉默不语，他也意识到张浚名为副相，但总揽兵权，其主持的都督行府天下瞩目，早有喧宾夺主之势，让身为首相的赵鼎颇为尴尬。而且张浚久治军旅，经营川陕时便有便宜黜陟之权，雷厉风行惯了，自然不愿受制于人，二相发生龃龉，也是迟早的事。

赵鼎见皇上沉吟，接着道：“臣与张浚开始时亲如兄弟，近期因吕祉等辈挑拨离间，才有不和，今日同为宰相，其实已难以共事，倘若臣此时奉身而退，还能保持同列之好，各留体面，倘若他日互相攻讦，争斗不已，反而两败俱伤，毫无益处，万请陛下斟酌。”

赵构安慰道：“卿与张浚，朕都有大用，自然也会妥善处置，不必过虑。”

赵鼎仍然放不下，也难怪，前向他与折彦质等人力主退守保江，差点贻误战机，而张浚力排众议，坚持进军，终获大胜，如今朝野舆论，都倒在张浚一边，他这个首相确实有些当不下去，便道：“不是臣固执己见，实在是朝野议论纷纷，是非曲直，一时难以厘清。倘若臣勉强坐在首相之位上，必有台谏列出臣几十条大罪来，那时候再罢相，臣可谓斯文扫地，狼狈不堪！陛下继位以来，任命的宰相前后十余人，无一人不是灰头土脸罢相，到时再落到臣头上，岂不是有损陛下察人之明？”

赵构听了，脸上有点挂不住，顿了顿，缓缓说道：“此事非同小可，等张浚回来再议吧。”

赵鼎不再多说，正要退下，赵构道：“前向朕让不在位的宰执们各写一道战守方略的奏折，现都陆续递上来了，元镇看过了吧？”

见皇上用拉家常的口气说话，赵鼎也不再端着，回道：“看过了，颇多国士之论。”

“元镇以为何人所论最切中时弊？”

赵鼎回想了一下，李纲、范宗尹、吕颐浩、朱胜非、王绹等都主张用兵，倒也不出意料。只有汪伯彦建议不能轻言北伐，一旦北伐，首先粮草就是个大问题，掠地就粮吧，相当于抢中原遗民的口粮，只能让他们大失所望，甚至掉转头来反抗王师；自备粮草的话，中原一带，并无漕运之利，当年救援太原时，种师中的人马就是因为粮草不继，最终被金军困死——此论也不新鲜，都堂论战时经常提到。

想来想去，最有新意的却是秦桧的奏折，一是他建议将金国与伪齐区分对待，金国帮伪齐打仗，不过是替刘豫火中取栗，好处全让刘豫占了，因此要让金国也明白其中的利害，大宋讨伐伪齐，并非针对金国，而只是平叛而已。二是他主张与金国对抗，既不必太怯懦，也不必过于虚张，二帝当年，就是形势一吃紧，便急于割地请和，过于怯懦，而形势一旦有所缓解，便又大张声势，推翻前议，自取兵祸，正是过于虚张。

“秦桧所议，倒应了陛下对他的考语:还算务实。”赵鼎照实答道。

赵构微微颔首，道：“朕也是这般看。秦桧滞留北方数年，于金国风土人情自是比旁人知之更多，方今朝廷用人之际，不必使其长处江湖之远。”

赵鼎连忙点头称是，心里却在琢磨皇上此话的深意。

说话间，内侍送进来一份急件，赵构拆开一看，立即神采飞扬，站起来道：“张浚过几日就到行在了！”

赵鼎见皇上兴奋之情溢于言表，脸上虽然带着得体的微笑，心里却五味杂陈。

十二　伴君如虎

张浚此次返朝，可谓风光无限，所过之处，百姓争相出迎，都想一睹张都督的风采。前线的大胜更是被渲染成了天兵天将大战妖魔鬼怪，更有甚者，说是两军僵持不下之际，张都督羽扇纶巾，单人单骑至阵前，只把羽扇一挥，道：张浚在此，尔等逆贼，何不早降？于是几万伪齐部队齐刷刷地跪下，归降了大宋。

张浚到了行在，略事休整后，随班入见，刚进都堂，便听赵构高声赞道："此次退敌之功，全出自张卿也！"群臣也是一片附和之声。

言者无心，听者有意，赵鼎在一旁颇不自在。在接下来的都堂之上，只听到张浚在高谈阔论，又是"天下之事，不倡则不起，不为则不成"，又是"夫天下者，陛下之天下也"，又是"赖陛下一再进抚，士气从之而稍振，民心因之而稍回"，几乎把忠义干云的漂亮话说尽了，借着新近的大胜，君臣心气极高，都堂里一片奋进之声。

朝会在一片慷慨喜庆的气氛中结束，身为首相的赵鼎，几乎没捞到说话的机会，只能故作轻松地往外走，偶一回头，见张浚还留在原地，大概有事要单独奏报。

"陛下，"张浚毕竟是经历过大起大落之人，内心已经平静下来，等其他人都走了，接着道，"刘豫经此一败，元气大损，中原士民日夜盼望王师北伐，此时我军乘胜而进，可一举直捣汴京，生擒刘豫父子！”

赵构点头道：“刘豫窃据神位，已近八年，前向竟骎骎然有得逞之势，此次倾国而来，却铩羽而归，朕料他如今定是坐立不安。只是此獠在中原经营已久，多少有些根基了，后面还有金人撑腰，要拿下他，也并非轻而易举，还需上下一心，将帅用命才是。”

张浚道：“陛下明鉴。刘豫此次南侵，可谓倾尽全力，志在必得。最先预警处乃是濠、梁一带，刘麟集重兵进攻，企图直下淮西，所赖张俊率部横击，使之不能得逞，只能转攻庐州，而刘光世居然弃守庐州，几致酿成大祸，幸好张俊有所预见，派杨沂中前往泗州，阻止二刘会合，否则淮西早已沦陷。此战应以张俊、杨沂中功劳最大，而杨沂中藕塘一战，又以吴锡功劳为大；二刘败逃，王德追击尤为有力，这二人都应有奖赏。另外，韩世忠驻守楚州，敌军不敢侵犯，而岳飞进军商州、虢州，威胁伪齐腹肋，虽未直接立功淮上，却于战局颇为有利。”

赵构听完，站起身来，踱了几步，道：“有功之将，朝廷应当重赏，可加封张俊为少保、三镇节度使，杨沂中为节度使、殿前都虞候。其他诸将，也应论功行赏。”

张浚道：“刘光世骄惰不战，不可为掌兵大将，请陛下罢去他的兵权！”

赵构沉吟片刻，突然问：“此事卿与赵鼎商议过否？”

张浚道：“尚未。”

赵构坐回龙椅，道：“罢免刘光世，以及卿方才所说乘胜收复中原，都非小事，可先与赵鼎商议，务必审慎进行。”

张浚蛮不情愿，但也无话可说，想就此退下，却见赵构似乎谈兴甚浓，便依旧侍立一旁。

“昨日卿献上来的几匹马，朕相了相，都是好马。”

“臣听说陛下单听马蹄声便知马之优劣，不知何以能如此？”

赵构笑道：“说来也容易，朕自小于经史诗词之外，极爱骑马射箭，马蹄声轻快有力者，必是好马，迟滞拖沓者，必是劣马，听得多了，隔墙就能辨别出来。天下万物，只要抓其要害，倒也不难辨别。”

张浚叹道：“倘若人才也能如此辨别，岂不甚好！”

“知人用人乃是天下至难之事！”赵构感慨道，“唐朝姚崇为相时，曾经在御前选拔官吏，此等国家大事，唐明皇却抬头看着屋椽发呆，不闻不问，姚崇惊愕不已，后来通过高力士问明皇意思，才知明皇之所以如此，乃是放权专委之意。人主任命宰相，合当如此，不然事事掣肘，何以成事？”

张浚道：“唐明皇堪称一代英主，他放权专委给姚崇、宋璟之辈，创‘开元盛世’，然而他后来专委杨国忠、李林甫，一切倚仗，终致安史之乱，正所谓以此得之，亦以此失之。”

赵构一笑道：“卿可知他因何而失？并非放权专委之过，而在于他用错了人而已。”

张浚一愣，回过味来，不由得看了赵构一眼，衷心道：“陛下能如此灼见事情本末，实乃国家之幸。”

“卿与赵鼎，乃朕左膀右臂，各有所长，各司其职，当同心协力，替朕分忧啊。”赵构悠悠道。

张浚赶紧跪下，道：“臣虽愚钝，定当竭心尽力，以报陛下！”

有了赵构这一番敲打，次日一早，张浚便在都堂外等着赵鼎，二人相见，相对深深一揖，虽然客气依旧，但却少了往日那种亲切自然。

寒暄过后，张浚进入正题，道："昨日觐见皇上，说到乘胜取河南之地，擒刘豫父子，皇上也颇有进取之意，不知元镇以为如何？"

赵鼎干脆利落地答道："不可。"

张浚大感意外，瞪着眼睛看着赵鼎，赵鼎接着道："刘豫不过是一块砧板上的肉，何足道哉，然而他背后靠的是金人。我问你，假使你擒灭刘豫，得了河南之地，能否保证金军不大举渡河南侵？假使金军大举南侵，能否保证诸将如破伪齐军队一样破金军？"

张浚被问得哑口无言，半晌才忿然道："如今将帅齐心，三军用命，早已不复建炎年间的望风而逃，元镇何必如此长他人志气，灭自己威风！"

赵鼎一笑道："我军实力与建炎年间相比，的确不可同日而语，但与金军相比，德远以为能否战而必胜？建炎以来，金军数次南下，千里劳师，我军仍然胜少败多，大仪镇一战，人称中兴第一功，举国振奋，却也不过擒杀女真数百人而已。如今河南一地已非我所有，千里劳师的反而是我，况且大河以南，全是平原旷野，利于金军铁骑冲突，德远掌兵多年，以为胜算几何？"

张浚脸上红一阵白一阵，拼命压住心头不快，道："正因如此，朝廷才赏优罚劣，以激励将士拼死效命，此次刘光世弃守庐州，几至酿成大祸，昨日我奏报皇上，想罢去他的兵权，以警醒诸将……"

赵鼎又是连连摇头，嘴里道："不可，不可。"

张浚奇道："有功必赏，有罪必罚，身为主帅却临战退却，如此还不罢免，何以服众？"

赵鼎见张浚有些急眼，便心平气和道："德远，此战刘光世的确有过，但并未酿成大祸，况且后来都督府命他进军，他也听了，之后还打了几场胜仗，算是功过相抵，下诏痛责他就好了，何必要褫夺他的兵权？刘光世固然不比韩世忠、岳飞等英勇善战，但各人有各人长处，他出身将门世家，多少将校都出自其门下，如今因为这点并不大的罪过罢去兵权，只怕会使人心浮动，到头来得不偿失。”

张浚对赵鼎这和稀泥的做法不以为然，碍于往日交情，才没有拉下脸来，但两人谈到此处，已是话不投机半句多了。

张浚不再多言，拱了拱手，转身径自向都堂走去，赵鼎的倔脾气也上来了，心想国家大事，岂能容你任着性子来？也板着脸上朝去了。

两名宰相一前一后，面无表情，互不搭理地进了都堂，群臣中眼尖的早已看到，都心照不宣地互相使个眼色，并不作声。

数日后，右司谏王缙入对，历数折彦质之罪，其中最主要的一条是，在敌军大举南侵之时，身为宰执，却在朝野倡议撤军退保之计，惑乱军心，几误国事，而且还在皇上面前挑拨离间，罪不可赦，应予以罢黜。

折彦质知道当初话说得太绝，如今张浚大胜回朝，自已也觉得脸上无光，见了王缙的弹劾奏折，半句辩解也没有，愿赌服输，直接上书请辞了。

都堂之中，只剩赵鼎形单影只，张浚主张移跸建康，赵鼎依旧唱反调；张浚主张乘胜进军擒灭刘豫，他又说国力还没到那地步，应当守土自强，未可轻进。两名宰相各执一端，针锋相对，只不过张浚前不久才力排众议，与敌军决战淮上，大胜而还，声望正如日中天，都堂也是一片进取之声，赵鼎这首相当得有点光杆司令的味道。

紧接着，左司谏陈公辅上奏折弹劾赵鼎，赵鼎见都堂之上，渐无自己容身之地，便屡次向赵构请求辞职。赵构原本是看重赵鼎的理政才能，冀望二相能互相扶持，共济大事，见赵鼎去意已定，只得愀然不乐道："既如此，卿就在绍兴府任职，朕他日还有用卿之处。"

张浚独掌大权，第一件事就是荐用秦桧，秦桧当年力抗金人，声名闻于朝野，张浚要的就是这等忠义之臣，共襄大业。

绍兴七年正月，赵构移驾平江府，诏告中外："朕获奉丕图，行将一统，每念多故，惕然于心。将乘春律，往临大江，驻跸建康，以察天意。"

持续了几个月的移跸建康之争，就此落下帷幕。

镇江府原是韩家军的大本营，自从韩世忠率军渡江北上，进驻楚州后，镇江的兵马大为减少，然而作为千年古城，丝毫不见冷清，中原逃难过来的百姓，许多都在镇江安家，特别是建炎三年扬州陷落，无数扬州百姓都逃到镇江，几年下来，镇江已成沿江一座繁华重镇。

镇江府衙坐落在镇江北面，毗邻金水湖，刚从淮西视师回来的张浚，正率几十名亲兵赶往府衙，距离还有半里路，张浚便下马，让亲兵原地守卫，只带两名随从步行前往。

刚到门口，便见老仆王夫迎了出来，一见是张浚，惊喜道："方才公子爷说听到马蹄声，让我出来看看，我还说哪有，没想到竟是相公来了！"说罢，急急忙忙地便要去通报。

张浚含笑止住他，径自往里走，便听到里面传来诵读声："苦竹林边芦苇丛，停舟一望思无穷……"

张浚接口道："青苔扑地连春雨，白浪掀天尽日风——彦修你好雅兴！"

刘子羽从屋内闪身出来，一见张浚，喜出望外地迎上来，道："什么风把兄长吹过来了？"

张浚一看刘子羽衣衫不整，皱巴巴的不说，上面还带着些污垢饭粒，不觉得笑出声来，道："想不到风流倜傥的刘子羽也有今日！"

玉儿听到动静，也出来了，怀里抱着个面如冠玉、眉清目秀的小男孩。

张浚呵呵大笑，看着刘子羽道："方才你就是吟诗给他听来着？"说着抱过小孩，带着真心的喜爱端详了一阵，叹道："可惜我膝下无女，不然结下这门姻亲多好！"

刘子羽笑道："兄长还青春着呢，再生就是了。"

三人说说笑笑进屋坐下，张浚道："前向朝廷事多，你也知道了……罢职的罢职，进官的进官，倒腾了几个来回，又把你从鄂州弄到镇江来了。"

"镇江乃是块宝地，能在此做官，不复他求。"刘子羽淡然道。

此话要在一二年前从刘子羽口中说出，张浚定会觉得有些揶揄牢骚的意味，但今日听了，却带着真实的满足，再看刘子羽，俊朗的脸上总是带着一丝抹不去的笑意。

张浚心里替他高兴，却不知怎的，又有几分怅然若失，二人相对坐下，刘子羽问："兄长此来，不只是为了来看一看的吧？"

见刘子羽切入正题，张浚便也直说道："想委托你一桩大事。"

刘子羽颇感兴趣地看着张浚，等着听下文。

张浚脸色却慢慢地凝重起来，道："刚从淮上视师回来，张俊、韩世忠军中士气高昂，主将亦身体力行，带头操练，唯独刘光世一军，军律不整，士卒恣横。我在军中微服私访之际，竟然有士兵故意亮着兵刃挡路，向我借几两银子的酒钱，还说来日一定双倍奉还，简直岂有此理！刘光世麾下，其实骁锐颇多，王德、郦琼、靳赛等堪称勇将，但主将不勤，也难成劲旅。"

这果然是大事，刘子羽也严肃起来，问："刘光世可有像当年范琼那样，不尊朝廷？"

张浚面色一紧，沉吟片刻，道："这倒没有，刘光世就是慵懒滑头，整日沉迷酒色，不恤国事。其他诸将，谈到恢复中原，驱除金虏时，都能奋然响应，唯独他散漫懈怠，意气怫然。而且说来也怪，我与他相识也有十余年了，竟然从未见他披过甲，明明目不识丁，却成日里宽袍长袖，羽扇纶巾，装扮成个儒士模样，不伦不类的，如此怎能带兵打仗！"

刘子羽也不禁好笑，问道："兄长打算如何处置他？"

"此人已不适合掌兵，我已奏明皇上，褫夺他的兵权。"

"皇上那边如何说？"

张浚从玉儿手中接过茶，喝了一口，道："之前便有台谏大臣上书弹劾刘光世退守大江，几误大事，不宜仍握兵柄，也说到了他骄惰懒散，不思进取。皇上当时脸色就不好看，说刘光世一军每月费钱米无数，都是生民膏血，却不能为国驱驰，十分可惜，还说刘光世沉迷酒色，何以率三军之士？又说兵无不可用，在于主将得其人，云云。"

"皇上此话切中要害，当年赵奢率赵兵大破秦军，而纸上谈兵的赵括率领同样的赵军，却大败于长平；乐毅用燕兵大破齐军，但换了骑劫领军，却大败于田单，正所谓千军易得，一将难求。——刘光世呢？他甘心交出兵权？"

"甘心自然是不甘心的，不过此人倒颇得黄老之术，能屈能伸，听说皇上不高兴，立即主动上书托病请辞。"

刘子羽点头道："如此看来，刘光世比范琼机灵得多，他现已不过一匹夫而已，兄长还有什么好顾虑的，直接拿下就是了。"

"拿下他不难，难的是找谁替代他。"张浚意味深长地看着刘子羽道。

刘子羽有点明白了，道："兄长的意思是……"

“你来执掌此军！”张浚道。

刘子羽吃了一惊，脸上并没有张浚期待的兴奋表情，皱眉沉思了半晌，然后缓慢而坚决地摇了摇头。

刘子羽此举大大出乎张浚意料，张浚不由得坐直了身子，问道：“如此千载良机，彦修何故推托啊？”

刘子羽低头沉思了一会儿，又看看旁边妻儿，才道：“若在几年前，有这么一支军队让我接手，我不会推辞，但以今日之势，却颇有不妥。”

“怎么讲？”

“兄长你看，过往数年，战事不断，皇上也是励精图治，选拔人才，多少领兵之将脱颖而出！张俊、韩世忠自不必说，吴玠一战成名，麾下吴麟、杨政、郭浩都有大将之才，至于岳飞，更是一飞冲天，手下猛将如云，王贵、牛皋、张宪哪个是等闲之辈？张俊、韩世忠帐下也是人才辈出，即便刘光世手下王德、郦琼也都颇有战功，前向淮上大捷，又冒出一个杨沂中……能掌兵者，屈指一数，排在我前头的少说有十来人，子羽纵然自负，却也深知军旅之事，非同小可，我手下既无一支跟随多年的亲信劲旅去弹压不服之众，过往数年也未亲自带兵厮杀，由我来接替刘光世，他底下人未必服气。”

刘子羽深有自知之明，说得句句在理，但张浚听在耳中，却很不舒服，道：“你是将门世家，自小便长在军旅中，你不习军旅，谁还习军旅？况且你我经营川陕数年，那几年你除了披甲上阵，什么没干过？你能文能武，谁能比你更合适？”

刘子羽听了，脸上露出一丝苦笑，道：“兄长是苦于都督府无兵马可使，想手头直接有一支军队是吧？”

张浚也不隐瞒，点了点头，道：“为天子收内外兵柄，本来也是宰相之责。”

刘子羽道：“那就更不能是我了！我与兄长的关系，朝野谁人不知？一旦子羽掌兵，恐怕台谏只会说那并非天子之兵，而是张丞相之兵耳，到时候皇上会如何想？”

张浚顿时僵住了，过了半晌，旁边一直没吱声的玉儿道：“大哥，你也知道彦修哥，只要是你的事，他哪回不迎难而上，他若拒绝，定是有他的道理。”

张浚叹了口气，蔫了下来，端起茶杯有一口没一口地喝着。三人一时都沉默下来，只有玉儿怀中的孩子发出“咿咿呀呀”的声音。

外面传来急促的马蹄声，张浚和刘子羽同时坐直了身子，马蹄声一直到府衙外才停止，紧接着脚步声由远而近。一名亲兵疾步而入，附在张浚耳边说了几句，张浚脸色大变，手一哆嗦，将桌上茶杯碰翻了，膝盖上全是茶水，他看也不看，急急忙忙地起身就往外走，甚至忘了跟刘子羽夫妻道别。

这必是出了大事！刘子羽一把拉住跟着张浚往外疾走的亲兵，悄声道：“何事至此？”

那亲兵与刘子羽熟识，也知他与张浚关系，极快地悄声道：“问安使刚从金国回来，说是道君皇帝薨了！”说罢，转身急步而去。

哦！刘子羽震惊之余，反而松了口气，也跟着出来，赶到府衙门口时，张浚一行已经走远了，只留下一片烟尘。

一队战船正在沿江而下，看其队列，显然训练有素，虽然江风劲吹，大江之上波涛起伏，但站在甲板上的士兵，却什么也不扶，两只脚如同钉子般稳稳当当地立着，中间那艘战船稍大，桅杆上扯着一面旗，迎风猎猎鼓动，上面写着一个大大的“岳”字。

这正是奉诏赶赴平江府，准备护送赵构君臣去往建康的岳飞一行，随军转运使薛弼也在船上，刚刚伏在栏杆上看着大江东去，生出许多豪情，得了几联佳句，正兴冲冲地往岳飞船舱走，到了门口，见了岳飞亲兵，问道："岳帅还在写么？"

亲兵点头道："已经写了快一整日了。"

薛弼暗暗奇怪，便步入船舱，果然见岳飞正埋头一笔一画用蝇头小楷在写奏章，便道："此事何须烦劳岳帅，只管将要禀明圣上的事告诉在下，在下代笔不就好了。"

岳飞停笔，看了薛弼一眼，脸色十分严肃，道："此次去行在，除了向圣上陈述用兵方略，还有一桩有关国本大计的事要禀明圣上。"

薛弼不禁好奇，道："不知是何事，岳帅方便对在下说么？"

岳飞示意薛弼将舱门关上，才道："近日得到探报，金国将丙午元子送入汴京，此举极为阴毒，我思来想去，不如奏请皇上早立太子，别让金国阴谋得逞。"

薛弼倒吸了一口凉气，丙午元子乃是渊圣皇帝之子赵谌，丙午年被立为太子，金国将他迁至汴京，似有不可告人之谋。至于当今皇上的"太子"，乃是从太祖后人中遴选的宗子赵瑗，虽然朝野瞩望，但尚未正太子之名，群臣对此都讳莫如深，毕竟皇上还年轻着呢。

岳飞看着薛弼，等着他给自己提些建议。

薛弼道："自古废立大事，皆出于宰执，岳帅身为掌兵大将，似不应干预此事。"

岳飞不以为然，道："宰执不过都是臣子，我虽为掌兵大将，也是皇上的臣子，如今国家多难，更应君臣一体，如此顾虑形迹，只会误了大事。"

薛弼听了，觉得也说得过去，见岳飞已经密密麻麻写了一大篇奏章，便道："那就不打搅岳帅了。"转身便出了船舱。

数日后，船队抵达平江府，赵构已从临安移跸于此，下一步便是按张浚所倡议的，移跸建康，北望中原。

从平江府启程前，赵构召见各地官员，岳飞与薛弼在同一日被召见，岳飞排在第一班，薛弼排在第二班，薛弼见岳飞目不斜视，口中念念有词，有些替他担心，但转而一想，岳飞深得皇上信任，如此掏心掏肺，皇上英明，当能理解其一片忠义，更何况岳飞所奏也确非小事。

岳飞进了都堂，赵构照例问候了几句，岳飞便陈述战守方略，说了足足一顿饭的工夫，赵构面带微笑，频频点头，等讲完了，赵构勉励了一番，然后道："卿还有要事奏否？"

这本是让人退下的意思，不料岳飞道："臣还有一桩事关国本的大事要奏。"

赵构微微一怔，只见岳飞从袖中掏出一份奏折，摊开来，双手端端正正地捧着，然后把题目念了出来："请正建国公皇子之位，臣岳飞闻近日虏首以丙午元子入京阙……"

岳飞聚精会神地念了一半，将奏折往后收了收，准备继续念，在停顿的片刻，他突然发现都堂内出奇的安静，他扫了一眼旁边，几名内侍僵立着，瞪着眼睛一会儿看他，一会儿看赵构，岳飞抬头看了眼赵构，顿时吃了一惊。

赵构眼神中带着令人战栗的寒光，像在极力克制着焦躁与不耐，以至于端正的脸显得有几分扭曲。作为天性聪悟的真命天子，登上帝位十余年来，经历了无数大事，早已修炼得喜怒不形于色，如此失态的样子更令人不寒而栗。

岳飞心一下子抽紧了，立即闭了嘴，再看赵构，他脸上恢复了平静，只带着些冷漠阴沉，仿佛刚才的失态并未发生过。

但岳飞心绪已乱，捧着奏折的手微微颤抖，只能硬着头皮继续往下念，没念几句，殿内不知为何刮起了一阵阴风，将他手中的奏折吹得乱颤，岳飞更加乱了方寸，匆匆忙忙、语不成声地将奏折好歹念完了，这才发觉已是汗流浃背。

殿内一片死寂，过了半晌，才听到赵构不带任何情绪的声音："卿之所奏，想必还是意出忠悃，然而身为大将，握重兵于外，此等废立大事实非卿所能干预！"

这话的分量岳飞当然能掂量出来，赶紧跪伏于地请罪，赵构已经缓过气来，款言道："平身吧，朕还要召见其他大臣。"

这头薛弼正往殿内走，一眼看见岳飞出来，面如死灰，便知事情不妙，只得忐忑不安地进了都堂，偷偷看了一眼赵构脸色，虽然若有所思，但似乎并无怒色。

"岳飞适才奏事，请正建国公皇子之位，朕告诉他'卿言虽忠，然握重兵于外，此事非卿所能干预。'"薛弼才行完大礼，赵构便直接说道。

薛弼赶紧把自己摘出来，道："臣虽为岳飞幕僚，但此事从未听他说过，前日船至九江时，见他在船舱中埋头用蝇头小楷写奏章，但凡密奏岳飞从来都是自己写就，不劳幕僚们动笔。"

赵构舒了口气，他真正忌讳的是掌兵大将与幕僚密议废立大事，你一言我一语，不知就要议出什么天大的事来！既然是岳飞自己的主意，倒还罢了，充其量是不太懂规矩而已。

"立储之事，乃是事关国本之大事，唯有天子身边的心腹大臣可以为之，断非掌兵大将之任，这个道理，你也跟岳飞讲讲。"

薛弼犹豫了一下，还是道："陛下，臣以为岳飞不是不明白这个道理，只是他觉得国事艰难，当君臣一体，却不知犯了大忌。”

赵构点点头，道：“方才岳飞自知闯祸，临走时脸色不好看，卿既为他帐下幕僚，闲时以君臣大义开导他一下。”

薛弼递上奏章，赵构又问了些军中之事，便让他退下了。

薛弼一出来，便急急忙忙地去找岳飞，到了他住处，门口却站着两名亲兵，说是岳飞眼疾发作，除非有紧急军情，这几日不见任何人。

随行而来的人只知道岳飞心情沮丧，却是不知是何缘由，也不敢乱猜，只得小心翼翼地做事。前向岳飞一面派兵北上直捣商州、虢州，一面不顾眼疾，奉旨亲率大军沿江东下救援，虽然还未赶到战事便已结束，但听说皇上十分欣慰，说：“刘麟败北，朕不足喜，而诸将知尊朝廷，为可喜也。”可知对岳飞还是非常器重信任的，不知经此一事，皇上的恩宠会不会打个折扣。

数日后，朝廷降下恩旨，已经官至检校少保、两镇节度使以及京湖宣抚副使的岳飞，因商、虢之功，加封太尉，升为宣抚使。

次日，王贵加封为棣州防御使、龙神卫四厢都指挥使，牛皋加封为建州观察史，其他众将，都有赏赐。

真是天威凛冽，皇恩浩荡！薛弼再去找岳飞时，岳飞心情已经大好，不再闭门谢客了，见了薛弼，惭愧道：“悔不听夫子言，差点惹出祸事！”

薛弼道喜过后，安慰道：“也不至于，皇上说了，岳帅是出于一片忠悃之意，只是从今往后，岳帅切莫再犯此忌讳。”

岳飞道：“前日在都堂上，一时慌乱，未将话奏明白，等回了鄂州，我再好好写一份奏折，将来龙去脉与皇上讲一遍，以表明心迹。”

薛弼皱眉不语，觉得他有点画蛇添足，此事过去了最好，还提它做甚？不过转而一想，做臣子的诚惶诚恐一再解释，或许也是姿态吧。

岳飞兴致盎然，拉着薛弼滔滔不绝，大谈收复中原之事。薛弼含笑听着，他知道岳飞才受封赏，正是满腔热血之际，恨不能粉身碎骨报答天恩。

二人畅谈正欢，一名亲兵过来禀道："岳帅，方才张太尉那边有人过来问，能否将我们泊在码头的船往上游靠一靠，他们的船好停进来。"

岳飞正聊得舒心，随口问道："哪个张太尉？"

"淮西宣抚使张俊张太尉。"

岳飞脸上的笑容凝结起来，过了半晌，才问："我们的船已经停靠了数日，他的船后来，停我们身后便罢了，为何要占我们的位置？"

那亲兵见岳飞问起，突然情绪爆发起来，道："说的是啊！岳帅！这张太尉自恃功高，老摆上司的谱，大伙早不乐意了，刚才还有人嚷嚷：'我家相公也是宣抚使了，凭什么让你？'"

薛弼赶紧劝道："昔日廉颇不满蔺相如位在其上，百般凌辱，蔺相如总是回避，说并非怕他，而是先国家而后私仇也，张太尉见昔日下属威名日著，心里不舒坦是有的，岳帅让让他又何妨，不就是挪一下船只么？"

岳飞展颜一乐，脸上笑容却有几分勉强，对亲兵道："传我帅令，将船只移至上游，好让张太尉船队进来。"

那亲兵满脸不乐意，嘴里嘟囔道："就怕张太尉不比廉颇，能负荆请罪！"

岳飞不觉好笑，喝道："你这厮倒还知道负荆请罪，快去传令！"

亲兵走后，岳飞敛了笑容，谈兴全无，坐着发了一会儿呆，叹息着对薛弼道：“人心着实难测，岳某有时恨不能将心掏出来，以示坦荡赤诚，却也是有心无力。”

薛弼道：“世事原本如此，不然何以说‘人心隔肚皮’呢！相公如今位高权重，举手投足便能惊动天下，也需学些黄老之术，不必时时剖心沥胆，反而遭人疑忌。”

薛弼此话，也真算得上是肺腑忠言了，岳飞起身，踱了两步，回头微笑着道：“不就升了宣抚使么，你怎么也改口叫起‘相公’来了？”

解除刘光世兵权一事进展得异常顺利，先是赵构御笔亲书，命他来行在建康觐见，群臣中还有人担心他会疑而不行，不料刘光世痛痛快快地赶赴行在，见了赵构，先是痛悔其罪，然后再三乞求交出兵权，更以其军中金谷百万献给朝廷，以示诚意。

刘光世如此识相，赵构也不能亏待了他，于是仍让他保留少保和三镇节度使的头衔，并且加封荣国公，功虽未成，却也算是荣退。

刘光世既罢，摆在朝廷面前的一个重大问题便是由谁来掌管他留下来的这支大军，事关重大，赵构便召集几位重臣来行宫商议。

建康行宫又小又破，寝宫后面，连厨房和茅厕都不齐全，因赵构移跸至此，便修葺了几间小屋，作为宴居和宫人居住之所。行宫地面虽然平滑，却都是沙土地，连砖都没铺，宫室内更是简陋，简直都比不上寻常富贵人家。

几位大臣就在逼仄的都堂内落座，说到正题之前，都忍不住议论起刘光世的一些糗事，张浚道：“刘光世此人财迷心窍，得了朝廷八千金的赏赐，逢人便说，‘早知有这么多，不如前两年就交出兵权了。’”

众人都笑，沈与求道：“听说他去温州居住时，跟人自比陶朱公，颇为自得，倒真是个爱财之人。”

新任参知政事张守道：“陶朱公范蠡乃一代贤臣，功成身退，富甲天下，刘光世自比陶朱公，岂不是贻笑大方。”

赵构道：“众卿都以范蠡为贤臣，以朕观之，贤则贤矣，然而他为明哲保身而退隐江湖，于君臣之义犹未尽也。”

众臣都以为然，张浚接着道：“臣听人说，刘光世得了皇上赏赐的珍玩，爱不释手，白天看不尽兴，当晚还点起蜡烛，一直赏玩到四更天呢。”

众人都大笑，赵构却若有所思，刘光世将门世家，哪至于如此见钱眼开，甘为笑柄，只怕也是担心朝廷见疑，故意示人以爱财，借以明志呢！若果如此，这人倒未必一无是处。

“朕昨日听奏报，韩世忠久攻淮阳不下，已还军楚州，看来刘豫在此地经营已久，急切间难以攻取。”

皇上谈到正题上来，众臣便都敛了笑容，张浚回道：“淮阳乃是伪齐的要害之地，刘豫在此屯驻重兵，且置烽火台，一旦有警，便燃起烽火，金军与伪齐军都来救援，因此一时的确难以攻取。”

赵构点头道：“取天下须论形势，倘若占据形势，不须劳师远征，天下或可传檄而定。此事颇似弈棋，只要布局得当，自有必胜之理。”

张浚点头称是，心里却犯嘀咕，难道皇上要韩世忠来领刘光世的淮西军？

只听赵构接着道：“刘光世一军，原本是精锐，只是军纪涣散，故不能令行禁止，当务之急，应找一位军纪严明、声望卓著之将前来替代，众卿以为如何？”

众臣都点头称是，心里一下子也明白了，皇上说出此话，相当于直接点了岳飞的将。

张浚心里有几分失望，但赵构所说，确是事实，岳飞战功、爵位、声望自不必说，更重要的是，岳家军的军纪严明是出了名的，由他出面整顿淮西军那帮兵油子，再合适不过。

“陛下所言甚当。”张浚道。

既然都督天下兵马的宰相也如此说，其他众臣更无异议，赵构便道：“来日朕当亲降御札与王德和郦琼，令他二人听岳飞号令，至于岳飞，可再召他至行在，朕要好言叮嘱他一番。”

岳飞才回鄂州不久，立即又接到速赴行在的诏书，不觉有几分纳闷，薛弼尚未返回，便叫来宣抚司机密黄纵过来商议。

黄纵精瘦精瘦的，脑子转得极快，立即道：“朝廷才刚封赏过相公，又急召相公赴行在，其中必有缘故。”

岳飞道：“大约皇上还是要垂询军事方略吧，上回因故未得详述，这回应是再召我细问。”

黄纵眯着眼睛琢磨了一会儿，摇摇头道：“最近朝中出了一桩大事，相公自然是知道的。”

朝中最近大事多了去了，先是道君皇帝驾崩，皇上哭得死去活来，举国哀悼；然后朝廷又将行在从临安迁往建康，数千宫眷官属，加上护卫人马，共有数万人，仅路上就走了一个多月……

见岳飞根本不往那上头去想，黄纵便道：“刘光世已罢兵权，淮西军群龙无首，此军素来军纪不振，朝廷深以为患，且五万人马，不可一日无主将，试看今日天下，还有谁比相公更适合执掌此军呢？”

此事来得有些猝不及防，岳飞呛了一下，不由得咳了几声，凝视着地面，眼中神采流动，仿佛入定般陷入沉思。

良久之后，岳飞抬起头来，脸上已经平静如常，问道：“来日觐见，皇上必问收复中原之事，如何应答为好？”

黄纵知道岳飞心中已有盘算，便道：“收复中原之事，相公其实也说过多次了，取之甚易，而守之甚难，中原之地，皆平原旷野，并无山川之利，取之不可守，尔后又轻松丢掉，如此周而复始，纯属徒劳。”

岳飞道：“道理确是如此，只是养兵十万，安坐而不进，则中原何时可复？”

黄纵有些神秘地看着岳飞，道：“正因如此，取中原非奇兵不可。”

岳飞眼睛一亮，问：“何谓奇兵？”

黄纵道：“相公你想，若无金人撑腰，谅刘豫那点微末功夫，何以能在中原立足，只要我们阻隔了金齐交通，不费一兵一卒，则刘豫自败，而要隔断金齐，非河北奇兵不可。”

岳飞拍案而起，仰天大笑道：“你我真是不谋而合！此事本帅已筹备数年之久，相州的内应早都等不及了，只要大军西出关陕，横击金人国境，河北义军必然群起响应，到时河南之地，正如探囊取物，易如反掌！”

黄纵笑眯眯地看着意气风发的岳飞，道：“官家听了此番奏对，没有不欢喜的道理！”

岳飞心情极佳，对亲兵道：“拿酒来，我要与黄机密痛饮三杯！”

收拾停当，岳飞当日便迫不及待地率亲兵出发了。

自从赵构移跸建康，岳飞面圣方便了许多，几艘轻舟顺江东下，不知不觉便到了建康，看着虎踞龙盘的建康城，岳飞感慨万千。八年前，他不过是杜充手下一员偏将，杜充降金，他率一支孤军转战江南，趁金军北还之际，收复建康，终获朝廷赏识。十来年戎马倥偬，弹指间，这个昔日的农家弟子已经掌兵数万，贵为公卿。

如今这位年轻的统帅还要横扫金军，光复中原，建不世之功！

刚在驿馆住下，内侍便来传旨，让岳飞明日入宫觐见，皇上如此急着召见，更加显示有要事相商。当晚，岳飞将明日要奏的话在脑子里想了十几遍，直至烂熟于胸才罢。

次日，岳飞在都堂觐见，君臣相遇，都有几分感慨，岳飞还因上次唐突心怀愧疚，此时见赵构笑脸相迎，温言问候，又见他因道君皇帝驾崩，身上穿着浅黄袍，系着黑银带，看上去就像素服一样，不禁鼻子一酸，几乎流下泪来，跪下道："陛下还安好吧？臣在鄂州，无一日不惦记陛下！"

赵构听到这肺腑之言，眼角也有几分湿润，道："岳卿快快平身，朕都安好，劳你惦记呢。"

君臣又寒暄了几句，赵构问道："卿帐下现有六七万人马，乃诸军之最，刘豫自去年一败，已是日暮途穷，收复中原，此其时也，卿可有进军方略？"

岳飞心里涌起一阵兴奋，皇上果然跟自己想到一块儿去了！便从容答道："陛下，刘豫窃据中原，不是他有多大本事，而是背后有金人撑腰。因此，取中原并不难，难在于守；灭刘豫不难，难在于金人。"

赵构微微颔首，这一点他也是心里有数的，几年前李横等一干乌合之众都杀到了汴京附近，然而金军一反击，便一溃千里，把之前占据的城池丢个精光，征战半年，到头来却是竹篮打水一场空。

岳飞接着道："因此臣以为取中原应先断绝金人与刘豫之交通，刘豫一旦少了金人支撑，便是瓮中之鳖。臣与帐下诸将及幕僚商议良久，认为当派遣一支大军直趋京洛，据河阳、陕府、潼关，直逼陕西五路，陕西五路皆叛将驻守，本就存了观望之心，一旦王师莅临，势不可当，定会归顺，则我大军往北迂回，汴京便在我军兵锋之下。刘豫害怕陷入绝境，定会舍弃汴京而渡河往北，如此京畿、陕西尽可收复。我军再占据要地，经略两河，河北义军早已与我军联络多时，见王师北伐，必会群起响应，如此一来，战场便转移到了两河一带，伪齐之境尽为王土，到时，大辽有可立之形，金人有破灭之理，陛下社稷可保长久无穷！”

赵构听完，便知这是日夜筹划过后的方略，措施虽大，却绝非纸上谈兵，倘若此战略能够实现，不要说中原，陕西、山东以及河北都能光复，大宋不仅能中兴，还能开创一代盛世！

“卿之所议，果然不同凡响！”赵构由衷叹道，从龙椅上站起来，看着都堂外遥想了片刻，突然对岳飞道：“卿身为大将，有良马否？”

赵构这个问题有点突兀，不过对于马匹，岳飞自是再熟悉不过，当下答道：“圣人云：‘骥不称其力，称其德也。’臣曾经有两匹千里马，从不吃草，每日吃刍豆数斗，也从不喝其他水，只饮清泉一斛，倘若水中有一些浑浊，无论多渴也绝不沾半点。披上甲胄骑行，开始一百里似乎走得不快，然而一百里后，其他马都乏了，这两匹马却精神抖擞，振鬣长鸣，疾行如电，还能跑二百里，取下鞍甲时，马仍然神采奕奕，身上几乎见不到汗，可惜数年征战下来，这两匹马相继受伤而死。臣现在骑的马，看上去颇为神骏，每日也不挑食，给草吃草，给粟吃粟，泉水、溪水都喝，马鞍还未挂好，便躁动不安，跃跃欲试，人一骑上去，便窜出去几丈远，然而骑行不过一百里，这马便大汗淋漓，气喘如牛，快支撑不住了。正所谓寡取易盈，好逞易穷，马犹如此，人亦然也。”

赵构莞尔而笑，自己随口一问，不料岳飞竟做出如此一番奏对来，既隐含劝谏，又有自比千里马之意，遍数掌兵大将，能说出此话者也只有岳飞一人。

他素来自负能识好马，便道："这还是卿不尽识马之优劣。大抵十分驯顺，易于乘骑者，必是驽马，不耐久而易乏；而逸群良驹，就鞍之初几乎不可制御，然而一旦驯服，必能骑行千里。卿所言'马犹如此，人亦然也'，颇有道理，大约议论刚正、面目严冷者，多为诤臣，而阿谀奉承、固宠患失者，多不可用。"

岳飞叹服道："陛下所言，洞鉴千里，臣凛然受训。"

赵构起身，在龙椅前踱了几步，然后又坐下，终于点到正题，道："朕欲将淮西之师归卿统领，卿意下如何？"

虽然竭力控制，岳飞仍难掩激动，跪伏于地，用颤抖的声音道："臣岳飞领旨！臣不过一山野鄙夫，蒙圣上厚恩，委以重任，定当殚精竭虑，死而后已！"

"中兴之事，朕一以委卿，除张俊、韩世忠不受节制，其余诸将都受卿节制。"赵构接着道。

热泪终于滚落于岳飞脸颊，他几乎哽咽不能自语，只听赵构又道："这是朕亲笔写的诏书，你去淮西军中时，将此诏示与众将，如朕亲临。"

岳飞从内侍手中接过诏书，上面写道：朕惟兵家之事，势合则雄。卿等久各宣劳，朕所眷倚。今委岳飞尽护卿等，盖将雪国家之耻，拯海内之穷。天意昭然，时不可失，所宜同心协力，勉赴功名，行赏答勋，当从优厚。听飞号令，如朕亲行。倘违斯言，邦有常宪！

岳飞看完，小心翼翼地将诏书卷好，像护婴儿般捧在手里，长长吁了一口气。

赵构完成了一桩大事，靠在龙椅上慰勉了岳飞几句，便让岳飞退下了。

岳飞出得宫来，只觉得天地宽广，万物祥和，脚步轻快得快要飘起来，一抬眼，看见三人并肩而来，正是张浚和新上任的枢密使秦桧，以及参知政事张守，三人一看岳飞神情，便猜着了七八分了，脸上露出矜持的微笑。两边同时施礼问候，却什么也没说，意味深长地互相看了一眼，一揖而别。

岳飞走了百十步远，忽听得后面有人喊道："岳太尉留步。"岳飞回头一看，却是张守，后面跟着张浚，秦桧并不在，大概先入宫了。

岳飞便大踏步走过去，两边施礼后，张浚道："此番觐见，皇上定是要垂询战守方略，料想太尉这头已有筹划，不知能否透露一二？"

岳飞笑道："张相这是哪里的话！你是都督天下兵马的丞相，岳飞纵然有天大的胆子，岂敢隐瞒半分！"于是便将自己从商、洛进军陕西，收服陕西五路叛将，然后联结河北义军，横击金军的方略细细讲了一遍。

张浚听了这宏图大略，内心不知怎的涌起一股莫名的失落感，当年自己正是经营川陕，以图中原，最终却因富平一败，饮恨而归。一念及此，心中不禁怅然，特别听岳飞说到陕西五路叛将时，更觉得脸上无光，等岳飞讲完了，他压住心中复杂的情绪，微微颔首道："此措施极大，还须朝廷好生筹划才是。"

岳飞胸有成竹，拱手道："尚请都督多多关照！"

旁边张守催道："张相，不要停留太久，总不能反让官家等咱们。"

岳飞便与二人道别，转身离去。

二人继续往宫内走，张守道："德远方才让秦枢密先行一步，为何不让他也一起听听呢？"

张浚只是微微一笑，并未作答，张守在一旁看了看他的脸色，突然一把揪住张浚，面色凝重地看着他道："德远，我有句心里话，不知当不当对你讲？"

张浚吓了一跳，道："你我有什么不能讲的？"

张守道："秦桧复职枢密使，固然是因德远力荐，其实我也写了不止一份奏折力荐此人，原本以为他敢在金人刀兵之下，力保赵氏，定是个响当当的忠臣。然而近日与他交往，此人吞吞吐吐，不阴不阳，一谈及恢复，便摆出副高深莫测的模样，也不知他到底盘算什么，总觉得他有患得患失之心，不像你我那样坦诚相待，倘若将来此人掌权，江山社稷堪忧啊！"

张浚神情严肃起来，张守此言，也正是他近日所感，思前想后了半日，终于不情愿地点头承认道："诚如君言也。"

十三 岳飞负气

汴京皇宫，数月来一直沉浸在沮丧与惶恐的气氛中。

去年秋天倾举国之力南下，却落得个一败涂地，刘豫终于认清了自己的那点实力，也清醒了不少：之所以能在这汴京皇宫沐猴而冠坐在龙椅上，实在不是自己有多大能耐，而全在于金人的扶持。

因此，当金国派遣使臣过来问兵败之罪时，刘豫不得不把侄儿刘猊推出来做替罪羊，剥夺了他的爵位，废为庶人。

他早已得知靠山粘罕失势的消息，前不久还听说他病重，已经足不出户，旦夕间就可能一命呜呼，这让刘豫更是如坐针毡，他无法摆脱一个可怕的念头：金廷没准正在密谋废掉他这个齐国皇帝。

现在，他正望眼欲穿地等待皇子府参谋冯长宁出使回来。之前朝臣给他出主意，与其胡乱猜测，不如试探一下金廷的意思，派人出使金国，请求立其子淮西王刘麟为太子，倘若金国应允，那自可放下心来；倘若拒绝，那就再寻应对之法。

冯长宁去了足足一个月，终于返回汴京，刘豫迫不及待地召他进宫，等冯长宁来了，刘豫也顾不得什么天子气度，急巴巴地问道："上国有何话说？"

冯长宁神情中带着一丝疲惫，道："臣到上京，先花了好几日才将所带金银珠宝分送给朝中重臣，又等了几日，大金国皇帝才召我觐见，都堂之上，也不问别的，就问去岁南征是如何败的。臣递上国书，皇帝身边几名重臣看过后，跟皇帝商量了一会儿，然后皇帝才道：‘你回去后，将朕原话转与你家主上：先帝之所以立尔为帝，乃是因尔有德于河南之民。尔子刘麟有德否？朕还从未听说过，等朕派人慢慢咨访河南百姓后再定夺罢。’”

刘豫怎么听都觉得这话带着股阴恻恻的味道，一阵凉意从心头掠过，不由自主地抖了一下，半晌才回过神来，问：“国书呢？”

冯长宁摇摇头，道：“大金国皇帝没给国书，臣等了数日，再三询问，才得到一句话：不必等国书了，回去复命吧。”

刘豫又是一阵不寒而栗，脸色也变得灰白，坐在龙椅上呆若木鸡。

冯长宁是刘豫父子心腹，见刘豫失魂落魄，便跪在地上，道：“臣有一言，陛下饶臣不死才敢讲。”

刘豫道：“起来吧，都这步田地了，还有什么敢讲不敢讲的。”

冯长宁这才压低嗓音道：“陛下，大元帅病重，撒手西去只怕就在这几个月，大金国朝中已经无人替我们说话，新晋的几名重臣都心怀叵测，依臣愚见，陛下须留个后手才是。”

刘豫已经猜着了几分，只不作声，听冯长宁继续往下讲：“不如派人去交通江南，万一北边有异动，还有条后路。”

刘豫沉默良久，叹气道：“倘若前头没有张邦昌，朕未必不会想到这条路。张邦昌不过无奈之下做了三十三日皇帝，还有德于赵氏江山，仍落个三尺白绫，悬梁自尽，朕做了快八年皇帝，还数次南征，传檄天下，早把赵家皇帝得罪透了，如今兵败不久，再去通好，反而示弱于人，只怕不待金国动手，江南的北伐大军就杀过来了。”

冯长宁顿时没了主意，君臣二人面对此绝境，计无所出，只能面面相觑，相对发愁。

“陛下也不必过于忧心，”冯长宁琢磨了一会儿，安慰道，“金国毕竟与赵宋有血海深仇，依臣看是极难以化解的，陛下只需好生侍奉上国，慢慢与新晋的几位重臣结交，施以重金，不信他们不念叨陛下的仁义。”

刘豫宽心了些，以一国之力，巴结几个金国权贵还是绰绰有余的。他站起身来，在殿内踱着方步，努力排遣心中那隐隐约约的不祥感，直到自己的宠妃派内侍过来问安，他心里才慢慢地舒坦过来。

才不过数日，金国派来使者，告知了大元帅粘罕病故的消息，刘豫赶紧把几名重臣召来商议。君臣相见，都隐隐觉得都堂里气氛有异，透着股焦虑和拘谨，大家心里都明白，大齐江山正摇摇欲坠。

刘豫把金国皇帝的诏书看了又看，总觉得里头有责备、警示的意味，怕自己看不真切，便给宰相张孝纯看。

张孝纯看了一遍，觉得确实与以往口气颇有些不同，心想这何尝不是咎由自取？前向听了罗诱等人的唆使，大举兴兵南下，一败涂地不说，还累得中原、山东百姓怨声载道，大失人心，如此成事不足，败事有余，金人哪里看得起你？

“永锡，你以为如何？”刘豫见张孝纯不说话，便追问道。

“陛下，为今之计，只能是轻徭薄赋，与民休息，跟赵宋争夺人心才是正道。至于大金国那边，应多派使臣前去探问，大元帅既逝，想必朝中必有一番变动，此时宜先观望，切勿轻举妄动。”张孝纯道。

刘豫连连点头，心里只后悔去年自不量力，贸然出兵，弄成如今这样一副烂摊子，不知如何收场。

卢伟卿出列奏道：“陛下，臣以为还应派使臣向大金国请兵伐宋。”

众臣听了愕然，都觉得不合时宜，刘豫也觉得此时再派人去请兵，纯属自讨没趣。

卢伟卿道："陛下，如今江南一拨又一拨地向大金国派遣使臣，就怕他们巧舌如簧，欺瞒新皇，以为可以跟江南言归于好，倘若如此，大齐无以立国。我朝派使臣去请兵，大金国出不出兵先且不论，但须得向大金表明江南无一日不忘复仇，切莫被江南使臣的花言巧语所迷惑。"

刘豫恍然大悟，连声道："有道理，有道理！卢卿此言实乃老成谋国！"

卢伟卿接着奏道："前向使臣回来，言及前朝道君皇帝驾崩，江南便借机派王伦出使大金国迎奉梓宫，臣数次出使金国，听金国重臣议论此人，言语中颇为欣赏，这王伦极善言辞，谁知道他这次见了大金国君臣，会绉出些什么话来！"

刘豫神情严峻，阴沉着脸想了片刻，断然道："事不宜迟，明日即派使节前往大金国，请兵伐宋！"

张孝纯嘴上不说，心里却想：如此一再请兵，招人厌烦还是小事，难道就不怕人家心中起疑？

但刘豫已经认定卢伟卿所言极有道理，而且在他心里，还存着两分侥幸，万一金国真的就答应出兵了呢？

面圣后的次日，张浚的都督府便奉旨下发文书，命岳飞收掌淮西军。

朝廷移跸建康后，都督府也随后迁入，吕祉处理完杂务后，也来到了建康，刚入府衙，便找到张浚，问道："相公，听说朝廷有意让岳飞并统淮西军，可有此事？"

张浚拿出公文给他看，道："皇上那边已经下了诏书，都督府的军令也发出去了。”

吕祉将公文看了一遍，上面明白写着：“淮西宣抚刘少保下官兵共五万二千三百一十二人，马匹三千一十九匹，须听岳飞指挥。”吕祉将文书拍在案上，重重地叹了口气，道：“大宋江山一百七十余年，无割据之害，全赖祖宗收天下兵权于朝廷，如今倒好，天下之兵，半数集于一人之手，如此不是急功近利、饮鸩止渴么？”

张浚不由得浑身一震，眼睛盯着案上的公文，一言不发。

“这一大半兵马到了岳飞手里，他有何筹划？”吕祉问张浚，口气倒像是在盘问下属，二人平常性情相投，直来直去，如今事关国家社稷，他也丝毫不客气。

张浚心里原本藏着些隐秘的想法，只能跟刘子羽坦露，见吕祉直言不讳，一下子谈到根本上来，心思便活泛起来，将岳飞进军筹划之事与吕祉说了。

吕祉不习军务，但形势却看得明白，听完后冷笑道：“这措施极大，一旦施行，只恐都督府不在建康，而在鄂州矣！”

张浚又被他说得一激灵，脸色也变得灰白，不由得站起身来，在案前低头踱来踱去。

“吕祉有一言，不知相公愿听否？”见张浚点头，吕祉道，“富平会战，可惜早了几年，倘在今日，必是中兴一战！相公为何不让都督府亲领一军？”

张浚心底里的话被吕祉掏出来，简直舒坦得不行，他克制住内心的激动，道：“岳家军多是河朔之人，极为善战，由他们来对付金军，原本旗鼓相当……”

吕祉慨然说道：“相公此言差矣！我看朝中众臣动辄便说南兵不可用，打仗必得西北之兵，然而赤壁之役，曹操以二十万北方之众大败于周瑜，淝水之战，苻坚以五十万众败于谢玄，谁说北方之人就能常胜？越王勾践崛起于吴越之地，却兵强诸国，威震天下，难道他们也是北方之人？”

张浚再矜持，听了此话，脸上也不由得露出欣慰适意的笑容，赞道：“安老此言，真是惊天地，泣鬼神，诚可载入青史，彪炳千秋！”

吕祉更加慷慨激昂，直言道：“相公，是谁定的规矩，统军之人必是武将？”

张浚已明其意，心里一百个乐意，却不说出来，只淡淡道：“也未必便是规矩吧。”

“在下想来也是。”吕祉道，“当年范仲淹、韩琦治理西北，对抗西夏，当地百姓便有传唱：军中有一韩，西贼闻之心胆寒。军中有一范，西贼闻之惊破胆。二人都是以文臣领军，不也名重一时么？”

这些话听在张浚耳中，无不痛快酣畅，便笑道：“军中有一吕，又当如何啊？”

吕祉奋然起身，腰杆挺得笔直，道：“若得相公垂青，吕祉能专领一军，当生擒刘豫父子，然后尽复故疆！”

张浚敛了笑容，眼睛死死地盯着前方足有半盏茶的工夫，然后收回目光，沉声道：“明日我便赶赴行在，向皇上言明合兵之弊，皇上英明睿智，必会有所警醒。”

远在鄂州的岳飞还不知事情已有变化，召集诸将与帐中幕僚反复权衡了收复中原的计划，尔后精心拟了份《乞出师札子》，快马送至行在。

本以为朝廷会迅速批复，不料等了十来日，竟不见任何回音，岳飞也只能耐住性子继续等，接着收到的却是一份与己无关的诏令：吏部侍郎吕祉就任兵部尚书，兼都督府参谋军事。

这份任命着实有些突兀，岳飞颇为不解，但也没细想。数日后，他终于等来了赵构对他奏折的批复，上面写道：览奏备悉，俟卿出师有日，别降处分。淮西合军别有曲折，前所降王德等亲笔，须得朝廷指挥许卿节制，淮西之兵方可给付。

岳飞把这份语焉不详、欲言又止的批复看了十几遍，终于确定这是朝廷收回成命的意思，只是这中间到底发生了什么，他却一无所知。

次日，朝廷诏书又至，召他赴行在议事，岳飞还抱着一线希望，赶紧启程，再次赶往建康。

行至九江时，碰上了刚被任命为襄阳知府的薛弼，正逆水往上游走，两人相见，薛弼见岳飞面色不好，早已明白，两人进了船舱，薛弼有意缓和气氛，笑道："相公这一个多月已是三赴行在了吧？"

岳飞自我解嘲道："有这工夫，都已兵出商、洛了。"

两人坐下，薛弼问："相公领淮西军一事有变？"

在自己军师面前，岳飞也不隐瞒，郁闷地长叹了口气，将赵构的批复给薛弼看了。

薛弼微微一笑，并不觉得意外，道："不是薛弼事后诸葛亮，当初朝廷让相公领淮西军时，我就觉得此事难以长久，随便给朝中某个宰执一劝，圣上收回成命几乎是板上钉钉的事。"

岳飞不解地看着薛弼，薛弼道："相公你想，如今岳家军兵强马壮，为诸军之冠，倘若再把淮西军并过来，你算过没有，天下兵马一半都在相公手里，皇上纵然信得过相公，群臣却未必信得过。只要有人在皇上面前说一句'祖宗制度''尾大不掉'之类的话，皇上哪能不惊心哪！"

岳飞看着薛弼道："直老，你最近一直在行在，可曾听到什么传言？"

薛弼道："也不算传言吧，群臣底下都有议论，毕竟事关社稷。听说秦枢密和张相都跟皇上进言了，说是合兵于一处，不合祖制。"

岳飞皱眉不语，突然道："要不我写份奏折给皇上，将我一家老小全部迁往行在当人质，这样皇上和群臣总该放心了吧？"

薛弼连连摆手，道："相公千万不要莽撞，你这不是昭示天下说皇上不信任掌兵大将么？朝廷总得讲究点体面。"

岳飞不禁苦笑一声，无可奈何地摇头不已。

薛弼安慰道："圣上的批复，仔细体味，似乎也是出于不得已，因此才再召相公去行在觐见，大约也是要好言劝慰的意思，或许还想再听听相公如何说也未可知。"

岳飞一听，眼中顿时又有了神采，薛弼见了，倒有点嫌自己话多，便提醒道："相公此去觐见圣上，切记上次劝立太子之事，不当讲的就不要讲了。"

岳飞这才警醒了些，把满脑子的兵马之事放了放，连连点头。

到了行在，岳飞住进寓所，恨不能马上就去觐见，但皇上却似乎不着急，等了两日，内侍才来传旨召见。

君臣再度相见，都有几分尴尬，赵构先开口道："王彦前向任洪州观察史，知邵州，于是他将手下带了多年的八字军交付刘锜。刘锜手下原本只有不到二千人，有了这支八字军，总算独立成军了。王彦辞行时，朕对他说：卿既能领军，又能牧民，因此便让卿去做一郡守，将来国家有事，再来征召。王彦深明大义，谢恩而去。"

岳飞一时不明白赵构的意思，是让他学王彦呢，还是学刘锜？听到后面，觉得还是让他学王彦不恋兵权的意思多些，便道："陛下圣明，王观察为人爽快，颇识大体，臣当年在他帐下效力时，便深为敬佩。”

赵构满意地点点头，接着道：“去年刘豫南侵大败，有中原遗民从汴京逃过来，说是刘豫自兵败后，手下党羽都意沮气丧，怀有二心，而中原百姓更是日夜盼望王师归来，朕也是无一日不想挥师北伐，收复中原哪！”

岳飞不禁精神一振，不及细想，立即道：“臣前向给陛下呈的《乞出师札子》中，就讲了收复中原之策，必由商、虢取关陕，然而由关陕入河北，则刘豫可擒，中原可复，还望陛下三思！”

赵构和颜悦色地道：“卿在奏折中所言，朕都细看了，如此收复中原，措施甚大，不知何时可大功告成？”

岳飞道：“三年足矣。”

赵构缓缓道：“朕驻跸建康，以淮甸为屏蔽，倘若卿并统淮西之军，绕道关陕而入河北，果真能平定中原，朕何惜一淮西军？就怕卿率大军在关陕作战时，敌军乘虚直下淮甸，淮甸纵有张俊和韩世忠镇守，但骤然少了两支大军呼应，难以支撑，一旦淮甸失守，敌军便能直逼大江，建康在金人刀锋之下，朕恐怕难以高枕无忧啊！”

这确实是西出关陕、横扫河北以图中原战略的最大风险，岳飞与帐下诸将及幕僚也反复商议过，觉得敌军果然有这胆子南下，那就干脆断其后路，将其聚歼于大江两岸，只是今日赵构一提，岳飞才惊觉此战略将行在置于险地，有拿皇上当诱饵的嫌疑。

赵构见岳飞语塞，便轻言细语地安慰道：“卿之忠义，朕深知之。如今淮东、淮西皆有重兵把守，敌军无机可乘，唯独京西一面，还须卿率军拱卫，如此朕才能放心。”

皇上这般婉言开导，岳飞不能不识相，只能压抑住满脑子的困惑与疑问，跪下谢恩，再也不提并军一事。

赵构又道："卿退下后，去都督行府见张浚，如何措置安排，他自有交代。"

岳飞再拜，退了下去，赵构松了一口气，心中多少有些自喜处理得当，大将有进取报国之志，终归是好的。只是这些掌兵大将，他必须驾驭得法，否则一旦成脱缰之马，后果不堪设想。

正在沉吟时，左司谏陈公辅入对，陈公辅是政和三年的状元，学问人品都是一流，赵构对他颇为倚重，便将岳飞并军的前后事跟他讲了一遍。

陈公辅听完，道："岳飞此人，臣虽未与之亲处，但听众人言，乃是忠义之臣。他拔起将校，深受皇恩，难免急于报效，加上毕竟是个粗人武夫，遇事不愿委曲求全，陛下示之以不疑，然后晓以利害，动以忠义，谅他复有何言，臣以为陛下处置极为得当。"

赵构欣慰地点了点头，只听陈公辅接着道："此前朝纲不振，诸掌兵大将皆有轻慢朝廷之意，如今正当明正法典，以警醒诸将。前向刘光世怯懦不战，虽然罢了他的兵权，然而他却得厚赏，坐享富贵，恐怕诸将都以为朝廷赏罚不明，依臣愚见，应当明著其罪，使天下尽知，如此方可显示朝廷威严。"

赵构暗暗摇头，心想这可真是夫子之论，不切实际。刘光世手握雄兵，乖乖地交出兵权，已是难能可贵，正好给其他掌兵大将做表率，不赏他赏谁？倘若真治他的罪，逼得人走投无路，能有什么好事！其他大将看在眼里，只怕也会心寒。

"前向王庶觐见，多有建言，朕很是欣赏，"赵构转而道，"只有一件事，朕却颇为不喜。他说朕为政太过仁慈，方今草创之初，应以诛杀为先。朕深不以为然，昔日仁宗皇帝便有言：'宁失之太慈，不可失之太察。’正是此理。”

陈公辅满腹经纶，自然听不得王庶这种话，便道：“王庶虽然干练，但学识浅陋，不识大体。圣人有三宝：一曰慈，二曰俭，三曰不敢为天下先。圣君治理天下，当以奢为戒，以逸为戒，从未听说过要以慈为戒的！”

赵构微笑道：“朕如此处置刘光世，便是宁可失之太慈，不可失之太察。”

陈公辅无言以对，只得拜服，接着奏道：“道君皇帝驾崩，应在民间禁乐三年，以示哀悼。”

赵构迟疑片刻后道：“禁乐以示哀悼，理所应当，只是何须三年？民间有以鼓乐谋生者，无非是红白喜事，赚几个辛苦钱养家糊口，一旦禁乐，只怕这些人便无以为生了。”

陈公辅满肚子礼义廉耻的大学问，却没想到这些细枝末节上去，听皇上如此说，细想了一会儿，竟是自己有“何不食肉糜”之失，不禁面红耳赤，有些羞愧难当。

赵构知他爱面子，只当没看见，勉励了几句，便让他退下了。

殿中一时安静下来，赵构略微舒展了一下腰身，问身旁内侍：“接下来是何人入对？”

内侍道：“今日要见的都见过了，官家也该歇息一下了。”

赵构这才注意到日已西斜，自己又马不停蹄地忙碌了一整天，虽然略有些疲累，不过此时他的心境，比起刚继位那几年要踏实得多，他自我感觉在处理政务上，也比前些年要老练得多。

岳飞怏怏回到寓所，也不能立即就返回鄂州，还得去都督行府见一趟张浚，虽然明知合并淮西军已无可能，但他心底里又存着极微弱的希望。张浚久治军旅，应当比其他文臣更能明白他的进军方略，况且二人曾经携手平定湖湘，张浚对自己也是赞誉有加。

到了行府，张浚像是在等着似的，岳飞才通报，里边就有人出来，将岳飞带入都堂。

张浚亲自迎到门口，二人寒暄过后，分宾主落座。

张浚干巴巴地说了几句场面话，转入正题，道："官家那边，太尉已经见过了吧？"

岳飞道："见过了。"

"合兵一事，另有曲折，朝廷自有深虑，太尉深受皇恩，当体谅朝廷的难处。"张浚道。

岳飞赶紧站起，表示凛然受命。

话到此处，就此打住，一切风平浪静。不过张浚才与吕祉对谈天下大势，还沉浸在几分兴奋与自得中，像是不经意说道："王德原本是猛将，有'王夜叉'之称，淮西军将士都服其勇，本督打算升他为都统制，再命吕祉为督府参议，共领此军，太尉以为如何啊？"

岳飞想了想，认认真真地答道："淮西军中，王德与郦琼并驾齐驱，二人素不相能，一旦王德骤然提升，成为郦琼的顶头上司，郦琼定然不服，不但不服，还会害怕王德今后挟私报复。至于吕尚书，虽然满腹才学，毕竟是一介书生，不习军事，恐怕难以弹压服众。"

岳飞所说，正中要害，然而张浚听了，反而从心底涌起一阵不快，便想拿岳飞当年的顶头上司张俊将他一军，冷冷道："张宣抚军功卓著，资历深厚，由他领淮西军当无不可了吧？"

此时岳飞也并不太把张俊放在眼里，便直言道："张宣抚为人贪暴，且疏于谋略，未必就能带好淮西军，更要紧的是，郦琼从来就不服他。"

张浚一时语塞，脸不由得拉了下来，接着道：“那就杨沂中如何？”

岳飞更觉得不可思议，道：“杨沂中虽然一战而封节度使，然而其战功、资历较之王德尚有不及，他如何能驾驭王德等人呢？”

张浚老大不高兴，怫然作色道：“我就知道非你岳飞不可！”

岳飞血往上涌，脸涨得通红，道：“都督以国事垂询岳飞，岳飞不过是尽自己本分，认真作答，不敢敷衍，反被都督说我贪心淮西军马，这不是岂有此理吗？”

张浚也没被人如此抢白过，当即便满脸怒色，仿佛马上就要发作。

“岳飞无以自证清白，为明心迹，今日便奏明皇上，解除兵权，替老母守墓去好了！”说罢，起身向张浚拱了拱手，径自大踏步出去了。

岳飞走后，张浚犹自气了半晌，才慢慢冷静下来，心想这岳飞真要赌气乞求皇上解除兵权，自己就算是给朝廷添乱了，有心派人去岳飞寓所探问，又抹不下面子，想了想，这会儿都在气头上，还是留到明日再说。

次日，张浚还在犹豫着要不要去派人找岳飞，宫中内侍急急忙忙地赶过来，交给张浚一份奏折，张浚打开一看，脑袋顿时“嗡”的一声，原来竟是岳飞的乞缴兵柄折子。

这个鲁莽的岳飞！张浚不禁急火攻心，问内侍道：“官家那边如何说？”

内侍道：“官家着急啊！也不知到底因了何事，才让过来问张相的。”

一下子两支大军群龙无首，这可真不是闹着玩的！张浚赶紧派人骑快马去岳飞寓所，请他过来议事。

派去的人很快便回来了，禀报说岳飞早已离开，寓所空无一人。

张浚又急又气，只得匆匆地收拾一下，硬着头皮跟着内侍进宫去了。

鄂州岳家军大本营，因岳飞突然挂印而去，将士们一片错愕，偏偏在军中极有分量的张宪，听说自家相公遭受委屈，也托病不出，一时间各营乱哄哄一片，有些将士甚至说出“我家相公做太尉都委屈了”之类的话。

薛弼在襄阳，听说事情有变，便星夜赶至鄂州，正好朝廷来旨，派兵部侍郎张宗元前来监军，众将士更加不乐意，都道：“我家相公率领我们出生入死十来年，置下偌大一个家业，就被一个白面书生过来接收了？”

薛弼看这架势，再闹下去，恐怕要出大事，一面派人去请张宪，一面将诸将召集到一起，道：“过几日要来的张侍郎，不是别人，正是我家相公在皇上面前多次力荐，才得以到此监军，哪有什么取代相公之说？你们不要乱讲，反倒得罪了相公故人！”

这一通急中生智的胡诌果然起了作用，诸将听说张宗元是岳飞所荐，便也不群情汹汹了。薛弼又道：“相公此次上庐山守墓，也是向皇上请过旨的，只不过皇上觉得军中不可一日无主帅，才一边派人监军，一边派人去庐山请相公回来。事情便是如此，你们不要胡乱猜测，惹是生非！”

薛弼抬头一看，张宪已经过来了，便大声道：“朝廷派遣的监军马上就到，各位都是相公一手训导出来的，我岳家军平日里军纪极严，倘若你们再这般闹下去，传到朝廷，只会坏了岳家军名声，连累相公！”

诸将听到这番话，才终于鸦雀无声，张宪见众人都看着他，知道自己处置颇有不妥，便假装恍然大悟，对薛弼一揖至地，道："还是薛参谋最知相公心思！"

王贵年长几岁，比张宪还是稳重些，见事情已经厘清，便出来道："张监军不日便到，刚才军师已经说得再明白不过了，列位务必打起精神，约束士卒，勤加操练，不要给相公丢脸！"

诸将领命而去，只剩王贵、张宪、薛弼以及军中参议李若虚一起商议。李若虚乃是靖康年间护主死难的李若水之兄，虽然是个文官，却身材魁伟，性情粗豪，若不是一身儒臣装扮，谁都会以为他是军中一员武将。

"军师，你方才对诸将所言，是不是真的啊？"李若虚毕竟在都堂里混过，早听出薛弼言语中的破绽。

薛弼连连摇头叹气，道："先不要计较这些了。如今之计，是尽快劝相公回心转意，出山重掌大军，否则时日一久，只怕不好收场！"

张宪道："只怕以我们几个的分量，劝不回来相公。"

李若虚道："还是先等张侍郎来了，再做打算。"

众人互相看了看，也找不到更好的办法，只能先耐着性子等张宗元到来，薛弼又叮嘱王贵、张宪二人道："皇上对我岳家军之观感，全在张侍郎口中，望二位务必待之如相公亲临，千万不要轻慢他。"

二人都知其中利害，点头称是。

数日后，张宗元到达鄂州，带来了皇上的诏书，命令王贵和李若虚二人持诏书去庐山请岳飞出山，倘若请不动，一并军法处置。

此时岳飞已经离军近半月，王贵和李若虚见了皇上诏书，都觉得事态严重，一刻也不敢多停留，带了几名亲兵，立即赶往庐山。

二人不惜马力，次日便赶至庐山脚下，时值初秋，庐山风景如梦如幻，二人哪里有心思观赏风景，重金赏了一名山民，让他即刻带路去东山寺。

岳飞见了二人，知道是来劝说的，不等二人开口，便道：“我意已决，你们无须多言！”

王贵与李若虚互相看了一眼，也不敢急劝，只是侍立一旁，足足站了一个时辰，岳飞才道：“坐下吧。”

二人坐下，李若虚才开口道：“皇上的诏书在此，相公要不要先看一看？”

岳飞道：“不看也罢。我若看了而不接诏，岂不是抗旨？”

王贵见岳飞神色黯然，显得心灰意冷。十余年来，战事最不利时，都不曾见岳飞这般模样，心里很是难过，想了半天，竟是无话可说，只道：“大哥，回去吧？”

岳飞淡淡地道：“我十几岁便从军，极少回家，一年都见不了老母几面，如今才知‘子欲养而亲不待’之痛，加上最近眼疾发作，成日里昏昏沉沉，目不能视，确已不适合带兵，朝廷想必也能谅解。”

李若虚哭丧着脸道：“相公，朝廷要是能谅解就好了，张侍郎昨日转达皇上口谕，若是劝不回你，连我二人都要军法处置呢！”

岳飞像没听见一样，自顾自翻阅手中一本古书，王贵看了看岳飞眼睛，不过略有些红肿，知道他一时转不过弯来，急切间也劝不动，便干脆不再说话，就在一旁陪坐。

晚饭来了，三人默默地吃完，又枯坐了一阵，各自安歇。

如此过了三四日，王贵还耐得住，直把性急的李若虚熬得眼歪嘴斜，岳飞进退两难，被两名下属成日苦劝，急不得，恼不得，看上去也颇显疲倦。

到了第六日，二人又是一通劝告无效后，李若虚牛脾气终于犯了，突然大声道：“岳飞，你是要造反么？”

岳飞吃了一惊，抬头瞪着李若虚，李若虚一不做，二不休，虽不敢直呼岳飞名号了，但壮着胆子接着道：“相公不过是河北一农夫，不是天子赏识你，你哪能不到十年，从一员裨将做到如今的二镇节度使、宣抚使、太尉，位极人臣？如今你却借手头几万雄兵要挟天子，这不是造反是什么？”

岳飞被他说得目瞪口呆，李若虚又改为哀求的口气道：“相公真要不奉诏，我和王贵也得处斩，我二人又有何过错，不战死沙场，却稀里糊涂冤死于此，相公你就忍心吗？”说到后面，几乎带着哭腔。

岳飞张着嘴愣了半晌，突然发出一声穿云裂石般的长叹，仿佛要把胸腔间积郁的愤懑全部喷吐出来，良久后，他起身看了看二人，沉声道：“备马。”

二人欣喜若狂，忙不迭牵来坐骑，岳飞一言不发，飞身上马，直奔山下而去。

因为先前已经请求罢去兵权，岳飞便不能直接回鄂州，只能赶赴行在，先去请罪。

岳飞先到都督府见张浚，张浚见岳飞回来，松了一口气，原本他也是极看重岳飞的，多次在皇上面前称韩世忠忠勇，岳飞沉鸷，可以倚办大事。没料到岳飞竟干出这种事来，便细细跟岳飞讲了一遍皇上如何倚重他，如何不顾其他大将嫉妒一再提携他，又责备他不等都督府和朝廷批复便擅自离军，殊为不当。至于自己背地里和秦桧撺掇皇上收回成命，让岳飞白白激动一回，他是只字不提的。

岳飞自知理亏，无言以对，向张浚请完罪后，又写奏折向赵构请罪，赵构很快便召他进宫，好言劝慰，让他先与都督府做好交接事宜。

岳飞出宫回到寓所，心神不宁，李若虚问他缘由，他又一时答不上来，直到傍晚，才突然道：“我擅自离军，真要论起来，乃是死罪，官家体谅我此举乃事出有因，且向来忠义报国，并未责备，而是好言劝慰，如此反而让我心中十分不安。”

李若虚想了想，心中便明白了，岳飞其实是盼望皇上痛责他一顿，把怒气发泄了，君臣才好和悦如初，如此隐忍着，反而让人心里不踏实。

“相公回鄂州前，不是还要去宫中辞行么？到时相公再向官家表示惴惴不安之意，看官家如何说。”

岳飞想了想，也只能如此，李若虚又道：“回鄂州后，相公再派一名属官赴行在奏事，一则告知官家三军安好，让他放心；二则再借属官之口表感恩之意，务必诚恳。如此一来，官家心里的疙瘩也就没有了。”

岳飞脸上浮起一丝笑容，打趣道：“看你长得五大三粗，性情粗恶，原来却这般心细。”

李若虚见岳飞如释重负的样子，心里替他高兴，笑道：“相公，我心里还惊惶着呢，前几日在庐山拿着相公的名讳大叫大嚷，怕哪天相公心里不乐意找碴儿砍了我的头！”

岳飞呵呵大笑，刚好王贵从外头回来，一见岳飞如此开心，也高兴起来，立即命亲兵去买了些好酒好菜，三人就在岳飞寓所里吃了多日来难得的一顿好饭。

三日后，岳飞在都督府交接完毕，准备回鄂州替换张宗元，临行前去宫中辞别，岳飞跪伏在地，再三请罪。赵构仍是好言慰勉，岳飞听了心里愈发不踏实，跪伏在地，不敢起身。

赵构见岳飞惶恐，心里也是叹息，岳飞由自己一手提拔，掌兵以来，几乎战无不胜，屡立战功，且军纪严明，秋毫不犯，不似张俊、韩世忠、刘光世这些宿将，三天两头便惹出事来，因此赵构视他为心腹，岳飞也死命报效。君臣相得，可谓云龙鱼水，不料阴差阳错，竟闹出这样一出，给原本和睦的君臣之间平添一道阴影。

“卿前日所奏，实属轻率，以卿看来，朕像不像可欺之君？”

这话分量太重，岳飞不敢应答。

“然而朕并没有生气，倘若朕真动了怒火，哪里还能让卿继续掌管大军？我朝太祖有言：犯吾法者，唯有剑耳！朕知卿性情耿直，难免一时糊涂，但朕也知道，卿对朕确实是一片忠心，朕虽非圣贤之君，却也并不昏聩，这点还是看得到的。卿无须自疑，驱除金虏，恢复中原，朕还有赖于卿。”

岳飞听得大气都不敢喘一口，这话绵里藏针，他如何听不出来，但皇上既然把话挑明了，总比藏在心里好，赶紧磕头道：“陛下对臣的厚恩，臣烧成灰都记得，从今往后，只能时时尊奉朝廷，拼死效力，以报陛下知遇之万一！”

话说到这里，君臣二人的心结都解开了一些，赵构语气也和缓了许多，问了问岳飞母亲庐墓之事，岳飞感动不已，一一作答。

岳飞退下后，赵构略有几分疲倦地靠在龙椅上，沉思不语，内侍察言观色，端上来一杯清茶。赵构啜了两口，神情放松了些，却仍然一副神不守舍的样子。

数日后，岳飞的属官王敏求来行在奏事，顺便转达岳飞原话：岳某本一农家子，不是官家保全，如何能有今日？这条命便是官家的了。

赵构听了，微笑点头，慰勉了几句。

又过了数日，张宗元终于从鄂州返回，赵构立即在侧殿召见他，开口便问："卿在军中所见如何？"

张宗元由衷道："名不虚传！将帅揖和，军旅精锐，臣在军营中行走，处处齐整有序，操练之声不绝于耳。臣看过一次全军演练，将士无不全力以赴，就如同在战场上真刀真枪拼杀。军纪极严，半个多月下来，偌大的军营中，竟无一次口角私斗，而且人怀忠孝，道君皇帝的牌位四周，时时有人打扫，一尘不染。臣以为，岳飞在治军上极有心得，也确实下了一番苦功。"

赵构极为专注地听完，长舒了口气，绷直的身体松弛下来，缓缓靠在椅背上，他知道张宗元之前对岳飞擅自离军颇多微词，如今说出这番话，当属实情无疑，如此说来，自己看人的眼光毕竟还是有的……

这样想着，堵在他胸口的那点隐隐约约、若有还无的怒气终于消散了。

张宗元返朝数日后，朝廷据其所奏，颁了一道《奖谕诏》给岳飞，诏书上道:朕致天之讨，仗义而行。秉律成师，誓清乎蟊贼;整军经武，必借于虎臣。……卿肃持斋钺，洞照玉钤，茹苦分甘，与下同欲，裹粮坐甲，唯敌是求。旗甲鲜明，卒乘辑睦……卿诚如此，朕复何忧。想巨鹿李齐之贤，未尝忘者;闻细柳亚夫之令，称善久之。故兹奖谕，想宜知悉。

花团锦簇般的一篇美文，将岳飞着实夸赞慰劳了一番，岳飞诚惶诚恐，赶紧上表谢恩，君臣互相客气一番后，之前的不快似乎就此抹平了，岳飞继续在鄂州讲武教战，训习士卒。

十四　淮西兵变

夏秋之交的淮河两岸，已经显出一丝萧瑟，但仍风景如画，当地俗语云：走千走万，不如淮河两岸。战乱之前，这时节庄稼即将成熟，两岸农田麦浪滚滚，天气晴好时，两岸纤夫的号子声震天，河中的各色商船往来如织，一个不大的码头旁，便能聚集上千户人家，靠着地里的庄稼和招待往来的客船就能讨生活。

如今，这一切都不复存在，取而代之的是一片荒凉，虽然风景仍然极美，间或还有几只似鹿非鹿、似羊非羊的野畜出没，南飞的大雁成群结队从一碧如洗的天空掠过，有时还落下来，荒野上顿时充满嘈杂的鸣叫声，落日余晖，倦鸟归巢，碧水长天，如诗如画，但杂草丛生的屋舍和废弃的木桥处处可见，偶尔还能看到抛尸荒野的白骨，让再美的景致也透着凄凉与诡秘。

一支二十来人的马队刚刚渡过淮河，正往齐国的重镇睢阳进发，他们是奉命前往金国的迎奉梓宫使，正使是王伦，副使是高公绘，其他二十名健卒都是王伦亲自挑选的。

天色将晚，离睢阳已不过数里，一支人马自睢阳方向过来，大约一百来骑，王伦大阵仗见得多了，当下从容不迫，不疾不徐地自顾赶路，就当没看到一样。

“来者何人？快快报上姓名！”领头的齐军军官叫道。

“你是瞎了眼怎的？认不得这旗上的字？”王伦端出上国使臣的架子，喝问道。

那军官被将了一军，见王伦神闲气定，手下健卒也不像好惹的主，加上前不久齐军才惨败于宋军，心里多少有些发虚，便没了脾气，道：“在下是奉了大齐淮北宣抚使之命，前来接使节进城。”

王伦这才点头道：“那就辛苦众位兄弟了！”说罢，策马走到那军官马前，神不知鬼不觉地扔了一锭银子在他马鞍上，嘴里若无其事闲聊道，“淮北这边天气快凉了吧？”

那军官本以为宋使是个正经八百的文官，却不料这般干脆爽快，实是大出意外，再听他一口地道的东京口音，举手投足间透出一股说不出的豪侠之气，不禁暗暗称奇，便策马跟在王伦身旁，俩人才聊了几句，便同时爆发出一阵大笑，像老熟人一般说说笑笑地往城里走去。

高公绘跟在后头，又是佩服，又有几分好笑，抬头看天，已经半黑了。

天断黑时，一行人在驿馆住下，其他人也就随遇而安了，唯独王伦四处打量了一遍，把驿馆的人叫来，又是说被褥薄了，又是说屋内味道不好，又是说窗纸糊得不牢，风一吹，“跟他娘鬼在叫”，好好抱怨了一通，把驿馆的人说得半点脾气没有，只得连连点头哈腰赔罪。

终于安顿下来后，高公绘悄悄对王伦道：“侍郎，咱们毕竟是在敌境，这般做派恐怕会招祸呢！”

王伦一笑，道：“你有所不知，越是这般，他们越把你当人看，等压下了他们气焰，接下来才好讲道理。”

高公绘是第一次出使，比不得王伦在金国混了七八年，便不再多说，心里头只是将信将疑。

次日，齐国驻守睢阳的承宣使申庆过来会见，申庆早闻王伦大名，昨日又听了下属所报，知道此人不好对付，不料甫一交谈，发觉这王伦彬彬有礼，说起话来口吐莲花，字字珠玑，哪有半点泼皮无赖习气？

“贵使给大金国的国书，难免语及我国，不知可否一阅，徜有谬误之处，正好指正。”寒暄过后，申庆亮明来意。

王伦道：“前向道君皇帝驾崩，举国悲恸，凡我大宋子民，但凡有一点良心，都北向祭拜，大宋皇帝宽厚仁孝，特意遣我等前往金国祈请梓宫，国书中所言，无非就是这些事。申承宣也曾为大宋赤子，如今纵然身不由己，不能祭拜先帝，但总该念点旧情吧？何必连讨还梓宫的国书都要打开看？”

王伦一席话说得入情入理，直把申庆臊得满脸通红，半晌不能应答。

“更何况，这国书乃我朝皇帝呈给大金国皇帝的，你一定要拆开来看，在下也拦不住你，只是到时上国问起来，在下是该说还是不该说呢？”

申庆自认失败，草草应付了几句，便狼狈地离开了。

本以为就此清静了，不料到晚间，又有几人过来，说是奉了大齐国皇帝之命，要看江南呈给大金国的国书。

王伦兵来将挡，一顿嘴皮磨下来，那几人悻悻而去。

“侍郎，这刘豫三番五次想看国书，到底出于何意？”高公绘问道。

王伦冷笑道：“还能是何意，就是觉得这儿皇帝做得不如从前稳当，心虚罢了。”

接下来数日，那几人几乎每日都上门，软磨硬泡，王伦高接低挡，毫不松口，高公绘被缠得上了火，发起书生之怒，将来人狠狠地训斥了一通。

双方就这样僵持着，突然一日，那些人不来了，众人正奇怪，一队金国士兵来到驿馆，领头的是一名文臣，说是奉大金国右副元帅、鲁国王完颜挞懒之命，护送江南使者去涿州见他。

众人松了口气，赶紧打点行装，离开了睢阳这个是非之地。

一行人往北又行了数日，终于抵达涿州，见到了挞懒。

自讹里朵和粘罕相继去世，金国军权已经逐渐掌握在挞懒和兀术手中，至于朝中乃是蒲鲁虎独掌大权，又有东京留守讹鲁观入朝做他的跟班，遍观都堂，竟无一个有分量的人与刘豫有交情。

王伦在金国被扣留了数年，虽然不能熟知都堂内情，但对一些传言也早有耳闻，至少眼前这个威权日重的挞懒与刘豫的关系并不热络。

“贵使远来，一路还顺利否？”挞懒坐在太师椅上，带着矜持的微笑问候道。这两年间，他身体明显发福，肚子显得圆鼓鼓的，大概仕途春风得意的缘故，他脸上气色显得格外好。

王伦叹了口气，苦笑道：“倒无性命之虞，只是在睢阳时，国书差点不保。”

挞懒从太师椅上坐直了身子，问：“此话怎讲？”

王伦便将刘豫派人屡次索取国书之事添油加醋地跟挞懒说了，见挞懒面带怒容，接着道：“我知道刘豫受上国大恩，当战战栗栗，尽心服侍才是，哪里想到他竟敢索要给大金国皇帝的国书！他原本不过山东一农家子弟，当年大宋道君皇帝让他在济南做了知府，他却忍心背叛大宋，这种朝三暮四的忘恩小人，焉知他日不会再背叛大金？”

王伦说刘豫是忘恩小人，挞懒再同意不过，当年自己缩头湖战败回来，被他轻慢的情形顿时浮上脑海，他阴沉着脸思索了片刻，突然从喉咙里发出一声冷笑。

挞懒与刘豫之间到底有何过节，王伦无从知晓，但见挞懒这副神情，显然极不待见刘豫，便趁热打铁道："刘豫本来不过一匹夫而已，沐猴而冠登上大位，此人德行如何，元帅恐怕比我等心里更有数，如今他占着山东、河南、陕西，尽干些掘墓挖坟、横征暴敛的勾当，中原百姓无不怨声载道，既恨刘豫，又恨上国。在下虽然愚钝，但私下揣测当初上国之所以立刘豫，无非是为了息兵休养，过几年安生日子，而刘豫却自不量力，屡屡兴兵，每次还一败涂地，引天下人耻笑。在下说句粗话，元帅不要见气——如此不中用的一条狗，上国养着做甚？不如杀了，还能炖一锅狗肉吃哩！"

挞懒听了，呵呵大笑，旁边高公绘等人都捏了一把汗，见挞懒发笑，也都松了一口气，跟着笑起来。

挞懒笑完，默了一会儿神，对王伦道："来日将国书递与大金国皇帝，再与众大臣商议废立刘豫之事，尔等安心等候便是。"

挞懒平平淡淡说来，王伦等人听来却如晴空霹雳，惊得几乎不能动弹，原来废立刘豫之事已经进了金廷的议事日程，这可是天大的消息！

王伦拼命慑住心神，用平和的口气恭维道："元帅果真是明白人，难怪秦枢密南归后逢人便称颂元帅文武双全，德行兼备！"

挞懒把这称赞照单全收，快活地一挥手，道："秦中丞……哦，现是枢密了，是个实在好人，我府中诸人还经常念叨他呢。"

两边接着说了些闲话，王伦等人告辞而出。

走出来一百来步，见四下无人，高公绘才兴奋地拉住王伦衣袖，低声惊呼道："侍郎，侍郎！出大事了！"

王伦还把持得住，笑道："你把话说明白了，这叫大好事！"

张浚的都督行府，最近颇有些忙乱，起因在于刘光世罢去兵权后，群龙无首，积压的矛盾顿时爆发出来。淮西军有“二虎”之称的王德、郦琼争执不休，二人各投诉状于都督府，互相指责对方的不是，言语十分激烈，都欲置对方于死地。

张浚接到双方诉状，拿给张守看，道：“你看这狗咬狗一嘴毛的，哪里还有半点领兵大将的体统！岳飞离军一个月，军中秩序井然，刘光世才走，就已经乱成一锅粥，看来此人实无治军之能。”

张守摇了摇头，当初拿掉刘光世的时候，他就建议张浚不可轻动，除非能找一名极善治军、战功卓著者代替，否则极易生乱，如今淮西军的乱象，便应了他的话。

“张相打算如何处置？”

张浚道：“二人既然水火不容，那就干脆将王德调至建康，令其军直属都督府，然后派一得力之人去淮西抚军，再做计较。”

“事已至此，何人可替代刘光世统领此军呢？”张守问。

张浚见他疑虑重重，笑道：“我早有替代人选，你不必担心。”

“还是吕祉么？”

“正是！吕祉虽是文臣，却有经世报国之志，你不要小瞧他！”张浚正色道。

张守不再吱声，此时的张浚，还带着几月前力挽狂澜的余威，加上在陕西治军多年，一手提拔名将吴玠等人，在军旅之事上，张守没法跟张浚议论长短，虽然心里觉得颇为不妥，却还是相信张浚自有他的道理。

二人正聊着，侍从进来通报：门外有直秘阁詹至与中书舍人张焘求见。

张浚笑道："这必是来献策的了。"

片刻后，二人进来，双方见过礼之后，詹至开门见山道："听说张相要派吕尚书前往淮西抚慰诸军？"

张浚早知其来意，微笑道："都督府已下公文，皇上那边也批准了。"

詹至像没听见一样，道："吕尚书知书达礼，博学多才，乃一时人杰，不过刘光世在淮西军经营了十余年，一朝去职，定然乱象丛生。前向都督府升王德为都统制，将淮西军交付于他，只是王德虽然有功，但毕竟还镇不住郦琼等辈，因此，都督一定要让吕尚书前往抚军的话，务必挑一名深谙军中事务者陪他前往，以通下情。"

张浚道："那是自然，吕祉心里会有数。"说罢，转向张焘，听他有何话说。

张焘虽然长相清雅，却是个直脾气，道："吕祉一介书生，于军旅之事一窍不通，如此军国大事，岂能轻易付诸他，万一处置不当，酿成祸患，到时悔之晚矣！"

张浚脸色一寒，定了定神，不急不躁地道："吕祉固然是书生，当年范仲淹、韩琦不也是书生么？彼书生能执掌大军，建功立业，此书生为何就不能？"

张焘道："淮西军中恩威曲折，人情复杂，不比寻常时候，还望张相三思。"

张浚微微一笑，道："当年本相经营川陕，也是以书生之身，彼时情势，难道不比此时艰难？"

张焘无言以对，张守打圆场道："二位所言，都有道理，都督府也在商酌，淮西军诸将不和，互相攻讦，恰恰也说明此军早该整治了！"

张焘犹自不服，道："整治是该整治，只是派谁去整治，大有讲究。"

张浚正要说话，詹至插嘴问道："不知张相派谁与吕祉同去？"

张浚道："既是吕祉去抚军，本相便不能越俎代庖，替他挑人，他自己挑的是都督府陈克。"

张焘与陈克（字子高）交情极厚，脱口说道："子高这个迂夫子，如何干得了这种事？"

张浚倒也不恼，淡淡道："何出此言啊？"

张焘道："张相，吕祉虽有豪气，却非驭将之才，至于陈子高，吟诗作对还行，哪里理得清军务！此二人都是俊才，却非国士，让这俩书生一块去抚慰纷争不已的淮西军，只怕二人此行危矣。"

只见张浚鼻孔里轻笑一声，道："昔日毛遂自荐于平原君，便道使锥子置于囊中，才能脱颖而出，正所谓必有非常之事，然后立非常之功，方可称国士。平白无故一个人，是不是国士，如何能知？若按你所论，这毛遂还真永远出不了头了。"

张焘被驳得张口结舌，不服气道："我与陈子高同一年进的学，我还不知道他？"

张浚知他脾气，并不接他的话，温言对二人道："二位忧心国事，直率进言，张浚感激不尽，只是此事都督府已经深思熟虑，不宜临行更改，还望二位体谅。"

张浚力排众议，功成淮上，确实让他说话分量重了许多，连赵构也对他言听计从，更不要说朝中群臣。二人该说的也说了，尽了本分，见张浚仍执前议，便也不再坚持，告辞而出。

张浚这边忙着说服众人，吕祉也在忙着置办行装，光书就装了两箱，前日刚见过皇上，御赐了鞍马、犀带、象笏等物，抚谕之宠，胜于率师凯旋，可见淮西此行极为关键，皇上心中也是寄予了厚望。

八月底，张浚将王德从庐州调至建康，升任都督府都统制，淮西那边，只剩郦琼诸军怨声不绝，于是吕祉便与陈克二人带了几名随从，赶往庐州抚军。

二人行了数日，到了庐州郊外，郦琼率诸将出城迎接，见了吕祉，跪下放声大哭，诉说王德种种不是。吕祉耐着性子听完，安慰道：“果如将军所言，那真是太委屈各位了！不过诸位也不必过于担心，张丞相素来极有主张，不为人言所动，只要诸位奋勇上前，争相立功，就算有大过张相亦能宽恕，何况此等小事。吕祉今日便上书都督府与朝廷，为诸位辩明是非冤屈，诸位大可安心。”

郦琼等人听了这话，以为遇上了青天大老爷，感激不尽。吕祉又安慰良久，众将大为宽心，带着舒心的笑容前呼后拥，将吕祉等人迎入庐州城。

吕祉与陈克在府衙住下后，淮西诸军像是迎来了希望，许多心中有怨愤的将领都跃跃欲试，希望能在吕祉面前一吐为快，然而等了三四日，却不见任何动静，吕祉与陈克竟未出衙门一步。

数日后，二人终于一大早出了衙门，也不往别处，带着几名随从直奔庐州附近的大蜀山，日落时分，才有说有笑地回来。

晚上，二人兴致勃勃地一面饮酒，一面赋诗作词。陈克原本就以诗文名重天下，吕祉写不过他，又不服气，只能绞尽脑汁，搜索枯肠，好生辛苦，房中的灯一直亮到三更才罢。

次日，二人在房中被敲门声惊醒，起来一看，已经日上三竿，开门看时，却是书吏朱照，见吕祉睡眼惺忪，便道：“相公，淮西转运判官韩进昨日便来求见，恰好相公去了大蜀山，今日一早又赶过来，现已在都堂等了快两个时辰了。”

吕祉这才惊觉有些耽误公事，匆匆洗漱完毕，更衣来到都堂，韩进已等得脸色灰白，终于见到吕祉，拜倒在地，竟然一下子哭出声来。

吕祉端出监军的架子，扶起他，好言劝慰了一番，韩进才将心中苦楚说了一通。原来他是之前得罪了刘光世，刘光世便一直对他没好脸色，弄得他在军中也处处受人欺压，如今刘光世被罢，他原以为总算出头了，不料众将仍然沿袭旧习，不把他放在眼里，他心里委屈，才到吕祉这边来哭诉。

吕祉听了这鸡零狗碎的琐事纷争，心中又是无趣，又是厌烦，又只能装作宽心耐烦地去倾听，等韩进稍稍平静了些，他便转而问道：“王德、郦琼之争，你是置身事外的，以你看来，何人之错多些？”

韩进叹道：“二人都不是省油的灯，原本谈不上谁对谁错，只是前向朝廷升了王德做都统制之后，便是王德的错多些了。”

“哦？此话怎讲？”

韩进道：“王德升了官，一点不知安抚军心，反而更加倨傲。他在教场阅兵时，众将都以军礼拜见，郦琼因为与王德有过节，此时便想缓和一下关系，放下脸面卑词讨好道：‘郦琼为人粗鲁，平常服侍太尉不周，今日乞做一床棉被给太尉遮盖，表示一点孝心。’王德却一言不发，扬长而去，当着一教场人的面将郦琼晾在当地，郦琼能不跟他鱼死网破嘛！”

吕祉这才有点明白王德、郦琼二人上书都督府互相告发的缘由，皱着眉头想了想，突然问道：“听你意思，似乎与郦琼交好多些，王德既然走了，郦琼为何还不待见你？”

韩进一愣，脸色更加灰白，道："监军信得过在下，问军中情形，在下虽然委屈，却也不敢不以实相告。"

吕祉自知问得不妥，便转而问道："如今军中谁说了算？"

韩进道："王德走后，就是郦琼职位最高，资格最老，在军中把兄弟也多，全是他说了算。"

"总有人未必就看他眼色吧？"吕祉道。

"监军明鉴，那是自然。中军统制张景、刘永衡，还有都督府提举乔仲福等人，平日里见了郦琼，并不曲意逢迎，郦琼也拿他们没办法。"

吕祉听完，想了想，自觉心中有了主意，便对韩进道："你的事我已经知道了，来日定会为你主持公道。"

韩进跪下又要哭，吕祉赶紧让他起来，韩进深深作了几个揖，才转身出去了。

陈克在一旁看得真切，这时凑过来道："安老啊，这淮西军还真是一团乱麻哩！"

吕祉沉吟道："如今淮西军四万多人，几乎全在郦琼掌握之中，这断非好事，明日我便召张景等人商议，如何制衡郦琼。"

陈克觉得有点操之过急，道："安老为何不先问问郦琼，听听他怎么说？"

吕祉冷笑道："我看淮西军军纪不振的症结就在他身上，还有什么好说的。过几日，派朱照送两斤茶叶过去表示问候，让他不起疑心，也就罢了。"

"那安老打算如何对付郦琼？"

"我今日便上书都督府与朝廷，派一支兵马屯驻庐州以备不时之需，也让郦琼不敢乱来。"

陈克道："如此好是好，就怕郦琼知道了心中不安。"

吕祉一笑道："他若心怀坦荡，如何会不安？既然不安，定然是心中有鬼。"

陈克是世家子弟出身，肚子里没那么多花花肠子，见吕祉横竖就不把郦琼当好人看，倒有几分替他鸣不平，但转而一想，或许是自己书生意气，没那种手腕，便不再多说了。

郦琼在帐中等了十来日，原本以为吕祉会过来看他，还特意将室内布置了一番，弄得清雅一些，不料最终只等到书吏送来的两斤茶叶，想去拜见套套近乎，得到的回复都是一样的，让他先专心训习士卒，等有空了吕监军自会来找他。

郦琼虽然心里不舒服，但也无话可说，但今日接连发生的两件事让他颇为警觉，一是诸将中最无地位的韩进突然被派去了行在；二是吕祉传令过来，让他把东边大营腾出来，说是另有一军要来进驻，问是哪支军队，回答说是殿前司摧锋军统制吴锡的部队。

郦琼暗暗吃惊，脸上平静如常，等传令官一走，立即召集手下亲信过来商议。

几名亲信过来，听了郦琼所说，立即群情汹汹，其他诸将也早都看不惯吕祉的做派，见郦琼脸色不好看，便都骂了起来。

郦琼不耐烦地把手一挥，道："别只顾抱怨，须得想出脱身的办法来！"

诸将安静下来，统制王师晟前些日子在寿春见一名营妓长得好，便将她掳至府中，营妓家属知道后，便赶来向吕祉告状。吕祉将此事暂且押着，却也不给王师晟一句痛快话，王师晟正忧心忡忡，这时便道："朝廷前不久才命杨沂中、刘锜为淮西制置使和副使，置司于庐州，等这二人军队一开进来，我等便成了瓮中之鳖，任人宰割，这不，吴锡就是杨沂中帐下前锋，人家已经开始动手了！此处都是赵宋的天下，上哪儿脱身去？除非……”

众人都不接口，片刻后，统制康渊打破沉默道：“朝廷素来重文轻武，我等虽然血染疆场，却被个腐儒视作无物，玩弄于股掌之间，这等屈辱，不受也罢。听说齐国皇帝求贤若渴，折节下士，之前如李成、孔彦舟之辈都能得其重用，何况我等？”

这话一出来，帐中静得像没人一样，诸将虽不作声，却你看看我，我看看你，颇有默许之意。

此事关系重大，郦琼不敢急于表态，凝神想了想，道：“我再探探吕监军口风，再做打算。今日所议之事，回营后不要乱讲半句！”

诸将都躬身听命，然后陆续散去。

郦琼独自在帐中坐了半日，叫过一名随从，让他将一瓮新酿的好酒给吕祉送去，作为其赠茶叶的回礼，并亲写了一封书信，诉说冤屈，请吕祉为他向都督府和朝廷申诉。

吕祉得了郦琼好酒和书信，拆开书信，见其中话语颇为凄切，他也不细想其中蹊跷，便从箱中拣了几本书，裹好后，让朱照给郦琼送去。

郦琼正在帐中与几名亲信喝闷酒，见吕祉送两本书过来，有点哭笑不得，问朱照道：“监军可有话带来？”

“没有。”

郦琼失望地坐下，朱照还不走，看着桌上的宴席，等着郦琼赏他些酒肉吃。

郦琼手下统领王世忠没好气地喝道：“看什么，这酒肉吃不完要喂狗的！”

朱照大怒，发狠道：“你不要猖狂！我家相公已经上书朝廷，要罢了你的官，看你到时连狗都不如！”

王世忠一跃而起，拔出刀来，架在朱照脖子上，道：“你再说一遍，吕祉何时上的书？”

朱照自知失言，但冰冷的刀刃架在脖子上，浓烈的铁腥味直往鼻子里冲，不由得肝胆俱裂，只得答道：“昨日写就的，当日就发出了。”

王世忠回头看着郦琼，郦琼不再迟疑，立即叫了几名亲兵，让他们挑最好的马匹，立即出发去截取吕祉给朝廷的奏折。

天快断黑时，几名亲兵将截获的奏折送了回来，郦琼与诸将打开一看，吕祉在里面将郦琼等人说得一无是处，请示朝廷罢免他们的兵权。

诸将都怒火冲天，朱照知道自己闯了大祸，瘫在地上爬不起来，郦琼叫人将他绑了，又命一名亲兵去吕祉府上送信，说是朱照贪杯醉倒，恐怕今日过不去了。

康渊道：“我之前不就说了么，投奔大齐皇帝，一了百了！”

诸将纷纷附和，郦琼毕竟领兵多年，还能沉得住气，道：“即便要投奔大齐，也须得有个名目，哪能如此一窝蜂就去了？明日正是吕祉大会诸将之日，可就在都堂拿出此文书，当场诘问吕祉等人，看他有何话说！”

此时吕祉等人已经是他们手中的玩物，诸将知道郦琼要当众发难，既图个痛快，也能师出有名，还能将跟随吕祉的其他几名统制一网打尽，便都重新坐下来，商议明日如何行事。

当晚，郦琼与诸将商议至半夜，为怕走漏风声，令手下几百亲兵将中军大帐团团围住，连只耗子都钻不出去，倒是吕祉这边，高枕无忧一觉睡到天明。

次日，吕祉在都堂与诸将相见，郦琼等人若无其事地相继拜见吕祉，等众人都坐定后，吕祉神闲气定，轻咳了一声，正要说话，却听旁边郦琼道："人都到齐了吧？"堂下诸将都齐声道："齐了！"

吕祉不禁一愣，扭头看着郦琼，郦琼正眼都不看他，从袖中取出那份奏折，冷冷地看着张景道："大家同在军中混饭吃，张统制为何要将众兄弟说得如此不堪，还报与朝廷？这是要把众兄弟往死路里赶么？"

吕祉一见奏折，大惊失色，起身便要溜走，被郦琼铁钳般的大手一把抓住肩膀，动弹不得，郦琼两名亲兵上前，一左一右架住吕祉。

郦琼正要说话，忽听耳边风声响起，一名穿黄衣的小卒举刀向自己劈来。郦琼大惊，赶紧闪避，被一刀砍中背上，几乎穿透甲胄。郦琼大怒，顺手抓起身旁一杆铁槁，狠狠地击在那黄衣小卒头上，登时将他击毙在台阶上。

这杀戒一开，都堂里的郦琼亲信立即动起手来，眨眼工夫，便将张景、乔仲福父子和刘永衡等人杀死在堂下，鲜血溅得四处都是。

吕祉被眼前一幕惊得目瞪口呆，恍惚间，被人押到都堂外，直往东而去。外面已经乱成一团，四万人马长驱而行，尘土飞扬，声势惊人。吕祉被强行扶上马，左右各一人押着他跟着大军往东行走。

路过东城，这些已经叛变的将士露出最凶残的面目，放手劫掠，并将城中老少全部赶出来，跟着大军一起行走，城中百姓哪里料到会有如此横祸，一个个哭声震天，情形惨不忍睹。

吕祉看着这一幕，真是肝肠寸断，痛悔不已，行了大半个时辰，他琢磨了一下行军路线，突然意识到这军民十来万人竟是要渡过淮河，往北投降齐国去了，一股绝望、悲摧的情绪涌上来，让他脸色苍白得如同死人一般。

他转头看见郦琼正铁青着脸骑马在一旁，便拼命打起精神，道：

“郦太尉，倘若吕祉有过失，你将我碎尸万段，我无半句怨言，何必要如此辜负朝廷呢？”

郦琼冷笑一声，淡淡道：“监军这话，说得未免太迟了。”

吕祉搜肠刮肚，想找出些话来劝他回心转意，然而却半句也说不出来。昨日他还想着要克复中原，收复旧疆，今日却狼狈不堪地成了阶下囚，张浚与皇上的重托言犹在耳，自己却闯下这么个弥天大祸，弄不好会把皇上苦苦经营了十余年的半壁江山一朝给葬送了。

正当他五内俱焚、生不如死之际，只见郦琼的亲兵又押过来几名当地官员，里面还有前任庐州知州赵康直和现任知州赵不群，赵不群才到任不过十日，便碰上这种倒霉事，其沮丧可想而知。

“赵秘阁，”郦琼叫着赵不群的官名道，“你才来十日不到，与我军并无过节，我今日放你回去，也显得我郦琼冤有头、债有主，不冤屈好人，比那都督府和朝廷做事靠谱！你走吧。”

赵不群死里逃生，如履薄冰，大气不敢出一口，向郦琼作了个长揖，又深深地看了吕祉一眼，转身一溜烟儿地走了。

吕祉被赵不群那一眼看得胸中剧痛，他是个心高气傲之人，平日里在都堂总是慷慨陈词，如今落到这步田地，被同僚用充满同情、无奈的眼神看过来，简直比杀了他还难受。

他还想再跟郦琼说话，郦琼却在十余丈之外，看上去心情明显放松了许多，与诸将有说有笑。

吕祉就这样浑浑噩噩地跟着大军走了两日，到了三塔镇，离淮河仅三十里，郦琼让军马停下来，派了一队人马先渡淮与对岸齐军通报。吕祉借机跳下马来，立于一处枣树林下，大叫道：“我乃大宋朝臣，岂能见刘豫这种乱臣贼子！”

郦琼手下亲兵逼吕祉上马，吕祉一边挣扎一边愤然道：“今日就是死在此地，决不过淮河！各位将士，你们都是大宋子民，要想清楚了，一旦过了河就再也没有回头路了！”

周围将士越聚越多，吕祉名义上仍是淮西军的监军，此情此景，让人难免忧郁感伤，将士们都默不作声，面有戚色。

郦琼见这架势，唯恐一旦军心动摇，无法收场，便大喝一声：“诸将听令！各率本部兵马即刻渡河，违令者斩！”

说罢，一挥手，令亲兵将吕祉强抬上马，自己策马率军直奔淮河而去。

十几万军民足足花了两三日才渡过淮河，到达霍邱县，前去通报的士兵回来，告诉郦琼齐军那边已经知晓有投降兵马过来，做好了迎接的准备。

郦琼松了口气，远远地看见吕祉正四顾张望，好像时刻要找机会鼓动士卒回去，便冷笑一声，叫过手下统领尚世元，指了指吕祉，道：“此人已毫无用处，你去将他就地处死。”

尚世元略微一怔，便拔出腰刀，提了口气，向吕祉走去。

吕祉见这阵势，知道死期已至，他端出监军最后的威严，怒目瞪着一步步逼近的尚世元。

尚世元在他目光逼视下，心里有些发虚，走到跟前，直直地一刀捅向吕祉腰间。吕祉闷哼一声，鲜血从他腰间喷涌而出，他踉跄了两步，但仍站立不倒，脸色煞白，嘴里喘着粗气，死死地盯着尚世元。

尚世元第二刀捅不下去，回头看着几步远的王师晟，道：“王统制，一起过来杀了这匹夫！”

王师晟却不愿过去，反而退了一步，道：“大帅让你动手，你就麻利点吧！”

吕祉这时忍着痛楚指着郦琼痛骂道：“郦琼，你这猪狗不如的畜生！你为保自己的官位，忍心背弃朝廷，驱使十几万军民投降叛臣，你要遭天打雷劈的……”

郦琼看四周围着数千人，被吕祉这般兜头痛骂，不禁恼羞成怒，对手下亲兵喝道：“快去与我敲碎他的牙齿！”

几名亲兵如狼似虎地扑过去，可怜吕祉受伤挪不动身子，被一名士兵一铁锤砸在脸上，顿时头骨碎裂，牙齿掉了一地，身体飞出几步远，然而他倒在地上还在挣扎蠕动，喉咙里发出混浊的声音，仿佛还在咒骂。

众人看着他血糊糊的身体在地上挣扎一阵后，突然长出了一口气，腿用力蹬了几下，终于不动了。

尚世元上前割下吕祉的人头，呈到郦琼面前，郦琼道：“就在此处支一根木棍，将他的头戳在棍上示众！”

郦琼驱赶着十几万军民继续往北，经过吕祉人头时，每人都会忍不住看一眼，有人还掉下眼泪。在这动荡乱世，人命轻贱得如同蒿草，众人既悲悼吕祉的惨死，也悲悼自己身不由己的苦命。

两日后，人马终于走干净了，吕祉的人头上蒙了一层厚厚的尘土，面目全非。

淮西这边出了惊天大事，坐镇建康都督府的张浚尚不知情，还在运筹帷幄，调派兵马，打算扼住淮西军两肋，为解除郦琼等人兵权做准备。

直到出事后的第三日，侥幸逃出生天的陈克才狼狈不堪地赶到都督府，进门也不等通报，直往里闯，见了张浚，嘴巴一张一合，却一句话也说不上来。

张浚吓了一跳，知道他这是渴的，连忙叫人端了一杯水给他喝下去。张浚见他满身尘土，蓬头垢面，脑子里转了千百个念头，等陈克喝完水，沉声问道：“何事如此？”

陈克喘了口气，热泪滚滚而下，哽咽道：“张相，淮西发生兵变了，郦琼等人把吕尚书劫走，带着四万兵马，连着城中数万百姓，一共十余万人，全部渡过淮河投降刘豫去了……”

陈克每说一个字，都像是在张浚心口剜一刀，等他说完，张浚已经像一尊没了人气的泥塑，都督府的人也全被这噩耗吓蒙了，一个个呆若木鸡，整个府衙顿时安静得像墓穴一般。

也不知过了多久，侍卫过来通报，门外有几名从淮西逃过来的士兵，要见张都督，说有紧急军情。

张浚断定此事已经传遍行在，皇上那边应该也知晓了，自己应该先去觐见皇上才是，一念及此，赶紧起身，一边搓着有些麻木的脸，一边命人赶紧备马，然后慌慌张张地更衣。

正忙乱间，侍卫又进来通报：内侍传旨来了。

话音未落，只见宫中一名内侍喘着粗气进来，也不歇息，直接道：“张相，快些备马吧，官家要见你。”

张浚忙不迭地更完衣，跟着内侍往外走。半路上，内侍悄声道：“这十来年，从未见过官家脸色这么不好。”

张浚心头一紧，拼命稳住心神，脑子里想着待会儿如何应对，不觉到了宫门口，早有内侍在门口候着，道：“张相请进吧，官家等了有一会儿了。”

张浚急步走到都堂，几名宰执都在，赵构坐在御座上和他们在商议，气氛虽然压抑，倒也不至于让人透不过气来。

张浚上前跪下请罪，道：“臣处事不当，酿成大祸，请陛下降罪！”

只听赵构轻轻地叹了口气，道：“失三四万人，还不至于危及国家社稷，这就好比行军打仗，临阵难免损兵折将，也是常事。卿等不必过于介怀，如今之计，当镇安人心，激励士气，以为后图。”

赵构如此轻描淡写，张浚又是惊讶，又是感动，他偷偷看了一眼赵构脸色，除了有些苍白，平静如常。

“陛下临变不惊，处之泰然，实乃国家之幸！”张浚顺着赵构的意思道，“去年刘麟率军南侵，一败涂地，折损人马岂止数万，即便如此，他还是稳住了阵脚，伪齐尚能如此，何况我天朝正朔！军中时时会有人叛亡，也不算新鲜事，陛下能稳如泰山，臣复有何忧，来日再整治军马，以图报效！”

张守在一旁帮腔道："郦琼的淮西军原本就不安分，这也是都督府和朝廷决心拿下他的原因，如今他决心叛逃，也正应了先前所议。依臣愚见，他早些叛逃还是好事，万一将来两军决战之际，他再作乱，反而不可收拾。”

张浚感激地看了张守一眼，再看赵构，微微颔首，一副怅然若失的样子。

赵构道："朕方才亲笔写了份手诏，即刻差人赐予郦琼，或能令其回心转意。”说罢，将手诏给几位宰执传看。

张浚接过来一看，手诏上写道：朕躬抚将士，今逾十年，汝等力殄仇雠，殆将百战，比令入卫于王室，盖念久戍于边陲。当思召汝还归，方如亲信，岂可辄怀反侧，遂欲奔亡！傥朕之处分，或未尽于事宜，汝之诚心，或未达于上听，或以营垒方就而不乐于迁徙，或以形便既得而愿奋于征战，其悉以闻，当从所便。一应庐州屯驻行营左护军出城副都统制以下将佐军兵，诏书到日，以前犯罪，不以大小，一切不问，并与赦。

赵构在诏书中一再询问郦琼因何而叛，是朝廷处置有失当之处，还是诸将士的诚心未达上听？并且强调将士们的所有要求，朝廷都能答应，以往罪责一律赦免，朝廷仍待之如亲信。张浚听了这语气，真是语重心长，情真意切，几乎有点委曲恳求的意思，他这才意识到皇上其实有多在意此事，才提起一点的心又沉了下去。

“陛下，”张浚打起精神道，“臣这就令刘锜、吴锡二军急速向庐州方向进发，追赶郦琼大军，另外，郦琼仓促北窜，士卒定有不服者，可令张宗元前往淮上招纳叛卒，总之不让郦琼走舒坦了！”

“此举甚当！”赵构站起来，脸上有了些血色，在御座前踱了几步，停步看着窗外，身体微微前倾，脸上神情显示他恨不得亲自去把郦琼揪回来似的。

不过，都堂里的每个人内心深处都知道，此事已无可挽回。

张浚看了一眼众宰执，都面带焦虑之相，唯独秦桧脸色平静，若有所思。

朝会散后，张浚走出宫门，张守从后面赶上来，安慰道：“德远，事已至此，也不必太心焦，兵来将挡，水来土掩便是了。”

张浚叹道：“只要皇上心里有数就好。”

张守摇了摇头，道：“皇上今日之所以还沉得住气，依我看，一则是因为兵变前因后果尚未完全明了，不好怪罪任何人；二则是大变之际，不得不稳定人心。等过了这阵，别的不说，台谏们的弹劾奏章就会像雪片一样飞到皇上案前，到时皇上如何想，实在不好说。”

张浚顿时心里像塞了一块铅，沉重得几乎走不动路。张守见他这副模样，觉得他又是可怜，又有几分可恨，当初若不是他一意孤行，非要用吕祉这个书生不可，恐怕也不至于有今日之祸。

张浚心中的悔恨只会比别人更深，却只能装作若无其事，回到府中，便一头埋到公务中，期冀还能有所补救。然而接下来数日，坏消息接踵而至，先是刘锜和吴锡率军赶到庐州，发现早已是一座空城，继续往北追赶，郦琼已率军过了淮河，踪影全无。杨沂中率军随后赶到，三人一商议，渡淮追击风险太大，只会得不偿失，于是杨沂中派人带着一壶羊羔美酒渡淮前去慰劳郦琼，算是尽一下人事。

又过了些日子，吕祉的随从江涣灰头土脸地潜回建康，告知了吕祉的死讯。张浚听到吕祉死得如此惨烈，又悲又怒，痛悔不已。

江涣从怀中掏出一条丝帛，道："郦琼将吕相公的人头立在木杆上，我等他们人走尽后，把他的头埋在一棵枣树下，这条丝帛是他束发用的，我特意取了下来，明日去吕相公府上，将这丝帛交给吕相公夫人。"

张浚垂泪道："吕祉与夫人吴氏恩爱有加，叫她如何承受得起！"

此时陆续有一批官兵从淮西潜逃回来，满朝文武已经从他们口中将兵变前后之事了如指掌，都深怨吕祉傲慢自大，处事不周，惹出这样的泼天大祸。

张浚听说台谏的奏章已经塞满了皇上的案头，赵构成日里也是不苟言笑，自觉无颜再坐在宰相的位置上，便上书请辞。

赵构并未挽留，只是问何人可代替他。张浚一时沉吟未语，赵构便问："秦桧如何？"

张浚摇头道："近来与其共事，才知此人得失心极重，徒有虚名。"

赵构微微一怔，随即道："那就只能是赵鼎了。"

张浚还在沉吟，赵构已经催了，道："卿代朕拟诏书吧，命观文殿大学士、两浙东路安抚制置大使兼知绍兴府赵鼎充万寿观使兼侍读，疾速赴行在。"

张浚连忙记下，赵构又道："加封赵鼎为左金紫光禄大夫、尚书左仆射、同中书门下平章事，兼枢密使。"

一下连进四官，这可不是一般的礼遇，张浚默默记了下来，他心里明白，皇上不是对现状失望透顶，不会如此赌气般地厚待赵鼎。

张浚三两下便拟完了诏书，赵构看了一遍，一字未改，亲笔誊写了一遍，盖上印玺。张浚告辞出来，到都堂等候。

内侍和群臣知道张浚罢相在即，都神情严肃，各怀心事，刻意避在一边，以免他尴尬。只有秦桧迎上来，温言婉语，跟张浚家长里短地聊了起来。

张浚意兴阑珊，勉强打起精神应付他，见秦桧极尽亲切，一副都堂领袖的模样，突然明白过来：他大概是以为自己要当宰相了。当下微微一笑，也不点破。

一顿饭工夫后，内侍传旨下来，赵鼎继任宰相，众臣相顾默然，秦桧满脸错愕，匆匆跟张浚告辞后，低头快步出了都堂。

张浚谢完恩，与群臣别过，走出都堂，也不骑马，信步往回走，他努力想显出无官一身轻的模样，但脚步却沉重得像蹚在泥地里，无论如何也轻快不起来。

几名随从都跟了他多年，知道他心情不好，便劝他还是骑马，张浚起初不愿意，后来实在装不下去，便爬上马背，骑着回府了。

回到府中，张浚强作镇静，吩咐收拾行装，家人一片凄惶，张浚不耐烦道：“大不了就是贬到个偏僻之地去，不必一副如丧考妣的模样！”

众人忙忙碌碌地收拾，张浚自己端了杯清茶，拿本书有一下没一下地乱翻，仆役过来通报：“门外有人求见，说是吕祉家人。”

张浚没好气道：“先让他候着！”说罢，换了本书接着翻看。

大约过了大半个时辰，仆役过来又道：“相公还见不见吕祉家人？”

张浚将书往案上一扔，冷冷道："大祸也闯下了，人也死了，抚恤银两也给了，夫复何言？"

仆役退下后，张浚继续看书，也不知过了多久，仆役过来通报，吕祉家人留下一句话，便回去了。

张浚怒气已经消退了一些，问："哪个吕祉家人？"

仆役道："是吕家公子吕胜己。"

张浚这才觉得有些失礼，心里直怨仆役不把话说清楚，便问："他留下什么话了？"

仆役犹豫了一下，才道："吕公子说，他母亲吴氏得到吕祉束发的丝帛后，终日痛哭，昨夜趁无人在身边，手握丝帛，悬梁自尽了……"

张浚像被雷击了一般呆住了，睁大双眼，瞪着仆役足有半盏茶的工夫，突然之间，他像被抽了骨架似的瘫倒在地，不顾一切地号啕大哭起来。

十五　黄粱梦碎

郦琼率淮西军民十余万来归附，对惶惶不安的刘豫简直如同久旱甘霖，连续数日，他都恍惚如在梦中，不敢相信上天如此眷顾自己。

都堂里群臣当中原本充斥着悲观沮丧的气氛，听到如此想都不敢想的大好消息，也像吃了还魂丹似的活跃起来。郦琼率人马很快就要赴京觐见，刘豫命冯长宁等人为接纳使，前去迎接，又命人粉饰门墙，增饰仪卫，显出一副天朝正朔的气象，好让“弃暗投明”的淮西军一睹京城威仪。

冯长宁这边刚走，刘豫一刻都等不得，立即派户部员外郎韩元英出使金国，告知这一天大喜讯，并再次请求金国出师南下，一并讨伐江南。

群臣的贺喜奏章纷纷呈上来，刘豫成日翻看，乐此不疲，直到有一日，他收到了进士刑希载、毛澄的上书，被兜头浇了一瓢凉水。

二人在上书中道，如今天下已成三分之势，而齐国根基最浅，实力最弱，势力最孤。倘若一味倒在金国那边，与江南为敌，一旦金国有了废黜之意，亡国便在瞬息之间。因此，不如一面依附金国，一面交好江南，修文偃武，休养生息，如此立国方可长久。

刘豫正烧得厉害，满脑子“六合混一，以济苍生”的念头，哪里听得进这样的金玉良言，见二人在这形势大好之际说什么“亡国在瞬息之间”，还要自己交好江南，犯了他的大忌讳，想都没想便传旨将二人杀了。

秋高马肥时，刘豫终于等来了郦琼的人马，一见果然有军民十余万，精兵更有四万，喜不自禁，便在文德殿召见了郦琼等人，并授郦琼为靖难军节度使和拱州知州。同来归附的其他统制也都有封赏，但普通士卒获得的赏赐远不及预期，加上中原久战之后，民生凋敝，府库空虚，军队给养也没法跟之前相比，一个个都悔恨不已。

郦琼骤然获升节度使，还得了一处好地做知州，满意得不行，加上刘豫倾力做出求贤若渴、礼贤下士之状，更是死心塌地效命，便道：“陛下，臣在江南时，诸军统帅无一日不以收复中原为念，江南将行在迁至建康，又整顿淮西兵马，便是为了做北伐准备。如今，淮西一地已无一兵一卒，大门敞开，此时秋高马肥，正是用兵之际，若能与金国大军联合南下，可一举直捣建康，生擒江南君臣！”

此话极合刘豫心意，数月前南征大败，他一直耿耿于怀，万万没想到复仇的机会来得这般快，便让冯长宁即刻收拾行装，出使金国借兵。

冯长宁到达上京时，韩元英已经逗留了好些时日，知道冯长宁也到了，当日便来诉苦道：“侍郎啊，在下把嘴皮都磨破了，各位元帅竟无一人肯信，愣说天底下哪有这样的好事，要谨防江南使诈，这可如何是好？”

冯长宁笑道：“不要说他们，我大齐君臣初闻此讯，也一个个惊得目瞪口呆，心想这天上还真能掉馅饼？待我明日觐见大金皇帝与各位元帅及大臣，细述一下所见所闻，他们自然就信了。”

次日，冯长宁胸有成竹地入殿觐见，将郦琼归附的前因后果，以及渡淮后详情乃至入京受封等事细细跟金国君臣讲了一遍，讲完后，满以为会让他们喜笑颜开，不料一抬头，却见大权独揽的蒲鲁虎也好，执掌兵权的挞懒、兀术也好，一个个都眉头紧锁，心事颇重的样子。

冯长宁略觉奇怪，只道是他们还一时转不过弯来，便道："郦琼已将江南兵力虚实全盘告知，我军已对江南布防了如指掌，如今淮西门户大开，倘若此时上国出动一支精锐，助我军南下，再由郦琼带路，横扫江南，生擒赵构易如反掌！"

冯长宁说完，蒲鲁虎等人仍是皱眉不语，还要再说时，挞懒道："出兵南征，实非小事，我大金自兴兵以来，数度南下，百战百胜，只在立了齐国之后，每次南下都颇不顺利，此事还须好生计议。"

冯长宁暗暗吃惊，挞懒此话似乎颇有深意，没容他细想，蒲鲁虎道："数万将士，十几万民夫，一朝出动，便是惊天动地的事，岂能视同儿戏？你先退下罢，容皇上召集各位元帅商议之后，再做决断。"

蒲鲁虎位高权重，为人威严，冯长宁不敢再说话，叩拜之后便退了出来。

此时金廷对于是否废掉刘豫还有争议，刘豫虽然百无一用，但有条狗总比没狗强，他多多少少能够镇压一下陕西、河南各地此起彼伏的民变，更主要的是，他对金国十分恭顺，倘若平白无故废掉他，有点说不过去。

挞懒、兀术等人巴不得立马废掉刘豫，但皇上继位不久，不敢大动先帝的章程，其他重臣也有诸多顾虑，蒲鲁虎虽然也不待见刘豫，但没有十足把握，他也不便下手。

然而这个难题突然间便迎刃而解了。

兀术帐下万户韩常亲自从驻地赶来，除了身边亲兵，还带来一名间谍，这间谍说驻守鄂州的南朝大将岳飞给了他一封蜡书，让他交给刘豫，约定共同举兵，擒拿兀术。

兀术听了，有些摸不着头脑，问那间谍道：“你是我军派去江南的探子，岳飞为何要托你带信给刘豫？”

间谍道：“小的本来是在襄阳被逮住了的，眼看只有死路一条，不料被押去见岳飞时，岳飞眯着眼看了小的半日，突然上前说：‘你不是我军中探子张斌么？本帅派你去齐国，约刘豫诱使金国四太子出兵，尔后里应外合，将他一举拿下，你怎么竟回来了？’小的见他一只眼上蒙着白纱，似是患了眼疾，看不清人，赶紧顺着杆往上爬，跪下请罪。于是岳飞又做了一封蜡书交给小的，让小的送给刘豫，约日出兵，趁机谋害四太子。”说罢，从怀中取出蜡书交给兀术。

兀术将信将疑，打开蜡书，才看了几行，不禁大怒道：“刘豫这条恶狗，难怪三番五次前来请兵！”说罢，起身备马，直奔挞懒府上。

走到半路，兀术满面怒容已经消失了，等到了挞懒府上时，他脸上甚至还带着一丝轻蔑的笑容。

挞懒听了兀术讲述，又看了蜡书，大为震惊，抬头再看兀术，见他非但不生气，反而面有得色，不解道：“刘豫要谋反，此事非同小可，四太子为何不以为意啊？”

兀术一笑，道：“不瞒元帅，我方才也是被蒙骗了，来时才想明白。”

挞懒愣了愣，又看了看蜡书，琢磨了片刻，点头道：“岳飞号称百战名将，哪能糊涂至此，轻易就认错了人，还委托他传递如此绝密军情，此事的确诡异。”

兀术笑道：“元帅明察。岳飞不过是顺手一击，给刘豫头上扣个屎盆子罢了，只是，这屎盆子来得倒是时候。”

挞懒会意一笑，一本正经道：“此事不怕一万，就怕万一，岳飞总不至于平白无故给刘豫写书信，而郦琼又恰在此时归附，如今刘豫一而再、再而三地请兵，天底下哪有如此巧合之事！”

“正是！”兀术煞有介事附和道，“我军一旦深入江南，人生地不熟，孤立无援，倘若刘豫起了异心，图谋不轨，我军腹背受敌，那可是要全军覆没的！”

二人说着，倒有几分当起真来，一旦对刘豫存了废黜之心，信任感也随之大减。刘豫手下有十来万人马，真要有心谋反，也着实不好对付。

于是挞懒和兀术立即起身，一起赶往蒲鲁虎府邸，将蜡书给他看，并告知来龙去脉。蒲鲁虎听完，起身去了内室，回来手里多了一样东西，二人定睛一看，竟然也是一封蜡书。

蒲鲁虎道：“这是有人在齐境内捡到的，你们看看。”

挞懒和兀术凑在一起看了看，这是由宋朝兵马大都督张浚写给刘豫的，上面说：已如所约，派郦琼过来诈降，望再向金人请求出兵，以期一举歼灭。

三人面面相觑，一时辨不清真假，不过一想到刘豫最近不停派人过来请兵，没法不起疑心。

蒲鲁虎凝神琢磨了半晌，嘴角浮起冷笑，道：“事不宜迟，你二人即刻随我进宫，将此事奏与皇上。依我看，趁着刘豫正派人求救兵，就答应他，然后你二人率大军以南下攻宋为名，趁其不备，一举废掉刘豫！”

挞懒点头道：“此事须得快，一旦刘豫觉察到我大金要对其下手，严加防备，甚至勾连江南，事情就不好办了。”

废黜藩属，确非小事，万一谋事不密，让刘豫听到风声，狗急跳墙反咬起来，还真不好收场，三人商议完毕，便骑马赶往皇宫去见完颜合剌。

数日后，在寓所等得心焦的冯长宁终于得到旨意，命他再次觐见。

冯长宁心上心下，不知金国君臣葫芦里卖的什么药，拜见完毕，很少开口说话的完颜合剌还破例问候了刘豫几句，冯长宁受宠若惊，规规矩矩一一作答。

寒暄完毕，冯长宁想说发兵之事，又怕金国君臣脸上不好看，正犹豫不决，只听蒲鲁虎道："发兵南征之事，皇上与诸大臣商议之后，以为江南日益猖獗，动辄叫嚣提兵北上，恢复中原，狼子野心，昭然若揭，当趁其羽翼未丰之际，合兵一举歼灭，免留后患。"

冯长宁简直不敢相信自己的耳朵，张着嘴愣了半天，才跪伏在地，用颤抖的声音连连谢恩。

像是为了让冯长宁放心，一名内侍当场就在都堂宣旨：南征大军由挞懒、兀术二人统领，挞懒为左副元帅，加封鲁王，兀术为右副元帅，加封沈王。又命女真万户萨巴为元帅府左都监，屯兵太原，渤海万户托卜嘉为右都监，屯兵河间，并下令齐国军队听元帅府节制，分戍于陈州、蔡州、汝州、亳州、许州、颍州各地，以便调遣。

冯长宁不知军务，听安排如此繁复，定是要出兵无疑了，想到终于可以回去圆满交差，不禁喜形于色。

蒲鲁虎道："回去告诉你家齐王，就说快则一个月，慢则两个月，大军必然渡过黄河与齐军会合，然后一齐南下，直捣建康！"

冯长宁喜滋滋地答应了，趴在地上，千恩万谢了无数遍，退下后，忙不迭地回寓所收拾行装，次日便喜气洋洋地往回赶了。

王伦等人早听说齐使也来了，但到底所议何事，无从得知，这几日突然发现金国上下都在厉兵秣马，一副全力备战的样子，心中又惊又疑，终于逮着个机会见了挞懒，问道："大金国这是又要南征么？"

"正是。"

王伦急得手足冰凉，表面却不动声色，叹口气道："在下以为元帅乃是明白人，如何也干这种替他人火中取栗之事？"

挞懒脸上带着一丝诡异的笑容，道："此乃军国大事，岂是你能知晓的？我军既已定下南征之策，便不能让江南得了消息，只能麻烦贵使多待些时日，待我大军南征时，贵使可以同行。"

王伦苦思冥想，也弄不明白好好的形势如何就突然逆转了，想再努力劝一劝挞懒，挞懒却一挥手道："侍郎要讲什么，本王都知道，就不必多言了，且回寓所好生歇息吧。"

王伦无奈，只得怏怏地回了寓所，高公绘等人得知金军果然又要南下，一个个都惊得脸色煞白，却又无可奈何，一屋人垂头丧气，相对无言。

晚餐端上来，多了两道菜，另外还有一壶酒，送餐的仆役道："这是鲁王特意赏赐的。"

王伦心想，莫不是毒酒吧？便揭开壶盖闻了闻，浓香扑鼻，乃是上等的陈年老窖。

于是众人闷闷地喝酒吃菜，只觉味同嚼蜡。王伦皱着眉头，边吃边琢磨，突然他浑身一颤，手中的酒杯掉在桌上，酒洒了一桌，还淌了些在膝盖上。

众人连忙帮他擦拭，却见王伦身体紧绷，半张着嘴，眼睛直勾勾地看着前方，像中了魔怔一般。高公绘以为他受打击太大，乱了心神，便安慰道："侍郎，此事多半是天意，你也不要过于自责……"话未说完，眼泪却差点要掉下来了。

王伦回过神来，指了指面前的空酒杯道："满上，满上！"旁边人帮他倒满酒，王伦举杯一饮而尽，然后抓起筷子，大口吃起菜来，喉咙里不时发出奇怪的声响，也不知是笑还是哭。

众人见他举止失措成这样，又是担心，又是害怕，高公绘使了个眼色，于是众人只是视而不见，埋头吃了起来。

冯长宁回到汴京，向刘豫汇报了金军即将南征的消息，刘豫喜得手舞足蹈，愈发觉得自己是天命所归，立即传令在境内大举征兵。可怜齐地的百姓才安顿了不过数月，又要千里远征，生死未卜，一个个苦不堪言，直把刘豫恨到了骨头里。

正在刘豫紧锣密鼓地准备南征之际，有地方官报来消息：有一颗极亮的星在汴京附近的平康镇陨落，附近几个州县的人都看见了。

刘豫自登位之后，极重星相之学，便叫来司星官贲百祥，问他此事作何解。贲百祥道："此星陨落，恐有大祸。"

刘豫心里一跳，又问："何时？"

"百日之内。"

刘豫心里一算，这不正是与金军合兵南下的日子么！连忙问："可有补救之法？"

贲百祥道："此乃天意，非人力可为之，陛下唯有修心修德，或可免除此祸。"

刘豫心中不悦，冷冷道："如何才算修心修德啊？"

贲百祥没留心刘豫脸上的神情，回道："无非是偃甲休兵，与民休息。"

刘豫道："金国大军即将与我军会合，共同征讨江南，成败在此一举，你却让朕偃甲休兵，是何居心哪！"

贲百祥这才注意到刘豫脸色铁青，明白犯了大忌，赶紧跪下解释道："明主以仁孝治天下，陛下天生圣人，自是爱民如子，不轻启兵衅，以免招致祸端……"

他一心慌，越辩解越犯忌，只听刘豫断喝一声："贲百祥你昏聩！方今乱世，江南聚兵边境，时刻便会大举北侵，朕不举兵讨伐，难道还要坐以待毙？你以星象为名，妖言惑众，乱我军心，朕今日若饶了你，如何对得起三军将士！"

说罢，刘豫恶狠狠地一挥手，令两旁武士将贲百祥拖下去处死。

刘豫即位以来，大约也明白纳谏兴邦的道理，还真不敢滥杀大臣，有时臣下话说得重了，他也咬牙忍了下来，但自今年南侵惨败后，他心态大变，前向才杀了两名进士，今日又一言不合，便将个倒霉的司星官杀了，群臣在一旁，都知道他近来虚火亢旺，谁也不敢劝。

十月底，金军大队人马终于抵达黄河以北，刘麟率军前去迎接，驻扎在南岸，等待金军过来。金军先派了一小队人马渡河来见刘麟，领头的将官道："奉金国左副元帅、右副元帅之令，请世子刘麟渡河前往武城，商议南征之事。"

刘麟见金使称自己为世子，心里头便有几分欢喜，虽然有些不太明白为何叫他渡河议事，但既然上国有令，他没有不尊崇的道理，便带了二百亲兵，渡河去见挞懒和兀术。

离武城还有二三里之时，只见前方烟尘大起，大约有上万金军铁骑迎了上来，看旗号正是兀术的人马。刘麟略感诧异，自己不过是藩国世子，哪里用得着如此大礼相迎。

正在疑惑，只见金军骑兵从两翼包抄，卷向自己身后，刘麟有些发慌，身旁亲兵也觉得情形不对，但又不知所措。刘麟不敢轻举妄动，眼睁睁地看着金国铁骑将自己这二百人团团围住。

片刻后，兀术在亲兵簇拥下出来，刘麟强作镇定，打个哈哈，在马上抱拳道："殿下别来无恙！你我都是一家人，何故如此啊？"

兀术轻蔑一笑，也不理他，只向后挥了挥手，一名皇宫内侍出来，大声道："刘麟接旨！"

刘麟只得与亲兵下马，跪下接旨，只听那内侍开始念旨，他脑子里乱哄哄的，也听不大明白，直到听到那句"建尔一邦，逮兹八稔。尚勤吾戍，安用国为"，才惊觉大金是要废了齐国。

宣旨完毕，几名牛高马大的女真武士过来，架住刘麟，三两下便将他身上兵器甲胄卸得干干净净，刘麟乖乖地任其摆布，身后亲兵无人敢动，很快刘麟被迫便换了坐骑，骑上一匹毛色灰暗的老马，被几名武士不知押往何处去了。

解决了刘麟，挞懒和兀术即日便率大军渡过黄河，直逼汴京，同来的撒离喝道："我军直下汴京，固然是易如反掌，其他各地齐军谅来也无人敢反抗，唯一可虑的就是驻守京兆的刘益。此人是刘豫的亲弟弟，听说他轻财好施，礼贤下士，与士卒同甘苦，为人颇有远略，将京兆一带治理得井井有条，军民都乐意为之效命。倘若他听说汴京有变，带人马从西面杀过来，于我军颇为不利，不如我先率一支人马以入蜀为名，直抵京兆，趁其不备，一举将他拿下，省得大动干戈。"

挞懒和兀术都觉得有理，于是撒离喝率本部人马连夜赶往京兆。三日后，快马传来捷报，撒离喝已兵不血刃，占了京兆，刘益也束手就擒。

二人更不迟疑，为防走漏消息，干脆选了三千精骑，直奔汴京城下，城中守军早就听说金军要来，都不防备。于是金军直入城中，到皇宫后，兀术派人守住宣德门、东华门和左、右掖门，然后亲自率领几员亲将突入东华门，皇城使突然看见女真铁骑闯入皇宫，惊得不知所措，兀术喝问道：“齐王何在？”皇城使竟吓得张口结舌，说不出话来，兀术抽了他一马鞭，策马直奔垂拱殿，到达后宫，只见帘后影影绰绰，便问道：“齐王呢？”

片刻沉寂后，一名后妃掀开帘子，用手指了指左边，道：“皇上在讲武殿射箭呢。”

兀术等人奔向讲武殿，果然远远地听见有人声，兀术骑马直接闯入，把里面人都吓了一跳。刘豫正坐在殿内指指点点，见兀术等人突然骑马闯入，惊得从椅上一跃而起，便要从侧门出去。

兀术策马上去堵住他去路，刘豫道：“容……我去更衣。”说罢，继续往外走。

兀术飞身下马，一把握住他的手，道：“有紧急军情，来不及更衣了，请齐王随我走，一同前往军中商议。”

兀术的手有千斤之力，刘豫挣扎不得，只好与他一同步行出了宣德门，随从都觉得不对劲，可来的是大金国的殿下和兵马元帅兀术，谁也不敢造次。

刘豫一颗心怦怦直跳，满心里都是疑惑，虽然腿肚子直打战，嘴里却与兀术谈笑自若。不一会儿，到了东阙亭下，刘豫抬头一看，几百名如狼似虎的金军铁骑围在门外，悄无声息，整个皇宫沉浸在大祸临头的恐怖气氛中。

兀术手下士兵牵过一匹灰突突的羸马，马鞍破旧不堪，让刘豫骑上去，刘豫道：“朕有坐骑，叫人牵过来好了。”

兀术道：“不必了，军情紧急，哪里还容得挑选坐骑！”说罢，一挥马鞭，几名士兵向刘豫追近两步，逼他立刻骑到马上去。

刘豫终于意识到大势已去，众目睽睽之下，骤然间从九五之尊沦为阶下囚，其中的屈辱与苦涩只有他自己知道。他深吸了一口气，撑起最后的体面，拍了拍巴掌，故作轻松地仰天大笑道："也罢，也罢！朕今日就骑骑这驽马，也算是体察下情！哈哈哈哈！"

金军拥着刘豫往东走去，刘豫还保留着皇帝最后的一点颜面：身边仍有数十名侍卫跟随。只不过这些侍卫全都成了摆设，眼睁睁地看着兀术拔刀在手，刀锋就搁在刘豫坐骑的马鞍上。刘豫昏头昏脑走了不知多久，再看前后左右，全是金军，他的那些侍卫被远远地隔在后面。

直到此时，刘豫才想起两名进士刑希载、毛澄的话，悔恨得直想从马上栽下来一头撞死，那些明辨形势的金石之言，倘若自己当时能听进去一句，哪至于有今日之辱！

"殿下且慢，刘豫还有一桩私事未了，能否容我做完此事，之后任凭处置。"

兀术见刘豫面色苍白平静，便问："何事？"

刘豫道："前向因一言不合，杀了两名读书人，颇多愧疚，想派人给这二人家属各赠五万钱，请殿下恩准。"

正所谓"人之将死，其言也善"。兀术见刘豫已然放下架子，所请之事也无关大局，便应允了。于是刘豫叫了一名侍卫过来，扯下腰间玉佩交给他，作为信物，叮嘱了一通，那卫士便掉头往皇宫方向走去。

挞懒听说兀术顺利地拿住了刘豫，便率大队人马进入汴京，将齐国的文武百官、军队将校、僧、道、老者召集到宣德门，向他们宣读了大金国皇帝废掉刘豫的诏书。

宣诏完毕，挞懒与兀术又见了齐国旧臣，二人对这些丧家之犬很是蔑视，让他们各自回府。为了防止生乱，兀术派出几千铁骑巡绕大内，以壮声势，然后又派几十名士兵巡行汴京大街小巷，边走边喊："刘豫治国无方，大金皇帝为救生民于水火，现已废其帝位，从今往后，不再强征尔等为签军，不再征收免行钱，不再征收五厘钱，有敢欺压尔等百姓者，一律格杀勿论！还请你们赵家少帝来皇宫居住！”

汴京百姓见金军铁骑蜂拥入城，都惶惶不安，听了这些话，才稍稍安定下来。

数日后，金军在各处城门和集市张贴黄榜，上书："齐国自来创立重法，一切削去，应食粮军，愿归农者许自便。齐国宫人，检刘豫所留外，听出嫁。内侍除看守宫禁人外，随处住坐。自来齐国非理废罢大小官职，并与叙用。见任官及军员，各不得夺侵民利。先前逃亡至江南之人，现来归投者，并免本罪，优加存恤。一应州县见勘诸公事，不得脱漏。"

如此一来，金军反倒成了仁义之师，刘豫当了八年皇帝，一朝被废，汴京百姓虽说不上人人拍手称快，但大都松了一口气甚至有些幸灾乐祸，却是真的。

最倒霉是郦琼等人，千算万算，铤而走险归附齐国，才封了官爵。印授还没握热，齐国却被废了，挞懒和兀术二人不知他的底细，便解除了他的兵权，将他囚禁在寓所，于是郦琼只得与一家老小窝在家里。

挞懒、兀术清理汴京府库时，原本以为刘豫早已把齐国折腾得国困民穷，不指望还有多少财货。不料他们打开府库，里面金银钱物堆积如山，花了数日才清点完毕，共有钱九千八百七十余万缗，绢二百七十余万匹，金一百二十余万两，银一千六十万两，粮食九十万斛，数目之大，令人咋舌。

挞懒见如此顺利地废掉刘豫，还发了一大笔横财，乐得合不拢嘴，更加认定自己深谋远虑，将已经等得五内俱焚的王伦等人召来，告知了刘豫已然被废的消息。

王伦早有所料，长舒了一口气，高公绘却全无防备，惊得差点一屁股坐到地上去。

“鲁王果然英明神武，真乃无双国士也！请受王伦一拜！”王伦起身，庄重地拂了拂身上灰尘，向挞懒一揖至地。高公绘见了，也慌里慌张地跟着作揖。

挞懒意气扬扬，极为受用，心安理得地受了二人大礼，高谈阔论了一通，最后道：“回去告诉你家主上，如今齐国已废，南北道路通达，我大金国皇帝乃是至仁之君，不忍再起刀兵，只要江南有诚意，和议自可达成。”

王伦听了，不禁心花怒放，拼命抑制住内心的狂喜，又说了一大堆奉承话。告辞出来后，他只觉得头昏脑涨，自己方才说了许多话，却一句也不记得了。回头再看高公绘，已是眼神迷离，身体僵直，恰似一具行尸走肉，完全被突如其来的喜讯冲傻了。

中原发生剧变之时，远在江南的赵构君臣还在东一拳西一脚，到处乱抓，拼命补救，力图稳住淮西兵变后的混乱局面。

赵鼎收到诏书，星夜赶赴行在，此时朝野上下一片惊慌失措。赵构先在都堂见了赵鼎，言谈之中，难免有些紧张焦虑，赵鼎耐心地听他讲完，才道：“陛下以为当前首要之事为何？”

赵构只觉得满脑子都是大事，皱着眉头想了想，却答不上来。

赵鼎道：“陛下，臣以为，当今首要之事，乃是维护朝廷威仪，切不可妄自菲薄，而遭将臣轻视。”

赵构心头一震，顿时觉得纷乱无章的事情有了头绪。淮西兵变的前前后后，朝廷处置颇不得当，自酿苦酒，他内心深处最忌讳的，正是掌兵大将因此而看轻朝廷。

赵鼎接着道：“淮西兵变，最可虑者乃是诸将之间互相议论，以为之所以发生兵变，是因为朝廷罢免了刘光世，于是认定朝廷再也不敢轻易动掌兵大将，如此一来，诸将愈发有恃无恐，不听号令。依臣愚见，朝廷切不可因此事而自缚手脚，对掌兵大将，有功则奖，有过必罚，绝不畏畏缩缩，让诸将明白朝廷威严依旧。”

赵构由衷地叹道：“听卿一言，了却朕万千心事！”

赵鼎又道：“臣在路上便听说陛下让岳飞写信劝郦琼回来，只是陛下的御笔诏书都不能让郦琼回心转意，何况岳飞的书信？此举大可不必，只显得朝廷不知所措，病急乱投医。”

赵构不由得脸上一红，但也深以为然，连连点头。

说话间，几名宰执和重臣也相继来到都堂，与赵鼎见过礼后，新任兵部侍郎胡世将道：“郦琼叛去，淮西门户洞开，一旦为敌军所乘，恐酿成大祸，臣与诸位大臣商议后，都以为应将张浚一军调往淮西，作为行在屏障，以解燃眉之急。”

几位大臣都附和，赵构沉吟着不作声，把目光投向赵鼎。

赵鼎沉声道：“敌军未来，我军已狼奔豕突，疲于奔命，何须慌成这般模样！张俊一军一直在泗河上游屯田驻扎，几万将士披荆斩棘，劳役良苦，才勉强将驻地整治出一点模样，还没住几日，如今又让人千里奔波到淮西来防御，一切还得重头收拾，如此折腾下来，只怕将士们心怀怨望，尚未交战而军心已乱！”

陈公辅道：“只是淮西门户大开，就怕敌军乘虚而入啊。”

赵鼎道：“淮西确实门户敞开，然而敌军却未必敢来。淮东还有韩世忠、张俊两支大军策应，荆襄亦有岳飞大军守护，行在这边，刘锜、杨沂中手下各有万余精兵，如此算来，江淮一带有十来万大军，只要我军从容应对，以不变应万变，敌军不知虚实，哪里就敢贸然深入？”

赵构听完，已经心里有了数，不禁长舒了口气，道："朕在行在，有杨沂中护卫即可，可派刘锜率部驻守庐州，其他诸军暂且不动。"

张守奏道："郦琼叛亡时，将在淮西任职的官员也一并掳走，最近这些人逃回来了不少，但他们当初的文书、印授早弄丢了，吏部为谨慎起见，在复其官职待遇时，都降了一等，以防有人浑水摸鱼……"

赵鼎断然道："此事处置有失偏颇！这些官员去伪归正，奖励还来不及，为何还要降人一等？兵荒马乱之中，活下来就不易，何必苛求其文书齐全？臣以为，但凡有归正者，当复其旧职，如此南归者定会络绎不绝。"

张守看着赵构，赵构欣然点头道："原本是人家应得的东西，给他们就是了，确实不必让人有栖栖不足之叹。"

赵鼎才到，便连定三策，将在泥淖里胡乱挣扎的朝廷拉了出来，见识的确高人一等。赵构心中又是遗憾，又是欣慰，便对众臣道："诸卿倘有事要奏，趁此一并奏了吧。"

礼部侍郎吴表臣道："秋试在即，臣最近看了建炎以来历年科举所取之士，发现诗赋杰出者仍占不少便宜，主试官一看诗赋写得好，便生爱才之心，至于策论写得如何，就不甚计较了，以至于一些老成实学之士，不得中榜。臣以为自今年起，若有诗赋平平而策论精博者，不得遗落，方今国家用人之际，当取实用之才，舞文弄墨，徒事空文，于国事无益。"

赵构"腾"地站起来，恨恨地哼了一声，道："吴卿所言，实非小事！文学、政事原本是两科，不应分主次，况且诗赋不过是咬文嚼字，而策论则必须通晓古今，属实用之学。朕孜孜所求者，乃是能修身、齐家、治国平天下的经世之才，要那些只会吟诗作赋的腐儒何用？”

众臣都低头不吱声，皇上说这番话，当然是有来由的。吕祉、陈克两个书生去淮西抚军，结果坏了大事，吕祉临难死节，夫人也跟随而去，还有可称道之处，至于陈克，全须全尾地逃了回来，除了写几首诗词自怜，真是一事无成。

赵鼎知道皇上心里有气，借此发泄对张浚用人的不满，便也不说话，只是恭聆圣训。

赵构重新坐下，脸上犹带怒色，秦桧道：“陛下也不必过于忧心，国事艰难，也不是一家的事。前向有南归者就说，讹里朵、粘罕等相继殁亡，此二人都是金国重臣，颇有谋略，金国未必有人能接下他们的担子，况且金国皇帝吴乞买也已归西，继位的乃是个十五六岁的少年，能成得了什么气候？再看我朝，皇上春秋鼎盛，文臣武将济济满堂，虽然偶有小挫，其国势又岂是金国所能比？金国正值多事之秋，臣料必然有大变，陛下只须静观其变即可。”

秦桧的分析听着有几分道理，赵构脸色和悦了许多，点头道：“金人暴虐，不亡国那真没有天理了！”

秦桧道：“陛下广施仁政，奋发图强，中兴自有其时。”

赵构叹气道：“哪有唾手可得的中兴？不励精图治，有所作为，中兴还能从天上掉下来？只是今日之朝政，犹如久病之人，还误服了一剂猛药，身体极其虚弱，尚需好生调养，不能轻举妄动。来年开春，待局势稍定，朕当大会诸将，极力经营中原！”

都堂里的气氛随着赵构情绪的好转也轻松了一些，君臣又谈了些政务之事，赵构便让其他人先回去，单独留下赵鼎。

等其他人都走了，赵构从案上拣了几份奏折，递给赵鼎，道：“群臣对张浚之去留，颇有争议，他这个宰相是做不得了，朕早已准了他的辞呈，只是到底如何发落，朕还在权衡。"

赵鼎接过奏折，浏览了一遍，有建议张浚留任的，更多的是建议对张浚严惩不贷，其中尤以御史中丞周秘的言辞最为激烈，在劾章里罗列了张浚的二十项大罪。赵鼎看了看，其中说到张浚劳民费财，大抵属实，至于说他专权自恣，任人唯亲，则是事后诸葛亮，有些干脆就是捕风捉影。赵鼎为官多年，深知台谏们朋党比附的陋习，看到这种墙倒众人推的情形，心里只是感慨。

"张浚专误大事，前者有富平之败，令陕西五路，落入敌手，以致后患无穷；近者又有淮西兵变，朝廷苦心经营十余年，才刚有些中兴气象，旦夕之间化作乌有！如此还不远窜岭南，何以示威以劝来者！"赵构提起这些事，语气中难掩气愤。

赵鼎也深自叹息，富平之败与淮西兵变，为害极烈，还全出自一人之手，皇上念及此事，只怕半夜睡觉都会被气醒。

不过昔日同僚兼好友有难，身为宰相，不能干落井下石之事，赵鼎定了定神，劝解道："张浚固然是误了事，但其老母年事已高，他当年又有勤王之功，是否远窜，还请陛下三思。"

赵构没好气地道："他有勤王之功，朕也让他做了宰相，何况功是功，过是过，功过岂能相抵？"

皇上怒气正盛，赵鼎便不再作声，拿起奏折继续翻看。

赵构见他刚到便马不停蹄地处理公务，脸色颇显疲惫，便道："元镇从绍兴赶来行在，只怕还未曾好生歇息吧？国家危难，朕难免用臣下太过，实在是心中不忍。"

赵鼎笑道："陛下用臣太过无妨，就是不要用自己太过就好。"

赵构哈哈一笑，道："朕倒想垂拱而治呢，只是江山飘摇，不得不昃食宵衣而已。”

君臣二人放下手头的事，聊了些闲话，赵鼎便告辞而出了。

才出宫门，便见前面有二人迎了上来，赵鼎一看，原来是张守和陈公辅，像是特意在等自己。

张守上前，开门见山道：“我二人在此等候多时，只为与赵相商量一桩事。”

赵鼎一笑道：“是不是朝廷如何处置德远一事啊？”

张守和陈公辅互相看了一眼，张守叹气道：“赵相是明白人，德远固然犯了大错，但他也是一片忠心为了国家，倘若真要置之于死地，只怕让后来者心寒。”

赵鼎沉吟道：“这几日事又多又乱，皇上也正在气头上，待朝中大小事理出个头绪后，皇上的气消了些，我再约上你二人和其他几个宰执一起去皇上那边求情，如此可好？”

二人知道当初张浚因功自傲，不肯让步，逼得赵鼎不得不辞去首相一职，见赵鼎如此不计前嫌，很是感动。赵鼎走后，陈公辅对张守道：“德远还是缺点心胸，当初若能听听赵相的意见，不那么一意孤行，也不至于今日如此狼狈。”

张守苦笑一声，道：“淮上成功，乃是因他勇于任事；淮西兵变，却是因他一意孤行。张德远还是那个张德远，无非就是成王败寇而已。”

半个月后，赵鼎找了个机会，带着几位宰执重臣去见赵构。

赵构知道众人来意后，虽然不再怒容满面了，但神情严肃，一副不予通融的样子。

“陛下，”赵鼎先开口道，“张浚犯事，起因在于削去领兵大将兵权，前向张浚被罢相，外间都以为这必是出于诸将之意，有损朝廷威严，如今再将张浚远窜岭南，只恐传言更甚。”

赵构不为所动，道：“宰相任免，都出于武将之意，这等事只有唐末和五代才有，哪里是我大宋的章程？这等传言，牵强附会，不必理会。”

张守劝道：“陛下，张浚为大宋捍卫两淮，可谓不辞劳苦，此前他解除刘光世兵权，就是因为淮西军多为乌合之众，郦琼等人叛去，恰恰说明他是对的！如今台谏一味攻讦，必欲置其于死地，恐怕会寒了做事人的心哪！”

张守此言不可谓不恳切，赵构阴沉着脸，似乎在思索，张守接着道：“张浚母亲年事已高，倘若张浚远窜岭南，恐怕这辈子未必能侍奉老母了，还请陛下可怜可怜他。”

赵构沉默了片刻，淡淡道：“此乃公事，何须掺杂私情。”

赵鼎赶紧接过话头道：“陛下所言极是，张浚所犯正是公罪，罢职可以，远窜却不必。”

赵构看着赵鼎，似有所思，赵鼎接着道：“张浚之罪，不过是失策罢了。一个人献计献策之前，定然是思虑万千，即便如此，也难保万全，倘若因其计谋失算，便置之死地，以后再有奇谋妙策，谁还敢献上来呢？臣等今日为张浚说情，并非全出于私意，也是为江山社稷着想，还请陛下明鉴。”

赵鼎这番话合情合理，赵构听完，脸上的表情终于和缓了一些，甚至还微微点了点头，过了半晌，终于带着几分无奈道：“那就让他去永州吧。”

永州虽然也偏僻，但跟岭南相比，自是不可同日而语，赵鼎等人都松了口气，互相看了看，彼此都心照不宣：大家如此费力地为张浚说情，不也是为自己将来留后路么？

十六　和议初起

张浚自淮西兵变后，也是拼命补救，他知道郦琼对自己恨之入骨，自然是不指望他回心转意，因此也根本没写信去劝他，而是干脆将计就计，命间谍持致刘豫蜡书深入齐境，然后故意失落，蜡书上说已经派遣郦琼过来诈降，让刘豫再去向金国请兵，好一举聚歼。之前他还令人持手榜入齐境，然后将手榜于军营附近遗落，手榜上的内容也是让刘豫请金军南下，使金军的精兵健马不得休息，逐渐损耗，以削弱金国实力。

反间计效果如何，不得而知，不过一个多月下来，虽然淮西门户大开，金军却并未如很多人所料大举南下，反而还有不少齐军将士和百姓逃到南方，多多少少减轻了张浚心头的一些负罪感。

然而淮西兵变为祸之烈，他心里是有数的，因此还未等诏书下来，他早已收拾好了行装，只等着奔往哪处瘴疠之地，还好皇上最终网开一面，只将他发往永州，如此则可带着老母同行，让他深感庆幸。

与同僚辞行后，他便前往永州，但走之前，有一个人他必定是要见的。

船至镇江，还未在岸边停稳，便有鼓乐之声传来，码头上更是热闹非凡，人头攒动，许多人都身着官服，看上去好像镇江府的大小官吏倾巢出动了。

张浚已然去职，不敢奢望能有此待遇，正在纳闷，一眼看到人群中间立着的刘子羽，顿时全明白了，心里好一阵感动。

船刚停稳，刘子羽便跃上船头，亲自来迎接张浚，恭恭敬敬地扶着他下船，码头上的大小官员一齐行礼，客气得让张浚有些惭愧。

“彦修，我不过是一戴罪之身，你这般待我，只怕要招人非议啊！”张浚不无担心地在刘子羽耳边道。

“咳，嘴长在他们身上，我还能去堵上不成？随他们说去吧。”刘子羽轻松笑道，一转身看到张浚船后还有两艘船跟着，上面都是张浚的亲兵，有几个他还认识，张浚亲将张猛也在其中，远远地向他抱拳施礼。

“这是……”刘子羽指着后面，颇感意外。

张浚解释道：“这也多亏元镇等人在官家面前替我说情，我见官家有宽贷之意，便斗胆上书，说我近十年一直带兵，所谓慈不掌兵，难免结下些仇怨。如今去家万里，未有定居，乞求存留亲兵五十人，以备不时之需，至于花销，都由所在州上供的钱米应付——官家仁慈，都应允了。”

刘子羽长长地“哦”了一声，笑道：“如此甚好，如此甚好！”

张浚上了马，一行人浩浩荡荡到了府衙，刘子羽命人安排张浚随从和亲兵饭食，打发走了当地士绅，然后和张浚一起进了府衙。

玉儿抱着孩子迎上来，张浚免不了又抱过孩子端详一通，只是喜爱赞叹。一抬眼，突然发现玉儿穿得停停当当，像是要出远门的样子，再看院中，全是些行李挑担，不禁诧异道：“玉儿，你们这是要上哪儿？”

玉儿看了看远处张罗的刘子羽，奇道：“彦修哥没跟你说吗？他说大哥这些年执掌军政，没少得罪人，如今一人去永州，怕有人加害于你，因此他前不久才上书辞去官位，要陪你去永州呢。”

张浚只觉得胸口一震，眼泪几乎立刻就要流出来，见刘子羽正大踏步过来，便强行忍住了，想说点什么，张了张嘴，却什么也没说出口。

刘子羽见他这副模样，又看看玉儿，心里已然明白，便笑着对玉儿道：“我们都白忙乎了，兄长得朝廷恩准，有五十名亲兵护卫呢。”

玉儿不相信，看着张浚，张浚含泪点点头，玉儿大喜过望，把怀中儿子一顿猛亲，直到小儿叫唤起来才罢。

张浚心情平复下来，愧疚地对刘子羽道：“我这当兄长的不中用，害得你远在镇江，却平白无故地丢了份美差。”

刘子羽将张浚请入室内，道：“兄长这是哪里话！台谏朋比之习也不是一朝一夕了，不需我上书请辞，用不了几日，那帮人就株连到我头上来了。”

张浚知他是安慰自己，刘子羽与淮西兵变一事丝毫不沾边，台谏再牵强附会，也弄不到他头上来，只是他上书请辞，不知皇上那头会不会批。

在屋内坐定后，玉儿亲自端上清茶，张浚见了，道：“有酒么？今日想喝上两杯。”

刘子羽有点惊讶，道：“难得兄长要酒喝，我这儿倒还真有两坛上好的百花酒呢。”说罢，吩咐仆人去取酒。

“不瞒你说，自淮西出事后，我就没碰过一滴酒，甚至一提到酒心里就隐隐作痛，也不知是何缘故。”张浚皱眉道。

刘子羽并不奇怪，富平惨败后，张浚也是数月滴酒未沾，大概酒于张浚，乃是助兴之物，不是浇愁的。

“今日到了我这儿，兄长尽可放松，我陪你一醉方休。”

仆人把酒坛抱出来，刘子羽拆了封盖，一股浓郁的酒香顿时弥漫在房间里，张浚脸上不由得绽开一丝微笑。

两杯热酒落肚，张浚心情似乎好了些，看着刘子羽道：“彦修，我一直有个疑问，想问你吧，但觉得你未必肯说。”

刘子羽笑了笑，道：“兄长的疑问，我大致也能猜出来是什么。”

“那你说说！”

“兄长还是想不明白子羽为何执意不肯接掌淮西军，是吧？”

“正是！”张浚目光炯炯地盯着刘子羽，“上回你倒说了好些理由，让我无言以对，然而回去细想，总觉得你话未说尽，似乎别有隐情。”

“子羽的那点小心事，还是瞒不过兄长的火眼金睛啊！”刘子羽叹道。

“果然是别有隐情，你现在能跟我说了么？”张浚紧盯着刘子羽，声音有些异样，淮西兵变给他打击太大，而他心中一直深憾未能说服刘子羽接掌此军，否则断不至于如此下场。

刘子羽见张浚耿耿于怀的样子，长叹了一口气，低头沉默了半晌，突然道：“再过一年，顶多两年，我恐怕得再去陕西一趟。”

“你去陕西做什么？”张浚有点莫名其妙。

“去给晋卿守灵。”

张浚手一抖，杯子掉在青砖地面上，摔得粉碎，虽然屋里暖暖和和，还刚喝了两杯热酒，但他仍不由自主地打了个寒噤。

“彦修，你……胡说什么？”

刘子羽缓缓道：“年初奉兄长差遣，去陕西抚军，见了晋卿，他自然是极力款待我，然而席间，他突然大咳不止，最后竟然呕血一升有余，脸黄得如同金纸，看到原本虎一般壮实的汉子瘦成皮包骨，吐完血还更衣硬撑着陪我，子羽真是心痛啊！”

张浚呆呆地看着前方，心里压抑得透不过气来。

“他这是咳血之症，我看他的病情，能再撑一两年就是万幸，眼看至友一步步往鬼门关走，我却无能为力，还只能强颜欢笑，呜呼痛哉！呜呼痛哉！”刘子羽说这话时，表情、语调都平静得惊人，反让人更觉得他痛彻心骨。

屋内陷入沉寂，只听到玉儿怀中孩子轻轻的呢喃声。

良久过后，刘子羽道：“兄长莫怪子羽无能，自从陕西回来后，子羽心里头建功立业的欲望淡了许多，再加上有了这宝贝儿子，不知怎的，再也见不得杀戮之事，莫说杀人，就是杀鸡杀鱼都下不了手，如此还怎么能够统兵呢？”

张浚像被霜打了的茄子一样，蔫在当地，眼睛无神地看着窗外，三人就这样默然无语闷坐着，最后还是刘子羽打起精神，继续给张浚劝酒，但屋内的气氛却再也轻松不起来了。

绍兴七年的寒冬分外刺骨，然而入冬越深，天气越冷，身在建康的宋朝君臣反而越发心安，因为这意味着金、齐联军南下入侵的可能性越来越小，自淮西兵变后，江南朝廷总算又熬过了一次危机。

十一月底，泗州知府刘纲遣快马来报，说是出使金国的王伦和高公绘一行已经回来了，不日将抵达行在。

朝会上，大臣们都在猜测王伦会带回来什么消息，大都以为郦琼叛去，金、齐定会借机提出更苛刻的要求，来年秋防，恐怕更需严加防范。

赵构也不多做指望，只皱眉道：“若不是道君皇帝梓宫、皇太后和渊圣皇帝还滞留在北地，朕也真不必再派遣使节，自取其辱。只是话说回来，倘若金人答应归还梓宫、皇太后和渊圣，纵然条件再苛刻些，朕也认了。”

赵鼎安慰道：“陛下孝心焦劳，定能感动上苍。”

过了数日，江北又来邮传，说是王伦等人明日上午便能到达行在，王伦到后，想即刻觐见皇上，因为手头有十万紧急的大事要奏。

赵构听了，心里“突突”直跳，自忖必定不是什么好事，便强作镇定道：“朕自登极以来，什么大事没见过？如今还能有何紧急大事，无非就是金、齐见淮西兵变，以为得计，又要联手南侵罢了，朝廷养兵十余万，不就为了这一日么！”

众宰执也痛斥金国欺人太甚，都发誓与金人周旋到底。

次日午时不到，王伦等人果然到了宫门前，赵构连忙召他们入宫。王伦才入都堂，赵构便打量他的脸色，见他神情肃然，但隐隐又胸有成算的模样，恨不得将他嘴里的话掏出来，看看到底是何军情。

赵构按捺住满心急切，等王伦与高公绘规规矩矩行完大礼，才问道：“卿未至行在，便托人告知有十万紧急之事要奏，不知是何大事？”

王伦不疾不徐、清清楚楚地答道：“启禀陛下，臣回来时见到了金国左副元帅、鲁王挞懒，挞懒乃是金廷掌权重臣，他告诉臣，金国愿归还梓宫和皇太后，并愿与我国修好，两国可签和议……”

王伦后面的话被都堂里大臣们的惊叹和议论声给淹没了，众人都不敢相信自己的耳朵，赵鼎带领群臣给赵构贺喜，热热闹闹了好一阵才平息下来。

赵构也是大喜过望，强压着兴奋之情，慰勉王伦道：“卿等不远万里，周旋于敌国，胜似雄兵十万，朕倍感欣慰……”

王伦微笑道：“陛下，臣说的大事还未奏完呢！”

赵构一愣，看着王伦，王伦接着道：“挞懒还许诺归还河南诸州，臣等来时，他与金国右副元帅兀术率兵南下，废了刘豫父子。”

都堂里倏地安静下来，赵构君臣都惊呆了，之前边境上有过流言，说是金国要废刘豫，这类流言每年都有，朝野都习以为常，如今竟然成了真，如何让人不吃惊！赵鼎结结巴巴道：“王侍郎，你说的话可是当真？”

王伦笑道：“丞相，借王伦一万个胆子，敢在这种事上打诳语么！”

高公绘道：“王侍郎所言句句是实，臣与他一起听挞懒亲口所讲。”

都堂里这回真的沸腾起来，有人大笑，有人痛哭，还有人跪下向北遥拜二帝，赵鼎又带着群臣给赵构贺喜，赵构不敢辜负这样的大好消息，认认真真地接受了群臣的贺词。

庆贺良久之后，都堂里终于恢复了秩序，赵构这才问起王伦出使的详情，王伦绘声绘色地将出使情形讲述了一遍，高公绘在一旁插话补充，把赵构君臣听得如痴如醉。

高公绘道：“此番刘豫父子被废，也多亏了王侍郎在挞懒面前应对得好，让金人对刘豫父子起了疑心。”

王伦见赵构对刘豫父子突然被废一事十分关切，便道：“臣来时，特意又找机会与挞懒辞行，听他说，刘豫被贬为蜀王，囚于琼林苑，有次他哀求挞懒道：‘我父子尽心竭力，无负上国，还请元帅可怜我们一片忠心。’挞懒讥讽道：‘蜀王，你是没见过当初赵家皇帝出东京时，百姓燃顶炼臂，倾城送别，号哭之声十余里外都能听到，你当了八年皇帝，论德不足以感人，论威不足以服众，如今你被废了，可有一个百姓出来送你？’刘豫听了哑口无言。”

赵构听了此话，百感交集，不觉流下泪来，群臣也跟着流泪。

待心情稍稍平复后，赵构转头问秦桧：“挞懒此人究竟如何？”

秦桧答道："挞懒乃金国诸元帅中，最崇尚宽恕者，素来不主张赶尽杀绝，而主张抚绥。"

赵构站起身来，在龙椅前踱了几步，王伦此行收获如此之丰，实在大大出乎他的意料，他打量了一下秦桧，都堂之中，就属他还克制，似乎今日之事于他而言并不意外。

昨日还在忧心收复中原遥遥无期，不知要死伤多少人，也不知要榨取多少民脂民膏，更不知成败利钝如何，然而一夜之间，中原故地竟然唾手可得，而且不必费一兵一卒！

赵构坐回龙椅，恍如在梦中，秦桧知他心意，上前道："陛下，金国之所以愿意议和，一则陛下十余年来励精图治，国家翕然有中兴之像，以至于金人不敢小觑；二则金国立刘齐为藩属，原本就是失策，与之征讨，齐国没那实力，治国安民，百姓也不念金人的好，加上刘豫自不量力，兴兵不已，他能撑八年，臣都觉得太久；三则……金人也是人，并非青面獠牙的怪兽，人家也不想连年征战，也想过太平日子，金国朝廷如今实行汉制，也讲究与民休息，长治久安。臣以为，和议一事，陛下须精心筹备，不可失此天赐良机。"

秦桧说完，都堂一片安静，赵构扫视了一眼，群臣神情都颇为严肃，他知道，群臣方才之所以庆贺金人议和，实是因为金人终于示弱而已，并非真以为和议可成，自古以来，主战者掠尽美名，主和者大多臭名远扬，朝中大臣心中的计较，他是洞若观火的。

他看向赵鼎，赵鼎明白皇上的意思，但议和这种事，他身为首相，顾忌清议，不愿授人以柄，便字斟句酌道："臣以为还是该持重应对，一面令淮南诸军严阵以待，防止金军以和议诳我；一面应再派使臣去金国，若真能不费刀兵迎回梓宫和皇太后，收复中原，有何不可。"

王伦道："陛下，既然金国已答应和议，复我旧疆，并归还梓宫与皇太后，臣以为应告诫诸掌兵大将，近期不得轻启边衅，以免授人口实，阻碍和议……"

话未讲完，便听到一声断喝："王侍郎，你这是要自毁长城，引狼入室么？"

王伦吓了一跳，回头一看，却是吏部侍郎晏敦复，正对自己怒目而视。

王伦正自得于深入虎穴，满载而归，被晏敦复这一声断喝，顿时清醒了不少，都堂中时金人恨之入骨的大臣为数不少，自己以为谈成和议，有大功于社稷，但没准这都堂当中许多人认为他在卖国求荣呢。

赵鼎见皇上脸色不好看，也不愿都堂之中起这种无谓纷争，不等王伦反唇相讥，便打圆场道："是战是和，朝廷自有分数，列位暂且不要在都堂争吵，有失体统！"

说是打圆场，还是责备晏敦复的意味多些，晏敦复是个直脾气，鼓起眼睛便要说话，被旁边人拉了一把，才不服气地闭了嘴。

赵鼎奏道："陛下，淮西兵变颇伤国家元气，犹如人重病之后需耐心调养，臣以为确如王伦所言，近期应养精蓄锐，不可轻举妄动，待元气恢复之后，再图进取。"

赵构点头表示赞许，王伦在一旁听了，才体会到何为宰相之言，既把要说的话说了，还让人找不到破绽，斜眼再看晏敦复，一脸不忿之色，却又无话可说。

朝会散后，赵构将几位宰执留下，直接问道："来年春天朕有意回跸临安，众卿以为如何？"

赵鼎与几名宰执面面相觑，不知皇上为何突然提起此事，赵鼎一低头，看见都堂地面都没来得及铺砖，其他陈设也十分简陋，心里明白了几分，便道："临安宫舍庄严，自是强过建康许多，只是倘若皇上回跸临安，怕朝野会有议论，以为陛下无恢复中原之意。"

赵构冷笑一声，道："此等议论不值一提，临安原本经营了数年，城墙、城垒已然成形，张浚却偏要竭尽民力，耗空国库，将行在从临安迁到建康，说是要北望中原，三年下来，何尝得尺寸之地？坏了不少事倒是真的！"

赵构此话要说在昨日，赵鼎肯定极力附和，然而今日形势却大有不同，金人前脚说要议和，朝廷后脚便回跸临安，这偏安半壁的意图似乎太过明显，到时候朝野物议只怕就会落到自己头上，这样思量着，他便只是微微点头，却并不作声。

秦桧道："陛下回跸临安，应是正当其时，临安皇宫固然不及汴京，但数年修饰下来，也已成规模，倘若金国使臣过来，不至于太过寒酸，有损天子威仪。等金国归还大河之南土地后，陛下尽可以再回銮建康，经营中原。"

赵构点头微笑道："真到那时，才叫经营中原，否则不过是水中望月而已。"

赵鼎乐得秦桧出这个头，便转而奏道："陛下，刘豫既废，中原军民南归者定然大增，此事还需权衡，一则断然不能拒人千里之外，二则也不能大张旗鼓，惹出事来。"

秦桧附和道："丞相言之有理。倘若一面派使臣出使言和，一面大力招纳叛降，确实容易授人以柄。"

赵构叹息道："中原百姓南归，此事于朝廷实无毫发之益，来了就得安置，接济粮食，拨给耕牛、农具，五年以内，不指望有任何赋税。但中原百姓，乃我大宋赤子，赤子来归，为父者岂可却而不受！

如今要与金人议和，可诏令诸将来者不拒，但不得擅自遣人渡过淮河去纳降，以免招惹事端。”

众宰执都点头称是，赵构又道：“王伦此番出使，功莫大焉，理应优赏。”

赵鼎道：“金国既然传话要议和，想必正在等消息，王伦恐怕不能歇息太久，尽早动身为好。”

赵构沉思了片刻，道：“以王伦为徽猷阁直学士、提举醴泉观，充大金国奉迎梓宫使；高公绘为右朝奉大夫，充副使，今日便修撰国书，收拾行装，一旦准备停当，即刻启程。”

如此急切，赵鼎觉得有失朝廷体面，但转而一想，和议成也好，败也好，早一日出使，便早一日得结果，装模作样拖延几日，未必就有了体面。

数日后，淮南便有消息传来，刘豫被废，齐境内的军民人心浮动，从北面归附的百姓与士兵络绎不绝，有时甚至是成群结队，寿州、蔡州的齐军守将更是率满城军民来降。不出两月，诸将便总共得了精兵万余人，马匹上千，淮西兵变后一度危如累卵的形势大为改观。

赵构为探明虚实，便召驻守庐州的刘锜来行在觐见，刘锜奏道：“刘豫被废后，郦琼也被金人所疑，部队人心涣散，因此逃回来的淮西军旧部尤其多，加上其他归正的齐军将士，今年下来可得四五万人，算下来，虽然之前叛逃了四万余众，但一进一出，最后淮西驻军反而还能多出一两万人。”

赵构大松了一口气，心里又十分遗憾，不是张浚坏事，形势不知还要好多少，不过江淮数百里边境，终于有了刘锜大军屏蔽，终归还是值得欣慰。

只是如此一来，朝野反对议和的呼声骤然高涨起来，不停地有大臣去赵鼎府上力争，赵鼎扛不住，便约了其他宰执进宫去见赵构，婉转道："如今刘豫被废，士大夫都在议论可以趁机光复中原，倘若此时按兵不动，只怕他日天下人会说朝廷坐失良机。依臣愚见，陛下可召诸大将至行在，问其用兵之计，再做决断。"

赵构断然道："士大夫只尚清谈，误国者多矣！如今道君皇帝梓宫、太后、渊圣皇帝都滞留北地，如无和议，何时能指望他们回来！"

赵鼎复相后，罢免了几名宰执，也新任了几名宰执，参知政事陈与义便是新晋者之一，这时进言道："但凡用兵，必有死伤，而用兵无非是为了恢复中原，迎回二圣及太后，倘若和议谈成，能达此目的，岂不是比用兵强似百倍？万一和议不成，到时再用兵也不迟。"

赵构微微一笑，道："如此极明白的道理，士大夫竟想不明白，何故？无非是不切实际，崇尚空谈罢了，"接着，又冷冷地加了一句，"也免不了有些沽名钓誉之辈。"

赵鼎脸上一红，皇上睿智过人，自己心里那点爱惜羽毛的小九九只怕早被他看穿，正要补救两句，却听赵构问了上来："自吕祉死后，兵部尚书之职一直空缺，元镇以为何人胜任此职？"

赵鼎脑袋里转了一圈，也没想出合适的人来，便道："自淮西兵变后，诸将难免有自得之意，以为朝廷动不了他们，臣以为新任尚书不但要有威望，还应知兵，如此方可服众，臣一时还真想不出人来。"

赵构点头道："先前张浚统兵，待诸将过于狎昵，吃则同桌，坐则同榻，自取轻侮，使诸将不知尊重文臣；而吕祉又恰恰相反，肆傲自大，朕听说他在淮西军中，简倨自处，不通下情，直到刀架到脖子上才如梦初醒，如此焉得不坏事？朕欲寻一位为人威严、举止稳重且通晓兵事之人，思之再三，却不得其人。”

赵鼎也颇为无奈，遍观都堂诸臣，为人威严、举止稳重者，倒是为数不少，只是一提到通晓兵事，便全然不合适了。淮西兵变，让皇上心痛得数日寝食不安，自建炎年间杜充降金以来，皇上还从未如此难受过，因此选人极为慎重，以至于这兵部尚书的位置空缺至今。

陈与义突然道："陛下，王庶过几日不是要从荆南路回来了么？臣以为他或可胜任兵部尚书一职。"

赵构不禁眼睛一亮，王庶在陕西摸爬滚打了好些年，带过兵，也深知掌兵大将之难制，虽然前向他建议自己乱世当以诛杀为先，不必过于仁慈，让他颇为不喜，但作为兵部尚书，这份杀气似乎还颇为难得。

"来日王庶入对，朕当向他垂询军国大事，以做决断。"

赵鼎见皇上有几分认可的意思，心里直犯嘀咕，王庶跟张浚一样，都是极力主战之人，让他来当这个兵部尚书，和议岂不是又多了一层阻碍？

他一时猜不透皇上的心思，只是觉得皇上也跟他一样，一边极其期待和议谈成，收复中原，迎回梓宫与太后；一边又不敢掉以轻心，生怕一脚踏空，因此仍大力整治军务。

看来皇上虽为九五之尊，但害怕朝野清议，也要防备天下人悠悠之口呢！赵鼎想着，嘴角不由得露出一丝难以言表的笑容。

绍兴八年二月，经过短暂的筹备，赵构的江南朝廷，迁回了临安，临出发前，王庶被任命为兵部尚书，奉诏去两淮总理军务，以备秋防。

回到临安不到一个月，一日散朝后，赵构特意将赵鼎留了下来，寒暄几句后，步入正题："秦桧在枢密的位置上待了许久，不知他私底下可有怨言？"

赵鼎连忙为秦桧辩解道："进退用人，国家自有法度，秦桧身为大臣，这点道理应当明白，臣没听他抱怨过半句。"

赵构沉吟了一会儿，道："如今右相一位空缺，卿以为何人适合？"

赵鼎恍然大悟，顿了顿才道："若陛下以为秦桧适合，下诏便可，他学识、资历堪为宰相。"

赵构点了点头，问："朕若命他为相，都堂之中，当无异议吧？"

赵鼎对此心中有数，秦桧当年在金人刀兵之下，力保赵氏，加上为人谨慎谦和，乃是朝野士大夫当中的红人，他若入相，只怕朝中大臣庆贺还来不及呢。

"秦桧入相，当是众望所归。"赵鼎照实答道。

赵构道："既如此，卿就代朕拟诏吧，今日就让锁院下制书。"

建炎以来，赵构虽然换相无数，但还从未有过当日拟诏，当日下制书的，赵鼎不敢怠慢，一边等内侍磨墨，一边打起腹稿，等笔墨伺候好，腹内文章也成了，提起笔几乎不停顿便拟完了诏书。

赵构接过来看了一遍，夸奖道："元镇的文章平和中正，确有宰相气度。"

赵鼎赶紧谦逊，赵构又看了看，念了其中一句："秦桧秉德宽裕，涉道渊微，持忠义而谋其国，临大节而不可夺。"沉吟片刻后，接着道："朕看'持忠义而谋其国'这句，不如改成'守经权而知其宜'，如何？"

赵鼎自然是没有异议，于是赵构亲笔改写完毕，在诏书上盖上印玺，然后赵鼎捧着诏书亲自去锁院下制书。

走到半路，赵鼎才回过味来，皇上这句话还真不是随随便便改的，分明是称赞秦桧既精通圣人之道，又不拘泥而能变通，方今和议在即，这不是要委以重任的意思么？

当日傍晚，锁院制下，秦桧进尚书右仆射、同中书门下平章事，兼枢密使，都堂里一片欢腾，士大夫奔走相告：“朝廷得人矣！”热烈程度甚至超过当初赵鼎入相。

绍兴八年四月，经过长途跋涉，王伦等人抵达地处河北的祁州，再次见到了挞懒。

挞懒的元帅府依旧清雅，挞懒正襟危坐，神情严肃，旁边几位大将陪坐。挞懒只略与王伦等人寒暄了两句，便令人取出一封上书，递给王伦，道：“前向大金国宣议郎杨克弼、迪功郎杨凭献书于元帅府，讲的是论和议三策，本王与沈王都看了，你们也看看吧。”

王伦不知何意，便接过来看了看，上面果然提到和议三策：“上策，还宋梓宫，归亲族，以全宋之地，责其岁贡而封之；中策，守两河，还梓宫；下策，以议和款兵，邀岁币，出其不意，举兵攻之，侥幸一旦之胜。”

王伦读到此处，不禁满腹狐疑，抬头看了看挞懒，他仍是一副不苟言笑的模样，便接着看下去，里面又写道：“今宋使以梓宫为请，万一不许，大军缟素遮道，当此之时，曲在大金而不在宋。”

这策论分明还是反对用兵、主张和议的意思，只是挞懒到底是想取上策还是中策，却不甚明了。

“鲁王，”王伦赔着笑脸道，“这策论写得极妙，实不亚于我朝饱学之士。”

挞懒冷冷地“哼”了一声，又取出几封蜡书，也递给王伦，道:“这个你也看看。”

王伦接过来一看，登时便有些头大，原来韩世忠、岳飞、吴玠等人不听朝廷的三令五申，仍旧不停地派遣间谍持蜡书深入中原腹地招诱百姓和士卒，难保不会被金军得到，作为宋朝破坏和议的证据。

“上回韩世忠便以两名使臣为诱饵，在大仪镇设伏偷袭我前锋人马，如今江南朝廷一面派使臣过来议和，一面又派间谍入境招纳，如此首鼠两端，却是何故啊？”挞懒说着，语气越来越严厉，旁边几名大将也对王伦怒目而视。

王伦知道今日不解释清楚，和议恐怕就此泡汤，便沉住气，耐心解释道：“鲁王此话差矣。我家主上是诚心议和的，自从王伦上次带回元帅心意，朝廷早已数次下诏令诸将严守边境，不得犯界，只是边境上的各掌兵大将，见形势未定，趁乱贪图些功劳，却是难免的，元帅带兵多年，想必也明白这里面的道理。但王伦愿以身家性命担保，我家主上对此事一无所知！倘若上国能够体会到我家主上的一片诚意，真把和议谈成，到时朝廷一道严旨下去，凡越境者，军法处置！鲁王想想，谁还敢明知故犯呢？”

挞懒看着王伦巧舌如簧，愣把一件把柄给说圆了，倒也有几分佩服。他在金国朝廷一直主张和议，宋朝诸将派间谍深入原齐境招纳，金国朝野一片声讨质疑，认为宋人惯于两面三刀，从无信用可言，让他颇感压力，王伦此番能把话说圆，他心底里反倒踏实了。

挞懒回头看了看旁边几名大将，一个个都无话可说，便口气和缓了些，对王伦道：“如此自是最好，两国和议，以诚为贵，奉劝江南切勿为将臣所误！贵使且先回寓所歇息，本王过几日选派几位使臣陪你们去京师觐见皇上。”

王伦等人松了口气，小心翼翼地退出来，走出百步远，高公绘才道："今日幸亏侍郎应对得快，不然别说和议，恐怕我们这些做使臣的都回不去了！"

王伦叹气道："只盼往后别再出这种事，一次还能圆过来，二次就别想了。"

高公绘恨道："这些掌兵大将，果真不听朝廷号令，明明知道朝廷已经遣使议和，为何还要派出间谍，授人以柄，这不是故意对着干嘛！"

王伦鼻子里哼了一声，道："依我看，他们就是故意对着干。"

见高公绘疑惑，王伦道："你想啊，皇上愿意打仗吗？自然是不愿意的，不得已罢了。百姓愿意打仗吗？更不愿意了，乱世人不如狗，谁不想活在太平盛世，管他上头是谁！最愿意打仗的，其实就是这些掌兵大将，割据一方，手下雄兵数万，要风得风，要雨得雨，地方官都得仰其鼻息，朝廷也得敬让三分，名下酒库、博易场、田产每年收入不计其数，何其风光！一旦战事停歇，朝廷就得收其兵权，到时哪里再去寻这等好事？我若是他们，也得千方百计坏了这和议。"

高公绘听了皱眉道："武将不想和议，犹可说也，但朝中那帮文臣一个个手无缚鸡之力，喊起'横扫中原''报仇雪耻'起来比谁都响，实是令人费解。"

王伦忍不住一笑，道："子宜身为文臣，却没那些虚矫之气，实在难得。要说李纲、张浚之流主战倒也罢了，毕竟人家论起军事来还头头是道，最可恨的是那些迂腐之徒，金人长什么样都不知道，就摆出一副与金人以死相拼的架势，好像比谁都忠肝义胆似的，然而靖康年间，东京城破，大臣中除了李若水死节，秦相公力保赵氏，又有谁以死相拼了？"

说起靖康之耻，高公绘不禁深为感叹，道："细想起来，靖康年间，误国者全是熟读经史的饱学之士，着实令人汗颜。”

靖康之难，王伦就在东京城中，说起来也是感慨不已：“凭良心说，若无几员武将横刀立马在边境挺着，和议也不过是痴人说梦，只是那些酸腐文臣……唉，百无一用是书生也！”

二人一路聊着，到了馆所，住下来后便安等挞懒派使臣过来。

三日后，挞懒派来两名使者和一小队人马，护送王伦一行前往金国京师。此时北方已然入春，山顶上尚有积雪未化，路旁树枝早已吐芽，长出铜钱般大小的嫩叶，雪水化作山泉流淌而下，清冽甘甜，饮之齿颊生香，令人神清气爽。

其他诸人都有心事，不能尽兴欣赏美景，唯有王伦一路兴致勃勃，见有一只麋鹿在溪对面，还怂恿金国士兵去捕猎，金国士兵以军务在身推辞，他便借了弓箭自己去射，让一队人停在路边等他。

到了京师，一切已经安排妥当，王伦等人稍事歇息后，便去见了金国皇帝完颜合剌，先谢了金国废掉刘豫，然后再转达了宋朝皇帝议和之意，将都堂上的礼仪按部就班走了一遍。

完颜合剌只是牵线木偶，把握军政大权的仍然是蒲鲁虎和挞懒等人，他们早已密议定下了和议之策。来上京纯粹是走个过场而已，王伦等人对此也是心知肚明。

见完金国皇帝，又等了两日，金国便让挑选好的两名使臣与王伦等人相见，王伦得知其中一人名叫乌陵阿思谋，不由得浑身一震。这乌陵阿思谋乃是宣和年间宋金海上之盟时的使臣，当时宋金还是友邦，如今金国再派乌陵阿思谋出使宋朝，应该算是明白的示好之意。

此行可谓顺利，离和议又近了一步，王伦十分高兴，他与乌陵阿思谋在数年前粘罕主政时就会过面，乌陵阿思谋当时便不主张宋金交恶，如今再次见面，自是谈得十分投机。

两边使者一路南行，先是渡过黄河，又南下渡过淮河，然后继续往南，渡过大江，到达常州地界。

远在临安的赵构得知金国使臣已到常州，当着群臣的面愀然不乐道："圣人云：'子欲养而亲不待。'太后春秋已高，朕朝夕思念，欲及早相见，也好稍尽孝心，因此才不惜屈己而求议和。然而凡事有备无患，纵使和议已成，兵备仍不可松弛。"

赵鼎在一旁，知道皇上这番话是说给群臣听的，一则让群臣体谅其苦心，二则也让天下人明白他不会因和议而废弛军备。

新上任的参知政事刘大中道："陛下圣明。和与战并不相妨，一味议和而忘了战守，才是大忌。"

赵构微微点头，看了看都堂，群臣都无异议，自觉刚才那番话颇为得体，突然群臣中走出一人，上前奏道："臣以为和议不可。"

赵构一看，正是吏部侍郎魏矼，只听他从容不迫奏道："陛下，刘豫在中原僭帝位，每年要给金国奉上岁币三百六十万缗，刘豫一文钱都不敢少给，可谓恭顺至极，然而金人一旦不满意了，抬手之间，便又将他废黜，毫不留情。今日金人与我议和，无非是想再养一个刘豫罢了，哪天不满意了，照样也会下手无情。"

魏矼此话，可谓诛心，赵构听了不禁脸色一变，皱着眉头沉吟不语。

魏矼开了头，其他人便无顾忌，监察御史张戒也出来道："建炎以来，陛下旰食宵衣，励精图治，方有今日形势，然而细想起来，我军不过借着地利之险才有过几次胜仗，大仪镇之战，虽然是与金军野战得胜，却也不过伤敌数百，并非大胜。臣思来想去，不明白金军为何惧我。金人废了刘豫，中原便在其手，却将拘了许久的王伦突然放回来，说是要讲和，还要复中原、还渊圣、归梓宫，此所谓无方之礼，无功之赏，天底下哪有这等好事？愿陛下深思，切勿堕入金人之诡计！”

张戒说完，都堂里群臣都纷纷点头，中书门下省检正林季仲出列道：“古语云：‘乳彘搏虎，伏鸡搏狸。’臣愚钝，一直未解何能如此，直到金人入寇，才领会其意。猪并非老虎对手，鸡亦非狐狸对手，然而之所以能一搏，全在于感愤之诚！金人肆为贪虐，吞噬华夏，可谓强矣！然而中原仍有数千里之地，数十万带甲之士，为何却如此不堪一击？倘若有人号呼于众人之间，告诉他们：金人杀尔父兄，掳尔妻子，焚尔屋舍，夺尔财宝，此等不共戴天之仇，为何不报？臣就不信我中原赤子，不会愤然而起，驱逐金虏，恢复中原！”

林季仲说到激动处，声泪俱下，赵构看他须发斑白，身体消瘦，却有如此不屈之志，心里既感动，又无奈，一时竟无言以对。

赵鼎眼看都堂里群情汹汹，如此下去，根本谈不了正事，便道：“列位对和议若有异议，还是上书言事吧，都堂之内，人多嘴杂，也议不出个章程来。”

首相发了话，群臣才安静了些，然而接着出来奏事的，多半仍与和议相关，而且几乎个个都认为金人不可信，和议不可行。

散朝后，赵构将几位宰执留下，赵构满脸烦闷之色，道：“金使不久便到行在，馆待之礼，理宜优厚一些，若金使好打商量，能早日休战，也可免得我大宋赤子效死疆场，肝脑涂地，朕素来的意思便是如此。”

赵鼎附和道：“军旅一兴，费靡巨万，若用兵，所费不知多少，比起馆待之费，实属九牛一毫。”

赵构摆摆手道：“你们议一议如何接待金使吧。”说罢，自己拿起案上一份奏折看了起来。

赵鼎便与秦桧等人商议，还没说几句，忽听赵构重重地哼了一声，将一份奏折摔在地上，脸色铁青，胸口也一起一伏，显然气得不轻。

众宰执吃了一惊，赵鼎上前，从地上捡起奏折，浏览了一遍，也不由得咕哝了一句："荒唐！"

秦桧接过奏折，与众宰执凑在一起看，这奏折乃是丹棱知县冯时行呈上来的，开始说得还在理：金人讲和，不过是因为初废伪齐，人心未稳，担心大宋趁机北伐，便利用皇上奉迎梓宫的急切心理，以和议为辞，拖延时日，等他们收拾好乱局，还是要翻脸用兵的。后面却语锋一转，劝皇上不能为了迎梓宫，还太后，而放弃恢复大业，还以当年楚汉之争为例，项羽以烹刘太公胁迫刘邦退师，刘邦却说，你我曾约为兄弟，吾父即你父，你一定要煮了你父亲，那就分我一碗肉汤吧。

秦桧看了也不禁暗骂，这个冯时行真不会说话，拿与敌分食父亲之肉来打比方，这不是拿钝刀子往皇上心口戳嘛！

"朕身遭不幸，父兄宗族、发妻母后，全被金人掳去，唯一的爱子也不幸夭折，深宫清冷，竟不得享半点人伦之乐。朕与母后十年生死相隔，如今归还有期，朕身为人子，如何能不日夜盼望？这些臣子真不把朕当血肉之身么！"说罢，赵构忍不住哽咽失声。

众宰执都默然无语，只有陪着流泪叹息，等众人情绪稍平，赵鼎道："皇上今日心绪不佳，金使尚需数日才到行在，明日再商议接待之事不迟。"

赵构点点头，于是众宰执都辞别而出，赵鼎独自留下，婉言劝道："陛下，群臣愤懑之词，也是出于一片忠义爱君之心，并非他意，臣以为不必深罪。"

赵构无奈地叹口气，他当然明白倘若对进言者严加申斥，必致物议纷纷，上下离心，只是群臣如此激烈反对，和议一事，恐怕难以推进。

赵鼎接着道："陛下与金人有不共戴天之仇，今日屈己求和，也确实不算美事，只是陛下是不得已而为之，毕竟梓宫、太后和渊圣还都在金人手中。依臣愚见，陛下也不必与群臣争论和议之得失了，更不必争论金人可信不可信，就只说讲和乃是权宜之计，只要梓宫及母兄安然返回，哪怕今日签约，明日渝盟，都在所不惜。群臣见陛下孝诚如此，又有所防备，自然再也无话可说——至于和议，该如何谈还是如何谈。"

赵构恍然大悟，低头琢磨了一会儿，微笑道："如此甚好！元镇毕竟老成谋国，群议一息，讲和之事便好办多了。"

君臣又聊了几句，赵鼎告辞出宫，走到半路，心想自己身为宰相，以忠直自居，却给皇上出这种瞒天过海的主意，也不知是对是错，一念及此，只觉得脊背一阵发烫，汗都淌出来了。

十七　战和之争

赵鼎的主意十分奏效，次日赵构在朝会上向群臣表达和议只为迎回梓宫和太后，实属权宜之计的意思后，群臣果真恻然无语，之后反对和议的奏折也少了许多，朝廷总算可以专注于与金使的接待和谈判事宜。

只是群臣虽然面上不反对了，但暗地里的抗拒却并未减少。金使在驿馆住下后，需要有人往来馆中传递消息，朝廷便任命魏矼为馆伴，不料魏矼坚不受命，秦桧与魏矼素来私交尚可，便将他召至都堂，问是何故。

魏矼道："魏矼前不久才在都堂声称金人不可信，和议不可行，今日却让我跟金人使者面对面谈事，恐怕双方都觉得尴尬，相公还是另择高明吧。"

秦桧笑道："邦达，你我相交多年，就不必用这些话来搪塞我了。"

魏矼便道："金人奸诈，不足为信。"

秦桧追问道："何以不足为信？"

"金人自海上之盟起，屡次议和，又屡次渝盟，相公难道不知道吗？"

秦桧摆出一副真不知道的样子，道："愿闻其详。"

魏矼在都堂多年，深知前朝故事，想了想，宋金之间，无论是海上之盟，还是割让三镇，其中曲折甚多，特别是割让三镇，朝廷反复无常，自乱阵脚，既失信于人，又没保住三镇，还损兵折将，可谓步步失措，实在没什么资格指责他人失信。

“金人见我国势日强，接连两次南侵也没占到便宜，加上金主尚幼，宿将凋零，因此才突然遣使议和，这不过是缓兵之计罢了。”魏矼道。

秦桧见魏矼答非所问，便道：“邦达以智料敌，也不是没有道理。只是如今金使已至行在，以智料敌颇不合时宜，秦桧以为，还是应以诚待敌，静观其变。”

魏矼面上恭恭敬敬，话里却并不客气，道：“相公倒是一片赤心，以诚待敌，就怕敌人未必以诚待相公耳。”

“若能不战而收复中原，迎回梓宫、太后和渊圣，岂不比累年用兵强似百倍？如今和议有可成之理，何不尽力而为？”

魏矼一笑道：“相公是何等聪明人，竟是白白在北方受苦了几年。与虎谋皮之事，明知不可，为何还要尽力而为？”

秦桧被他噎得无话可说，二人想法完全不在一条路上，都觉得对方不可理喻，谁也无法说服谁。

金使已在馆中住下，时刻要保持联络，秦桧只好让刚至行在的王伦为馆伴，暂且让他往来传递消息。

王伦抵达行在的次日，赵构便召他入宫，与众宰执一起商议如何接待金使。

李永寿曾于绍兴三年出使过临安，但李永寿号称金国使节，其实是齐国使节，而此次来的乌陵阿思谋，却是当初大金开国皇帝完颜阿骨打派去东京结海上之盟的旧使，地位非同寻常，因此赵构君臣也格外重视。

王伦天性喜好远游，但经过接连的长途跋涉，也颇显疲态。赵构免不了慰问他几句，并问起出使情况，王伦抖擞精神，绘声绘色地描述了一番，特别提醒赵构道："陛下，臣在路上与乌陵阿思谋交谈极多，确见此人有意谈成和议，他再三提醒道：我朝给金国的国书中，务必多提当年完颜阿骨打海上之盟旧事，金国皇帝和重臣们见了，必然会有所触动。"

赵构点头道："宋、金海上誓盟时，朕不过一少年，然而朕还记得当初宋、金联合灭辽之后，粘罕等人不愿意如约交还幽云十六州，想继续南下用兵，阿骨打道：'我与大宋海上之盟已定，不可失约，待我死后，你们要用兵也只能由你们。'最终还是履约交还幽云，可见开国之君，毕竟格局不一般。"

王伦又道："思谋在路上还多次提起一人——马扩，宣和年间，马扩随其父马政奉旨奔走于宋、金、辽之间，促成海上之盟，思谋对他父子念念不忘，大约也是想见故人缘故。"

赵构转头对赵鼎道："既如此，即刻将马扩召至行在，让他二人叙叙旧，总没有坏处。"

王伦见说得差不多了，便道："陛下，昨日秦相让臣做思谋的馆伴，臣万里跋涉，出使敌国，尚且不拒，理应不拒此差使，只是臣既做使节，又做馆伴，似有不妥，显得我朝无人。"

赵构看着秦桧道："不是让魏矼做馆伴么？"

秦桧赶紧回道："臣还来不及向陛下奏报此事。魏矼坚决不做这馆伴，臣劝了他半日，他也拒不受命，只好先让王伦兼着。"

赵构神情顿时有些不悦，赵鼎道："王伦出使才回，又做馆伴，往来奔波，确实显得我朝用人无度，礼部侍郎吴表臣相貌堂堂，也会说话，不如让他来做馆伴好了。"

赵构沉着脸点点头，从案上拿起几份奏折，命内侍递给赵鼎等人，道："这几日，王庶连上三封奏折，一封比一封言辞激烈。朕命他为兵部尚书、枢密副使，原是想用他来震慑诸将，不料他却学起张浚来了，动辄主张用兵，丝毫不懂'文武之道，一张一弛'的道理。"

赵鼎等人便传看王庶的奏折，王庶前两封奏折痛陈金人此时言和，纯属阴谋诡计，不可轻信，分析得还颇有几分见地，但第三封奏折所献的三策却让人目瞪口呆。上策：拘押金使，以激怒敌人，敌人必然发兵南下，我军从容应对，敌人因仓促起兵，只能自取其败；中策：皇上坚决不见金使，只令大臣与之相见，令金使无所适从，我则静观其变；下策：姑且示弱于金使，厚礼待之，等其出境时，暗暗派精兵尾随其后，杀敌人一个出其不意。

赵鼎等人看完后，一个个面面相觑，不知该说什么才好。

赵构见宰执们错愕不已，又好气又好笑，道："王庶说朕不必见金使，只需辅臣见即可，众卿以为如何？"

王伦吃了一惊，道："陛下，臣以为殊为不妥！臣在上京，见着了金国皇帝，倘若金使远道而来，陛下却避而不见，恐怕有失礼仪。"

秦桧也道："陛下不见金使，未必就长了脸面，没准金使回去，反而说陛下怯而不见呢！此类招数犹如孩童之间赌气，毫无益处，实不可取。"

赵构起身，踱了几步，道："朕还没那么昏聩，听信这种妄言。让吴表臣明日便去驿馆见乌陵阿思谋，请他来都堂，先与各位宰执议事。"

次日，吴表臣从驿馆回来，告诉赵鼎等人乌陵阿思谋不愿意来都堂，要求宰相去他馆中议事。

果然外交无小事，这算是金使给宋朝君臣出的第一个难题，刘大中怒道："堂堂宰相，哪有屈尊去驿馆中议事的？这是不把我大宋的都堂放在眼里么？待我明日前去当面斥责他！"

赵鼎一时拿不定主意，便对秦桧道："会之滞留金国数年，应知金人礼仪脾性，此事当如何处置？"

秦桧道："在下以为，最好莫说硬话，于事无补。明日还是让吴表臣再去驿馆，客客气气地告诉思谋，宰相去馆中与使臣议事，不合礼仪。若他不答应，那就跟他耗着，看谁熬得过谁，他是有使命在身之人，离家万里，出使敌国，我谅他熬不过三日。"

众宰执越琢磨越觉得秦桧所言颇有道理，于是赵鼎便让吴表臣回去告诉金使，按大宋礼仪，只能都堂议事。

第三日，果如秦桧所言，思谋答应去都堂议事，但又提出一个新要求：以客礼见大宋宰相。

"若金使以客礼见我，则当以何礼见皇上？此事万万不可！"赵鼎断然道。

没想到见个面都如此费事，众宰执都有些烦躁无奈，最后还是王伦出了个主意，让吴表臣告诉思谋，他想以何礼节见大宋宰相，听其自便，至于大宋宰相以何礼节见他，也自有章程，两边都不要太计较，以免误了正事。

乌陵阿思谋也在找台阶下，觉得这个建议不错，便答应了，两边各退一步，终于约定了都堂议事的日子。

双方会面的前一日，王庶赶至行在，先觐见赵构，极言和议之弊端，赵构不置可否，让他去找赵鼎商议，于是王庶找到赵鼎，二话不说，劈头便是一句："赵相明日便要与那金使会见，不知要讲些什么，可否透露一二？"

赵鼎知道他带过兵，说话难免生硬直接，也不在意，慢条斯理地答道：“两国交涉，当随机应变，明日先要看金使讲些什么，我再看如何应对。”

王庶道：“总得有个章程吧？”

赵鼎反问道：“子尚在外统兵，所见所感当与他人不同，不知你觉得该是怎样的章程？”

王庶连上几道奏章，都不见动静，知道朝廷不会采纳其意见，但有些事也是必须要争的，便道：“今日只说这划界一事，金国与我划界，要么是以淮河为界，淮河以南一直为我所有，他划不划又有何干？要么以大河为界，然而大河之南，赤野千里，一旦划归我国，须驻重兵防守，而河南百姓经多年战乱，自顾不暇，更无余力纳粮，因此还得千里补给粮草军需。另外，金人既然许我以河南之地，必须要求多加岁币，如此不出三年，我国早就被拖得筋疲力尽了，到时金军突然发难，如何抵挡？”

王庶在奏章里的三策固然不可取，但对于敌我形势却颇有洞见，不过似乎也有说不通之处，赵鼎便顺着他的意思道：“我且问你，是金人占据中原，我军北伐强攻对国力损耗大，还是金人让出中原，我军进驻戍守损耗大？”

王庶一愣，争辩道：“我军北伐，是有备而战，不中金人诡计；而金人让出中原，我军进驻，却是中了金人诡计，二者岂可相提并论！”

赵鼎见王庶无非就是要战，便不再多说，只道：“有没有诡计，先听听金使明日如何说吧。”说罢，岔开话题，聊了几句军务，便告辞了。

次日，赵鼎率众宰执在都堂迎接乌陵阿思谋，乌陵阿思谋当年被完颜阿骨打选为使节，也是因他长相威武，办事稳重，此时他和一名副使从容不迫地步入都堂，显得神闲气定。

赵鼎迈着方步上前去迎接，双方见过礼后，互相打量了一下，思谋微笑赞道：“赵公果然有宰相之风。”

赵鼎听他说话如此得体，倒有几分意外，便客气问候道：“贵使远来，一路安好？”

“安好。”思谋答道。

双方分主客落座，赵鼎与思谋主谈，秦桧、陈与义、刘大中等宰执国在一起听，唯独王庶别着脸坐在一旁，看都不看金使一眼。

“贵使何以远来？”赵鼎问道。

思谋道：“此乃王伦诚意恳求，大金国皇帝便派遣我过来。”

“所为何事？”

“自然是有好公事商议。”思谋从容答道。

赵鼎面无表情道：“道君皇帝的讳日都不曾告知，不知能有何好公事？”

“和议谈成，两国息兵，岂不是好公事？”

赵鼎道：“十余年征伐不休，致生民涂炭，今日方谈和议，何其晚也。”

思谋微微一笑，道：“江南文质彬彬，岂不知‘朝闻道，夕死可矣’！今日和议不成，只怕又是十余年征伐，生民何辜？”

赵鼎与众宰执都吃了一惊，连王庶也不由得扭过头打量了思谋一会儿。

赵鼎打起精神，又问：“不知如何划分地界？”

思谋道：“地不可求而得之，只能听凭大金赐予。”

王庶听到这话，面红耳赤，当场就要发作，刘大中拉了他一下，看着他轻轻摇头，王庶才冷静下来，继续别过脸去不看金使。

接下来赵鼎与思谋商议国书礼仪，赵鼎使出平生所学，引经据典，侃侃而谈，思谋说不过，便少说多听，先前居高临下的气势不觉略有些收敛。

双方谈了一个多时辰，说不上顺利，但至少没撕破脸皮，分别时还能彬彬有礼。思谋与副使走出都堂，赵鼎率宰执送至门口，但却不跨出大门半步，只让吴表臣等人将金使送回驿馆。

送走思谋，赵鼎等人便去见早已等得心焦的赵构，告知了与金使商谈的情况，赵构听完，只是凝眉不语。

陈与义奏道："陛下，两日后金使便要来觐见，臣以为这礼仪乃是大事……"

赵构不待他说完，便道："觐见礼仪只是其次，不可因小失大。"

陈与义一愣，觐见礼仪确定双方名分，乃是天大的事，怎能说是其次呢？正要梗起脖子据理力争，只听赵鼎道："陛下，金使入见，定会谈及梓宫之事，望陛下少抑圣情，不必过于哀恸。"

赵构顿了顿，问道："这却是为何？"

赵鼎道："金使此次并非来吊祭，而且以臣观之，说是议和，实则是来窥探我虚实，陛下从容接见即可。"

赵构微微点了点头，并未发话。

众宰执商议完来日金使觐见时的安排，便告辞而出，赵构叫住秦桧："会之稍留，朕有事要问。"

赵鼎不动声色地瞥了一眼秦桧，心中有几分狐疑，但仍保持着雍容风度，领着众宰执鱼贯而出。

等其他人都走后，赵构沉着嗓子问秦桧："以卿之见，朕在金使面前，哭不哭得？"

"骨肉连心，人之常情，如何哭不得？"秦桧答道。

赵构长舒了一口气，道：“朕看群臣观望之心甚重，且一味空谈，不识时务，尽在礼仪、称呼这类事上纠缠不休，连朕思念父兄母后流泪都要计较，如此恐怕和议无望。”

秦桧道：“依臣愚见，陛下来日见到金使，不必顾虑太多，反正地界、岁币这些事也不会由陛下出面来谈，金使无非是要看到皇上的诚意，才好回去向金国皇帝及重臣复命。真情流露，未必有损帝王之威，请陛下明鉴。”

赵构不由得多看了秦桧几眼，这番话何其实在，比起案上那些慷慨激昂的奏折顶事一百倍，便道：“所言极是。虚矫造作，色厉内荏，一旦被看破，反倒遭人轻视！身为大臣，不知为主上分忧，心里只怕就想着身后的名声，想着史书上如何写自己吧！”说到后面一句，用指节狠狠地在案上敲了几下。

秦桧不敢接口，只是肃立恭听。

内侍轻手轻脚地过来，给赵构端上一杯香茶，赵构道：“给丞相也上茶。”

秦桧连忙谢恩，赵构又赐座，于是君臣二人便相对饮茶议事，秦桧巧为应对，赵构脸上多日来终于有了一丝笑意。

两日后，乌陵阿思谋与副使等人入宫觐见。

大殿内早已装饰一新，地面擦洗得亮可鉴人，御座前方，有一面大屏风，上头绘着烟雨山水，画上题字正是赵构御笔：千里江山图。屏风两侧各有一个香炉，沁人心脾的玛瑙香雾袅袅升起，氤氲缭绕，转过屏风，只见文武百官衣装光鲜齐整，按班鹄立。赵构的御座两边，各立着一名武将，左边是杨沂中，右边是解元，这两人生得高大威武，此时一身重铠，正适合用来压场。

思谋入殿，见了赵构，众目睽睽之下，虽未行君臣大礼，却也算礼数周到。行完礼后，思谋抬头打量了一眼赵构，见他生得面目俊雅，气质沉稳，虽然已近不惑之年，看上去仍像二十来岁一少年，不禁暗想：难怪此人能将宋朝江山一手撑起来，果然有几分帝王之相。

“贵使跋山涉川，不远万里而来，以求两国修好，朕感怀今昔，别无所求，只望梓宫、母兄归还，生民不再涂炭，百姓安居乐业。”

思谋回道：“我大金国皇帝正是此意，要与江南偃武息戈，修为秦晋之好。”

这一唱一和，将双方意图展现得明白无误，殿内群臣都听得清清楚楚，赵构接着道：“道君皇帝梓宫，如今还在北地，烦劳上国照管，朕无一日不惦记。”

思谋答道：“此番回去复命，梓宫归还有期。”

赵构问：“太后及渊圣皇帝十多年未见，不知圣体还安好否？”说罢，不由得哽咽起来，热泪滚滚而下。

殿内群臣也跟着皇上一起哭泣，杨沂中与解元二人侍立两侧，虽然纹丝不动，但眼中也噙满泪水。

只有赵鼎略有些尴尬，只得以袖遮面，作拭泪状。

思谋见宋朝君臣如此上下同心，悲喜一处，颇感震撼，这个场景也勾起了他当年奉阿骨打之命，辛苦奔波促成“海上之盟”的往事，便道：“我大金与宋朝交往，算来已有三十余年，思谋年少时便追随大金太祖皇帝，深知两国以和转战之根由，如今旧人尚在，只愿和议早成，两国重新交好。”

赵构听思谋此话，断定他有心促成和议，便道：“道君皇帝、太后、渊圣皇帝也都是旧人，朕无一日不望其回归，贵使回去后，还请留意此事，切记切记！”

思谋以手扪胸，躬身行礼，以示不忘所托。

会见持续了半个多时辰，这也是赵构登基十余年来，第一次接见正儿八经的金国使臣，算是把话说透了，效果如何，不得而知，但双方因此次会见，彼此多了几分了解，对谈成和议多了几分信心，却是真的。

其他不论，会见之后，群臣你看我，我看你，都点头喟叹，感慨不已，似乎对会谈效果和金使态度颇感意外，几个原本打算事后上奏反对和议的大臣也低头不言语了。

思谋退下后，赵构命王伦去驿馆设宴款待他，宴席务必丰厚，以尽地主之谊。

之后数日，只有御史张戒上书，也并没有反对和议，只是建议朝廷在议和之时，决不可松弛战备，边境各处，驻军仍应据险以守，严阵以待。

七月份，王伦再次被任命为奉迎梓宫使出使金国，大理寺丞陈括为副使，这时起了一点波折：陈括拒不受命。

赵鼎把陈括召至都堂，问他为何不受命，陈括道："国家多事，陈括岂敢不受命！倘若朝廷派遣台省诸公出使，陈括愿为副使，然而王伦不过一泼皮出身，借社稷之乱，忝为国使，今日让我做他的副使，恕难从命。"

秦桧在一旁听不入耳，插嘴道："王伦已经出使三趟，还在金国待了数年，颇知金国权贵脾性，人情地理也了如指掌，契丹话、女真话、辽地汉话无不精通，你且说说，台省诸公，何人可替代王伦出使？"

陈括答不上来，但就是不接受任命，赵鼎无奈，只得收回成命，改派他人。

当日都堂议事，赵鼎将此事奏报给了赵构，赵构脸立即拉了下来，道：“上回魏矼坚决不做馆伴，朕未予追究，如今陈括不仅抗命，还嫌王伦出身低微，语出不逊。当年金人刚把二帝掳去北方，凶焰正炽，朝廷又在草创之初，王伦慷慨请行，身入虎口，其胆识智勇岂是只知空谈的清流可比？”

他越说越来气，接着道：“陈括轻狂，该如何处置？”

赵鼎想了想，道：“就罚他去浙东某地做个通判吧。”

赵构冷冷道：“通判，也是一风雅闲官，他去后还能得个虚名呢！他不是看不起王伦出身么？就让他做监酒税好了，让这个雅人见识一下何为俗务。”

监酒税专与贩夫走卒打交道，一想到陈括那夫子模样的人去干这种差使，众宰执有点哭笑不得，但也无人替他求情。

众宰执议完事，正要告辞而出，赵构道：“秦桧且留下，朕有话要问。”

赵鼎若无其事地领着宰执们告辞而出，心里却不禁“咯噔”了一下。

秦桧恭立一旁，心里有几分忐忑，怕赵鼎多心，等了半日，赵构并不说话，只是心不在焉地翻看奏折，间或凝眉思索，还站起来踱几步，口中念念有词。

秦桧见了，已经猜出五六分，等赵构坐下后，小心问道：“陛下，何事如此劳心？”

赵构起身，又踱了几步，突然看着秦桧道：“以卿看来，此次和议有几分成算？”

秦桧犹豫了一下，咬咬牙道：“以臣愚见，倘若让群臣你一言我一语来谈和议，则和议永无谈成之日。”

赵构微微一怔，虽然明知他所指，还是问道：“何以言此？”

秦桧道："和议之事，群臣各持两端，畏首畏尾，个个说话滴水不漏，毫无担当，不足以与之决断大事。倘若陛下真想讲和，只需圣心独裁，将此事交与一股肱大臣，不许群臣参与，如此则大事可成。"

赵构点点头，坐了下来，凝思了片刻，道："朕将和议一事，全盘委托于卿，如何？"

秦桧微微一笑，道："既然陛下开了金口，臣岂敢推辞！只是此事非同小可，望陛下深思熟虑三日，三日之后，臣就此事再来奏禀陛下，不知妥否？"

赵构明白秦桧心里的顾虑，上回拜相，因为提了个"南自南，北自北"，被吕颐浩等人抓住把柄不放，最后不得不灰头土脸地下台，估计他也是心有余悸。

"朕就与卿约定三日。"赵构慨然道，他自己也需要时日来夯实和议决心。

三日后，王伦等人已经启程，秦桧来见赵构。赵构仍持前议，让秦桧全盘掌管和议之事。秦桧听完，仍然道："此事一旦定下，便绝无半途而废之理，臣以为陛下尚有疑虑，望陛下再思虑三日，三日之后，容臣再奏。"

和议事关重大，百年之后，还不知后人如何评说，无法不如履薄冰，赵构因此也并不嫌秦桧啰唆，答应再想三日。

又过了三日，君臣在殿内碰头，彼此相视一笑，赵构道："还要三日否？"

秦桧笑道："臣再愚钝，也能看出陛下心意已决，既如此，臣今日回去便写奏章，明日呈给陛下，请陛下定和议之策，群臣不得参与其事。"

赵构不禁长舒了一口气，欣然点头，他意识到，此事一定，和议才算真正步入正轨。

转眼秋防又至，朝野上下难得的一片安宁，虽然边防仍未放松，但比往年每到秋凉将士们就得枕戈待旦相比，不可同日而语，淮南一带的老百姓，总算迎来了一次平静的秋收。

大金天眷元年（1138），继位未久的金国皇帝完颜合剌将金国权贵重臣召至上京，商议与宋和议一事。

虽然登基还不满一年，但完颜合剌在几名亲信的辅佐之下，已经试着接触政务，虽然仍做不了主，但事必躬亲，明显就是为亲政做准备。

不仅如此，年轻的金国皇帝排场越来越大，当年阿骨打身边也不过十来名贴身侍卫，吴乞买的侍卫也不过二十人，但合剌的贴身侍卫竟然超过百人，加上其他服侍的人，前呼后拥，把皇帝严严实实地护在中间，使得合剌入则端居九重，出则警跸清道，大臣们见他一面都不太容易。大金自阿骨打立国以来，皇帝与臣下虽有尊卑之分，但还能乐则同享，财则共用，故能上下同心，合剌这般作为，不仅使得朝野议论纷纷，宗戚之间也彼此猜忌愈深。

完颜合剌有他的苦衷，蒲鲁虎权倾朝野，且贵为先皇吴乞买的嫡长子，论地位比他还有资格继承皇位，有这样一个人在朝中，让他如何安心？因此，他不得不用这种方式来彰显其尊贵。

如今和议已进入关键阶段，其他事都还好说，唯独是否以废齐旧地划给宋朝，关系重大，因此合剌才将重臣召集到一起定夺此事。

挞懒一直主张将河南与陕西归还宋朝，首先道："河南、陕西两地经十余年战乱，早已十室九空，留着用处不大，还要耗费兵力去各地驻守，不如还给宋朝，让他们去经营，我们收取岁币，坐收其利就好。"

众人都不开腔，已经由东京留守升为尚书左丞相的讹鲁观附和道：“鲁王所言极是，倘若我们将这无用之地还给宋朝，宋朝必定会感激涕零。”

蒲鲁虎“嗯”了一声，微微点头。

斡本身为当朝皇帝的养父，地位本极为尊贵，但偏偏他却是先皇的庶长子，在蒲鲁虎面前总有些抬不起头，见蒲鲁虎点头，他便不再说话。

殿堂中气氛有些沉闷，突然一人起身奏道：“臣以为将河南、陕西之地还给宋朝，堪比以肉饲虎，自取其祸。”

众人都暗暗惊讶，抬眼一看，只见一人朗目疏眉，长身玉立，正是金国贵族中的第一才子阿懒。

阿懒是粘罕的弟弟，当年金军攻下东京，他随军入城，其他人都只拿府库中的金银财宝，唯独他装了一车图书回来。大金的制度礼乐，很多也出自其手，因此在朝中颇有人望。

蒲鲁虎对阿懒也素来敬重，便问：“此话怎讲？”

阿懒道：“陛下、太帅，大金自与宋朝交恶以来，大小数百战，死伤数以十万计，东京一战，我大军将宋人二帝与宗室全部俘至北地，宋人引为奇耻大辱，如此不共戴天之仇，岂能一日化解？今日以河南、陕西之地归宋，不过是资敌助仇罢了，哪里还能指望人家感恩戴德！”

蒲鲁虎皱着眉头不吱声，挞懒道：“中丞言重了。河南、陕西被刘豫经营八年，早已国困民穷，残破不堪，前向废了刘豫，其府库中金银钱缗，尽数归我所有，因此大河之南，几乎是赤野千里，留着有何用处？不如做个顺手人情，人家总不至于更恨我们吧？”

“虽不至于更恨我们，但只怕也讨不来多少感激。”旁边一人冷冷道。

挞懒一看，正是自己的亲弟弟乌野，说完这句风凉话后，便正襟危坐，一副不卑不亢的样子，他跟阿懒一样，也是极爱文学，博通古今，从小便被人叫作“秀才”。

挞懒鼓起眼睛训道：“你懂得什么！以为读了几本书，就可以妄谈国事？”

斡本忍不住开口道：“他说的也不是全无道理……”

“有什么道理？”蒲鲁虎打断他道，“不过是纸上谈兵而已。战还是和，乃军国大事，岂是读几本书，咬文嚼字能理清楚的？”

斡本脸上一红，满朝文武，都尊他为皇上养父，敬让有加，唯独蒲鲁虎总在他面前摆先皇嫡长子的谱，让他颜面尽扫，恨得咬牙，却又无可奈何。

双方各执一词，力量对比却一目了然，蒲鲁虎本身地位最尊，还有两个实权人物挞懒和讹鲁观附议，而斡本这边不过是两个书生，至于另外一个执掌兵权的兀术，却借故没有参加此次朝会，也不知他打的什么主意，但显然是不想介入争端。

完颜合剌自知尚无力排解纷争，即便眼睁睁地看着养父受辱，也爱莫能助，只能顺水推舟，让蒲鲁虎等人按议定章程去主持和议。

王伦等人抵达上京后，等了足足十来日，才有人过来领他们去鲁王府。路上，副使蓝公佐因是第一次出使，多少有些紧张，亦步亦趋跟在王伦身旁，悄声道：“赵相临行时所托，是不是过于强硬了些？”

王伦压低声音道：“其他都好说，就有一点难以说服金人。”

蓝公佐点头道：“这地界划分尤其难！犹如生生将老虎嘴里的肉抠出来，谈何容易！”

王伦略带几分神秘地一笑，道：“割地的确难，但也难不过另一件事。”

蓝公佐不解地看着王伦，王伦道："名分之争。"

蓝公佐想了想，恍然大悟，叹道："此事最难！"

两人默默地骑马前行，蓝公佐一边好奇地看着与临安迥异的上京街景，一边悄声问："侍郎想好了如何跟金国元帅周旋吧？"

王伦摇头道："只能随机应变，见招拆招。"

蓝公佐一听更加紧张，也没心思看街景了，满脑子胡思乱想，甚至担心金人一怒之下，将使节拘押斩首，正惶惶不安，一眼瞥见旁边王伦气定神闲，轻松得仿佛是在临安应老友之约赴宴一般，才略感安心。

约莫走了半顿饭工夫，一行人便到了挞懒的鲁王府，王伦四面打量了一下，几个月不见，这鲁王府的气派又大了些，正门重新改装过，宽敞了许多，雕梁画栋的十分讲究，门板上散发出一股新漆的味道，王伦暗暗点头：看来挞懒在金廷的权势越发大了。

进了王府，也不知转了几个弯，到了一处幽静之所，却是挞懒的书房，说是书房，其实是一幢二层小楼，楼前一汪溪水潺潺流过，楼后是一片碧幽幽的竹林，两侧还有十来棵青松，正所谓竹招清风，松挂明月，蓝公佐一看苦寒之地，竟有如此一间雅室，不觉呆了。

挞懒亲自出门迎接，笑道："有朋自远方来，不亦乐乎？"

王伦见识极广，却不喜读书，来不了这文绉绉的一套，便笑容可掬一揖至地，道："几月不见，鲁王真是越活越年轻了！"

挞懒心情颇佳，指着书屋前后道："此处可还雅致？"

王伦投其所好，认认真真地欣赏了一番，赞道："在此读书十年，可以当圣人了！"

挞懒果然高兴，抚着胡须哈哈大笑，王伦将蓝公佐引见给他，挞懒双手合十，客气道："幸会。"

蓝公佐万料不到传说中杀人不眨眼的金军元帅竟是这般做派，若非亲眼看见，实难相信，正不知如何应答，只听王伦道：“倘若窗前再种几棵老梅，寒冬腊月，低枝入窗，暗香扑鼻，更是妙不可言。”

挞懒立即对左右道：“记住了，明日便找几棵老梅树来种下！”

进了书屋，屋内摆设自是不凡，极有品位，显然是经过名家指点，蓝公佐左顾右盼，一时忘情，脱口对王伦道：“如此和议可成！”

王伦只当没听见，顺着指引落座，蓝公佐自知失态，赶紧收摄心神，也在一旁坐下。

寒暄过后，宾主步入正题。

“前几日乌陵阿思谋在都堂上讲了出使前后之事，江南颇有诚意，我家主上听了很是欢喜。”挞懒道。

王伦听了心里便有些敲鼓，赵鼎在他临行前，耳提面命，再三叮嘱不得再让金人把大宋称为南朝或江南，国书中亦是如此。此事说起来简单，做起来却极易把话说僵。

“我大宋皇帝仁孝恭敬，登极已有十余年，最是爱民如子，自是不忍见南北之民兵戎相见，肝脑涂地。”王伦字斟句酌答道，特意把“大宋皇帝”四字说重了些。

挞懒并未觉察，他还沉浸在与蒲鲁虎等人把持朝政、权倾天下的愉悦中，王伦见他意气风发，便递上国书。

挞懒打开国书看了几行，脸上笑容消失了，一抬手叫旁边一名幕僚过来一起研看，二人嘀嘀咕咕地商量了一阵，挞懒点点头，直起身子，脸上神情严肃，隐隐带着几分怒意，与方才谈笑风生的样子判若两人。

“江南好不识趣！想当年，接二连三的派使臣过来言和，极尽恭言卑辞之能事，甚至连帝位都不要，在国书中自称康王，如今却要与我大金皇帝平起平坐，是何道理？”说罢，对那名幕僚道，“你把当年江南国书背一段给他们听听！”

那幕僚名叫韩晖，原是辽地汉人，博闻强记，当下便朗朗诵道：“……某愿削去旧号，盖知天命有归，天地之间，皆大金之国，而无有二上矣，亦何必劳师远涉，然后为快哉！”

王伦听到这几句，饶是见多了世面，也禁不住耳根有些发烫，当下暗吸一口气，恳切地看着挞懒，道：“鲁王在朝中主持和议，自然是为了大金泽披四海，江山稳固，然而鲁王一片赤胆忠心，朝中大臣能尽领会否？依王伦看，只怕也未必吧！”

挞懒一怔，虽然还拉着脸，但脸上怒意却消失了，低眉看着案上国书，若有所思。

王伦一击而中，赶紧趁热打铁道：“自古清谈误国，而主政者却又不能不顾忌清谈，大宋皇帝登基已有十余年，敬天爱人，体恤百姓，深得臣民拥戴，却也经不起朝野清议。鲁王身居高位，其中缘由，不必王伦多说也能明白。”

挞懒思虑良久，道：“话虽如此说，但江南倘若不受我大金皇帝册封，不约为父子之国，恐怕有得位不正之嫌。”

王伦听了不禁暗骂：我家艺祖立国之时，你们还不知在哪儿摸鱼哩！但此话是万万不能说出口的，便婉转道：“鲁王是明白人，这国书中能不这样写吗？”

旁边蓝公佐听了此话，不由得哆嗦了一下，觉得王伦未免说得太露骨了些。挞懒听了，却呵呵笑了起来，指着王伦道：“江南不缺文学之士，唯独缺你这种会办事的！”

书房里的气氛重新活跃起来，挞懒将国书搁到一边，道：“其他细务，让下面的人好生权衡就是了。”

一切恰如王伦所料，双方最不可调和的分歧，还是在名分上。

挞懒兴致盎然，将二人留了近两个时辰。二人告辞出门，一路无语，快到驿馆时，蓝公佐终于忍不住问道："临走时赵相再三交代，两国名分礼数之事不可再议，侍郎方才为何松口啊？"

王伦长叹了口气，道："你也看到了，倘若我不松口，这和议还谈得下去么？朝廷要撑着面子，赵相也要青史留名，都不说破，只把我们两个使臣推在前面，这叫什么事？我今日也只是稍稍点破而已，并未留下话柄，这名分礼数之事，还有的皮扯呢！"

蓝公佐听了默然无语，跟着叹了口气。

王伦道："这多半是那些辽地汉人使的坏，金人原本不太看重君君臣臣父父子子的那一套，全是那些在金廷做了官的辽地汉人教的，好好的两国和议，各自礼让一步就好了，非要爬到别人头上当爹不可，什么混账东西！"

"官家心里有数吧？"蓝公佐突然幽幽地道。

"嗯！"王伦点点头道，"官家不惜屈一己之身，为的是归还梓宫、太后和渊圣，也为南北百姓少受些苦，何况……"

蓝公佐看着他，王伦不觉把嗓音压低了些，道："淮西兵变，官家气得好几日粒米未进，大约经此打击，之前横扫中原的心气也低了些。"

蓝公佐点头叹道："说来也是，官家以弱冠之年登上大位，接下一个残破江山，苦心经营十余载，才有今日局面，难免有患得患失之意……"

二人突然意识这番议论有"指斥乘舆"之嫌，便同时闭了嘴。

接下来十余日，王伦和蓝公佐隔三岔五就被叫过去，就国书内容与金国大臣磋商，王伦左支右绌，力保双方不至于谈崩，不过二人都略有些惊讶地发现，金国那边似乎也同样担心和议不成。

双方费尽心力，终于谈了个大概：宋朝对金国称臣，约为父子之国，受其册封，金国将河南与陕西划归宋朝，并送还梓宫、太后，其他如岁币、使节互访等事也基本达成了协议。

谈判完成的最后一日，王伦疲惫不堪地回到驿馆，蒙头一觉睡到天亮，蓝公佐归心似箭，开始收拾行装，见王伦醒来，便叹道："我以使臣身份到此，还算处处优待，才一个多月下来，就觉得心力交瘁，恨不得插双翅膀飞回去，真不知二帝、太后还有其他宗室如何熬过这十余年的！"

王伦原本睡眼惺忪，一听这话全醒了，道："可不是嘛，我看诸大臣中，只有秦相还算体谅官家的心意，赵相心知肚明，却又爱惜羽毛，其他大臣更是满口江山社稷，全不把官家当人看！"

二人正在感慨，金国那边有人过来传话，说是大金国皇帝因和议达成，将大宴三日，以示庆贺。

二人原本有些阴郁的心情顿时开朗起来，蓝公佐世家出身，自小便食不厌精，脍不厌细，于吃喝上极为讲究，等金国那边人一走，立即拊掌大乐道："若能吃遍北地山珍美味，也不枉这数千里的旅途辛劳了！"

十八　南北议和

绍兴八年十一月，金国诏谕使、尚书右司侍郎张通古与明威将军萧哲在王伦等人陪伴下，抵达宋金边境，离泗州不过二十余里的路程。

按之前的约定，金使入境，宋朝应派接伴使跪接，所过州县，官吏也必须拜迎金国诏书。王伦一路上心里有些不踏实，不知会出什么意外，直到看到接伴使是高公绘，才松了一口气。

弄完入境那些繁文缛节，一行人便继续南行，打算先在泗州住一晚。王伦与高公绘并辔而行，王伦问："朝中当安稳无事吧？"

高公绘神秘一笑，看了看左右，道："有事无事，今晚我去驿馆再与侍郎详说。"

王伦见高公绘如此，不禁满腹狐疑，但金使在一旁，也不好多问。

到了泗州，知州李昌古率领一帮官员出来迎接，张通古手持金国皇帝诏书，李昌古虽满脸不忿，但也只好率手下跪迎。

晚宴完毕，王伦回到驿馆，不多时，高公绘果然提着灯笼摸黑过来，王伦掌灯，二人坐下，王伦也不着急问，等高公绘先开口。

高公绘并不说话，只从袖中取出几张写满字的纸，搁在案上，推到王伦面前。

王伦拿起来看了看，是一个叫胡铨的枢密院编修官的奏折。枢密院编修官乃是一八品小官，按朝廷制度，从官之外，若不是言官，并不能直接上书言事，而且朝臣奏事，尤其是指摘朝政得失的奏折，也不允许私自外泄。眼前这几张皱巴巴的纸，看上面字迹，显然是有人抄录的，实在是不合制度。

王伦暗暗嘀咕，接着往下看，才看第一行，顿时觉得浑身一紧，血直往上涌，脸涨得通红，因为那行字分明写着：乞斩秦桧、孙近、王伦以谢天下书。

毕竟多次出使敌国，见多了大阵仗，王伦强自镇定下来，接着往下看，奏折上写道：臣谨按王伦本一狎邪小人，市井无赖，顷缘宰相无识，遂举以使敌，专务诈诞，欺罔天听，骤得美官，天下之人，切齿唾骂。今者无故诱致敌使，以诏谕江南为名，是欲臣妾我也，是欲刘豫我也……

好一支如椽巨笔！王伦心里发狠道，继续往下看，这胡铨胆大如斗，骂完了王伦，又骂秦桧，接着笔锋直指当朝皇上：夫天下者，祖宗之天下也；陛下所居之位，祖宗之位也。奈何以祖宗之天下，为金人之天下，以祖宗之位，为金国藩臣之位！今堂堂大朝，相率而拜仇敌，曾无童稚之修，而陛下忍为之耶！

王伦看得浑身燥热，额头不禁冒出汗来，想把那几张纸撕得粉碎，却又像着了魔一般忍不住往下看，奏折最后写道：区区之心，愿断三人头，竿之槁街，然后羁留敌使，责以无礼，徐兴问罪之师，则三军之士，不战而气百倍。不然，臣有赴东海而死，宁能处小朝廷求活耶！

高公绘饶有兴趣地看着王伦脸上红一阵白一阵，忍不住好笑，道：“看完了？写得如何啊？”

王伦放下奏折，缓了口气，道："我看此人不想活了，竟敢直斥皇上。"

"他就是求死来了，你能奈他若何？"高公绘带着复杂的神情收起那几张纸，揣回袖中。

"他这奏折是如何传到外面来的？"

高公绘道："这胡铨自知官小言微，难以上达天听，于是，一面上奏朝廷，一面多散奏折副本，果然是一石惊起千重浪，临安士子，争相传抄。有个叫吴师古的进士，干脆将它刊刻出来，广为流传，整个临安城和邻近州郡都传遍了，一时民情汹汹，日夜喧嚣闹腾。你可不知道，那几日朝廷上下真是惶惶不安啊，生怕靖康年间东京万人伏阙的往事重演呢！胡铨暴得大名，朝廷拿他也没办法，原本要将他发配到蛮荒瘴疠之地，后来为平息物议，秦相和孙近亲自上章请求从宽处罚，台谏也纷纷出面解救，最后就把他贬到附近州郡做了个判官了事。"

千算万算，就没料到会出这一档子事，王伦呆坐在地上，心里极不是滋味，过了半晌，才道："我出生入死，这几年只怕行了上万里路，到头来，却顶不上一个搏出头的小吏的一篇文章！"

高公绘自是同情王伦多些，安慰道："侍郎不必太过介怀，我料皇上心里还是有数的。"

"这份奏折最好不要落到金使手中，否则和议只怕要前功尽弃。"

"此事怕不容易，这奏折副本一出，临安纸贵，流传民间的没有上万份，也有几千份，有人还巴不得让金使看到呢，你总不能把金使囚禁在驿馆中。"

王伦无奈地道："此趟出使，我也算是为国尽责了，回去后，跟赵相那边交完差，我也向皇上请辞好了。"

高公绘连连摇头，接着长叹了口气，似笑非笑地看着王伦。

王伦警觉地看着他，道："有话就说吧。"

高公绘看着王伦，一字一顿道："赵鼎已经罢相了。"

王伦大吃一惊，道："临出使时他还对我耳提面命，毫无要走的迹象，皇上对他也信任有加，怎么就罢相了呢？"

"天有不测风云，人有旦夕祸福么。"

"何时的事？"

高公绘算了算，道："才不过十来日吧。"

王伦嗟呀不已，回乡的兴奋早已荡然无存，问道："赵相于政事极有心得，皇上深为器重，如今复相才不过半年，不应该这么快就罢相啊！"

高公绘道："无非就栽在和议这事上了吧。"

王伦更加不解，道："赵相也并不反对和议呀，许多事还亏他从中斡旋才走得通呢。"

高公绘一笑，看着王伦道："侍郎再想想，果真如此么？"

王伦皱眉想了想，点头道："确实如此。"

"较之秦相何如？"

王伦一愣，立刻恍然大悟，却见高公绘连连摇头，道："言尽于此，侍郎莫要再问。"

"这里头的分寸，我心里有数。"王伦不甘心地摆摆手，接着问道，"只是即便赵相在和议一事上不如秦相那般热心，毕竟也还算圆通，总得有些由头才可罢相吧？"

"那是自然，"高公绘道，"就我所知，赵相在一件事上大大拂逆了皇上心意。"

王伦"哦"了一声，盯着高公绘，等着听下文。

高公绘道："你也知道，皇上亲子在苗刘兵变不久后夭折，一直没有子嗣，这是皇上的一桩心病。建炎四年，皇上听从宰执们的建议，从太祖一脉中挑选了两名裔孙入宫抚养，一名伯琮，就是现在的建国公赵瑗；一名伯玖，现在改名叫赵璩。赵鼎初次为相时，就奏请皇上建资善堂来教养赵瑗，这其实是请立赵瑗为皇子的意思，听说皇上为此不太乐意，毕竟才三十多岁，春秋鼎盛，还想有自己的子嗣。"

王伦听了，点头道："此事的确有些难做。"

高公绘又道："这事过去也就过去了，皇上还是让赵鼎复相了不是？前不久皇上大约是不忍心见赵璩一直没有封号，便想为他建节，封他为吴国公，这样看起来就与赵瑗平起平坐了，赵鼎便约众宰执一起反对，皇上道：'都是小孩儿，不必计较太多，且放行吧。'但赵相的脾气你是知道的，据理力争，坚称'兄弟之序不可乱'，最后这事不得不搁置下来。你想皇上能不心存芥蒂吗？"

王伦皱眉道："赵相也是，干预皇上的家事，那不是费力不讨好么！"

高公绘道："赵相的意思是，早定储位，以免节外生枝，横生不测，也是为江山社稷着想，皇上虽然心里明白，但毕竟还是不太舒服。"

王伦沉吟道："不过，宰相干预立储，也还不算越界吧？"

"这只是其一，还有其二呢。"高公绘接着道，"知道向子諲吧？"

"当然，说起来，他跟皇上还是亲戚呢。"

高公绘道："他两月前被召至行在，任户部侍郎一职，有一次去觐见皇上时，皇上见他人物风雅，又因着向皇后的关系，对他难免另眼相看，聊了许多京都旧事，包括东京宫中的一些珍玩字画，颇多涉及，惹得旁边的起居郎潘良贵十分不满，认为向子諲以无益之谈久烦圣听，于是当着皇上的面斥退向子諲，皇上当时脸色都变了，要治潘良贵的罪。御史中丞常同劝谏道：该治罪的不是潘良贵，而是向子諲。皇上震怒，要将常同也一并治罪，但给事中张致远却认为不应为一向子諲而逐二佳士，竟然拒绝写贬书，皇上心里窝囊啊！把赵相叫来道：'朕就知道张致远会抗拒。'赵相问：'为何？'皇上道：'他不过是与二人关系好罢了！'赵相是一头雾水，不知为何皇上有此一说。"

王伦听了也有些糊涂，问："皇上这是何意呢？"

高公绘有些神神秘秘地道："我也是听人指点之后，才明白这是大事。张致远是赵相举荐的，如今却悍然抗拒皇上，加上赵相之前把张浚举荐的人裁撤得多了些，皇上怀疑赵鼎在植党营私呢，一怒之下，也不问赵相是何意见，将潘良贵、常同和向子諲三人一起给贬了。"

王伦默然良久，只听高公绘接着道："赵相回过味来后，已经无力回天了，他一手举荐的参知政事刘大中也被人弹劾免职，于是赵相只得向皇上请辞。上次赵相辞相，皇上再三挽留，这次皇上立马就准了，连那个一心主战的王庶请辞时，皇上都挽留了几次才答应，可见并没有给赵相多留体面。"

"哦，王庶也请辞了！"

高公绘道："岂止是他，你走的这几个月，礼部侍郎张九成也请辞了，据说秦相当初还挺看重他，赵鼎罢相后，秦相特意去找张九成，希望与他一道做成和议之事，被张九成一口拒绝，回头便跟皇上请辞了，弄得秦相很不高兴。还有吏部侍郎魏矼、中书舍人吕本中、侍御史张戒、礼部侍郎曾开等也都先后罢职，目前看来，朝中颇有人望的反和议者已经所剩无几。当然喽，有人去职，就会有人升迁，比如勾龙如渊就升任御史中丞，有他在，台谏们的弹劾奏章终归会收敛一些。翰林学士孙近不也新任了参知政事么？不过运气不好，才任职没两日，便被胡铨发文天下，要他的人头。”说着，忍不住笑出声来。

王伦也跟着苦笑，世事变幻，直如白云苍狗，没料到一别两个月，朝中竟发生如此大的变化，想了想，问道：“秦相也是多亏赵相保全，才能在张浚去职后继续当宰执，他没在皇上那儿帮赵相说说情么？”

高公绘摇了摇头，道：“此事就不为外人所知了。我只听说，赵相离开行在时，秦相率众宰执前去饯行，赵相对他十分冷淡，都没多看他一眼，只是作了个揖，便转身扬长而去，弄得秦相满面通红，很是尴尬。”

王伦听到此处，心里便有些明白了。皇上心目中，对于相位的合适人选，已经另有他人，赵鼎去相，归根结底还是在和议之事上观望不前，顾忌清议，皇上用起来不顺手，想到这里，不禁叹口气道：“其实自从金国朝政大变，我就预感到秦相要得势了。”

高公绘道：“此话怎讲？”

王伦道：“你想想，粘罕从权倾朝野到落寞而死，金国的兵权便掌握在挞懒和兀术二人手中，而挞懒论资历、辈分又长于兀术，因此说挞懒大权独揽也不为过，而秦相与挞懒的交情，天下人皆知，就凭这一点，真要议和，谁比秦相更合适？皇上圣明，岂能看不明白？”

高公绘倒是才想到这一层，张着嘴似有所悟。

“只是没想到他爬得这般快，竟然将皇上深为信任的赵鼎都挤下来了。”

高公绘点点头，道：“如此说来，皇上议和的决心已定啊。”

二人沉默了一阵，王伦道：“都说秦相有忠朴有余，智计不足，不知如今这混乱局面他能不能稳住。”

高公绘眯着眼打量了一下王伦，道：“侍郎何出此言！能在敌国如鱼得水，全身而归，如今又在万人之上，一人之下，自古以来有几人能做到？这胸中没有点丘壑，怕是想都不要想！”

赵鼎去相后，秦桧便是当朝首相，日后办事还要仰人鼻息，听了高公绘便的议论，王伦只是点了点头，并没有接嘴。

高公绘也明白个中道理，二人不再谈朝政，在灯下枯坐了一阵，高公绘便告辞而去。

金使还未至行在，宋廷这边鉴于胡铨一封奏折闹得满城风雨，为防臣民议论，已经诏告天下：大金遣使前来，止为尽割陕西、河南故地，与我讲和，许还梓宫、母、兄、亲族，馀无须索。虑士民不知，妄有煽惑！

然而各地守臣、大将奏折仍不停地发往行在，韩世忠、岳飞、吴玠、张浚、李纲等人都反对和议，韩世忠与岳飞更是请求亲赴行在奏事，都被赵构好言安慰后予以拒绝。

朝中大臣们虽然默认了和议的进行，但对于和议条件却格外敏感，尤其是金使自入境以来，所过州郡，地方官都要跪迎金国皇帝诏书，让朝野上下都咽不下这口气。

绍兴八年十二月丙子日，张通古、萧哲抵达行在，宋廷为表重视，将二人安顿在左仆射府，王伦入宫觐见，向赵构详述了此次出使的种种情形，然后称病请辞。

赵构知他是心病，自是不许，命他为徽猷阁直学士，仍然参与和议。

数日后，赵构与宰执们廷议和谈之事，王伦先讲了金国提出的几个苛刻条件：一是宋朝向金国称臣纳贡；二是皇上北面拜受金国皇帝的诏书；三是皇上以客礼接见金国使臣。其中最难办的一项，便是皇上接受金国诏书时必须行跪拜之礼。

王伦讲完，赵构君臣都有些面面相觑。勾龙如渊道：“如今朝野议论甚多，据台谏们讲，无论士子还是布衣，个个都义愤填膺，街头巷尾，还常常有人打出反对和议的揭帖，有些揭帖还造谣说‘秦相公是金人细作’，甚至还有人倡言，倘若朝廷一意孤行，他们将聚众起事。各种狂言，不一而足。”

孙近也道：“昨夜我特意派几名仆役去城里探听消息，据他们说，临安城的百姓通宵达旦地不睡觉，聚集在街头打听消息，议论和议是非。前向冯楫自常州来行在奏事，便提到常州、镇江、绍兴的百姓也群情激愤。臣担心的是，一旦朝廷接受金国的条件，陛下向金国诏书行跪拜之礼，恐怕有居心叵测之人借机煽动，会生出不测来。”

勾龙如渊问秦桧：“前日杨沂中等扈卫大将来御史台找在下，说是问过丞相，一旦皇上行屈己之礼，军民汹汹，将如何处置。不知丞相是如何答复他们的？”

秦桧道：“我只跟他们说此事朝廷自有分寸，并未直接回答——行父是如何答复的？”

勾龙如渊道：“杨沂中等人听说皇上接受金国诏书时，必须行屈己之礼，到时军民汹汹，他们却弹压不得，又说三大将掌兵在外，将来责问他们：尔等身为宿卫之臣，如何却使皇上行此屈己之礼？他们无法应答。我便告诉他们：‘诸公无须担心，朝廷已有定议，来日会令计议使从金使那边取出国书，呈给皇上，皇上自然就不必行多余礼数了。’杨沂中等人听了，都松了一口气，以手加额，说：‘若得如此，天下万幸！’”

勾龙如渊对着赵构道：“陛下，朝廷之所以和议，实是出于无奈，毕竟徽宗、显肃皇后梓宫与太后、渊圣皆在敌国，陛下骨肉连心，朝夕牵挂，才派遣王伦奉使请和，此中原委，天下皆知，臣以为士大夫、军民都能体谅。”

王伦在一旁察言观色，见皇上脸色虽然悲戚，却明显放松了些，心想这勾龙如渊果然会说话，难怪会被秦桧看中。

勾龙如渊继续道：“如今金人已经派遣使臣执国书而来，倘若陛下为了不行屈己之礼，避而不见，拒其国书，则是我方理亏，他日金人兴师，也有了借口。臣以为，因此一事而致和议不成，实属不智，也有些得不偿失。”

这笔账赵构君臣都算得清楚，不禁微微点头，勾龙如渊接着道：“然而杨沂中等人所言，亦不可掉以轻心。天下士子臣民，都在盯着此事，倘若皇上勉为其难，行屈己之礼，则堂堂中国，受辱于外邦，不仅臣民愤怒沮丧，也会开了陛下跪拜金国诏书的恶例，以后再有金国诏书来，陛下难道次次都要跪拜迎接？”

赵构神情凝重，问：“卿可有对策？”

勾龙如渊道：“臣之前答复杨沂中之语，并非搪塞，确实可令宰相去左仆射府将国书取来，呈给陛下，陛下自然就可免了这屈己之礼。”

众人都觉得这是一条出路，只是之前王伦已经与金国谈好了各项礼仪，事到临头却又反悔，恐怕说不过去，秦桧道：“这对策好是好，就怕王伦回头再与金使商量，金使拒绝，却又该当如何？”

勾龙如渊道：“在下也正是担心王伦未必能谈成此事，今日之势，只能请相公亲自出马，去左仆射府会见金使与之商议，或许能谈妥此事。”

新上任的参知政事李光摇头道：“堂堂一国宰相，越俎代庖，屈尊去左仆射府与金使谈判，传出去恐怕不好听。”

勾龙如渊道：“总比皇上去左仆射府跪接诏书强百倍吧？”

李光道："就怕万一秦相也谈不妥，岂不是没有退路了？"

众人又不说话了，颇觉得无计可施，秦桧对王伦道："明日还是你去左仆射府试探一下金使口气，看能否说得动。"

王伦道："不知具体跟金使谈哪些事，还请相公明示。"

秦桧伸出手指，数道："第一件事，便是让金国从今往后，不得称我为江南，而应改称宋；第二件事，金国皇帝之诏谕，颇有不妥，应改称国书；第三，我大宋皇帝不受册封……"

赵构接过话头，面带怒色，道："朕受祖宗二百年基业，为天下臣民推戴，登极至今已逾十年，对金国称臣纳贡倒也罢了，朕岂能受其册封！况且一旦和议谈成，两国各守其境，互不相扰，除了正旦、生辰依礼节遣使问候之外，其他时候又有何事非得往来不可！册封一事，绝无可行之理。"

秦桧又道："最最紧要的一件事，就是让金使答应皇上不必亲去拜接诏书，派一大臣去取回国书即可。"

王伦心里头七上八下，但也只能硬着头皮一一答应。

次日，王伦便以计议使的身份，与副使冯楫一道去左仆射府见张通古和萧哲。王伦与张通古一路南来，深知此人深沉机敏，博学多才，是个极不好糊弄的人。果然，王伦刚刚透露点口风，张通古便拉下脸来，道："江南又为将臣所误！当年海上之盟旧事，就此忘得精光？我知道你是奉命而来，回去告诉你家主上，要想和议，只在一个'诚'字！"

王伦只得退而求其次，道："上国口口声声，称我大宋为江南，殊为不妥，还请贵使今后称我国号，以示诚意。"

张通古一笑，道："这个倒不难，本使自今日起，便称宋朝国号。"

王伦想了想，此时若再提秦桧所嘱诏谕和册封之事，只怕张通古会厉声斥责，再无回旋余地，何况只要张通古答应让宋朝宰相来取国书，则诏谕也好，册封也罢，都不过是走个形式，反正皇上眼不见为净，天下臣民的自尊心也得以维护。

主意一定，王伦便不再多说，只是嘘寒问暖，张通古胸有成竹，从容不迫与王伦周旋，冷不防从袖中取出几张纸，递给王伦，道："这是何意呀？"

王伦接过打开一看，不禁吓了一跳，原本竟是胡铨的那份奏章，不知如何让张通古得到了，便轻描淡写道："这不过是一个久不升迁的小吏孤注一掷，以求垂青于皇上罢了，贵使不必当真。"

"还有靠这个出头的？"张通古不咸不淡地讥讽道。

"一个八品官，年过不惑，默默无闻，贵使以为他图什么呢？"

张通古看了王伦一眼，倒也佩服他能随机应变，问道："料想宋国朝廷中反对和议者当不在少数。"

王伦答道："大约和金国朝廷中反对和议者数目大致相当，清谈误国者，自古便有，古今中外，莫不如此。"

张通古又是微微一哂，道："所以我才劝宋主莫为将臣所误，国书在此，还请你家主上择日过来取之。"

王伦含糊答应了一句，又闲扯了几句，便告辞了。

冯楫从未跟金人打过交道，出来后，对王伦道："在下对这张通古左看右看，除了服饰发辫，实在看不出他像个金人。"

王伦道："他原本是辽地汉人，进士出身，曾在辽国任枢密院令史，此人学贯经史，且胸有成府，很不好对付。"

冯楫点头称是，道："我看他也不简单，颇有点绵里藏针的意思。"

王伦回来，见了秦桧等人，告知金使不愿让步，坚持要求皇上亲去左仆射府接诏。

众人无可奈何，秦桧便让勾龙如渊与工部侍郎李谊去见赵构，二人向赵构禀明了金使态度，赵构默然良久，然后道：“倘若朕去左仆射府接了诏书，那又如何？”

勾龙如渊道：“其他还好说，就怕朝野的士大夫们以此为奇耻大辱，到时群情汹汹，闹起事来，情势难以预料。”

赵构脸色铁青，“腾”地从御座上站起来，厉声道：“好一个奇耻大辱！朕当年被金军赶到明州，生死只在一线，不得不泛舟海上，彼时朕就是给金人磕一百个头，群臣怕也无一人阻拦！”

二人见皇上震怒，吓得躬声不敢说话，赵构抓起一叠奏章，在案板上摔得啪啪作响，道：“身为士大夫，却只为身谋，看看这些好文章，个个笔底生花，才思泉涌，只怕都想好了后世如何点评吧！”

勾龙如渊婉言道：“陛下，今日事务，与明州时毕竟不同。当年朝廷正是草创之初，可谓百废待兴，不得不屈身事人。如今朝廷养兵二十万，过往数年，赖陛下励精图治，整顿军马，虽未有大胜，却也屡挫敌军，使敌国不敢小觑，才有和议之事。今日士大夫与天下臣民皆不甘自轻于敌国，也是形势使然，陛下应当高兴才是。”

这番话奉承得不着痕迹，让赵构怒火消退了一些，李谊道：“若为稳妥起见，陛下可召三大将至行在，与之商议，若他们赞同和议，其他人更无话说。”

赵构默默地坐回龙椅，脸色有几分不悦，李谊这话太没见识，三大将中韩世忠、岳飞已经多次上书反对和议，张俊虽未表示反对，但态度很是暧昧，三位掌兵大将回朝，定会惊动天下，还不知要闹出什么事来。

勾龙如渊见赵构脸色不好看，便道："陛下，容臣等再与金使商议，无论如何，总会想出个法子来，请陛下勿忧。"

李谊突然道："臣有个对策，不知行得通否？"

赵构看着李谊，耐着性子道："卿只管讲来。"

李谊道："既然金使非要陛下北面受诏不可，那就不如从权变通一下，将金国诏书置于陛下与祖宗御容之间，陛下拜受诏书时，实则是在跪拜祖宗御容，如此金使那边无话可说，天下臣民也能接受，或可两全其美。"

听到如此匪夷所思的计策，赵构不禁有些发蒙，再看勾龙如渊，也是双眼发直，似乎一时领会不过来。

"莫说金使那头未必答应，就算糊弄过去了，朝野上下只怕也把此当作笑话，成何体统！"勾龙如渊回过神来，没好气地反驳道。

赵构念在李谊尽心出主意的份上，没有出言训斥，他心底里已经做好了最终不得不跪受金国诏书的准备。

勾龙如渊道："依臣愚见，最好还是能够说通金使，让宰相代皇上去接诏书。"

此事说起来简单，做起来谈何容易！赵构疲倦地一摆手，道："卿等下去再与众宰执商议吧。"

二人出来，一起去找秦桧，说了皇上的意思，应该还是希望宰相能够代受国书。

"若能替皇上解忧，我秦桧何惜屈身之礼！"秦桧沉默了片刻，没奈何道，"只是听说这金国正使张通古精明强干，他若不松口，和议便止步不前。王伦前次去左仆射府见他，还没说两句，便被他堵了回来，可见此人极难对付。"

三人枯思了一阵，你看看我，我看看你，毫无头绪，最后还是命人将王伦召来，勾龙如渊窝了一肚子火，一见王伦，劈头便埋怨道："你身为使臣，肩负两国通好之重任，往来也不止一次了，如何办事这般粗糙！礼仪之事，应当在金国就该商量得一清二楚，哪有把对方使臣带入本国再商议的！这下好了，弄得皇上和满朝文武进退不得！"

王伦正被朝野清议压得抬不起头，骤然间被人如此责备，满心的委屈和愤懑顿时爆发出来，用颤抖的声音道："王伦命不值钱，万死一生，往来敌国四趟，中丞毫不体谅也就罢了，还跟着外间清议那般如此苛责于我，叫人如何不寒心！"说罢，泪如雨下。

秦桧和李谊赶紧劝解，秦桧道："中丞是明白人，能不体谅你的辛苦？之所以这般说话，实在是如今这形势，只能你出马才能说动金使，把取国书一事来个了结，此事皇上急，朝臣们也急，你且多担待。"

李谊也道："中丞没别的意思，就是想给你来个激将法，让你再杀入左仆射府，用你三寸不烂之舌，说得那张通古俯首帖耳！"

王伦泪水未干，听了此话，忍不住"扑哧"一笑，他是乖巧人，便就坡下驴道："既然如此，王伦岂敢不尽力。"

勾龙如渊自知方才说话太过，也放下架子，好言赔礼，王伦连忙回礼，客套了一阵，才重回正题。

王伦道："张通古虽然精明有城府，但并非愣不讲理之人，此人乃辽国进士出身，在下在金国时，便听说此人读书过目不忘，学贯经史，且辽亡之后，他隐居不出，金廷召了数次他都不愿做官，直到斡离不才将他请出来，这种人一旦认了死理，极难说服，除非是让他觉得合了情理。"

秦桧听完，心里蓦地一动，低头沉吟片刻，问道："此人果然学贯经史？”

王伦道：“他当初在辽国便做枢密院令史，能担任此职，想必应当熟读经史。”

秦桧又低头沉思良久，突然起身道：“今日先议到这里吧，明日我再召其他宰执一起商议。”说罢，竟不待众人回答，便匆匆忙忙地走了。

众人都感到奇怪，只当他在重压之下，难免举动失措，互相叹息了几句，便各自散了。

秦桧出了都堂，立刻叫人备马，直接去找给事中楼炤。楼炤原是西京国子博士，为人狂妄，还好财货，并不为时人所喜，不过即便最讨厌他的人，也对其博闻强记称赞有加。

楼炤见当朝宰相亲自来访，有点受宠若惊，秦桧没心思跟他客套，上来便单刀直入，道：“今日特来有事相求。”

楼炤笑道：“您老是宰相，有何事求到我这小官头上来了？”

秦桧见他虽有才子之名，说起话来却市井味十足，不觉皱了皱眉，道：“本相欲代圣上去见金使，拜受诏书，又苦于师出无名，金使那边不松口，久闻楼公博学，不知可否指教一二？”

楼炤见秦桧满脸严肃，便也收了轻佻之态，躬身道：“不敢。只是在下颇有不解，我大宋与金国风尚迥异，纵然相公觉得师出有名了，金使会不会认这个‘名’呢？”

秦桧见他一下便问到点子上，不由得高看他一眼，便道：“金国正使张通古，原是辽地汉人，做过辽国的枢密院令史，颇通经史，只要是有据可查，此人当无话可说。”

“如此便好说了……”楼炤拈了拈山羊胡，略加思索，嘴角便浮现一丝笑意，“恭喜相公，这已经是师出有名了。”

秦桧吃了一惊，不敢相信他有如此才思，道："愿闻其详。"

"《尚书》云：'王宅忧，亮阴三祀'，正所谓天子居丧，三年不言，如今皇上正在居徽宗皇帝忧，由宰相代受诏书，岂不是天经地义？"

秦桧如醍醐灌顶，顿时觉得豁然开朗，浑身轻快，欢喜得几乎要蹦起来，便拼命保持着宰相风度，使劲搓了几下手，嘴里将那句话连念了好几遍，生怕忘了似的，然后对楼炤笑道："仲晖才思敏捷，秦某自愧不如啊！"

楼炤见秦桧亲切地称呼自己的表字，赶紧躬身作揖，连声谦逊，抬头一看，秦桧已经走出十几步远了。

秦桧回来，马不停蹄地召集众宰执及王伦过来议事，将楼炤所言讲了，众人都拊掌称妙，秦桧对王伦道："和议因国书一事，已经耽搁太久，你明日见过皇上后，立即去左仆射府与金使商议，务必一举成功！"

王伦早已开始打腹稿了，神不守舍地点点头，眼神时而犀利，时而满含笑意，仿佛正与张通古斗智斗勇。

次日，赵构果然召见了王伦，大约也听说了昨日王伦委屈流泪的事，因此在言谈中颇多慰问，只有最后说到国书一事时，才神情严肃起来，责令王伦与金使好生商议，务使和议顺利达成。

当晚，憋了一肚子无名邪火的王伦与高公绘一起，来到左仆射府。张通古已预知二人要来，便在灯下读书等候，副使萧哲陪坐一旁。

二人进门，互致问候，分宾主坐下。高公绘一眼瞥见张通古读的正是《左氏春秋》，便赞道："'文采若云月，高深若山海。'贵使读的好书！"

张通古素来极爱《左传》，见高公绘说出行家话来，便兴致盎然道：“不知如今大宋文士都读些什么书？”

王伦道：“《尚书》。”

张通古信以为真，惊讶道：“《尚书》者，上古之书也，最是佶屈聱牙，江南文章锦绣之地，果然名不虚传。”

王伦与高公绘互相看了一眼，高公绘道：“《尚书》有言：‘王宅忧，亮阴三祀。’孔子后人孔颖达注曰：‘言王居父忧，信任冢宰，默而不言已三年矣！’如今大宋皇帝居父忧，不便亲理政事，朝中大事，都交与宰执处理，也是谨遵古制，以仁孝治天下。”

张通古边听边点头，突然身子僵住了，脸色大变，低头盯着前面的案几，一声不吭。

王伦接过话头道：“我家主上正居父忧，不便出宫，因此由丞相代受国书，此事古书便有记载，上合天理，下顺人情，贵使精通经史，自然明白这个道理。”

张通古不置可否，仍旧神情凝重地盯着前方，像在紧张地思索。

王伦继续使力，道：“贵使远来，受上国皇帝、太师及元帅之重托，乃是要和议达成，两国通好，倘若因此一事，致和议停滞不前，则曲在大金，到时大金皇帝及太师、元帅问起来，恐怕其罪不小，王伦也是使臣，深知其中甘苦，实在是为贵使捏一把汗。”

张通古没料到被将了一军，一时想不出对策，旁边萧哲于经史一窍不通，但见张通古神色严峻，知道事情不顺，便用契丹语问是何事，张通古也用契丹语解释了一遍，萧哲早耗得有些不耐烦，便道：“依我看，只要能讲得通，也就罢了，不然僵持到何年何月去？”

有萧哲这话，张通古心里放松了些，想了想，终于道：“既然事出有因，那由宰相来受国书亦无不可……”

王伦和高公绘听了这话，脸上不动声色，实则快活得要飘起来，只听张通古继续道："然而其他礼仪不可或缺，宰相代宋主接诏后，必须将诏书安置在玉辂中，由文武百官护送至都堂，方显礼仪。"

王伦不懂"玉辂"是何物，但只要不屈驾皇上，其他都好说，便满口应承。

双方又就一些细节商议了良久，王伦才与高公绘按捺着满心欢喜出了左仆射府。

等出了府门，二人抬头一看，天气晴朗，一轮明月挂在半空，把个临安城照得亮如白昼。王伦神清气爽，极想找个自在地方痛饮几杯，但大事未了，只能按捺住满腹的躁动，把心思放回到正事上来。

"玉辂是何物？"

高公绘道："就是用玉装饰的御辇，专为登基、祭祀等大事时用，南渡以来，皇上勤俭治国，急切间上哪儿找这玉辂去？"

王伦想了想，道："是有些费事，只能叫能工巧匠不分昼夜赶制一个。"

二人直奔都堂，秦桧与众宰执已等候多时，听说金使终于答应不用皇上跪受诏书，一个个欢天喜地，额手称庆。

王伦又说了金使要求将诏书装载于玉辂，由文武百官护送回都堂，众宰执听了，都觉得难办。秦桧略为思索后道："都是小事，马上找工匠将皇上平日所乘御辇镶上玉片就是了，何须重新打造？至于让文武百官护送玉辂，谅来会有不少人反对，但也好说，命三省和枢密院的属吏们穿上朝服，装扮成文武百官，从左仆射馆护送玉辂回朝便可。"

王伦见他反掌之间，便将两件棘手之事轻松化解，很是佩服他的手段，只是其中颇有使诈之嫌，再看其他人，却都连连点头，毫无异议，事情拖了这么久，众人都已身心俱疲，巴不得尽快了结，只要能糊弄过去，哪里还讲究那么多。

数日后，秦桧等人在“文武百官”簇拥下，来到左仆射馆，左仆射馆过去几日一直在为这头等大事重新布置，金使也因此挪出来暂住他处，礼部和工部派来的人已将府内都堂装潢一新，一切陈设都已摆好，只等双方完成和议最后一道仪式：拜受诏书。

秦桧等人与金使在府门外会合，双方并肩进入左仆射府，穿过回廊，进入布置好的都堂。

都堂内有两张高椅：一张是宋朝皇帝的位置，一张是金使的位置。张通古只看了一眼，二话不说，掉头就走，把一屋人晾在原地。

王伦连忙赶上去，拉住张通古，道：“贵使何故一言不发便走啊？”

张通古高声道：“本使奉大金皇帝之命，以河南、陕西之地赐予宋国，宋主奉表称臣，君臣名分已定，本使乃上国使臣，正所谓‘大国之卿当小国之君’。今日这摆设，却将宋主位置坐北朝南，倒让我这上国使臣北面而坐，是何道理？倘若你们如此贬损本使，本使不敢传诏！”

众人面面相觑，不知如何应对，这边张通古已经对随从大声吆喝：“备马！立即归国复命！”

众人被他拿捏得毫无办法，王伦好言劝道：“贵使历尽辛苦远道而来，何必为此等小事弄得前功尽弃？容我去与丞相商量后，再做定夺，如何？”

张通古板着脸不说话，但脚步却停了下来，王伦三步并作两步赶到秦桧身边，禀明了此事，秦桧皱眉思索片刻，断然道：“既然圣上并不在此，就不要设南北位了，改成东西位，金使座椅东面，圣上御座西面，其他拜起受诏皆从常礼。”

王伦快步回来，对张通古讲了秦桧的安排，张通古满脸倨傲地点点头，一言不发转身步向都堂。王伦在后面跟着，知道他是寻机找回前几日的面子，心里只是暗骂，恨不能从后面狠狠地踹他一脚。

一切总算安排停当，终于到了接诏书的时刻，秦桧领着“文武百官”齐刷刷地跪下，听张通古宣读金国皇帝诏书，张通古运足中气，朗声宣旨，念道：“向者建立大齐，本以休兵，欲期四方宁谧，奈何八年之间，未能安定，有失从来援立之意，于是已行废黜。况兴灭国，继绝世，圣人所尚，可以河南之地俾为主……”

众人听这诏书文字，也算庄严持重，文采斐然，显然是经过饱学之士反复斟酌润色的。三省、枢密院属吏虽然职位不高，却都是读书人出身，心里都是五味杂陈，想不到堂堂华夏，最后竟由一个夷狄外邦来仿效周天子“兴灭国、继绝世”的仁政才能苟存，真是莫大的讽刺。但想到和议终于达成，今后免去了兵连祸结，年年秋防，也都暗自庆幸，“百官”中以北方人居多，不少人已经暗暗盘算着返乡了。

拜谢完毕，秦桧亲自将诏书郑重安置在玉辂上，然后领着“文武百官”护送着玉辂回朝，沿着纵贯临安城南北的十里御街，一路上前呼后拥，颇为壮观。

临安的御街，远比不上当年东京的御街，东京的御街由花岗石铺就，平坦气派，两侧还铺有青砖，供人驻足，而临安的御街不过是条土路。为了这次和议，特意铺了一层厚厚的细沙，看着也还光鲜，几百人行走在上面，发出绵密的“窣窣”声响。

临安百姓倾城而出，他们谨遵礼仪，鸦雀无声，觉得新鲜好奇的居多，像看大戏一般围观这难得一见的场景，也有不少人面露愤慨之色，皱眉叹息不已。

玉辂驶过去后，道路两旁的卫士也相继撤去，御街上留下两行辙印和零乱的脚印，人群仍保持着肃静，接着如梦初醒，轰的一声喧闹起来，聚在一起议论纷纷，有几个读书人慷慨陈词，游贩商户则继续旁若无人地高声叫卖，妇人小儿呼叫喝骂、嘻嘻自若……和也好，战也好，全是肉食者谋之，升斗小民插不上话，不过是随波逐流，苟全于乱世罢了。

无论如何，持续数月的和谈总算瓜熟蒂落，赵构君臣都长舒了一口气。绍兴九年（1139）正月初一，也就是和议达成的第三日，为了维护和议体面，朝廷下达了本年度第一道诏书，告诫臣民“大金已遣使通和，割还故地，应官司行移文字，务存两国大体，不得辄加诋斥”。

正月初五，朝廷再次下诏，大赦天下，文武百官加官晋爵，普施恩惠。

和议达成，双方各取所需，朝野仍有质疑之声，但微弱了许多，随着金军从河南各地撤军的消息传来，质疑声更是几乎销声匿迹，而力主和议的秦桧也成了大赢家，当年他的一句“南自南，北自北”被引为笑柄，如今却成了颁行天下的国策，这种未卜先知的见识几人能有？前任宰相李纲、吕颐浩、赵鼎、张浚等人苦心经营，力图恢复中原，最终却是竹篮打水一场空，不得不黯然引退，而秦桧竟不费一兵一卒便收复祖宗故地，迎回梓宫、太后，着实让人目瞪口呆，无话可说，朝野士大夫纵然心里有一百个不乐意，也只能带着困惑与不甘观望和议前景。

秦桧从唾骂声中力排众议，做成此事，自是感慨良多，金使北去后，他一日闲来无事，浮想联翩，乃赋诗一首，诗曰：“高贤邈已远，凛凛生气存。韩范不时有，此心谁与论。”写完当日，心潮起伏，吟诵不已，以为千古佳句，打算请人裱起挂在书房自勉。

数日后，裱工来取字时，秦桧拿起诗看了几遍，将纸揉成一团，让裱工空手而返。夫人王氏问他何故如此，秦桧悠然道："立德固不可求，但既已立功，则何须立言？"

王氏茫然不解，秦桧也不多说，背着手在书房踱了两圈，走到窗前，看着外边冬日残景，心里转着一个念头：只不知天下后世，如何评说此事？

（第三部完）